Oya Baydar
ÇÖPLÜĞÜN
GENERALİ

Can Yayınları: 1833

© Oya Baydar, 2009
© Can Sanat Yayınları Ltd. Şti., 2009

1. basım: Eylül 2009
Bu kitabın 1. baskısı 10000 adet yapılmıştır.

Yayına hazırlayan: Faruk Duman

Kapak tasarımı: Erkal Yavi
Kapak düzeni: Semih Özcan
Dizgi: Gelengül Çakır
Düzelti: Fulya Tükel

Kapak baskı: Çetin Ofset
İç baskı ve cilt: Eko Matbaası

ISBN 978-975-07-1088-9

CAN SANAT YAYINLARI
YAPIM, DAĞITIM, TİCARET VE SANAYİ LTD. ŞTİ.
Hayriye Caddesi No. 2, 34430 Galatasaray, İstanbul
Telefon: (0212) 252 56 75 - 252 59 88 - 252 59 89 Fax: 252 72 33
http://www.canyayinlari.com
e-posta: yayinevi@canyayinlari.com

Oya Baydar
ÇÖPLÜĞÜN GENERALİ

ROMAN

CAN YAYINLARI

OYA BAYDAR'IN
CAN YAYINLARI'NDAKİ
DİĞER KİTAPLARI

SICAK KÜLLERİ KALDI / *roman*
KEDİ MEKTUPLARI / *roman*
HİÇBİRYER'E DÖNÜŞ / *roman*
ELVEDA ALYOŞA / *öykü*
ERGUVAN KAPISI / *roman*
KAYIP SÖZ / *roman*

Oya Baydar, 1940'ta İstanbul'da doğdu. Notre Dame de Sion Fransız Kız Lisesi'nin son sınıfında yazdığı "Allah Çocukları Unuttu" adlı gençlik romanı nedeniyle neredeyse okuldan atılıyordu. 1964'te İstanbul Üniversitesi Sosyoloji Bölümü'nü bitirdi. Aynı yıl bu bölüme asistan olarak girdi. *Türkiye'de İşçi Sınıfının Doğuşu* konulu doktora tezinin Üniversite Profesörler Kurulu tarafından iki kez reddedilmesi üzerine, öğrenciler olayı protesto için rektörlüğü işgal ettiler. Bu olay ilk üniversite işgali eylemi oldu. Daha sonra Ankara Hacettepe Üniversitesi'ne sosyoloji asistanı olarak girdi. 1971'deki 12 Mart askerî müdahalesi sırasında, Türkiye İşçi Partisi ve Türkiye Öğretmenler Sendikası (TÖS) üyesi olarak, sosyalist kimliği nedeniyle tutuklandı ve üniversiteden ayrıldı. 1972-1974 arasında *Yeni Ortam*, 1976-1989 arasında *Politika* gazetelerinde köşe yazarlığı yaptı. Sosyalist yazar, araştırmacı ve eylem kadını olarak tanındı. 12 Eylül 1980 askerî müdahalesi sırasında yurtdışına çıktı. 1992'ye kadar 12 yıl Federal Almanya'da sürgünde kaldı. Burada, sosyalist sistemin çöküş sürecini yakından yaşadı. 1991'de yazdığı *Elveda Alyoşa* adlı öykü kitabıyla Sait Faik Hikâye Armağanı'nı, 1993 yılında da *Kedi Mektupları* adlı romanıyla Yunus Nadi Roman Ödülü'nü aldı. Türkiye'ye dönüşünde Tarih Vakfı ve Kültür Bakanlığı'nın ortak yayını olan *İstanbul Ansiklopedisi*'nde redaktör ve *Türkiye Sendikacılık Ansiklopedisi*'nde genel yayın yönetmeni olarak çalıştı. *Hiçbiryer'e Dönüş* adlı romanı 1998'de, *Sıcak Külleri Kaldı* 2000'de yayımlandı. Bu romanıyla 2001 yılı Orhan Kemal Roman Armağanı'nı; *Erguvan Kapısı* ile de 2004 Cevdet Kudret Edebiyat Ödülü'nü aldı. *Kayıp Söz*, 2007'de yayımlandı.

ÇÖPLÜĞÜN GENERALİ

O gün orada ne oldu? Kimse bilmiyor, hatırlamıyor. Olanı olmayanı, gerçeği yalanı yaymakta birbirleriyle yarışan gazetelerin, radyoların, televizyonların arşivlerinde büyük depremle ilgili –çoğu birbirini yalanlayan– haberler, hepsi aynı bilgilendirme merkezinden çıkmış fotoğraflar, videofilmler, bir de resmi açıklamalar var. Ama gerçeğe dair tek bir satır, tek bir ses, tek bir görüntü yok. Tarih kitapları, anı kitapları, arşivlerdeki belgeseller, filmler, eski fotoğraflar: Hiçbirinde o anla, o günle ilgili ne bir iz ne bir gönderme var. Kaç kuşak geriye gidersen git, olayı çocukluğunda yaşamış olması gereken kaç yaşlıyla konuşursan konuş, kimse bir şey anlatmıyor, anlatamıyor. Ne kulaktan kulağa bir söylence ne korkuyla fısıldanan bir sır ne bir görgü tanığı... Akıp giden tarihten hoyratça sökülüp koparılmış bir zaman parçası; ya da bileni, duyanı, anlatanı kalmamış, unutulmuş bir masal.

Bilen, duyan kalmamış mı dedim? Hayır, bu doğru değil, bir bilen var; o 'yok zaman'da, 'yok yer'de neler olduğunu bilen biri var. Onu gördüm, bana kendini gösterdi. Uzaktaydı; bir gölge, bir karaltıydı, ama gördüm. Söyleyecekleri vardı; hatırlansın, bilinsin istiyordu, anladım. Benzerleri çoktan müzeye kalkmış eski

7

kuşak ilkel bir bilgisayarın printer'inden çıktığı besbelli o yıpranmış, yer yer yanmış, sararmış sayfaları: bitmemiş bir romandan artakalan dağınık bölümleri, yoluma serpiştiren oydu. Onyıllarca bekledikten sonra, belki de artık sona yaklaştığını hissettiği için, bildiklerini paylaşmaya karar vermişti besbelli. Bilen, hatırlayan son insandı belki. İnsan mı dedim! Belki de yaratık ya da canlı demem gerekirdi; bilmiyorum.

Beni seçmişti diyemem, seçme şansı da yoktu zaten. Ne onun ne de benim seçme şansımız vardı. Her şey rastlantıdan ibaretti. Bir sabah alacakaranlıkta uyku sersemliğiyle yanlış yola sapmasaydım; bir yanı uçurum, bir yanı dikenli telle çevrili, ay yüzeyine benzer uçsuz bucaksız bir arazinin içinden geçen o yolda esrarlı bir cismin çekim gücüne kapılmış gibi kilometrelerce gitmeseydim; üst üste gelen garip olaylar kafama takılıp iç huzurumu bozmasaydı onun varlığından haberim bile olmayacaktı. Ve hiçbir şey hatırlanmayacak, bilinmeyecekti.

O gün...

Hangi gün, ne zaman? Paralel dünyaların birinde bir başka zamanda mı, ya da geçmişten en küçük bir izi kalmadığına göre, gelecekte mi?

Orada...

Orası neresi? Burada, bu topraklarda, bu ülkede, bu şehirde mi, bir başka ülkede mi yoksa?

Olup bitenler...

Ne olmuştu, ya da o gün, orada birşeyler olmuş muydu gerçekten?

Bu soruların cevabını bilen, hâlâ hatırlayan biri var. Bir bilen olduğunu kimseler bilmese de ben biliyorum. Yine de, 'bilen, duyan yok' dedim. Neden? Lafın gelişi mi, yoksa bilmekten, hatırlamaktan duyduğum korku mu? Ürperiyorum, sakın amansız hastalığın pençesine düşmüş olmayayım! Hem de tam şu sırada, karanlığın yırtılması bu kadar yaklaşmışken...

Üç maymun vebasını yenmenin tek yolunun korkuyu aşmak, düzene sorgusuz boyun eğiş karşılığında kazanılan huzur, refah ve güvenliği yitirmeyi göze alıp hastalığın üstüne üstüne gitmek, öğrendiğimiz gerçekleri herkese duyurmak, unutmanın önüne geçmek olduğunu artık biliyorum. Virüs ancak böyle etkisizleştirilebilir.

Korkuyu yenmeliyim, cesaret etmeliyim, kendimi hastalığın pençesine bırakmamalıyım. Bilen biri var, diye tekrarlıyorum kendi kendime, bilen biri var. Elimdeki kâğıtları, olmayan birilerine göstermek için havada sallıyorum: Bakın, bakın! Hepsi burada yazılı: Son bölümü kaybolmuş, hiç yayınlanmamış bu roman taslağında var hepsi!

Sesimi duyurabilmek için bağırmaya başlıyorum: O gün, orada olanları bilen biri var! O gün orada olanları hatırlayan biri var! Her şey yazılmış, her şey anlatılmış! Yazılmayan, anlatılmayan ne kalmışsa onları yaşamış biri var: O gün, orada ne olduğunu anlatacak biri var!

Sesim, yeryüzüne, gökyüzüne yayılıyor. Burası o kadar ıssız, o kadar uzak, o kadar insansız ki, çığlığımı kimse duymuyor.

9

YOLUNU ŞAŞIRAN YOLCU

Sabahın erken saatleriydi, gün yeni ağarıyordu. Büyük depremden –kimi yaşlıların dilinde 'büyük patlama'dan– sonra kurulan Yeni Kent, havaalanından epeyce uzaktaydı. Güneydeki bir tatil beldesinde toplanan uluslararası sempozyuma yetişebilmek için gün ağarmadan yola çıkmıştım. Benim sunumum öğleden sonraki ilk oturumdaydı. Erken bir uçakla gidersem rahat rahat yetişebileceğimi hesaplamıştım. "Niye kendini yoruyorsun, biraz daha pahalı olur ama bir hava taksisi çağırsan, uçağa kadar onca yolu gitme zahmetine katlanmazdın," demişti karım sanki olacakları bilmiş gibi. "Ben biraz eski modayım galiba, yollarda araba kullanmayı seviyorum, o hava taksisi denilen araçtan da hiç hoşlanmıyorum," diye cevap vermiştim. Aslında bir türlü yenemediğim vertigom yüzünden sevmiyordum o her yanı cam hava araçlarını. İnsan ister istemez aşağı bakıyor binince.

Sabah erken uçakla gidecek, ertesi güne kalmadan, akşam uçağıyla dönecektim. Kırk-elli yıl öncesine kadar bilimsel toplantılar, sempozyumlar, kongreler katılmayı planladığım bu sempozyum gibi, belli bir mekânda gerçek katılımla yapılırmış. Ben o dönemlere yetişmedim. Şimdi çoğunlukla sanal ortamda toplanıp konuşuyor, tartışıyoruz. Dünyanın öteki ucundaki, en uzak bölgelerdeki meslektaşlarınızla evinizden bile çıkmadan toplanıp konuşmanın rahatlığını, kolaylığını, hatta verimliliğini inkâr etmiyorum. Yine de ben, eski zamanlarda olduğu gibi gerçek katılımlı, etli canlı toplantıları yeğleyenlerdenim. Belki biraz eski modayım, nostaljik bir tipim; ama çalıştığım alanda, insan bilimlerinde benim gibi düşünenler hiç de az değil. Akademik çevrelerde bizlere nostaljikler ya da dinozorlar denmesi de bu yüzden.

Bu türden bilimsel toplantıların gündüzleri sıkıcı, geceleri keyiflidir. İnsan meslektaşlarıyla tanışır, internet ortamından bağımsızlaşır, yeni ilişkiler kurar, yüzyüze konuşma, paylaşma fırsatı edinir. Birlikte bir kadeh içki içerken özgür iletişimin tadına varırsınız, karşınızdaki insanı duygu boyutuyla da kavrar, kendinizi zenginleştirirsiniz. Gençliğimde böyle fırsatları kaçırmazdım, ama küçük kızım doğduğundan beri ev ortamından uzaklaşmayı, hele de gecelerimi ev dışında geçirmeyi istemiyorum artık. O küçük yaratık beni fena halde evcilleştirdi. O gün de niyetim arabamı havaalanında bırakmak, 'Unutmanın ve Hatırlamanın Beyin Hücrelerindeki Diyalektik Etkileşim Süreçleri' konulu bildirimi sunup, panel biter bitmez ilk uçakla kente dönmekti.

Ama işler planladığım gibi gitmedi. Evden gün doğmadan çıktığım halde uçağa yetişemedim, paneldeki sunumumu da yapamadım tabii. Oysa hazırladığım bildiri son dört yıllık çalışmalarımın özetiydi ve ilk kez bu toplantıda açıklayacağım bulgular kariyerim için çok önemliydi. Toplantı saatinden epeyce sonra, çok işlevli cep iletişim aracım nihayet bağlantı kurmayı başarıp ses ve görüntü verebildiğinde, önce toplantının yapıldığı otele, oradan da düzenleyicilere ulaşabildim. Bir kaza geçirdiğimi, ucuz atlattığımı, toplantıya bu yüzden yetişemediğimi söyledim, zamanında haber veremediğim için özür diledim. Üzüntülerini bildirdiler, geçmiş olsun dediler. Hatta hemen bir hızlı hava taksisi gönderebileceklerini, maliyetini de sempozyumu düzenleyen enstitünün karşılayacağını söylediler. Kendimi pek tuhaf hissediyordum. Yorgun değildim, ama düşüncelerimi toparlayacak, dikkatimi yoğunlaştıracak, başarılı bir sunum yapacak halim yoktu. Ağır olmasa da geçirdiğim kazanın bazı ufak tefek sonuçları olduğunu, hava yolculuğunun iyi gelmeyeceğini, dinlenmem gerektiğini bildirdim, teşekkür ettim.

Söylediklerim büsbütün yalan sayılmazdı. Erkenci değilimdir, yataktan hemen fırlayıp kalkamam, zorunluluk olmadıkça sabahın köründe işe başlamayı sevmem. O gün de epeyce güç uyanmış, aceleyle giyinmiş, bildirimi içine yerleştirdiğim çok işlevli cep aracımı evde masanın üstünde unuttuğum için birkaç kilometre sonra geri dönmüş, yani zar zor yola çıkmıştım.

Alacakaranlıkta uyku sersemi yol alırken, ay yüzeyi gibi uzanan bomboş kırlık bir arazide yolumu kaybettim. Bir kavşakta dalgınlıkla anayoldan çıkıp yanyola sapmış olmalıydım. Yoldaki ışıklı, sesli trafik işaretlerini nasıl fark etmedim, aracımdaki sesli uyarı sistemi neden çalışmadı bilmiyorum. Gizem ve macera belki de o anda, o noktada başlamıştı. Neden sonra, aslında çok iyi bildiğim havaalanı yolunun bu kadar tenha ve uzak olamayacağını düşünüp yönümü bulmak için arabayı yol kenarına çektiğimde, uçağa yetişmemin zor olacağını anladım. Bulunduğum çevrede ne bir trafik işareti ne de yol levhası vardı. Arabamdaki navigatörün bulunduğum yerin koordinatlarını göstermesi lazımdı; denedim ama işlemiyordu. Tam da bozulacak zamanı buldu diye düşündüm. Cep telefonu işlevi de gören iletişim aygıtından denemek istedim; boşuna, onda da bir gariplik vardı. Bu sabah gerçekten de şanslı bir günümde değildim anlaşılan.

Yönümü belirlemek için doğmakta olan güneşe baktım. Güneşin yönü değişmemişse eğer, en azından yarım saattir kuzeye doğru gidiyordum. Oysa havaalanı batıdaydı, bundan tabii ki emindim. Bir an, geri dönmenin mi, aynı yönde gidip yeni bir bağlantı aramanın mı daha akıllıca olacağını hesaplamaya çalıştım. Geri dönecek olursam uçağa yetişme umudu hemen hemen yoktu. Bu yönde kuzeye doğru gidersem bir bağlantı yolu, en azından nerede olduğumu anlayabileceğim bir trafik levhası bulabilirdim belki. İleri doğru gazladım. Yol beni uyardı: Burası toprak bir kır yolu, bu kadar hızlı gidemezsin, kendine acımıyorsan aracına acı!

Gidiş yönüme göre yolun sağında, dikenli tellerden örülmüş olağandan daha yüksek bir çit vardı. Dikenli teller, seyrek aralıklarla dikilmiş eğri büğrü, paslı demir çubuklara tutturulmuştu. Bu ilk sıranın hemen ardında, helezoni şekilde kıvrıla kıvrıla kesintisiz uzanan ikinci bir jilet tel engeli görülüyordu. Kırlık, boş alanlardaki askeri tesislerin, korunmak istenen hassas bölgelerin, geniş alanlara yayılmış büyük sanayi kuruluşlarının çevresinde görülen; üzerlerinde 'Dikkat! Girmek tehlikeli ve yasaktır' türünden uyarı levhaları olan, besbelli eskiden kalma bir çit işte. Uyarı yazısını görebilmek için otomobili daha ağır sürerek gözümü dikenli tellerden ayırmadan birkaç yüz metre daha gittim. Hiçbir işaret, hiçbir levha, hiçbir uyarı, hiçkimse yoktu. Birkaç yüz metre daha... bir kilometre, beş kilometre... Dikenli teller ve ardından görünen hiçlik diyebileceğim kadar boş arazi kilometreler boyu uzanıp gidiyordu.

İçimde garip bir sıkıntıyla arabayı durdurdum. Yüreğimi sıkıştıran, sıkıntıyı da aşan boğuntu uçağı kaçırdığım için değildi. Toplantıyı umursadığım yoktu şu anda. Tek derdim nerede olduğumu bilmekti. Arabadan indim. Yolun ortasında durdum. Toprak yol hafif bir meyille göz alabildiğine ufka doğru uzanıyordu. Neden bilmem ürperdim. Aracımdan inip karşı tarafa, yolun soluna geçtim. Daha önce fark etmediğime şaşarak bu tarafta yol boyunca ufka doğru uzanan de-

13

rin uçuruma baktım. Daha doğrusu bakamadım, sadece bir an görebildim ve oturduğum yere çöktüm; yükseklik korkumu, can sıkıcı vertigoyu unutmuştum. Kıçımın üstünde birkaç metre geri geri sürünerek uçurumdan uzaklaştım, sonra kalktım, yürüyerek toprak yola ulaştım. Arabaya binip torpido gözündeki rahatlatıcı içki şişesini el yordamıyla buldum. Kuralları çiğnemeyi göze alıp o tatsız tuzsuz yasal sıvı yerine şişeyi konyakla doldurmuştum. Gözümü kapayıp birkaç yudum birden içtim. Uçağı kaçırdığına, toplantıya yetişemediğine aldırmıyorsan bu kadar telaşlanacak, paniğe kapılacak ne var, diye çıkışıyordum kendi kendime. Eninde sonunda yolunu şaşırmışsın işte, bunda büyütecek bir şey yok! Sabahın köründe uyku sersemi yola çıkarsan olacağı buydu. Bir de şu vertigo belası!

Birden karımın sesini duymak, küçük kızıma sarılmak istedim. Uçağı kaçırdığımı, eve erken döneceğimi haber vermeliydim ona. Sesini duymak iyi gelecekti, sakinleştirecekti beni. Kendimi gece karanlıkta ormanda kaybolmuş çocuk gibi hissediyordum. Cep iletişim aracımın ev tuşuna bastım. Telefon yine çalmadı, üstelik bu defa işaret de vermedi. Karımın cep iletişim aracını denedim, o da sağırdı. Bu aygıtlar, başka enerjiye ihtiyaç duymadan birkaç yıl kendi kendilerini şarj edebiliyorlardı. Yine de, bu türden acil durumlar için yedekte bulundurduğum bataryayı taktım. En azından kapsam alanı dışında olduğum ya da ulaşım engelli bir yerde bulunduğum sinyali gelirdi; ama hayır, ne bir ses ne bir nefes... Kapsam alanı sorununun eski nesil cep telefonlarında kaldığı; bu çok işlevli iletişim aygıtıyla, özel korumalı, gizli kodlu bir yerde değilseniz her yere ulaşmanın mümkün olduğu geldi aklıma. Parçası olmakla övündüğümüz bu ileri iletişim çağında ürküntü verici, tekinsiz bir iletişim kopukluğu içindeydim.

Yüreğim ağırlaşmış, başım ağrımaya başlamıştı. Paniğe kapılmamalıydım. Tel örgüler boyunca uzanan toprak yol dardı, ama solunda yol boyunca uzanan uçuruma kadar on-on beş metrelik taşlı otlu bir alan vardı. Aracım olduğu yerde kendi etrafında dönen yeni modellerdendi. Geldiğim yolu dümdüz izleyip yanlışlıkla saptığım kavşağa ulaşabilirdim. Öyle yaptım ya da öyle yaptığımı sandım. Bu defa da kavşağı ıskaladım galiba, çünkü bir süre sonra kendimi havaalanına giden anayolda buldum. Ferahladım mı? Hayır. Çünkü bütün bu olup bitenlerde çözemediğim, açıklayamadığım birşeyler vardı. Hele de sabah evden çıkarken sıfırladığım kilometre göstergesinin 226'da durduğunu, 226 kilometrenin gidiş dönüş en az 150 kilometresini o ıssız kır yolunda gittiğimi düşünecek olursam...

Sunum yapacağım oturum öğleden sonraydı. Teklif ettikleri hava taksisiyle toplantıya ucu ucuna da olsa yetişebilirdim, ama ne gücüm ne de hevesim kalmıştı. Bilim dünyası, hatırlamanın ve unutmanın diyalektiğini, bellek hücrelerinin tahrip ve yenilenme süreçlerini öğrenmek için biraz daha bekleyebilirdi. Dinlenmeye, sakinleşmeye, unutmaya ihtiyacım vardı. Eve döndüm.

Karım henüz evden çıkmamıştı, küçük kızımız yuvadaydı. Karımı telaşlandırmamak için, toplantı gününde yanıldığımı son anda, havaalanında fark ettiğim yalanını söyledim. "Ben gerçek bir budalayım, meğer sempozyum gelecek aymış. Unutmanın ve hatırlamanın diyalektiğini çözmeye çalışırken, şu halime bak," dedim. Bana sevgiyle sarıldı, "Çok çalışıyorsun," dedi, sonra işine geç kalacağını söyleyip aceleyle evden çıktı. Kendime kocaman bir fincan kahve yaptım, çalışma odama geçtim, bilgisayarımı açtım, en gelişkin kent haritaları programını tıkladım, bölge haritalarına, planlara gömüldüm. Bütün bir sabahımı mahveden, uçağımı, toplantımı kaçırtan, üstelik de içime şu anlamsız huzursuzluğu yerleştiren ıssız kır yolunun bilgisayar ekranındaki haritalarda birkaç tık mesafesinde olduğunu düşünüyordum. Yanılmışım.

15

BİR ROMAN TASLAĞINDAN
ARTAKALANLAR

Her şey, Temizlikçi Kadın'ın –iyi kalpli, kibar Hanımefendi 'yardımcım' demeyi yeğlerdi– terastaki fıçı biçimi büyük saksıların altlarına birikmiş toz toprağı temizlemek için birini güçbela çekmesiyle başladı. Saksı bir yana kadın öteki yana devrildi. Kadıncağız kötü düşmüş, belini incitmişti. Acı içinde zar zor doğrulmaya çalışırken fıçının içinden, süs olsun diye en üste yerleştirilmiş küçük beyaz çakıl taşları, funda toprağı ve dev yapraklı palmiyenin kurumuş dallarıyla birlikte irili ufaklı siyah naylon poşetlere sarılmış birşeylerin de etrafa dağıldığını gördü. Altın olabileceğini düşündü. Aynı sitede, çalıştığı bir başka evin balkonunda da saksıların dibinde böyle naylonlara sarılı altınlar bulmuştu bir keresinde de, çaldı demelerinden korkmuş, hemen bulduğu yere yerleştirmiş, kimseye de ses etmemişti.

Orası da kodaman birinin eviydi, adamın devlette önemli görevleri olduğunu duymuştu. Zaten bu sitede oturanların hepsi ekâbir takımındandı. Altınları gördüğü günden sonra o balkona mümkün olduğunca çıkmamaya çalışmış, bu yüzden de evin hanımından köşe bucak temizlik yapmıyor diye birkaç kez azar işitmişti. Neyse ki onlar çabuk taşındılar. Bey iftiraya uğramış, bir süre ortalarda görünmemek için yurtdışına gitmek zorunda kalmışlar, diye duymuştu konu komşudan. Saksıların altına saklanmış altınları unutmanın kendisi için daha iyi olacağını sezgileriyle kavramış, kocasına bile sır vermemişti. Memlekette bunca banka, kasa, daha neler varken altınları neden saksıların altına saklarlar ki! Vardır bir bit yeniği, neme lazım, ben görmemiş, bilmemiş olayım.

Temizlikçi Kadın'ın şansı bu defa o kadar yaver gitmedi. Büyük temizlik günlerinde evde kalmamayı yeğleyen Hanımefendi, aksi şeytan, o gün evdeydi. Gürültüyü duyunca telaşla terasa koştu. İyi yürekli, insan kadındı; düştüğü yerden doğrulmaya çalışan yardımcısının kalkmasına yardım etti. Kırığı çıkığı olup olmadığını sordu. "Bilmem, ama belimde kalçamda bıçak gibi bir acı var abla," cevabını alınca, "Ben sonra buraları toplarım, bi dakka dur, seni doktora götüreyim hemen, belini incittiysen şakaya gelmez," dedi. Hanımefendi' nin kolunda asansöre kadar zorlukla yürüdü. Gördüğü ilgi ve şefkat acısını azaltıyordu sanki. Hanımefendi'nin otomobilinin arkasına binerken acıdan inledi. "Ah canım, kendi başına da benim başıma da dert sardın. Ne vardı o koca koca saksıları elleyecek," diye söyleniyordu Hanımefendi. "Altları, çevreleri pek kirlenmişti, temizlemek istedim," diye inledi.

Şehrin en seçkin, en lüks yerleşmelerinden biriydi burası. Sitenin kendi okulları, çarşıları, spor tesisleri, güzellik salonları, tam donanımlı özel sağlık kliniği bile vardı. Otomobilden güçlükle inip hanımının kolunda kliniğin kapısından girerken, yaralı kedi yavrusu sesiyle, "Kusura bakma, affet beni Hanımım," dedi "Doktor bir iğne vursun hele, düzelirim hemen. Sen sakın elleşme terasa, ben hepsini temizlerim. Hem de saksıların toprağını değiştiririm; bahar geliyor, vaktidir."

"Hele sen bir iyileş, ötesi kolay," cevabını aldı. "Biliyorsun Beyefendi çiçeklerine yapraklarına meraklıdır. Kendinden başkasına değiştirmez topraklarını. Bakarsın kururlar mururlar da bizi sorumlu tutar sonra."

Hanımın 'biz' demesi içini ısıttı, acısını unuttu. Bey biraz nemruttur, hanıma da fena bağırıyordu bir keresinde: "Senin dünyadan haberin yok! Bunları bulduğun yerde böcek gibi ezeceksin, göz açtırmayacaksın. Tutturmuşsun herkes Allahın kulu diye. Kul, kulluğunu bilmeli!" Buna benzer şeyler söylüyordu işte. Hanım da, "Sus, yavaş, kadın duyacak," falan diyordu. Beyefendi'nin hışmından korkardı. Bugüne kadar azarını işitmiş değildi, ama ürkerdi yine de. Çiçeklerine yapraklarına meraklı olduğuna gelince; salondaki bahçedeki rengârenk çiçeklerle ilgilendiğini hiç görmemişti o güne kadar. Sadece bir keresinde, "Terastaki saksıları sen sulama, o yapraklar fazla su istemez, ben ilgilenirim," demişti, o kadar. Allah kahretsin, bana mı düşmüştü o salkım saçak çirkin yaprakların gâvur ölüsü saksılarını temizlemek! Hay aklımı öpeyim!..

Tam doktorun odasına gireceklerken, saksı devrildiğinde naylonlara sarılı birşeylerin de çakıl taşlarıyla birlikte etrafa dağıldığını Hanımefendi'ye söylemeyi geçirdi içinden. Sonra öbür evdeki altınları hatırlayıp sustu. Neme lazım! Neyin nesidir, kimin fesidir, bir de üstüme kalır bakarsın. Yine de, "Bey gelmeden sen bi bakıver terasa Abla, ola ki lüzumlu bir şey düşürmüşümdür, bir şey kırılmıştır," demekten kendini alamadı.

Doktorun verdiği haber kötüydü. Belini fena incitmişti. Kuyruksokumunda ezilme, kaburgada çatlak; alçıya alınabilir bir yerde de değil üstelik. Doktorun verdiği demir çubuklu korseyi giyecek, yeniden muayeneye gelene kadar en az on beş gün hiç çıkarmayacaktı. Bir süre sert yatakta kıpırdamadan yatması gerekiyordu. Çalışmak mı? Hayır, ne mümkün. Ağır kaldırmak yok, fazla ayakta durmak yok, yorulmak yok. "Acıkmak, ekmek, yemek, yaşamak da yok desene doktor," dedi buruk bir sesle. "Benim Adam da işsiz şu günlerde, inşaatlar falan hepten durmuş diyorlar. İş yok, aş yok. Ben çalışmasam çoluk çocuk ne ederiz biz?"

Temiz yüzlü genç doktor gözlerini şöyle bir kapayıp açtı. Çaresiz kaldığında hep böyle yapardı. "Ben Hanımına durumu anlatırım. Onlar yardımsever insanlardır, seni böyle yüzüstü bırakmazlar. Beyin, devletin en yüksek katlarından dostları falan vardır. Ben de hatırlatırım, kocana bir iş bulurlar belki. Bu sitede bahçıvanlık, çöpçülük falan olur bakarsın. Sen şimdi git yat hemen."

Masasının üstündeki zile bastı. Beyazlar giymiş gencecik, güzel sekreter hanıma bir taksi çağırmasını söyledi. "Taksiye gerek yok efendim," dedi kız, "Hanımefendi şoförünü yollamış, teyzeyi evine kadar bırakacak." Kadından yükselen ekşi ter kokusunu duymamak için başını öte yana çevirdi.

Temizlikçi Kadın'ın evi, kuş uçuşu hesaplandığında çalıştığı siteye uzak değildi. İyi havalarda yürüyerek gelirdi işe. Hızlı adım bir saate yakın çekerdi yol. En yakın otobüse, minibüse ulaşmak yarım saat yürümeyi gerektirdiğinden, üstelik gidiş dönüş beş somun ekmek parası ettiğinden, kış kıyamet değilse yürümeyi yeğlerdi.

Burası, Site'nin iki tepe bir kuru dere gerisinde, yerleşmeye yeni açılmış bir bölgeydi. Onlar kulübelerini çatmadan önce, hepsi hemşerilerine ait altı gecekondu vardı sadece. Birkaç yılda on yedi hane olmuşlar, sonra yıkım gelmiş, sonra tenekeden, hasırdan, kalın plastik örtülerden kulübeler yeniden kurulmuş, daha sonra duvarlar örülmüş, camlar takılmış, çer çöpten kulübeler eve dönüşmüş, yaşam devam etmişti.

Burada yaşayanların, hele de kadınların neredeyse tümü Site'de çalışıyordu. Belki de bu yüzden artık eskiden olduğu gibi ikide birde yıkım ekipleri gelmiyor, rahatlarını kimse bozmuyordu. Üstüne üstlük elektrik bağlanmış, toprak da olsa yol açılmıştı. Yerlerinden hallerinden –Allaha çok şükür– memnundular. Hiç değilse burada, büyük şehirde canları emniyetteydi. Site sayesinde karınları da doyuyordu çok şükür. Göçüp geldikleri uzak toprakları, şimdi yakılıp yıkılmış köylerini özlüyorlardı özlemesine. Başları karlı ulu dağları, gürül gürül akan pınarları, yeşil otlakları, hayvanlarını davarlarını, ölülerini dirilerini özlüyorlardı. Ama çoluk çocuk daha bir güvendeydiler büyük şehirde. Buralarda insan canı, bir kurşundan bir parça daha değerliydi.

Büyük çöplüğün yanından geçerlerken, insanın burnunun direğini kıran koku arabanın yarı aralık ön camından içeri doldu. Şoför Temizlikçi Kadın'ın ter kokusundan rahatsız olduğu için açtığı camı hemen kapadı. "Bu leş kokusu da ne?" diye sordu kadına.

"Burası şehrin çöplüğüymüş vaktiyle, bir gün patlamış, etrafındaki bütün evleri, insanları da yutmuş. Öyle anlattılar bize. Hâlâ kaçak maçak çöp döküp duruyorlar buraya," dedi kadın. Kokudan fazla rahatsız olmuş bir hali yoktu.

"Bildim," dedi adam. "Yıllar önce olmuştu öyle bir patlama. Demek burasıymış! Bu leş kokuları arasında nasıl yaşıyorsunuz ki?"

Temizlikçi Kadın'ın içi cız etti, alındı, kendini aşağılanmış hissetti. Sancısı daha da arttı, inledi ve sustu. Yemyeşil çayırlar, dizboyu papatyalar, mis gibi kekik kokusu düştü aklına. Köyümüz her mevsim güzel kokardı, adam haklı, buralar leş kokuyor, diye geçirdi içinden.

Hanımefendi'nin şoförü yol boyu biraz şaşkın, biraz öfkeli söylenip durdu: "Vay anasını! Nerelerde ne evler, ne mahalleler var bu şehirde. Taa oralardan gelip de nasıl buluyorsunuz buraları! Bunca yıldır bu şehirde yaşarım, yolunu bile bilmem bu cehennemin bucağının. Helal olsun vallaha... Hani ben de saraylarda oturmuyorum, ama buraları hiç görmedim."

"Önce biri göçer, sonra haber salar, ardından ötekiler gelir," dedi Temizlikçi Kadın. "Karnı doyuyorsa, hele de canı emniyetteyse kimse yerini yurdunu bırakıp sılaya çıkmaz," diye ekledi inleyerek. Taşlı topraklı yolda araba hopladıkça acısı büsbütün artıyordu.

"Kırık mıymış?" diye sordu şoför rikkate gelip.

"Ezik, çatlak neyin varmış. Yatacakmışım, öyle dedi doktor. Demesi kolay. Ben yattım mı nasıl doyacak dört boğaz?"

"Allah verir dermanını, Allah dara düşen kulunu görür."

Kadın bir şey demedi, sustu. Tövbe tövbe, neden bizi görmez ki hiç, diye geçirdi içinden.

Sarı badanalı yoksul bir kulübenin önüne gelince arabayı durdurdu. "Ha işte burası bizim köşk," dedi, "sağolasın kardeşim. Hanımıma da söyle, Allah ondan razı olsun, bak beni buralara kadar arabayla gönderdi. Söyle ona, bir zaman gelemem ben temizliğe. Birkaç hafta sonra yeniden başlarım işe. Yalvardı, yerime sakın başkasını almasın diye de ona."

Kulübenin kapısı açıldı, yaşı belirsiz kara, cılız, ufacık bir oğlan çocuğu çıktı dışarı. Kapının tam önünde duran son model siyah cipe şaşkın şaşkın baktı. Anasını görünce tuhaf sesler çıkarttı. "Benim küçük oğlan," dedi kadın otomobilden zorlukla inmeye çalışırken, "dilsizdir; doğuştan değil sakatlığı, sonradan korkudan oldu. Köyü basıp da dedesini götürdükleri gece tutuldu dili." Çocuğa seslendi: "Hele gel yardım et, belimi kırdım!"

Şu memlekette neler neler var, diye iç geçirdi şoför. Bu insanlara acımalı mı, kızmalı mı, kararsız kaldı. Bana mı sordular yerlerini yurtlarını bırakıp da buralara gelirken! Kulübeden yana baktı. Küçücük dilsiz oğlan anasının kolunun altına girmiş, incitmemeye gayret ederek kadını eve sokmaya çalışıyordu. Benden bu kadar; oğlu kocası baksınlar artık çaresine! Gördüklerini Hanımefendi'ye anlatmamaya karar verdi. Kadının, "Yerime başkasını almasın yalvarırım," dediğini de söylemeyecekti. İçinde kötü bir duyguyla, fazla oyalanmadan gazladı. Tekin yerler değildi buralar. Hanımefendi'ye yeni alınan arabaya zarar vermemek için taşlı topraklı yolda yokuş aşağı ağır ağır giderken ön tekerleğin arasına bir taş sıkıştığını fark edip aracı durdurdu, aşağı indi. Tekerleği muayene etmek, araya sıkışmış taşı çıkarmak için eğildi. Bu da ne! Bir mermi kovanı! Hayır, kovanı değil kendisi: patlamamış bir Kalaşnikof mermisi. Askerliğini komando olarak yaparken epeyce atmışlardı bunlardan dağa taşa. Yola saçılmış mermileri, biraz ötede yolun hemen kenarındaki ıslanıp dağılmış karton kutuyu, ahşap portakal sandığını ve herhalde bunun içinden düşmüş el bombasını o zaman gördü.

Bir hamlede araca atladı, gaz pedaline sonuna kadar bastı. Araba maraba umurunda değildi artık. Buradan bir an önce kurtulmak istiyordu. Hayır, hiçbir şey görmemiş, duymamıştı. Bir daha kellesini kesseler uğramazdı bu uğursuz tepeye. Yolu da çıkaramazdı zaten tarif eden olmasa. Temizlikçi Kadın umurunda değildi, onu unutabilirdi hemen. Ama dilsiz çocuğun esmer yüzü, hüzünlü kapkara gözleri, cılız bedeni gözünün önünden gitmiyordu. Timsali yola kazınmıştı da tekerleklerin her dönüşünde onu ezip geçiyordu sanki. Bir de bu hayaletten kurtulabilse, kendisi bile inanacaktı olup bitenlerin kötü bir rüya olduğuna.

(Yazarın notu: Çocuk sağır ve dilsiz. Sonraki bölümlerde yeniden sahneye çıkmalı. Temizlikçi Kadın'ın çalıştığı evde, büyük saksılara gizlenmiş nesnelerin ne olduğu belirsiz kalsın; gizli evrak, CD, altın veya para olabilir, küçük silah veya mermi olabilir... Okur istediği gibi düşünebilsin. Temizlikçi

Kadın'ın sonu da belirsiz kalsın. Bir başka bölümde, bütün sonları toparlamak nasıl olur? Kurguyu fazla mı sıradanlaştırır yoksa? Düşünmeliyim...)

* * *

Müdür Bey'in sakin yaşamının altüst olması, Kurt' un çılgın bir koşu tutturup ağaçların arasında kaybolmasıyla başladı. Pazarları hariç her sabah tekrarlanan neşeli oyun... Pazar sabahları köpeği gezdirme işi karısına aitti. Gündelik yaşam düzenini bankadan emekli olduktan sonra da bozmamıştı Müdür Bey. Sabah erkenden Kurt'la birlikte evden çıkar, işe geç kalacaksa en yakındaki açık alanda, vakti varsa arabaya atlayıp ağaçlık kırlık bir yerde köpekle birlikte koşar, zinde kalmak için ne gerekirse yapardı.

Emekliliği kendisi istemişti. Bunca yıllık banka müdürlüğü sırasında edindiği ilişkiler ve topladığı küçük bir servetle kendi şirketini kurmak istiyordu artık: her türlü finans işiyle uğraşacak küçük bir şirket.

Korulukta yürümek, koşmak Kurt'un da Müdür' ün de hoşuna gidiyordu. Şehrin kirli havasından, gürültüsünden, insanı bezdiren trafiğinden uzak kalmak bedenine de ruhuna da iyi geliyordu. Güzel bir sonbahar sabahıydı. Aralıksız yağmurlardan sonra hava açmış, birkaç gündür güneş bile çıkmıştı. Spor ayakkabılarının altında ezilen kuru yapraklar henüz ıslaktı ama toprak suyu çekmiş, bataklaşmamıştı. Tam yürüyüş havası, nihayet güzel havalara kavuştuk, diye düşündü.

Köpeğin koşup kaybolduğu yöne doğru, kuru yaprakları ayakkabısının burnuyla savura savura yürüdü. Bugün kendisini biraz yorgun hissediyordu. Dün geceki arkadaş yemeğinde içkiyi fazla kaçırmıştı. Artık

23

genç değildi, sağlığına daha fazla dikkat etmeliydi. Yürüyüşü kısa kesmeye karar verdi. Köpeğin hassas olduğu, asla kaçırmadığı çağrı ıslığını çaldı. Kurt görünürlerde yoktu. Bu da sevdikleri bir oyundu. Saklanır, sonra birden ortaya çıkar, güçlü ve tabii kirli çamurlu patileriyle sahibinin göğsüne yaslanır, yüzünü gözünü yalamaya başlardı. Ne kadar çok seviyorum bu köpeği, diye düşündü adam, en az on iki yıldır beraberiz, dünya sevimlisi minicik bir yavruydu aldığımızda. Sonra köpeklerin fazla yaşamadıklarını, Kurt'un da birkaç yıl sonra öleceğini düşünüp hüzünlendi. Bir daha uzun uzun ıslık çaldı, bekledi. Hayvan ortada yoktu. Üçüncü ıslıkta nerede olursa olsun mutlaka gelirdi. Bir daha denedi, etrafına bakındı, bekledi; köpek ortada yoktu. İçini bir kuşku kapladı. Ne oldu bu köpeğe! Koruluğun içine doğru, köpeği adıyla çağırarak koşmaya başladı: Kurt, Kurt, nerdesin Kurt!... Havlamakla inlemek arası bir ses duyunca, sesin geldiği yöne doğru yürüdü. En kötü ihtimaller geçiyordu aklından. Başına ne gelmiş olabilir ki, neden inliyor böyle? Yoksa avcı kapanına mı kıstırdı patisini, bir yerini mi kırdı? Köpeğin kısık kısık havlaması, tuhaf inlemesi yeniden duyuldu. Acıdan çok bir av, bir şikâr bulduğunda çıkardığı seslere benziyordu. İçgüdülerine kapılıp avlanmış olmasın bu hayvan! Sakat bir kuş, şaşkın bir tavşan mesela... Yine canı sıkıldı Müdür Bey'in. Avcılıktan hoşlanmazdı, ölü görmeye, kan görmeye dayanamazdı. Kurt doğasına yenilip de bir halt karıştırmışsa, onu daha az seveceğinden korktu.

Sesi izleyerek koruluğun içlerine yürüdü. Ağaçların seyrekleştiği çukurca bir alana geldiğinde Kurt'un kuru yaprak yığınlarını ve toprağı deliler gibi kazmakta olduğunu gördü. Çılgın köpek! Bu oyun da nereden çıktı şimdi? Bu hayvan gerçekten yaşlandı artık. Yeni yeni tuhaf huylar ediniyor, ne ıslığımı takıyor ne bir şey! Köpeğinin ağır işitmeye başladığını düşünüp hüzünlendi.

"Kurt bırak eşelenmeyi! Hemen gel buraya, gidiyoruz!" Köpek yerinden kıpırdamadan, garip sesler çıkararak işine devam etti. Tasmasından tutup çekmek için hayvanın yanına yaklaştı. Kurt güçlü patileri ve burnuyla epeyce derin bir çukur kazmış, kuru yaprakların altındaki toprağın da birkaç karış altına inmişti. Bulunduğu yerde zeminin biraz daha yumuşak ve esnek olduğunu fark etti adam. Belli ki rüzgârda, fırtınada savrulan kuru yapraklar, ağaçların seyrekleştiği bu çukurca alana toplanmıştı. Köpeği tasmasından çekiştirirken hayvanın ağzında bir bez parçası olduğunu gördü. Koyu renk, hâki ya da kahverengimsi bir çaputtu bu. Sonra gözü kirli sarı bir şeye takıldı: bir kemik parçası, daha doğrusu, toprağa gömülü bir kemiğin başı. Kim bilir hangi hayvana ait.

Ormanlarda, korularda yadırganacak bir şey değil. Şu kuru yaprak yığınlarının, ağaçların köklerinin altında kim bilir neler neler vardır. Kurt, ağzındaki bez parçasını bırakmış dişleriyle ince kuru bir dala yapışmıştı şimdi. Çekiştirip duruyordu. Adam sinirlerinin iyice gerildiğini hissetti. Yeter be hayvan! Seninle mi uğraşacağım! Köpeği tasmasından hırsla çekti. Kuru dal sandığı şeyin ip gibi, yumuşak madeni tel gibi bir şey olduğunu o zaman fark etti. Kuyruksokumundan ensesine doğru soğuk bir akım geçti, ürperdi, köpeğin tasmasını bıraktı. Televizyon ekranında izlediği bir görüntü belleğinin derinliklerinden çıkıp hemen önünde duran köpeğin kazdığı çukurun üstüne düştü, oradaki garip nesnelerle örtüştü. Ürperti bütün bedenini kavradı, soğuk bir ter boşandı sırtından. Kendine gel! Televizyonların, gazetelerin reyting uğruna yayınladıkları o yalan yanlış dehşet haberlerinin, açılan çukurlardan çıkarılan silah, mermi, bomba görüntülerinin,

25

bütün o budalaca düzmece haberlerin sonucu işte. Hepimiz paranoyak olduk çıktık...

Birden koşmaya başladı. Ağaçlara çarparak, çalılara takılarak koştu. Koruluğun önünden geçen yolun kenarına bıraktığı arabasına girdi, direksiyona geçti, bütün kapıları kilitleyen düğmeye bastı. Arabanın içinde kendini biraz daha güvende hissedince kimse var mı diye etrafa bakmayı akıl etti. Günün bu saatinde kim olacak ki! Olsa olsa, havalar düzelir düzelmez kendilerini en yakındaki ağaçlık çayırlık alana atan erkenci yaşlılar ya da zayıflamak için koşan koca popolu genç kadınlar...

Motoru çalıştırdı, gaz pedaline basmaya çalıştı, ama gücü yoktu, dizleri tutmuyordu sanki. Karşıdan gelen yaşlıca çifti gördü, yürüyüşe çıkmış olmalıydılar. O kötü havalardan, yağmurlardan, zamansız soğuklardan sonra böyle güzel bir gün kaçar mı! İnsanları görmek içini rahatlattı, biraz yatıştı, arabanın torpido gözünden çıkardığı ilaç kutusundan bir hap alıp dilinin altına yerleştirdi.

Ağır ağır yürüyerek yaklaşan çift o kadar da yaşlı değildi. Adam kısa boylu tıknazdı, bej bir pardösü giymişti, başında ekoseli şapka, elinde yürüyüş bastonu vardı. Koluna girmiş olan kadın ise bayağı gençti, kızı falandı besbelli. Yürüyüşçüler arabanın hizasına geldiklerinde kapıyı açıp dışarı çıktı, çifti kibarca selamladı. "Güzel bir gün, tam yürüyüş için. Ben de köpeğimi bekliyordum." Sonra "Kurt, gel buraya!" diye umutsuzca bağırdı. Ve Kurt, filmlerdeki beklenmedik şahit gibi, dili bir karış dışarda ağaçların arasından belirdi, arabanın açık kalmış kapısından içeri atladı, arka koltuğa geçti, korktuğu zamanlar yaptığı gibi başını iki ön patisinin arasına sıkıştırarak olduğu yere büzüldü. Yürüyüşçüler iyi günler dileyip uzaklaştılar. Adam yeniden direksiyona geçti, öyle bir gazladı ki, motorun ve yere sürtünen lastiklerin sesiyle irkilip "Çüşşş!" diye seslendi kendi kendine.

Eve döndüğünde, kapıyı kendi anahtarıyla açmak yerine zili çalıp dairelerinin kapısında bekledi. Kurt'un çamurlu, pis ayaklarıyla o kemiklere, paçavralara, bomba fitili ya da boğma telini andıran iğrenç nesnelere dokunmuş burnuyla evin içine dalmasını istemiyordu. "Bir sabunlu ıslak bez ver de şunun ayaklarını temizleyeyim," dedi kapıyı açan karısına. "Koruluğa gittik, kuru yaprakları, ıslak toprağı eşeleyip durdu. Bu hayvan yaşlandı mı nedir, tuhaflaştı biraz."

Karısının getirdiği ıslak bezle önce hayvanın ağzını silmeye çalıştı, sonra patilerini sildi.

"Apartman dairesinde köpek zor, küçük bir fino olsa neyse de, koca kurt köpeği... Komşular da şikâyetçi zaten. İnşallah şu şirket işi olur da kendi villamıza çıkarız," dedi karısı. "Ortaklık önerdiğin şirketten müdür sekreteri telefon etti, müdür görüşmek istiyormuş. Cebinden ulaşamamışlar sana," diye ekledi.

"Neden ki? Cebim hep açıktır."

Telefonunu bulmak için eşofman altının cebini yokladı. Kirli bir kâğıt mendilden başka bir şey yoktu. Ceketimin cebinde kalmış olmalı, diye düşündü. Yanına aldığını hatırlamıyordu zaten. Gardırobu açıp son giydiği ceketin ceplerine baktı. Aradığımız neyse, hep en son cepte çıkar ya. Ceketinin ceplerinde de yoktu telefon. Hatırlamaya çalıştı: En son ne zaman kullanmıştım?

"Telefonumu gördün mü?" diye seslendi karısına.

"Kurt'u çıkarırken gördüm, eşofmanının arka cebindeydi. Bu şimdi bunu düşürür koşarken, diye düşündüm, ama basiretim bağlandı, ses etmedim."

"Tamam, arabaya da bakayım bir. Senin cebini de ver ki, çaldırarak arayabileyim."

Yüreği buz kesmiş, sırtında korulukta hissettiği ürperti, soğuk ter; merdivenleri indi. Arabayı apartmanın hemen önüne değil biraz ilerdeki cebe park etmişti. Önce camdan içeri bir göz attı, şoför koltuğunun üstünde ya da yerde telefona benzer bir şey yoktu. Kapıyı acele etmeden açtı. Karısının telefonundan kendi numarasını tuşladı, bekledi, hiçbir ses gelmedi. Gereksiz bir iş yaptığını bile bile ön koltukları birer birer çekip altlarına baktı, kapı ceplerini yokladı, sonra arka koltuğun altını üstünü iyice araştırdı. Bulamadığına şaşmadı, arabada olabileceğini hiç düşünmemiş, hiç umutlanmamıştı zaten. Sonra sırtındaki soğuk terle, yüreği buz gibi, kafasının içi bomboş, direksiyona geçti. Yarım saat önce düşünmeye bile cesaret edemeyeceği, biri yapmasını söylese "Hadi, git işine," diyeceği şeyi yaptı, arabayı koruluğa yöneltti.

Kurt'un kazdığı yeri bulması zor olmadı. Pek de geniş bir koru sayılmazdı burası. Çevresindeki arazinin büyük bölümü iskâna açılmak istenmiş, ağaçlar arazi mafyası tarafından yavaş yavaş kesilmiş, sonra ne olmuşsa olmuş bu bölgeye sıkı denetim gelmiş, rant peşindeki inşaatçıların hevesleri kursaklarında kalmış, koruluğun bir bölümü kurtarılabilmişti.

Birkaç saat önce arabasını park ettiği noktadan köpeğin kazdığı yere kadar her yana dikkatlice bakarak, ayağıyla kuru yaprakları eşeleyip dağıtarak yürüdü. Beş-on adımda bir duruyor, telefonu çaldırmayı deniyordu. Hayır, ses yoktu.

Tam köpeğin açıp dağıttığı çukurun başına geldiğinde bir kez daha denedi, nafile...

Oraya sadece kayıp telefonunu aramak için gelmediğini, merakının korkusunu yendiğini anladı. Merak, sadece kediyi değil insanı da öldürebilir, diye düşündü. Belki de yanlış gördüm, belki ölüp çürümüş hayvan kemikleriydi ya da başka bir köpek saklamak istediği kemikleri oraya gömmüştü. Kurt da yapar böyle şeyler. Leş kokusu da yok, en azından ben duymadım.

Çukura eğilip dikkatlice baktı. Kurt'un ağzına alıp çekiştirdiği çaputun kenarları yanıktı. Bir palto ya da ceket yakasıydı sanki. Cesaret edip biraz daha kazsa, ceket, palto, her neyse ona ulaşabilecekti. Spor ayakkabılarının burnuyla köpeğin açmış olduğu çukurun çevresini yokladı. Şöyle sivri bir aletle ya da bahçe küreğiyle kazılsa hemen dibe inilecek kadar kaba ve yumuşak toprağa saplandı ayakkabısı. Etrafa bakındı, kalın, uzunca bir sopa buldu, çentiklerini izci çakısıyla düzeltti, sopayı toprağa sapladı, biraz derine itti. Sopanın ucunun sert bir cisme dokunduğunu hissetti. Hem heyecanlandı hem de ferahladı. Asıl korkusunun bezlere, çaputlara sarılmış bir ceset bulmak olduğunu itiraf etti kendine. Ceset böyle demir gibi sert olmazdı; olur muydu yoksa? Ölülere, cesetlere ilişkin hiçbir fikri yoktu Müdür Bey'in. Peki bombalar, fişekler, silahlar hakkında ne biliyorum? Askerlikte görmüştük, birkaç el silah talimi de yaptırmışlardı. Çok eskilerde, gerilerde kalmış, unutmanın yumuşacık, rahat döşeğine gömülmüş anılar. Neden bomba olabileceğini düşündüm şu sertliğin, neden büyücek bir taş, bir ağaç kökü olmasın? Hepsi ülkenin üstüne çökerttikleri uydurma terör senaryoları yüzünden; inanan inanmayan, hepimizi manyaklara, paranoyaklara dönüştürdüler. Halkın gözü açılmasın, hesap sorulmasın diye yapmayacakları yok bunların. Medyayı da almışlar yedeklerine... Ekranda gördüklerimizi gerçek sanmaya başladık. Kız, psikolog olmaya karar verdiğinde, ne işe yarar psikoloji, mühendis ol, işletmeci ol, bilgisayarcı ol, diye kızmıştım. Haklıymış meğer, milyonlarca psikolog yetmez bu ülkeye.

Bir yandan elindeki sopanın sivri ucuyla sert cismi yokluyor, neye benzediğini anlamaya çalışıyor, bir yandan durmadan alçak sesle konuşuyordu. Korkusunu, heyecanını yenmenin bir yoluydu bu, kendisiyle konuşurken yalnızlığı azalıyordu sanki.

Toprağı eliyle kazmaya, olmadı bir kürek alıp gelmeye cesareti yoktu. Sopanın değdiği cisim yavaş yavaş beliriyor, değneğin her kımıldanışında kendini

29

ifşa ediyordu: bir el bombası ya da benzer bir şey işte...
Sopayı yavaşça çekti, çürümüş yaprak yığınının üzerine tüy hafifliğinde bıraktı. Çatının tam kenarında yürüyen bir kedinin gergin, dikkatli ve neredeyse ağırlıksız adımlarıyla, geri geri birkaç adım attı. Her adımda, ayaklarının altındaki zeminin gevşekliğini, boşluğunu, yumuşaklığını hissediyordu. Kurt'un kazdığı noktanın, bir çember gibi bütün alana yayıldığını kavradı. İçi kaskatı kesilmiş geri geri yürürken bir ağaca çarptı. Ağaçların başladığını, korku çukurunun sonuna geldiğini anladı. Bu defa paniğe kapılmadan, ne yapması gerektiğini kendi kendisiyle tartışarak arabasına bindi. İlk iş, gören oldu mu diye etrafa baktı. Karşıdan bir minibüs geliyordu, içi yolcu doluydu. Hırpani kılıklı iki adam ellerinde, omuzlarında bel, tırmık, kürek gibi bahçıvanlık aletleriyle yürüyordu. Aklına gelip son bir defa kayıp cep telefonunun numarasını tuşladı, boşuna; karşı taraf ölüm sessizliği içindeydi.

Otomobili olduğu yerde döndürüp eve yollanırken bütün kararlar alınmıştı: Hemen yeni bir cep telefonu ve tabii ki yeni bir numara alacak, ortaklık kuracağı şirketin müdürünü arayıp vakit geçirmeden görüşecek ve... ve gördüklerini unutacak, kimseye, karısına bile anlatmayacaktı.

Eve döndüğünde, "Telefonumu bulamadım," dedi karısına. "Şu seninkini al da bunu da kaybetmeyeyim." Salonun kuytu bir köşesine çekilmiş Kurt'un önünden geçerken, "Hiçbir şey duymadın, görmedin, koklamadın, tamam mı!" dedi fısıltıyla. Köpeğin ıslak derin bakışlarındaki teslimiyeti görüp duygulandı. "Tek dostum, sırdaşım, suç ortağım benim," diyerek hayvanın boz renkli kafasını okşadı.

(Y.N.: Köpek birkaç gün sonra kapının önünde ölü bulunacak: Kurşunlanmış. Kayıp cep telefonunun kimlerin elinde olduğu izlenmeli mi? Hikâyeyi geliştirmeye katkısı olmayacaksa,

hayır; sadece kuşku doğuran, huzursuzluk veren bir motif olarak kalsın. Bu bir polisiye değil! Müdür Bey'in sonunu da açık bırakmalı.)

* * *

Forkliftçilerin getirip üst üste yığdıkları kolilerin mal girişlerini yapıp kayıtları tutan depo sorumlusunun, kimilerinin gereksiz işgüzarlık saydığı aşırı titizliği olmasaydı, ne kendisinin ne de başkalarının başına iş açılacaktı.

Adam titizliğinde haksız değildi, kadroda 'teslimatçı' olarak görünüyordu; eksik, bozuk, kayıp mal öncelikle ondan sorulurdu. Emekliliğinden önce ilkokul öğretmeni olduğu için işyerindeki arkadaşları ona Hoca derler, saygı gösterirlerdi. İşine düşkündü, işyerinden hoşnuttu, çalışmayı severdi.

Hoca, geç kalmış bir TIR dolusu malın girişini ertesi güne bırakmamak için geceyarısına kadar çalışmış, ertesi sabah da erkenden işe gelmişti. Fazla mesai ücreti isteyip istememekte kararsızdı, daha doğrusu işten çıkarmaların arttığı şu günlerde fazla mesaiden söz etmenin işine mal olabileceğinden korkuyordu.

Tam işinin adamıydı Hoca; hastalık derecesinde titiz, namuslu, güvenilir, üstelik de okumuş yazmış. Yaptığı iş için bir numara büyüktü ama bu zamanda iş beğenmemek ne demek; hele de okul çağında iki çocuk varsa...

Titiz adamdı, hatta karısına bakılacak olursa biraz 'kıl' sayılırdı. Bazen içine, kolileri yanlış saydığı ya da deftere, bilgisayara geçirirken mal türlerini karıştırmış olabileceği kuşkusu düşer, kafayı bir taktı mı sabaha kadar uyuyamazdı. Bir keresinde geceyarısından sonra işyerine gelmiş, gece bekçisini bulmuş, güçbela ikna

31

edip güvenlikçiyle birlikte o saatte depoya girmiş, yeni kolileri bir kez daha saymış, içi rahat edince o saatte artık eve de dönmeyip işyerinde gecelemişti. Biraz tuhaf, ama sapına kadar namuslu biriydi. Hoca diye saygı görmesinin bir nedeni de buydu belki.

O sabah, mesai başlamıştı ama yeni mal girişine kadar biraz vakti vardı. Malları getirecek TIR yolda arıza yapmış, gecikeceği haberi gelmişti. Sabahları kahvaltı etmese de bir çay içerdi mutlaka. Çocuklar üniversite çağına gelmişlerdi. Sabah kendileri kalkıp okula, dershaneye gidiyorlar, karısının da erken uyanması gerekmiyordu. Bir tek kendisi için çay demlemeye üşendiğinden çayını işyerinde, kantindeki kıtır kıtır simitleri katık ederek içmeyi âdet edinmişti.

Kantine uğrayıp bir çay söyledi. Çaycı işine meraklı biriydi. İşyeri kantinlerinde kafeteryalarında alışık olunduğu gibi elinize plastik bardakta sıcak suyla bir çay poşeti tutuşturmuyor, doğru düzgün çay demliyordu. Hem de efendi gibi ince belli cam bardaktan içiyordunuz çayınızı. Hoca bundan hoşlanıyordu, iyi bir işyerinde çalıştığını, işini kaybetmemesi gerektiğini düşünüyordu.

Süpermarket sözcüğünün büyüklüğünü tarife yetmediği, neredeyse kendi başına bir alışveriş merkezi sayılabilecek işyeri, tanınmış bir sermaye grubunun perakende zincirine dahildi. Hoca büyük patronun adını biliyor, bazı bazı gazetelerde haberlerini okuyordu. Adamın yüzünü hiç görmemişlerdi. Büyük işler, ihaleler peşinde olan adam, perakendecilikle, süpermarketleriyle falan kendisi uğraşacak, işçilerle muhatap olacak değildi ya!

Çalıştıkları işyerinin başındaki müdürü ise bütün işçiler tanırdı. Müdür ayda bir çalışanların tümünü toplar, işle ilgili isteklerini, önerilerini, hatta şikâyetlerini dinler, çözüm bulmasa da en azından işçiyi adam yerine koymuş, gönül almış olurdu. Kimi çalışanlar, "Bizi uyutmak için, sendikayı engellemek için yapıyor, aslında patronun en has adamıdır," diye söylenseler de, Hoca'ya göre müdür iyi bir yöneticiydi. İş konusunda şakaya gelmez, işin iyi yapılmasını isterdi. En küçük bir kaytarma, bir ihmal, bir hesap hatası, Allah korusun, insanın işine ekmeğine mâl olabilirdi.

Çay ocağındaki çocuk Hoca'ya ikram olsun diye bardağı ağzına kadar doldurmuş, şeker payı bırakmamıştı. Çayın dökülmemesi için şeker atmadan önce bardağın üstünden birkaç yudum alırken aklına depoda ne kadar boş yer kaldığı takıldı. Dün geceden hatırladığı kadarıyla, büyük depoda bugün teslim edilecek malları istiflemeye ferah ferah yetecek kadar yer vardı. Yine de koliler indirilirken son dakikada bakmak olmaz. Bu günlerde depo çıkışları yavaşladı, bakarsın yedek depoyu açtırmak gerekebilir. Çayını çabucak içip büyük depoya yöneldi.

İçersi yarı karanlıktı, oysa gece depoyu kapatırken ışıkları –olması gerektiği gibi– yanık bıraktığını hatırlıyordu. Belki elektrik kesintisidir ya da aydınlatma sisteminde bir arıza... Elektrik tablosunun bulunduğu köşeye yöneldi. Depoların girdisini çıktısını avucunun içi gibi bildiğinden hiç duraksamadan şalteri buldu ve kaldırdı, içersi aydınlandı. Olağan işler, sigorta atmıştır. Bu bölümün elektrik sisteminde hep arıza oluyor, teknik ekibe haber vermeli. İçgüdüsel bir şekilde karşı köşeye yürüdü. Orada duvarda, kapağı kapalı küçük metal dolapta, özel jeneratöre bağlı başka bir elektrik tablosu vardı; alarmın ve güvenliğin bağlı olduğu elektrik sistemi buradan kontrol ediliyordu. Kutunun kapağını bildiği şifreyle açtı: Şalter inikti, alarm sistemi çalışmıyordu. Elektrikler kesilmiş olsa jeneratörün otomatik devreye girmesi gerekirdi, üstelik şalter neden inik olsun! Kafası karıştı, işkillendi, pirelendi. Teknik sorumluyla yetinmeyip güvenlik sorumlusuyla da konuşmaya karar verdi. Sonra depoya neden geldiğini hatırladı, ne kadar boş yer kaldığını hesaplamak için etrafa göz gezdirdi. İşinde öylesine uzmanlaşmıştı ki, kaç metreküplük yer olduğunu ilk bakışta belirleyebiliyordu.

Forklifte hareket olanağı sağlayan geçitler hesaba katılmazsa, en az 200-240 metreküp yer olduğunu hesaplamıştı dün gece. Bu sabah depodan çıkarılacak kolilerden açılacak alan düşünülecek olursa, yeni teslimata yetecek bol bol yer vardı. Oysa şimdi, girişte hemen sağdaki 100-120 metrekarelik acil teslimat bölümünden başka boş yer kalmamış gibiydi.

Hemen telaşlanmadı: Dün geç vakte kadar çalıştım, yorgundum, yanlış hatırlıyor olabilirim; göz yanılır, insan bu, beşerdir şaşar. Her gün işten çıkarken son durumu işlediği çizelgeye bakmak için depo kapısının yanındaki küçük odacığa girdi. Kendi çekmecesini açtı, çizelgeyi buldu, gece işlediği son rakama baktı: boş: 240 m^3... Çizelgenin resmi bir yanı yoktu, sadece kendisi içindi. Uzun uzun kafasını kaşıdı, düşündü. Öğretmenlik döneminde, zor bir soru sorduğunda öğrenciler hep birlikte kafalarını kaşıyarak taklidini yaparlardı. Küçük itler! Sevimliydiler, masumdular. Onlara kızmazdı. Bir keresinde, daha soruyu sormadan kafasını kaşır gibi yapınca bütün sınıf, "Zor mu hocam, zor mu hocam?" diye bağırmış, hep birlikte gülüşmüşlerdi.

Olmaz, ama ola ki gece ben çıktıktan sonra, sabaha karşı yeni mal gelmiştir de birazdan bildireceklerdir. Böyle durumlarda, normalde yükü indirmezler, konteynırda tutarlar. Yine de belli olmaz, sorup öğrenmeliyim.

Son bir umutla bilgisayarı açtı. Mal giriş çıkışlarını gündelik olarak bilgisayara kaydediyor, dahası hangi malların, hangi kolilerin depoların hangi bölümlerinde hangi katmanda olduğunu, her birinden kaç koli bulunduğunu anında görebiliyordu. Ekranda izlediği bütün veriler belleğindekilere uygundu. Bu deponun bu kadar dolu olmaması gerekiyordu.

Başını kaşıya kaşıya odacıktan dışarı çıktı, depoya mal çıkarmaya gelen forklifte tünemiş iki işçiyle selamlaştı. "Merhaba Hoca! Erkencisin yine."

"Günaydın çocuklar," dedi eski öğretmen alışkanlığıyla, sonra o anda aklına gelivermiş gibi forklifti kullanan gence seslendi:

"Yahu ben yokken yeni mal falan geldi mi depoya?"

"Yok be Hocam, daha karga kahvaltısını etmeden ne malı? TIR yine arızalanmış, ilk teslimat iki saat sonra dediler. Sen otur keyfine bak hele."

"Hangi serileri çıkaracaksınız? Dikkat edin, hepsini iyi not edelim de deftere, bilgisayara işlerken yanlışlık yapmayalım. Zaten kafam biraz dağınık bugün."

"T-13 dizisinden dört koli, A-705'lerden de 8 koli istediler. Sen korkma Hocam, keyfine bak. Bizden yamuk olmaz. Tek tek sayarız evvel Allah."

"Bu günlerde bu lüks mallar nasıl satılıyor anlamıyorum," diye söylendi yüksek sesle. "Aradıkların o tarafta değil, dördüncü sırada da değil, ikinci kulvarın en sonunda, dip köşede en altta duruyor, o malların fazla çıkışı olmadığı için o kuytuluğa, en alta dizmiştik bunları."

"Yok yav Hoca! Bak burada işte. D-10'ların en üstünde. Bak yazıyor üzerlerinde."

Gösterdiği kutulara baktı, çocuk haklıydı. Tam ağzını açıp şaşkınlığını belirtecekti ki, sustu. "Tamam, tamam, yanılmışım. Çıkarken beni gör de deftere işleyeyim."

Sakin görünmeye dikkat ederek küçük odaya girdi, kapıyı kapadı, bilgisayarın başına geçti, son yerleşim planını açtı. Yanılmamıştı: T-13'ler bilgisayardaki şemaya göre de tam da hatırladığı gibi D-10'lar istifinin altındaydı, ama farklı bir yerde, deponun en derin, en az işlem yapılan köşesinde.

Telaşını belli etmemek için işçilerin yanına gitmedi, bilgisayarın başında, olduğu yerde kaldı, kapıyı gözetleyerek kayıt yaptırmak üzere yanına gelmelerini bekledi. Her zamanki gibi, aldıkları malların koli etiketlerini teslim ettiler, koli yüklü büyük demir arabalarını iterek dışarı çıktılar.

Forkliftin, öteki malları indirmek için hangar gibi deponun başka bir tarafına yöneldiğini görünce odacıktan çıktı. İnanılması gerçekten güçtü, bir gece bile değil, birkaç saat içinde buranın düzeni bütünüyle değişmişti.

Birine haber vermesi, anlatması gerekiyordu. Yarın öbür gün bir sorun olduğunda sorumlu tutulmak, kuşkulu sayılmak istemiyordu. Bir başka telaşa da kapılmıştı; düşüncesi bile kanını donduran daha ürkütücü bir olasılık: Ya burada bir işler dönüyorsa... Hesaplarını yeniden yapabilir, yerleştirme planlarını düzeltebilir, çalışanları uyarıp daha dikkatli olmalarını tembihleyebilirdi. Can sıkıcı da olsa üstesinden gelebileceği şeylerdi bunlar. Ama yolsuzlukların gırla gittiği, mafyaların, çetelerin cirit attığı, aklının ermediği bin türlü kirli hesabın döndüğü bir ortamda, birileri iş karıştırıyorlarsa, bununla başa çıkamazdı.

Evet, mutlaka birine haber vermesi gerekiyordu. Kime? Kimlere? Müdüre gidip, dün gece ben geç vakit çıktıktan sonra depoda malların yerleri değiştirilmiş dese, nasıl kanıtlayacaktı? Bilgisayarda krokiler vardı, ama bu yeterli kanıt sayılmazdı. Çok önemli de değildi zaten kolilerin yerlerinin değişmesi. Olsa olsa arayan işçiler biraz güçlük çekerlerdi ki, bu da kimin umurunda. Peki, dün gece yarısından sonra depoya kimsenin haberi olmadan yeni mal gelmiş olduğunu, depodaki boş hacmin azaldığını söylese... Bu daha ciddi işte, ama o zaman da tam sayım yapılıp yeni malların, kolilerin hangileri olduğunun ortaya çıkartılması gerekir. Yapılması gereken bu bence. Ben olsaydım işin başında, bunu önerirdim. Öyle ya, yüzlerce mal serisi, binlerce koli arasına iyi saatte olsunlar muzır, yasaklı, tehlikeli birşeyler yerleştirmişse kimin nasıl haberi olacak? Üstelik tek tek açılmıyor ki kutular. Yapımcı, tedarikçi firmanın onaylı çıkış belgesine bakıyorsun –çoğunlukla da bakılmaz, formaliteden ibarettir–, yallah alıyorsun içeri. Bugüne kadar yanlış bir iş olmadı. Mallar bazen kusurlu çıkar, değiştirirler, sorun olmaz. Sadece bir kere, 22 santim çaplı dibi yapışmaz teflon tava yerine, aynı kodla seramik salata kâseleri gelmişti. Yine de kim bilebilir binlerce kapalı kolinin içinde ne olduğunu. Mesela üstüne tozşeker ya da makarna kodu yapıştırılmış bir koli bomba, bir koli mermi gelse... Hangi şeytan soktu bu düşünceleri kafama! Hep şu medyanın işi. Televizyonu açıyorsun, gazeteyi açıyorsun, aynı haberler. Yok şurada bomba bulunmuş, yok burada ceset bulunmuş. Millet meraklı ya bu işlere, doğru yanlış demeden yazıyorlar, gösteriyorlar, kafamızı bunlarla dolduruyorlar. Yine de...

Ürperdi. Birine sormalı, birine danışmalı, kuşkuları paylaşmalı. Kime?

Güvenlik timinin başındaki temiz yüzlü genç... Evet, en doğrusu durumu ona anlatmak. Kimsenin haberi olmadan içeri mal sokulmuşsa, hele de yasadışı birşeyler varsa kendisi de sorumlu olur.

Bunalmıştı, kalbi sıkışıyordu. Kendini dışarı, açık havaya atabilse bir... İçi rahat değildi. Depoyu dolaşıp kıyı bucak kendi gözleriyle görmeli, içeri denetimsiz bir giriş yapılmışsa malın yerini belirlemeli, kuşkulu bir durum varsa açıp ne olduğuna bakmalıydı. Huyum kurusun, karım haklı, kıllık işte!

Sezgilerinin yönlendirmesiyle, hem belleğine hem de bilgisayara göre D-10 kolilerinin bulunması gereken dipteki bölmeye yöneldi. Görünüşte her şey düzgündü, istifler dağılmamıştı. Deponun o bölümü ışık almazdı, gündüz gözüyle bile elektrik yakılırdı çalışmak için. Alacakaranlıkta kolileri tam seçemiyordu, ama bunca yılın deneyimi ve titizliği ile, burada birşeylerin değişmiş olduğunu fark etti. Işığı yaktı; hiç de tanıdık gelmeyen, koyu renk tahta ambalajlı malları gördü. Üzerlerinde etiket değil, yer yer akmış mor boyayla yapılmış M1-K4 damgası vardı. Biraz daha yaklaşıp dikkatle inceledi. Tahta sandıkların birinin alt kenarına malın ithal ürünü olduğunu gösteren küçük bir etiket yapıştırılmıştı, etiketin üzerindeki tarih beş yıl öncesini gösteriyordu. Ambarda bu kadar eski tarihli ürün olmadığından emindi. Bu, perakendeciliğin ve işyerinin doğasına aykırıydı zaten. Bu malların, avucunun içi gibi bildiği depoya yeni girdiğinden hiç kuşkusu yoktu. Tahta sandıkların damgasına bir kez daha dikkatlice baktı. Kafasını kaşıdı, bir daha, bir daha kaşıdı. Buna benzer damgaları bir yerden hatırlıyordu. Nereden? Bir başka ambar; koliler, fıçılar, tahta sandıklar, alet edevat... Mühimmat... Evet, mühimmat. Belleğinin sislerini dağıtan anahtar kelime. Bunların, aynı değil ama benzerlerini yedeksubaylığında lojistikte çalışırken ambarlarda gördüğünü hatırladı. Ne alâkası var burada?

Kafası uyuz olmuşçasına kaşınıyordu. Başını iki elinin arasına aldı. Şu bir türlü kavrayamadığı, bazen casusluk filmi izler gibi izlediği görüntüler, karışık işler: televizyonlarda döndüre döndüre gösterilen silahlar, bombalar, kurşunlar; mühimmat...

Bana ne yahu! Ben koymadım ya bunları buraya! Buranın müdürü var, güvenlikçisi var, var oğlu var. Bana ne oluyor? Telaşçı herifin tekiyim, karım haklı; kılım ben. Güvenlik şefi ile konuşmaya karar verdi.

Güvenlik sorumlusu takımını etrafına toplamış gündelik uyarıları yapıyordu. Son günlerde ortalık toz dumandı, daha fazla dikkat etmeleri, o manken gibi genç kadınların ya da örtülülerin çantalarını da iyice aramaları gerekiyordu. Kimseyi ıskalamayın, bebek arabası, oyuncak ayı, kalın kitap; hepsini dedektörden geçirin. Konuşmasında hiçbir fevkaladelik yoktu; bu ülke Hoca kendini bildi bileli hep toz dumandı.

Güvenlikçilerin de şefin çektiği nutku can kulağıyla dinler halleri yoktu zaten.

Bir kenarda durup bekledi. Güvenlik ekibi dağılırken sorumlunun yanına yaklaşıp, "Biraz konuşmalıyız," dedi kararlı ve soğukkanlı çıkmasına gayret ettiği bir sesle.

"Konuşalım Hocam," dedi Güvenlikçi. "Yolunda olmayan bişey mi var?"

"Var! Depoda kaydı tutulmamış mallar var. Üstelik de ne zaman geldiği belli değil. Dün geceyarısından sonra çıktım ben buradan. Ne nerede istifli bilirim, gözüm yanılmaz. Şimdi baktım, düzen bozulmuş, serilerin yerleri değişmiş. T-13'ler ilk kulvara getirilmiş, halbuki bunların sürümü fazla olmadığından içeriye en dibe yerleştirmiştik, hem de D-10'ların altındayken üstüne çıkarılmış..."

"Bi dakka Hocam! Bu D'ler T'ler benim kafamı karıştırdı. Ne olmuş, bana D'siz, T'siz anlat bi hele."

"Olan şu ki, depoya girilmiş, en kuytu bölmeye büyük tahta sandıklar yerleştirilmiş."

"Sen bilmeden?"

"Evet ya, ben bilmeden... Ben yokken mal gelmiştir bir ara desem, hiçbir yerde kayıt kuyut yok."

"Dur, telaşlanma. Belki müdürün, işverenin özel kolileridir; ev eşyası özel ihtiyaç... Gidip bi bakalım."

Güvenlikçi beline astığı dedektörü yokladı, "Bomba olacak değil ya!" dedi biraz da alaycı bir sesle.

"Bu zamanda, olmaz olmaz. Baksana, dört bir yandan silah fışkırıyor..." Ceset fışkırıyor, diye de ekleyecekti, ama kendi söyleyeceğinden kendisi dehşete kapılıp sustu.

Depodan içeri girince, mekânın soğuk olduğunu hissetti. "Burada şifayı kapıyorum; bir soğuk, bir sıcak, tam hastalık havası."

"Soğuk değil be Hocam." Güvenlikçi, adamın bedenini değil ama kafayı üşüttüğünü düşündü bir an.

Millet toptan manyaklaştı. Çeteydi, bombaydı, cesetti, derken herkesi manyak yaptılar. Bize de iş çıktı bu arada. Güvenlikçi korkmuyordu, her gün bir yenisi üretilen dehşet senaryolarına da inanmıyordu: Suç her yerde, bütün dünyada var. İnsanoğlu çiğ süt emmiş. Silahına ve çevikliğine güvenirdi evvel Allah. Hoca'nın ardından onun gösterdiği en dipteki bölmeye yürüdü. Dedektörünü gösterilen tahta sandıkların çevresinde gezdirdi. Ve o uğursuz sesi, dedektörün sinyalini ikisi de duydu. "Bütün metaller ses verir, kemer tokası bile," dedi Güvenlikçi.

"Kemer tokası böyle tahta sandıklarda gelmez, o kolilerin üstlerinde de şu gördüğün damga olmaz. Açmadan, içlerinde ne var, emin olamayız."

"Sence ne var Hoca?"

"Mühimmat..."

Sözcük ağzından çıkar çıkmaz pişman oldu. Bu pis işe hiç karışmamalıydım, Güvenlikçi ile de konuşmamalıydım. Bu zamanda kimin ne olduğu belli mi? Doğru gidip müdüre haber vermeliydim.

"Mühimmatın ne işi var burada, kışla mı burası Hoca! Bizimkiler askeriyeye silah mı satacaklar?"

"O da ticaret değil mi, hem de en kaymaklısından."

Gençliğinde, toyluk günlerinde kapıldığı düşünceler geçti aklından. Nasıl öğrenmişlerdi? Sermayenin dini, imanı, vatanı yoktur. Savaşlar kapitalizmin ürünüdür... Artıdeğer sömürüsü olmadan sermaye birikimi olmaz... Bak kalmış aklımda işte. Daha iyisi babaannemin sözü: Çok laf yalansız, çok mal haramsız olmaz.

"Açalım şunları," dedi Güvenlikçi, bir an önce bitsin de bu tatava, işimize bakalım, der gibi.

"Müdürün onayı olmadan olmaz."

"O zaman bir onay al da gel bakalım Hocam."

Deponun kapısını kapayıp çıktılar.

Sonraki günlerde, müdürün önce kolilerin açılmasına onay verdiği, toplantım bitince beraber gidip bakarız, dediği halde sonradan neden fikrini değiştirdiği; soruşturdum, mal girişi değilmiş, özel eşyaymış, o yüzden kaydı yok, birkaç gün içinde çıkaracaklar deyip meseleyi neden kapattığı takılacaktı Hoca'nın aklına. Merakına, belki de sorumluluk duygusuna yenilecek, bir gece herkes gittikten sonra tahta sandıklardan birini açmaya kalkışacaktı.

Keşke onu müdüre göndermeseydim, keşke sandıklardan birini açıp içindekileri kendi gözlerimle görseydim, Hoca'ya da canını seviyorsa susmasını, unutmasını tembihleseydim. İyi adamdı, işinin de ehliydi, yazık, diye hayıflanacaktı Güvenlikçi.

(Y.N.: Hoca sadece işten çıkarılmakla mı kalacak, güvenlikçi adamın işten çıkarılmasına mı hayıflanıyor, yoksa adamın başına daha kötü bir şey mi geliyor? Bu bölüme esin kaynağı olan gazete haberinde, depo memurunun üzerine düşen ağır kolilerin altında ezilerek can verdiği yazılıydı. Belki de en iyisi okuru kendi hikâyesini geliştirmekte özgür bırakmak.)

* * *

Çöp toplayıcısı küçük çocuğun hastaneye Doktor Hanım'ın nöbetçi olduğu gece getirilmesi sadece bir rastlantıydı. Sadece çocuğun ve doktorun değil başka insanların kaderini de etkileyecek bir rastlantı.

Polisin sevk raporuna göre, çocuk karıştırdığı çöp bidonundaki bir cismin patlamasıyla yaralanmış, yanık tedavisi yapılmıyor diye hastane hastane dolaştırıldıktan sonra buraya getirilmişti. Yaraları, yanıkları ağırdı. Üstelik geç kalınmıştı, inanılmaz acı çekiyordu. Aynı yaşlarda bir oğlu olan Doktor Hanım, ölüm kalım savaşı veren çocuğun yanıklar içindeki çelimsiz bede-

41

nine, bir yarısı yanmış yüzüne baktı, minicik kalbi dayanabilecek mi acaba, diye düşündü. Sonra sedyeyi taşıyan hastane personelini, gece hemşiresini, genç asistan çocuğu gördü. Hepsinin yüzündeki 'bu kurtulmaz, boşuna çaba' ifadesini okudu. Sedyede yatan çocukla oğlu kısacık bir an yer değiştirdi kafasında ve yüreğinde. "Hemen ameliyata alıyoruz, hazırlıkları yapın," dedi tartışma götürmez bir kararlılıkla. Sonra sordu: "Hasta sahibi kim?"

Hastanın sahibi yoktu; üstünde de, ne kimlik ne bir şey, sadece yırtık, partal, yanık çaputlar... Polis getirmişti; zaten polis getirip de Emniyet'ten zorlama olmasa hastaneye kabul etmezlerdi. Şimdi bile sorunluydu bu ameliyat; kayıt kimin adına yapılacak, kim onay verecek, ameliyat masraflarını kim ödeyecek?

Umurumda değil, diye düşündü Doktor Hanım, gerektiğinde benden kessinler. Hipokrat yeminini hatırlayan mı kaldı! Para ve piyasa yeminleri bile satın alıyor bu düzende.

İdealistti, insanlar için birşeyler yapmak isterdi. Doktor olmaya bu yüzden karar vermiş, ihtisasını tıbbın insanın acısıyla, ölüm kalımla en dolaysız karşılaştığı alanda, cerrahide yapmış, yanık cerrahisinde yoğunlaşmıştı. Her hasta, her ameliyat, her ölüm yaşamın anlamı üzerine bir kez daha düşünmesine, bir kez daha hiçlik ve anlamsızlık duygusuna kapılmasına neden olurdu. Elinin altında kesip biçtiği dokunun bir canlı, bir insan olduğunu istese de unutamayan, mesleğin rutinine kapılmamış, bunca yıldır kanıksamamış, belki biraz da marazi bir kadındı. Sadece insanların değil, bütün canlıların acısını yüreğinde duyardı. Tıbbı bitirip ihtisasa başladığında, hekimlikle yetinmeyip veterinerlik diploması da almaya niyetlenmiş; kocasının, karılık ve annelik görevlerini hatırlatmasıyla, bu hevesinden vazgeçmişti.

Karılık görevi boşanmayla sona erdiğinde, evliliğinin başarısızlığında kendi payını sorgulamıştı uzun uzun. Kocaman bir yüreği tek bir kişiye vermenin, dünyasını aile çemberiyle sınırlı tutmanın ona göre olmadığını anlamış, suçun kendinde olduğunu kabullenmiş, yürek ve vicdan özgürlüğüne kavuştuğu için de mutlu olmuştu.

Analık görevine gelince; Doktor Hanım analığı bir görev değil dünyayı ve yaşamı zenginleştiren, anlamsızlık duygusunu törpüleyen harikulade bir macera olarak yaşamayı seviyordu. İyi para kazanabileceği, gece nöbete falan kalmayacağı özel hastaneler varken ağır ameliyatlarda, özellikle çocukta uzmanlaşmış bu devlet hastanesinde çalışmayı seçmesi kişiliğinin ve hayata bakışının bir özeti gibiydi. Burada bana ihtiyaçları var, bu çocukların bana ihtiyacı var, oğlum da olabilirdi o çocuklardan biri. Kötü şeyler hep başkalarının mı başına gelir? Kötü şeyler hep yoksulların, kadersizlerin mi başına gelir? Başkası ben olabilirim, benim de başıma gelebilir.

Hazırlıkları tamamlayıp ameliyathaneye girerken, son günlerde üst üste gelen benzer vakaları düşündü: hepsi çocuk yaşta, hepsi nedeni bilinmeyen bir patlamanın ya da zehirlenmenin kurbanı. Ve hepsi yoksulluk ötesi yoksul, kara gözlerine acı ve hüzün oturmuş sarı benizli, kavruk, sıska, çocuklar...

Kafasına üşüşen soruları, kaygıları, düşünceleri kovmaya çalıştı. Ameliyat öncesinde sakin olmalıyım. Bu bir kesip biçme işi, kimi kesip biçtiğimin hiç önemi yok. Bütün mesele titiz, dikkatli, çabuk davranmak. Yüreğin, duyguların karışmaması gereken bir iş.

Ameliyat boyunca, yüreği beş duyuyu kendilerinde toplamış hassas ve becerikli parmaklarında atıp durdu. Duyguları küçük hastasının yaşayacağını, iyileşeceğini söylüyordu. İşini bitirdiğinde, hâlâ baygın yatan çocuğu asistanına teslim edip ameliyathaneden çıkarken her seferkinden daha bitkin, daha gergindi.

Operasyon tahmininden uzun sürmüştü. Çocuğun kalbi gitmiş gelmiş, nabzı bir ara umutsuz noktaya kadar düşmüş, ama küçücük beden direnmiş, ölümü –en azından şimdilik– yenmişti.

Neden kendisini rahatlamış, başarılı, mutlu hissetmiyordu peki? Kestiği bacak yüzünden olmalıydı. Çocuğun bacağını diz hizasından kesmeseydik, yaşama şansı sıfırdı. Korkunç bu! Yapman gerekeni yapıyorsun, yaşatmak için çırpınıyorsun ve o yaşamın ölümden beter olacağını biliyorsun. Çöp tenekelerini karıştıran tek bacaklı bir çocuk, çöpleri karıştıran tek bacaklı bir delikanlı ve sonra bir gün artık çöp bidonlarını bile karıştıramayan tek bacaklı bir ihtiyar... Sağır ve dilsiz bir çocuk, sağır ve dilsiz bir ihtiyar, demeliydi; ama Doktor Hanım bunu henüz bilmiyordu.

Odasına gidince ağlamaya başladı. Ameliyatlardan sonra hep duygusal olur, bazen bir sinir boşanması yaşardı, ama böyle katıla katıla ağlamak hiç başına gelmemişti. Kapısını kilitledi, dolaptan çıkardığı sert içki şişesinden birkaç yudum aldı. Böylesine gerilmem, son günlerdeki benzer vakalar yüzünden olmalı, çoğu da yeniyetmeydi bunun gibi. Oğlum yaşlarında çocuklar; çöp karıştıran, çöp toplayan, işleri geçimleri çöp olan çocuklar: çöp çocukları.

Birden oğlunu özledi. Hemen gidip ona sarılmalıyım, anlattığı saçma sapan şeyleri dikkatle dinlemeli, önem vermeliyim. Hayır, çöp çocuklardan hiç söz etmemeliyim ona. Acıyı ona da bulaştırmaktan, masumiyetini zedelemekten, onlardan korkmasını, nefret etmesini sağlamaktan başka yararı yok bunun. Oğlumu kötülüklerden korumalıyım, bütün bu çocukları da korumalıyım.

Birkaç yudum içki daha aldı. Hemen çıkmadı, asistanının ameliyatın kesin sonuçlarını getirmesini bekledi. Kapı vurulduğunda gözlerini şöyle bir kurulayıp kilidi açtı. "Durum kötü değil," dedi asistan, "çelimsiz ama dirençli bir yapısı var. Bir de kesinlikle emin değilim ama galiba dilsiz, belki de sağır. Hayır, henüz narkozun etkisinde, ama işte öyle geldi bana."

Bir bu eksikti, diye geçirdi içinden Doktor Hanım.

"Bazen yaptığım işin, bütün bu ameliyatların, bu yaşam kurtarma saplantısının neye yaradığını düşünüyorum da... Yaşamın kendisi bu kadar acımasızsa, onu uzatmaya çalışmak neye yarar?"

"Yaşam savaşına dayanabilmemize, ona bir anlam kazandırdığımızı sanıp kendimizden hoşnut olmamıza yarıyor belki de," dedi akıllı asistanı.

Çöp Çocuk da yaşam savaşı verecek, benim oğlum da. Nasıl bir adalet bu, diye kendi kendine söylendi Doktor Hanım.

Çöp Çocuk yaşam savaşını olmasa da ölümle savaşı kazandı. Bütün o derin felsefi sorunlar: Yaşamın anlamsızlığı duygusu, ilahi adalet sorgulaması, insani adalet tartışması, yaşamak ve yaşatmak güdüsünün, –o temel içgüdünün– şiddeti karşısında geriledi. Çocuğun yaşaması bir sürü sorunu –protez bacak tedariki, ameliyat ve hastane masrafları, iyileştiğinde nereye gideceği, kimliğinin belirlenmesi– birlikte getirse de can çıkmamışsa umut hep vardı, hele de ilgilenen olursa.

Asistan haklıydı; tek bacaklı Çöp Çocuk sağır ve dilsizdi. Doğuştan mı, sonradan mı, henüz bilmiyorlardı; ama o muhteşem anlama ve anlatma yeteneğine bakılacak olursa, sağırlık ve dilsizlik sonradan olmaydı. Belki bir travma ya da bir kaza sonucu.

Kimsin, nesin diye soruşturmaya çalıştıklarında anlatabilmek için çırpınıyordu. Elleri ve gözleriyle anlattığına göre uzaklardan, çok çok uzaklardan gelmişti; yangınların, savaşların, ölümün topraklarından. Evet, ailesi, kardeşleri vardı. Annesi yoktu, ölmüş müydü, öldürülmüş müydü, anlayamadılar. Şehre uzak, çok uzak tepelerden birinde oturuyorlardı. Hayır, okuma yazma bilmiyordu. Evet, çöplükleri karıştırıyor, çöp topluyordu. Çöpleri seviyordu. Her gün çöpten bulduğu küçük hazineleri büyük bir adama teslim edip ekmek alıyordu. Evet, evinin yerini bulabilirdi, ama annesi öldüğünden beri o eve gitmiyordu. Hayır, hiçbir kâğıdı, kimliği yoktu. Evet, çöp bidonunu karıştırırken bu hale gelmişti. Hayır, ne olduğunu, neyin patladığını bilmiyordu. Hayır, onu polise teslim etmelerini istemiyordu, geldiği yere, sokaklara gitmek istiyordu. Evet, bacağı da, yanıkları da hâlâ acıyordu. Evet, bastonla yürüyebilirdi. Hayır, yeni bacak istemiyordu, alacak parası yoktu...

Doktor Hanım, bir akşamüzeri hastasının beş çocuk hasta ile balık istifi paylaştığı odaya girince, çocuğun gülümsemeye çalıştığını gördü. Yüzünün yanıkları gülümsemesini zorlaştırıyor, tuhaf ve çirkin bir kasılmaya dönüştürüyordu. Çocuğun yatağına yaklaşıp incecik parmaklı, tırnakları uzamış esmer elini tuttu. Duymayacağını bile bile alçak sesle konuştu onunla. İyileşeceksin, yeni bir bacağın olacak, iyileşene kadar burada kalacaksın, sana bakacağız, acılarını dindireceğiz, sonra gidersin, dedi. Çocuk sanki anlamış gibi Doktor'un elini okşayarak teşekkür etti. Çöp Çocuğun gözlerinin buğulandığını, göz pınarlarında biriken birkaç damla gözyaşının yüzündeki bandajlara takılıp yanaklarından süzülemediğini gördü. Nerelerden geldin küçüğüm, diye sordu. Sözleri dudaklardan okuyan Çöp Çocuk, acıyı göze alıp elleriyle, kollarıyla, parmaklarıyla, sargılar arasında parlayan gözleriyle anlattı: Dağlar, dedi, karlı dağlar; gürül gürül akan sular, dedi; çayırlar, çimenler, kuzular da dedi belki. Dağların gölgesi çocuğun yüzüne vurdu, karlı tepeler gözbebeklerine yansıdı.

"Oraya dönmek ister miydin?" diye sordu Doktor Hanım.

Umutla mutluluk çocuğun gözlerinde birikip yaş

oldu. Birgün belki beraber döneriz oraya, diye fısıldadı kadın. Bana ülkeni gezdirirsin. Bunları anlamamıştı tabii, ama Doktor'a sanki anlamış gibi geldi. Sonra çocuk, etrafa saçılmış kuşyemi, leblebi, bilye gibi işaretler yaptı. Ne demek istiyorsun, ne anlatıyorsun küçüğüm? Çocuk havaya küçük kavunlar, toplar, bonbon şekerlerini andıran biçimler çizdi acıyla, güçlükle. Puf, puf diye patlama gürültüsüne benzer sesler çıkarttı. Bomba mı demek istedin? Mermi mi? Evet mermi, bomba. Doktor Hanım dudaklarının ağır, abartılı hareketleriyle 'mermi, 'bomba' diye birkaç kez tekrarladı. Çocuğun gözleri parladı, başını hızlı hızlı salladı: Evet, evet, evet... Peki nerede? Uzaklarda, çok uzaklarda mı, yoksa burada, evinde mi? Çocuk acıları göze alıp yattığı yerde iki yanına salınarak, hem orda hem burda, orda da, burda da, dedi. Nasıl yani? Sen o bombaları, mermileri böyle etrafa saçılmış gördün mü, televizyonlarda gösterildiği gibi hani? Çocuk yine heyecanla başını salladı. Sağlam kolunu geniş geniş açarak, elini tarlaya tohum atarcasına, pazarda yeşilliklerin üzerine taze kalsınlar diye su serpercesine bileğinden sallayarak o şeylerin nasıl dört bir yana saçılmış olduğunu anlatmaya çalıştı.

Doktor Hanım böyle okudu çocuğun beden diliyle söylemeye çırpındıklarını. Abartıyor, önemli görünmek istiyor; sokaklar, meydanlar, bahçeler, dağlar, kırlar silah tarlası mı? Orda burda birkaç bomba, mermi falan bulunuyor zaman zaman. Biraz da medyanın abartması, heyecan yaratıp reyting almak için. Çoluk çocuk da inanıyor işte. Yine de bir tuhaflık yok mu bütün bunlarda? Son aylarda yoğunlaşan benzeri vakalar, patlamalarda yaralanmış çöp toplayıcısı çocuklar... Nasıl bir dünyada yaşıyoruz biz? Aç, hasta, sakat, yaralı çocukların sokaklarda dolaşıp çöp topladıkları, çöplüklerin patladığı, çöp bidonlarına bombaların, silahların atıldığı bir ülke nasıl bir yerdir? Neyin, kimin çöplüğü bu? Ve burada benim işim ne? Hasta çocuğun elini okşadı. Yine gelirim, deyip öteki hastalara yöneldi.

Birkaç gün sonra Çöp Çocuk hastaneden kaçtı. Doktor Hanım'ın bütün etkisini ve yetkisini kullanarak ısmarladığı, sosyal yardım fonlarından yararlanabilmek için Bakanlığı bile devreye soktuğu protez bacak henüz gelmemişti. Acısına dayanıp, bütün gücünü toplayıp geçici koltuk değneklerine dayanarak gitmiş olmalıydı. Koltuk değnekleriyle yürümekte, hatta koşmakta herkesi hayrete düşürecek bir beceri edinmişti. Yaraları, yanıkları olabildiğince iyileşti, diye düşündü Doktor. Estetik ameliyat yaptıracak hali yok ya! Böylece de sürdürebilir yaşamını. Sonra bir an durdu, içini yokladı: bir bacağı kesik, yüzünün bir yanı yanık yarası, bir eli damarlardaki ağır hasar yüzünden çolak, sağır ve dilsiz bir çocuk... Birkaç yıl sonra delikanlı, sonra genç bir adam ve sonra yaşlı bir insan. İnsan... İnsan... Utandı, çok utandı. Kendine kızdı, el bebek gül bebek büyüttüğü, gözündeki hafif şehlalığı gidermek için bebekliğinden beri olmadık yöntemler, olmadık paralar dökerek çabaladığı oğluna kızdı. Bütün insanlardan, bütün sakatlardan, dünyanın bütün çöp çocuklarından işlemediği günahlar, sorumlu olmadığı yoksunluklar için özür dilemek, Çöp Çocuğun kefaretini ödemek isterdi. Kime, nasıl? Bilmiyordu, beceremedi, ezildi, kendini güçsüz, çaresiz, kimsesiz hissetti, korktu. Buralardan gitmeliyim, diye düşündü. Bu kadar acımasız olmayan başka topraklara gitmeliyim ya da büyük acıları bir nebze dindirebileceğim yerlere.

Hastaneden kaçan çocuğun izini sürmeye kalkışmadı. Polisin ve hastane yönetiminin kaçak hastayı bulmak için değil, şekli kurtarıp görevlerini yerine getirmiş sayılmak için hazırladıkları tutanağa da katkıda bulunmadı. Hastane çalışanları, özellikle de güvenlik sorumluları ceza almasınlar, işlerinden olmasınlar diye, hastane yönetimine hastanın taburcu olabilecek aşamaya geldiğini, olayı kapatmanın daha doğru olacağını bildirdi. Çocuğun arayanı soranı yoktu zaten, bu durumda uğraşmamak, peşini bırakmak herkesin işine geliyordu. Çocuğun yanık yüzünde, sanki ateşliymişçesine çakmak çakmak parlayan gözlerindeki imdat haykırışı ise Doktor Hanım'ın peşini bırakmadı. Sonraki yıllarda, sağır-dilsiz çöp çocuğunun bakışlarında yankılanan imdat çığlığının ardına takılıp geldiği topraklarda; köpüren nehirler, karlı dağlar, güzel atlar, acıyı isyana dönüştürmüş insanlar ülkesinde; hastaları, yaralıları, bebeleri, çocukları sağaltmaya çalışırken sağır-dilsiz küçük oğlanı hep hatırladı.

(Y.N.: Bu bölümü daha fazla açmak etkiyi zayıflatacak. Doktor kadınla oğlunun şehri terkedip Çöp Çocuğun anlatmaya çalıştığı topraklara yerleştiklerini okur belli belirsiz sezsin yeter. Bu kaçış anlam ve adalet arayışının sonucu olarak da düşünülebilir. Kader değil, seçim.)

* * *

Her şey, internet âleminde küçük çaplı bir deha kabul edilen genç Hacker'ın işten çıkarılmasıyla başladı. Ağ güvenliğinden sorumlu üst düzey eleman olarak çalıştığı banka, derinleşen ekonomik krizi bahane ederek çalışanların ücretlerinde belli bir oranda indirime karar vermiş, en yüksek ücret alanlardan biri olduğundan en yüksek indirim piyangosu da ona çarpmıştı. "Bak o bile düşük ücrete razı oldu!" dedirtmeye, piyasa değerini düşürmeye hiç niyeti yoktu. İşçi çıkarmaya, ücretleri düşürmeye bahane sağlayan bu krizler fazla uzun sürmezdi, banka kârını bir önceki yıla göre bilmem ne kadar artırır, bir süre sonra, işten çıkarılanların yerine daha ucuza mal olacak yeni işçiler alınır, düzen sürerdi.

Hacker'ın tuzu kuruydu. Evli barklı değildi, kız arkadaşı bir reklam şirketinde çalışıyordu ve işi sağlamdı. Ayrıca bir süre dayanacak yeterli birikimi de vardı. Aylaklığın büyüttüğü can sıkıntısı olmasa, insanı insanlıktan çıkaran çılgın iş temposunun sona ermesinden memnun bile olacaktı. Nihayet kendime ait bir zaman. Artık ne istersem yapabilirim, geceleri sabahlara kadar çalışmak zorunda değilim, istersem bütün gün uyuyabilirim!

Ne var ki, tümüyle kendine ait o zamanı nasıl kullanacağını bilmiyordu. Geceleri sevgilisiyle oraya buraya gidebilirlerdi, peki ya o geçmek bilmeyen uzun günler? Yeniyetmeliğinden bu yana bilgisayardan başka dünya tanımamış, bilgisayarda yetişmiş, bilgisayarla öğrenmiş, bilgisayarla eğlenmiş, sonra da bilgisayar sayesinde konum, şöhret, para kazanmış bir zamane genci olarak, gerçekler dünyasına yabancıydı.

Sanal âlemde kendi çapında bir efsaneydi Hacker. O âlemin müdavimleri onu onlarca sitesindeki onlarca 'nickname' ile tanırlar, bilgisayarda bir sorunları olduğunda ona başvururlar, becerisi ve zekâsı karşısında hayranlıkla kıskançlık arasında bocalarlardı. Çoğunlukla hayranlık ağır basardı, çünkü yazışmalarında hep alçakgönüllü, saygılı, sevecendi; böbürlenmez, büyüklük taslamaz, kimsenin aklına gelmemiş hayati çözümü bulduğunda, "Bir de şöyle mi denesek acaba?" demekle yetinir, yaptığı işi önemsemez görünürdü. Onun çalıştığı işyerinde ağ güvenliğinden kimse kuşku duymaz, kaçınılmaz sistem aksaklıklarından telaşa kapılınmaz, sistem çökse bile kısa sürede yeniden devreye gireceği bilinirdi. Anlattığı yaşanmış hikâyeler –hepsinin bilgisayar ekranında anlatıldığını ya da görüntülü olarak ekrandan yansıtıldığını söylemeye gerek yok tabii– olağanüstüydü. Toy çetçilerin düştükleri tuzaklara düşmez, fiziki özelliklerinden, özel yaşamından hiç söz etmezdi. Sanal âlemden tanıyanlar Hacker'ı orta yaşta, boylu poslu, yakışıklı bir adam olarak tahayyül ederlerdi. Hele de kadın hayranları...

İşsizliğinin ve özgürlüğünün ilk gününde, başıboşluğun ve avareliğin tadını çıkarmak için daha önce çalıştığı telekomünikasyon şirketinin karmaşık iletişim ağında gezinmeye başladı. Birkaç noktada önemsiz işleyiş hataları, hemen değilse de bir süre sonra tehlikeli olabilecek kimi boşluklar gördü ama aldırmadı: Ücret düşürmeyi önerirken düşünselerdi! Şimdi ucuz elemana yaptırsınlar da görelim!

Eğlence olsun, vakit geçsin diye, gizli kodlu GSM hatlarının şifrelerini çözüp ünlülerin telefon konuşmalarını dinlemenin paha biçilmez hazzını tatmaya niyetlendi. İşteyken bu kadar fazla boş zamana sahip değildi; üstelik biri farkına varsa bunca yıldır biriktirdiği güven ve saygınlık bir anda dağılır, en azından yara alırdı. Şimdi –gel keyfim gel– bilgisayarın yanına koca bir kâse mısır gevreği ile Cola bardağını koymuş, ekranla bütünleşmiş beyninin içindeki rakamlara, kodlara, hesaplara dalmıştı.

Ekranın sağ köşesinden, son gelişmeleri anında geçen iddialı web sitelerinden birinin görüntülü haberleri akıyordu. Hacker'ın siyasetle ilgisi yoktu. İşi gereği, kriz ve borsa haberleriyle ilgilenmek zorunda kaldığında, bunu katlanılması gereken bir iş yükü saymış, önemsememişti. O günlerde ülkede neler olup bittiği sorulsa, "Birileri birilerini öldürüyor, tanınmış kişilerin, büyük adamların adları cinayetlere karışıyor, orda burda patlamalar oluyormuş," diye özetlerdi durumu.

Ekranın sağından akan haberlere gözü ilişince bir an duraksadı: 'Son günlerdeki esrarengiz olaylara bir yenisi eklendi; kentin çöp alanlarından birinde ihbar üzerine yapılan aramada çok sayıda bomba, silah, mermi ve apoletlerinden bir generale ait olduğu anlaşılan askeri üniforma ceketi bulundu. Flaş... flaş... flaş... Ceketin bir süre önce ailevi nedenler yüzünden intihar

51

eden yüksek rütbeli subaya –o subayın adı da belirtilmişti haberde– ait olup olmadığı araştırılıyor. Ana muhalefet partisi sözcüsü, gelişmelerden hükümeti sorumlu tuttu, ceketin sahibinin kim olduğunun ve çöplüğe nasıl atıldığının bir an önce ortaya çıkartılmasını istedi.'

İntihar eden generalin adı verilmemiş olsaydı, haber Hacker'ın dikkatini çekmeyecekti. Her gün her yerde bulunuyor böyle şeyler, çöplükte eski bir ceket bulunmuş, bu da mı haber! Ceset bulunmuş olsaydı, belki flaş... flaş...lara değerdi.

Farkında olmadan, intihar etmiş olan subayın adına odaklandı. Deha denilen o bilinmez güç beyninin kıvrımları ve parmaklarının uçlarında yoğunlaştı, ölü generalin açık-gizli bütün cep numaralarına –on iki ayrı numara– erişmesi epeyce bir zamanını aldı. Kendi bile bunu nasıl becerdiğine şaştı. Biraz da şansı yardım etmişti; gizli olmayan numaralardan hareketle gizli olanların kodlarına ulaşmak için kullandığı şifre çözücüler nasılsa doğru çıkmıştı. Gizli numaraları dinleyebilirdi artık, ama adam ölüp gittikten sonra bunun ne anlamı var! İş, adamın ölmeden önceki konuşmalarını dinleyebilmekte. Bunca gizli telefon kullanan biri pek sağlam ayakkabı olamaz, besbelli bir işler çeviriyordu.

Geçmişteki konuşmaları dinleyebilmek! Bu olanaksız işte, bunu ben bile başaramam, diye düşündü Hacker. Henüz ses titreşimlerini ayrıştırıp geriye dönük olarak kaydedemiyoruz. Bu bir başarılırsa zaman kavramı değişir, tarih değişir. Birden keyiflendi: Tarihte şöyle oldu, böyle oldu, büyük önder şunu dedi, küçük şef bunu söyledi, öteki kötü eyledi falan diye kandıramazlar artık kimseyi. Bu işe yoğunlaşmak lazım! Tarih dersinden ilkokuldan beri hoşlanmazdı. Bir sürü maval ezberletiyorlar bize, nereden bileceğiz doğru olduğunu yazılanların? Binlerce yıldır herkes kendi tarihini yazıyor.

Konuşmaların içeriği hiç önemli değildi Hacker için. İşin bütün keyfi şifreleri kırıp gizli olana ulaşabilmekteydi. Kimin kiminle ne konuştuğunu umursadığı yoktu aslında: Yesinler birbirlerini, yiyorlar da zaten. Bu it uğursuz takımı beni hiç ırgalamaz. Bu ülkede telefon dinleyip suçlu bulmaya kalkışsan telefonla konuşan herkesi süpheli şahıs ilan edip kodese tıkarsın yekten. 'Telefon dinlemek' düşüncesiyle birlikte kafasında bir şimşek çaktı: Böyle bir adamın telefonları mutlaka dinlenmiştir, konuşmaların kayıtları vardır bir yerlerde. Kayıtlar varsa iş kolaylaşır, tabii yine epeyce çaba ister, ama dinleme kayıtlarına ulaşabileceğimi sanıyorum.

Üstün zekâlı, saplantılı kişilere vergi kendini aşma tutkusuyla işe daldı. Önce gizli numaralardan birini kurcaladı; hat hâlâ dinlemedeydi. Vay canına! Demek ki doğru, demek herkes dinleniyor. Varsın dinlesinler, bana ne! Yarası olan gocunur. Yine de, bir daha kız arkadaşıyla telefonda erotik muhabbet yapmamaya karar verdi. Dinleyen kim peki? Bunu araştırmak da eğlenceli olacaktı. Akşama doğru bacakları, beyni ve gözleri karıncalanmış halde makinenin başından kalkarken, "Vay canına, vay canına!" diye tekrarlayıp duruyordu kendi kendine.

Sonraki üç gün boyunca, zorunlu ihtiyaçlar ve kısa uyku molaları dışında, işlerin en yoğun olduğu dönemlerde bile çalışmadığı kadar çok çalıştı. Bilgisayarın başında parmakları rüzgâra, beyni hızlı bir makineye dönüşmüş, beş duyusuna sezgiyi de katmış, aletle neredeyse bütünleşmiş halde; tıkladı, yazdı, kaydetti. Üç günün sonunda kız arkadaşının kapıya dayanmasıyla bıraktı işi. "Meraktan çıldırdım," dedi kız, "cep telefonun cevap vermiyor, ev telefonun cevap vermiyor, mail'lerim ulaşmıyor." O zaman telefonunu kapadığını, birkaç kez çalan ev telefonunun fişini çektiğini, elektronik postasına hiç bakmadığını hatırladı. Sevgilisinin, sen gerçekten de delisin, manyaksın, falan demesini engellemek için. "Küçük ama epeyce para getirecek bir iş aldım, onu bitirmeye çabalıyordum," dedi. Bir an gerçekte ne ile uğraştığını, nelere, hangi bilgilere ulaştığını söylemeyi düşündü, sonra vazgeçti. Kimseye yararı olmazdı bu bilgilerin.

Kız gece onda kalmayı önerdi. Kendi deyişine göre 'ruhuyla ve bedeniyle özlemişti' erkeğini. Kendini yokladı; sevgilisiyle ilgilenecek, hele de sevişecek hiç hali yoktu. Bir an önce ekranın başına dönmek, hikâyeyi toparlamak, şemayı tamamlamak istiyordu. Kızı dudaklarından üstünkörü öptü, "Seni seviyorum canım," dedi, uzaklardan, aklının takılı olduğu o karmakarışık ilişkiler dünyasından gelen kuru bir sesle. "Artık işten ayrıldım ya, bol bol zamanımız var. Bu gece izin ver de şu elimdeki işi tamamlayayım. Kazanacağım parayla, ilk fırsatta ne zamandır istediğin o uzak cennet adalarına gideriz."

Kızın, kaderine razı bir gülümsemeyle, "İşkoliksin sen canım, çalışma hastasısın," demesine katlandı. Sokak kapısında, bu defa daha ateşli öptü sevgilisini. Tek bir şifre kalmıştı çözmesi gereken, vakit geçirmeden bilgisayarın başına döndü.

Sabaha karşı yattığında, elinde –daha doğrusu bilgisayarın belleğinde– o kadar fazla malzeme birikmişti ki, bunları nasıl düzenleyeceğini, ne yapacağını bilemiyordu. Aslında amacına ulaşmış, kendini aşma deneyi bir kez daha başarılı sonuç vermiş, alanındaki dehasını bir kez daha kanıtlamıştı. Benimki de manyaklık, diye düşündü uyumadan önce. Üç gündür çılgınlar gibi çözmeye çalıştığım bu şifreler, bu konuşmalar kimin ne işine yarayacak? Üstelik zaten çoğu dinleniyormuş, bilmesi gerekenler biliyor zaten. Kim kime ne kadar teslimat yapacak, kim kimden ne kadar para tahsil edecek, kim kimi X'leyecek, malı ne zaman nereye zula edecek, kimler nerede toplanacak, kim aracılık yapacak, beni hiç ırgalamaz. Malı mı? Ne malı? Bir de torbalardan söz ediliyor; torbaların ilerde lazım olabileceğinden... İntihar eden adamın konuşmalarına bakılacak olursa, öyle kendini öldürecek biri gibi görünmüyor pek. Haberde aile meseleleri mi deniyordu? Telefon konuşmalarında aile sorunu falan yok. Aksine çok neşeli. Gizli olmayan hattından karısıyla pek güzel, pek sevecen konuşuyor. Kuru fasulye seviyor, karısından sosyetik yemekleri bırakmasını, şöyle bir pastırmalı kuru fasulye yapmasını istiyor. Bir de çocukların eğitim sorunu var. Küçük oğlan nereyi kazanacak, hangi üniversiteye girebilecek? "Endişe etme, sıkma çocuğu fazla," diyor karısına telefonda, "üniversite çevrelerinden nüfuzlu tanıdıklar var, yönetim kurulu başkanları bile var. Gerekirse devreye sokarız hepsini. Üstelik bizimki pırlanta gibi çocuk, bileğinin gücüyle kazanır. Tanıdıklara gerek bile kalmaz."

Hattın diğer ucundakinin kim olduğunu çıkaramadığı son telefon kayıtlarından birinde, ağır küfürler ederek "Bunlar memleketi felakete sürüklüyorlar, niyetleri bizleri durdurmak, çember daralıyor," diyor. Sonra konuşma kesiliyor, araya başka sesler giriyor. "Ben bir süre uzak bir geziye çıkacağım," diyor adam. "Gerekirse, inşaatın planları bizim kayınçoda, plana göre yapsınlar binayı. Şimdilik siparişlerin alımını durdurun, kolileri koyacak yerimiz yok. Baktınız havalar bozuyor, tohumları serpin kırlara, tarlalara. Baharda boy atarlar. Bir de şu torbalar vardı hani, biryerlere bağışlayın gitsin, kim olsa işine yarar. Gerektiğinde devralırız." Ticaret işleri, özel işler, saçma sapan savruk konuşmalar işte. Bunlar Hacker'ı hiç mi hiç ilgilendirmiyor aslında. O, şifreleri çözmüş, kayıtlara girebilmiş olmanın keyfini yaşıyor, tıpkı çok zor bir bilmeceyi çözebilmiş bilmece tutkunları gibi.

O gece tuhaf bir rüya görmeseydi ve ertesi gün izlediği internet gazetelerinden birindeki bir haber rüyasıyla bütünleşip dehşete düşmeseydi, hiçbir zaman da ilgilendirmeyecekti.

Rüyasında yan yana dizilmiş beyaz ceset torbaları gördü Hacker. Bunların ceset torbası olduğunu, birkaç yıl önce ülkenin uzak bölgelerinden birinde yaşanan deprem felaketinden sonra televizyonlara yansıyan görüntülerden biliyordu. Rüyasındaki torbalar büyük, sonsuz, dipsiz bir çukurun etrafına dizilmişti. Karanlıkta beyaz beyaz parlıyorlardı, canlıydılar, kıpırdanıp duruyorlardı.

Kan ter içinde uyandı. Birkaç gününü kendisiyle gereksiz bir inatlaşma uğruna bilgisayar başında heba ettiği için kendine küfretti. O karışık, pis işlerle ilgili konuşmaları dinleye dinleye manyaklaştım. Sanki lağım çukurunda yüzüyoruz valla! İlgilenmemek en iyisi, bir ilgilendin mi boğazına kadar sen de gömülüyorsun. Torbalar... Kendini vuran omzu kalabalık herif torbalardan söz ediyordu dinlediğim konuşmada, oradan kafama takılmış olmalı. Bu dalaverelerin rüyası bile kâbustan beter. Hay aklımı öpeyim! Bir daha o pisliklere bulaşırsam iki olsun.

Kalkıp kendine bir kahve koydu. Ter içinde kalmıştı, hızlı bir duş yaptı, kahvesini alıp yeniden bilgisayarın başına oturdu. Haberlere bir bakmalı, borsa kaçtan kapanmış, dolar fiyatı ne? Nene lazım senin gizli işler, çeteler, kiralık katiller! Bunlara bulaşmayı bir yana bırak, merak edip ucundan ilgilensen bile huzurun kaçıyor, ruhun kirleniyor. İnternette jet hızıyla dolanırken gözü son haberlerden birine takıldı: 'İhbar üzerine açılan bir çukurda üst üste yığılı cesetler bulundu.'

Beyaz ceset torbalarında mıydı acaba, diye düşünürken yakaladı kendini. Artık rüyalara da mı inanmaya başladım? Bu gidişle fal da baktırırım ben! Haberi tıkladı; hayır, cesetler torbada falan değildi, tanınmaz haldeydi, yanmıştı; kayıp yakınları için savcılığa suç duyurusunda bulunan şikâyetçiler DNA testi yapılmasını talep ediyorlardı. Hemen ardından gelen bir başka haber birincisini tamamlıyordu: 'Arama yapılan evlerde bulunan şifreli kroki ve planlardan yola çıkan güvenlik güçleri, on yıl önceki patlamadan sonra kapatılmış olan büyük çöp çukurunun çevresinde yaptıkları kazılarda çok sayıda silah, bomba, mühimmat ele geçirdiler. Küçük çaplı bir çatışmaya yetecek kadar olan silah ve bombaların özel olarak izole edilip korundukları ve kullanılabilecek durumda oldukları gelen ilk haberler arasında.'

Bilgisayarını kapamak hiç âdeti değildi Hacker'ın. Benim silahım da bu, derdi; emniyeti hep açık kalmalı, tetiği çekmeye hep hazır olmalı. Ama, bu sabah alışkanlığının aksine aletini kapadı. Hani silah için 'şeytan doldurur' derler ya, bilgisayarını da şeytan doldurmuştu sanki.

Biraz hava almaya, yürümeye, kafasını dağıtmaya ihtiyacı vardı, sokağa çıktı. Sabahın erken saatleriydi, köşedeki büyük çöp bidonunu karıştıran çöp toplayıcı çocuğa merhaba dedi. Çocuğu tanıyordu artık, sabahları işe giderken onu hep çöpleri eşelerken görür, bazen eve çağırıp boş şişeleri, teneke kutuları, atılacak eski giysileri, ıvır zıvırı verirdi. Çocuk, altın bağışlamışçasına teşekkür ederdi her seferinde; Allah razı olsun ağabey, Allah sana daha çok versin...

Çocuk çok meşgul görünüyordu, küçücük bedeninin yarısı bidonun içindeydi, eski yırtık pantolonunun altından görünen kirli çıplak ayakları yerden kesilmişti neredeyse. Metal çöp bidonunun hemen yanında sağlam görünüşlü bir çuval duruyordu; yarı yarıya dolu gibiydi. İşe yarayacak birşeyler bulmuş olmalı, diye düşündü, içi sızladı; çöplükte bulunan işe yarar şeyler...

Sokağın sonuna kadar yürüdü, trafiğin neredeyse durduğu kalabalık caddeden karşıya geçti. İlerde, yürüyüş mesafesinde küçük bir park vardı. Sabahın bu saatlerinde parkta köpeklerini gezdiren genç kadınlar, bir de hava güzelse, semtin ünlü fırınından peynirli patatesli poğaçalarını alıp, bir yandan sokak kedilerini besleyerek kendilerini güneşe veren yaşlılar olurdu. Yolunun üstündeki fırından iki poğaça, bir kutu da ayran aldı. Park bu sabah büsbütün tenhaydı, güneş alan köşedeki bankın üstüne sarman bir kedi kurulmuş yalanıyordu. Kedinin yanına gidip oturdu. Hayvan başını şöyle bir kaldırdı, poğaça kokusunu almış olmalı ki burnunu havaya dikip etrafı kokladı, sonra aldırmaz bir edayla yalanma işine devam etti. Genç adam peynirli poğaçadan küçük bir parça koparıp biraz uzağa fırlattı. Kedi çevik bir hareketle atlayıp ortadaki kum havuzunun kenarına düşen lokmanın ardından koşturdu.

Hacker, güneşte parlayan metal cismi kedinin yemek yiyişini izlerken gördü. Madeni bir dolmakalem kapağına benziyordu. Kum havuzunun ortasında iki-üç yaşlarında bir çocuk kumla oynuyor; ara sıra, kumların arasından çıkardığı benzer bir şeyi kum havuzunun dışına atıyordu. Bebeğin annesini aramak için gözleriyle parkı taradı; genç bir kadın, parkın girişinde kendisi gibi Uzakdoğulu bir başka kadınla sohbete dalmıştı. Çocuğun Filipinli, Taylandlı ya da belki Malezyalı bakıcısı olmalıydı. İçine bir kurt düştü. Kalkıp kum havuzuna doğru yürüdü. Havuzun yanında parlayan cismi ayağıyla yokladı; bu işlerden fazla anlamazdı ama parlak cismin mermi olduğuna kuşku yoktu. Benzer birkaç mermi daha dağılmıştı etrafa. Sakin bir hareketle, çocukla oynar gibi yaparak kum havuzuna girdi. Bebeğin küreğini kuma derince sapladı, madeni bir ışıltı yansıdı gözüne. Küreği bir başka noktaya daldırdı, kumu biraz açtı; yine o uğursuz nesneler... Çocuk, amcanın kendisiyle oynadığını sanmış, minik elleriyle kumu kazıyor, bulduğu mermileri "Bak, bak," diye cıvıldayarak oyun arkadaşına uzatıyordu.

Sonradan kendisinin de şaştığı bir soğukkanlılıkla bebeği elinden tuttu: "Hadi gel, dışarda top oynayalım." Çocuğu yavaşça kum havuzundan çıkardı. Elinden tutup Uzakdoğulu bakıcının yanına kadar getirdi: "Kum havuzu çok kirli, orada oynatmayın, mikrop kapacak," dedi.

Aklında, her saniye saplantıya dönüşen tek düşünce: Bir an önce eve dönmek, bilgisayarını açıp önceki günkü telefon kayıtlarına, konuyla ilgili bütün haberlere, ayrıntılara, şemalara, krokilere, haberlerde geçen bütün adlara ulaşmaktı.

Hacker henüz bir şey bilmiyordu. Karışık işler, tuhaf ilişkiler, nedenini kavrayamadığı bir melanet ve pislik çukuru vardı, seziyordu. Kimlerin neye hizmet için, hangi amaçla kazdığını anlayamadığı; cesetler, mermiler, silahlarla dolu bir çukur.

Eskiden olsa, omuz silker geçerdi. Haberleri izleyeceğine borsa rakamlarını, iletişim teknolojilerindeki en son gelişmeleri izler, bilgisayarının başında saatler boyunca tanımadığı insanlarla çetleşip hoşça vakit geçirirdi. Bilgi kırıntılarına ucundan kenarından bulaştıktan sonra, artık bunu yapamayacağını seziyor, görmemenin, bilmemenin sağladığı rahatlığı özlüyor, 'Hay senin merakını öpeyim!' diyerek kendine küfrediyordu. Kararsızdı; internet becerisine, teknolojik bilgi donanımına, zekâsına, yeteneğine, azmine güveniyordu. İstese o lanetli ağı çözebileceğini, karanlığın merkezine hemen ulaşamasa bile çok yakınına kadar geleceğini biliyordu. Bir yol ayrımındaydı: Bilgisayarda vakit geçirirken rastlantıyla önüne çıkan verileri, telefon kayıtlarını; bebelerin oynadığı kum havuzuna, tarlaya tohum serper gibi serpiştirilmiş mermileri yok sayıp ebediyen unutmak ya da... Ya da melanet ağını açığa çıkaracak tehlikeli, zorlu, karmaşık bir araştırmaya girişmek.

İntihar eden adamın telefon dinleme kayıtlarındaki sözlerini hatırladı: 'Tohumları serpin kırlara, tarlalara, baharda boy atarlar.' Sadece kırlara, tarlalara değil, parklara, oyun yerlerine, bebelerin kum havuzlarına serpilmiş, baharda patlayacak, ölüm çiçekleri açacak tohumlar.

Parktaki kum havuzu konusunda, semt karakoluna adsız bir ihbarda bulunmaya karar verdi. Sonrasını düşünecekti. En iyisi susmaktı belki de; susmak ve unutmak.

(Y.N.: Hacker, toplumsal-siyasal ilgileri zayıf da olsa katı ve duyarsız değil. Susup unutmaya değil, araştırmaya, gereğinde tehlikeyi göze alıp derin yapıları açığa çıkarmaya da karar verebilir. Ancak, böyle bir kurgu yeni bir bölüm gerektirir. O zaman da Hacker romanın baş kahramanına dönüşür ki, bu romanın düşündüğüm yapısını zedeler. Ayrıca günümüzde Hacker tipindeki genç bir adamın kendini toplum için, insanlar için feda edebileceğini düşünmüyorum. Genç kuşağa haksızlık mı? Belki...)

* * *

Yaşlı Adam gecekondunun arkasında bomboş uzanan arsanın bir kenarına biraz soğan, birkaç kök salata, bolca karalahana dikmeye heves etmeseydi ve Mühendis Bey bir türlü imar izni alamadıkları bu değerli araziyi bir kez daha görmek istemeseydi, sonraki gelişmeler farklı olabilirdi.

Yaşlı Adam, köydeyken kendi bostanının sebzesinden, kendi bahçesinin meyvesinden başka meyveye sebzeye el sürmezdi. Karısı ölüp de köyde yapayalnız kaldıktan sonra oğlu üsteleyip durmuştu yanlarına gelmesi için. Biraz oğlunun, biraz da yaşlılığının verdiği güçsüzlüğün zoruyla geldiği bu yerlerde ekmekten bul-

60

gura, soğandan fasulyeye her şeyin, para karşılığı çarşıdan alınmasına alışamamıştı bir türlü. Çuvalla para olsa bile, sebzecilerin, pazarcıların tezgâhlarındaki o pörsümüş, sararmış, bayat malları almayı için çekmez; elini atınca bahçeden toplayabileceğin taze sebzenin, meyvenin tadına doyum olmaz, deyip duruyordu.

Neyse ki oturdukları bölge şehrin gürültüsünden uzak kırlık bir alandı. Büyük şehri, bir ilk gelişinde, indiği şehirlerarası otobüsten buraya varana kadar, bir de Büyük Bayram günü küçük torunu onu alıp bayramyerine götürdüğünde görmüştü. Göklere yükselen koca koca binalara, karıncalar gibi kaynayan telaşlı kalabalığa, birbiri ardına dizilmiş otomobillere, otobüslere bakıp, burası mı şehir, diye sormuştu. Yok, demişlerdi, şehir daha içerdedir, buralar şehre doğru giden yollar. Yolları buysa şehir ne ola, diye düşünmüş, ama doğrusu ya, görmeye heves etmemişti. Öyle büyük, öyle kalabalık, öyle kargaşaydı ki, korkmuş, çekinmişti belki.

Gecekonduyu –aslında iki katlı düzgün binaya gecekondu demek de haksızlıktı ya– oğlu yapmıştı. Bu köyde ekmek de yok hayat da, deyip karısını, çocuklarını alıp buralara geldiğinde önce sıkıntı çekmiş olmalıydı. Ama kısa bir süre sonra işlerini düzelttiği haberi gelmişti köye. Oğlundan haber getiren şehre yerleşmiş memleketlileri, övgü, gıpta, biraz da giz barındıran bir sesle, "Oğlan akıllı çıktı, kimleri bulacağını, kimlerle çalışacağını bildi. Arkası kuvvetli, televizyoncularla falan da iş yapıyormuş," diyorlardı da Yaşlı Adam'ın pek hoşuna gidiyor, koltukları kabarıyordu.

Oğlanın evi, bankanın olduğu söylenen etrafı yer yer dikenli tel, yer yer beyaz taşlarla işaretlenip ayrılmış büyük arazinin bir köşesindeydi. Arsanın eve en uzak kalan tarafı Bölge diye anılan Askeriye'ye komşuydu. O yanda arsayı boydan boya kateden bir duvar, duvarın üstünde de birkaç metre yükselen dikenli teller vardı. 'Girmek Yasaktır' levhalarının altında, tellerin elektrik yüklü olduğu uyarısı yer alıyordu.

Kendi köyünün yolları tozlu çamurluyken bu bomboş arsanın dört bir yanından geçen, yetmedi ortasında da boydan boya uzanan asfaltlanmış yollar Yaşlı Adam'ı şaşırtıyordu. Oğlan dedi ya buraya memleketin en büyük yerleşmesi kurulacakmış diye; büyük inşaat planladıklarından yolları şimdiden yapmış olmalılar...

"Madem işlerin iyi, evi neden böyle uzak bir yere kurdun?" diye sorduğunda, "Şehrin içini ne yapacaksın! Gürültü patırtı... Tenhalar iyidir, hem buraların geleceği var. Şu araziyi görüyor musun? Uçsuz bucaksız uzanıyor. Bütün buralar büyük bir bankaya ait, ilerde ülkenin en lüks sitelerinden biri kurulacak burada, o zaman biz de alırız payımızı," demişti oğlan. Yaşlı Adam'ın da aklı yatmıştı oğlunun sözlerine. "Doğrusundur; hem senin televizyoncular da burada çekim yapıyorlar bazı bazı; evin burada olması kolaylık sağlar."

Oğlan fazla üstünde durmamış, "Hee, öyle," demekle yetinmişti.

Yaşlı Adam televizyon işini gelinden öğrenmişti. Oğlu yapıp ettiğini pek anlatmazdı. İlk geldiği günlerden birinde sabah namazına kalktığında, arkadaki tarlaların eve uzak Bölge'ye yakın bir köşesinde, daha önce gözüne çarpmayan parlak nokta ışıklar fark edip meraklanmıştı. Namazdan sonra, gün ağırırken yeniden baktığında ışıklar sönmüştü, ama o tarafta bir hareketlilik vardı. Birtakım adamlar aletlerini toplayıp beyaz bir minibüse doluşmuş, hızla anayola doğru uzaklaşmışlardı.

Sabah geline anlattığında, "Televizyonculardır," demişti gelin, "ara sıra dizi çekimleri için gelirler, hani senin de seyrettiğin bir televizyon dizisi var ya, onun bazı bölümlerini bile burada çekmişler oğlunun söylediğine göre. Ben baktım baktım, pek tanıyamadım, ama öyleymiş işte; hani o çatışma, ölü gömme, gizli silah deposu gibi abuk işler var ya o dizide, işte onlar..."

İlgilenmemişti, zaten gözleri iyi görmüyordu, televizyona da bakar gibi yapıyor, bir süre sonra uykusu geliyordu. Gelinin söylediği diziden aklında kalan suratları kar maskeli, ellerinde ağır silahlar olan ürkütücü adamlardı. Kahramanlar onlar, diyordu küçük torun. Böyle vurdulu kırdılı, silahlı bayraklı dizileri pek seviyordu. Çocuk işte...

O sabah hava güzeldi. Bereketli bahar yağmurları toprağı kabartmış, yumuşatmıştı. Yaşlı Adam fidelerini, soğanlarını, maydanoz, tere tohumlarını naylon torbalara yerleştirdi. Bahçe çapasını, küreğini aldı. Dikim yerini birkaç gün önceden hazırlamış; toprağı bellemiş, gübrelemişti. "Fazla uzağa dikme baba," demişti gelini, "ne de olsa elâlemin toprağı, bir şey diyen olur... Hem de evden çıkınca hemen toplayıverelim lahanamızı, maydanozumuzu; malımız gözümüze yakın olsun."

Toprağa eğilmiş soğanları saplarken önüne düşen gölgeyi görüp telaşla doğruldu. "Kolay gelsin amca, korkuttum mu seni?" dedi arkasında duran ortayaşlı, takım elbiseli adam. Yüreği hoplamıştı gerçekten de. Issız yerler buralar, kötülük de kol geziyor dünyada.

"Yok beyim," dedi, "insan toprağa yumulmuş çalışırken dalgın oluyor."

"İşinden kalma," dedi adam, "ben araziye bakıyordum. Yıllardır boş duruyor böyle. Dağı taşı imara açtılar, burada direniyorlar. Tam işi bitirdik, söktük artık derken bir yere tosluyoruz."

"Affedersin beyim, sen nesi oluyorsun buranın?"

"Bu arazi bankanın, ben de bankanın inşaat şirketinde mühendisim, bu arsayla ilgileniyorum. Geçerken bir bakayım dedim: İmar vermezlerse bir işe yarar mı, belediyedekilere rüşvet vermeye değer mi diye."

"Bana sorarsan beyim, buraya izin vermezler. Askeriye'nin yanı başı diye komazlar kimseleri. Bizim köyde de Bölge'ye yakın bir arsa vardı böyle. Ne tarla diye kullandırdılar ne de sattırdılar. Asker istemez yakınında yabancıları. Hakları yok mu? Vaaar. Kimin ne olduğu belli mi bu zamanda."

Fazla konuştuğunu fark edip sustu.

"Belki de haklısın be amca," dedi Mühendis. "Bankanın tepesindekiler bilirler neyin ne olduğunu, zaten fazla da üstelemiyorlar bu arazi için. Kim bilir hangi hesaplar, hangi pazarlıklar vardır. Boş ver, benim için kötü ama buralar böyle kalırsa size iyi olur, kimse rahatınızı bozmaz."

"Doğrusun, şimdilik kimsenin elleştiği yok bize. Zaten bir tek televizyoncular dizi çekmeye geliyorlar kırk yılın bir başında. Benim oğlan da onlara yardım ediyormuş; giysilerini, alet edevatlarını, ışıklarını –silahlarını, diyecekti sustu– falan buraya bırakıyorlarmış. Ben görmedim."

"Ne dizisi ki?"

"Hani var ya o vuruşlu dövüşlü diziler işte."

"Allahallah! Burada çekiyorlar demek! İzin falan almışlar mı acaba? Hem de Bölge'nin hemen yanında böyle... Ayrıca mülkün sahibinden de izin almaları gerekir."

"Almışlardır zahir. Zaten gece çalışıyorlar, kimselere bir zararları yok."

Yaşlı Adam toprağa eğilip işine devam etti.

"Her neyse, bize ne! Ne ekiyordun sen amca?"

"Gündelik tedarik işte... Biraz yeşillik, soğan, karalahana falan. Birkaç aya varmaz soğanlar, tereler biter, karalahana biraz daha uzun sürer. Gel topla istediğin zaman."

"Sağol, bakarsın gelirim. Şimdilik bir bardak su versen yeter, arabaya su almayı unutmuşum, epeyce de yolum var daha."

Yaşlı Adam fidelerini aletlerini oracığa bırakıp

Mühendis'i eve buyur etti. Gelin, sabah kahvaltısını yeni topluyordu. Damacanadan özenle doldurup altına yaldızlı bir fincan tabağı yerleştirdiği su bardağını uzatırken, "Çayım da sıcak daha," dedi, "buyrun bir çay için."

Mühendis, hayır demeye utandı, kadını kırmak istemedi. Üstelik ev temiz paktı, "Madem hazır, alayım bir çay," dedi, masanın başındaki sandalyelerden birine ilişirken.

Gelin, çayın yanına mısır ekmeği getirdi. "Unu hep köyden getiririz, buranın unu gevşek oluyor, hem de özsüz." Yaşlı Adam gelinini onayladı. Kadının kaç göç gözetmeyen rahat, konuşkan hali, Yaşlı Adam'ın huzurlu suskunluğu Mühendis'in hoşuna gitti. Bu ülkenin insanları aslında böyledir. Olayları biz abartıyoruz, insanları birbirine düşürmek için ellerinden geleni ardlarına koymuyorlar, halkın içine girdin mi, ilişkiler normalleşiyor. Gözü odanın duvarındaki resimlere takıldı: silahlarını çatmış iki gencecik asker...

"Torunların ikisi de askerde," dedi Yaşlı Adam, "Bu fotoğrafı birbirlerini ziyarete gittiklerinde çektirmişler. Büyüğün tezkere almasına iki ay kaldı. Küçüğün daha var."

"Allah tamamına erdirsin," dedi Mühendis çayını yudumlarken. Duvardaki resimlere, fotoğraflara daha bir dikkatle baktı. Gazeteden kesilmiş bir cenaze töreni resmi: bayrağa sarılmış tabutlar, ellerinde bayraklar taşıyan büyük bir kalabalık. Bir film afişi: kar maskeli, silahlı, özel üniformalı beş heybetli adam. Yandaki duvarda bayrak renginde ve biçiminde bir ülke haritası, bir de çepeçevre defne dallarının ortasına çatılmış iki kılıç işlenmiş bir duvar halısı...

Halk arasında günün modaları bunlar zahir, diye düşündü Mühendis, sonra Yaşlı Adam'ın sözünü ettiği televizyon çekimlerine gitti aklı. Şu afişlerdeki, gazeteden kesilmiş resimlerdeki diziler, filmler olmalı.

Saatine baktı, "İşe gecikmeyeyim," dedi. "Mısır ekmeği sahiden pek güzel olmuş, elinize sağlık. Belki yine uğrarım, salata soğan hakkımı almaya."

Araziyi bir boydan bir boya kesen ortadaki yolun kenarına bıraktığı arabasına yürürken dönüp bir kez daha arsaya baktı. Güzel arsa! Öyle kıytırık bir site değil uydu kent bile kurulur buraya. Daha iyi görebilmek için, geldiği yoldan dönmek yerine üst yola çıkmaya karar verdi. Olduğu yerde bir U çizerek arabasının burnunu güneye çevirdi. Yaşlı Adam'ın, eliyle 'Ha şuralarda televizyoncular dizi çekerler bazen' diye işaret ettiği tarafa yöneldi. Beş-altı yüz metre sonra, arazinin yaklaşık ortalarına doğru durdu. Arabasını, bomboş tarlayı –ya da araziyi– ortadan bölen yolun kenarına park etti. Sağ tarafında kalan askerî bölgeye doğru yöneldi. İlkbaharı karşılayan günlerdi; toprak yeşermiş, küçük, çelimsiz papatyalar başlarını uzatmışlardı. Ayaklarıyla kısacık çimenleri, yabani yoncaları eze eze ilerledi. Dönüp bir daha ardına baktı: Güzel arazi, müdürlerle konuşmalıyım, elden kaçırmamak gerek; hemen olmasa da ilerde çok değerlenecek. Şehrin geleceği bu tarafta artık.

Dikenli tellerle çevrili Bölge'ye yaklaşmıştı ki, gözetleme kulesindeki nöbetçi er, sözleri sert, tınısı yumuşak bir sesle, "Dur, ilerleme! Vurma emri var," diye bağırdı. Filmlerde gördüğü bir hareketle, şaka niyetine iki kolunu da havaya kaldırıp, "Arsama bakıyordum, tamam dönüyorum," diye cevap verdi. Niye 'arsam' dedim diye düşünüp güldü kendi kendine. Zavallı erin üzerinde etki yaratmak için besbelli. Bu kadar büyük arsanın sahibi olsa olsa büyük adamdır, desin diye. Yine de arka arka yürüyerek uzaklaşmaya çalıştı. Şeytan doldurur, derler. Bir kaza olur falan, hiç uğruna gideriz. Her gün benzer haberler okumuyor muyuz gazetelerde! Sonra aklına geldi: Televizyon çekimlerine nasıl izin veriliyor burada? Hayret! Herhalde özel izin alıyorlardır.

Arka arka yürürken ayağı taşa takılıp sendeledi, az kaldı boylu boyunca yere seriliyordu. Sakarlığına kızdı, bir küfür salladı. Askeri bölgenin tel örgülü duvarından yeterince uzaklaşmıştı; döndü, ayağına takılan cisme bir tekme atacakken birden bunun taş olmadığını fark etti. Eğilip yakından baktı: küçük bir el bombası ya da benzer bir şey...

Korkmadı, paniklemedi. Vay canına dedi, televizyon dizilerindeki çatışmaları falan gerçek bombalarla mı çekiyor bunlar? Belki de askerlerin atış talimlerinden kalmadır. Arabasına binip gaza bastı, anayola çıktı. Çalıştığı plazaya yaklaşırken iki karar almıştı: Bir; en üst düzeydeki yetkililerle arsanın durumu ve önemi hakkında görüşmek. İki; Yaşlı Adam'ın ektiği diktiği yeşilliklerden toplamak için geniş arazinin en uç köşesindeki eve bir kez daha uğramak. Tabii birkaç ay sonra.

(Y.N.: Mühendis de Yaşlı Adam da, garip işler olduğundan kuşkulanmıyorlar bile. Onlar açısından bilip de suskun kalmak, konuşmamak, korktukları için unutmayı yeğlemek gibi bir durum yok. Çevrelerinde gördükleri şeyler onlara olağan geliyor; çünkü olağanlaştı, olağanlaştırıldı. Bu insanlar farkındalık geliştiremiyorlar, böylece de tehlikeden kendiliğinden uzaklaşmış oluyorlar. Çoğunluğun durumu nedir? Farkında olmamak mı, bilip de susmak mı?)

* * *

Bakanlık Müsteşarı, karısına sabaha kadar sürebilecek önemli bir toplantısı olduğunu söyleyip o geceyi metresinde geçirmeseydi, olaylar belki de farklı gelişebilir, olacak olanlar engellenemese de gecikebilirdi. Sonraki günlerde, ortalığın yatışmasını, toz dumanın dağılmasını beklemek için sığındığı o uzak ve emin limanda bunu düşündüğünde, aklına gençliğinde öğrendiği bir cümle gelmişti: Afrika'da bir aslan hapşırdığında Hint Okyanusu'nda dalgalar kabarır... Yoksa kelebek kanat çırptığında mıydı? Buna benzer bir şey işte...

Müsteşar gençlik yıllarında üniversitede okurken kendini sol akımlara enikonu kaptırmıştı. Kaptırmayan yoktu ki o zamanlar! Bizim zamanımızda solculuk böyle devlet, millet, ordu düşmanlığı değildi; vatanperverlikti, bağımsızlıktı, milliyetçilikti, gericiye yobaza karşı olmaktı, diye düşünür, geçmişinden pişmanlık duymaz, hatta övünür, aslında değişenin kendisi değil başkaları olduğunu iddia ederdi.

Metresiyle –ona 'sevdiceğim' derdi– ilişkisi geçici bir heves, bir saman yeli değildi. Yıllardır süren –on iki yıl mı olmuş tanışalı, ne çabuk geçiyor yıllar!– tutkulu, saygılı bir alışkanlıktı. Ortalara dökülmemiş, ağızlara sakız edilmemiş, ikisinin, hatta karısı da düşünülecek olursa üçünün de saygınlığına leke sürmemiş, 'seviyeli' bir ilişkiydi. Bunda en büyük payın, ilişkisini yıllardır bilip de susan, bildiğini kendisine bile belli etmekten kaçınan sevgili karısına ait olduğunun farkındaydı. Farkındalığı eşine olan sevgisini, saygısını artırıyor; içten içe kendini suçlu hissetmesi, karısına karşı aşırı dikkatli ve ilgili davranmasını sağlayarak, mutlu aile düzenlerinin sürmesinde sağlam bir temel taşı oluşturuyordu.

Müsteşar, kendini iki kadın arasında kalmış hissetmiyordu. Yerleri, işlevleri farklı olan, farklı şeyler paylaştığı, farklı hazlar tattığı, birbirinin alanına tecavüz etmeyen iki ayrı dünyaydı onlar. Karısı onun idealizm dolu gençliğiydi, memleketin en ücra, en geri köşelerinde binbir zorluk altında görev yaparken dayandığı en güçlü destekti. Geri, ilkel, yoksul, çoğu da düşman insanlara aslında hiç hak etmedikleri adaleti dağıtmaya çalışırken, karısı, "Onlar böyle kalmışlarsa kabahat biraz da bizlerin değil mi, yüreğini onlara da açık tut," diyerek genç yargıcın vicdanı olurdu. Sonraki yıllarda yükselip mesleğindeki en üst görevlere geldiğinde de, o sessiz ama güçlü kadın hep arkasında durmuş, verdiği ödünsüz kararlar yüzünden uğradığı haksız saldırıları, bölücülere, gericilere karşı dimdik duruşunu hep desteklemiş, dinlenmek için sığındığı sakin, güvenli liman olmuştu.

Sevdiceği'nin yeri ise başkaydı. Karışık, karmaşık, bir o kadar da tehlikeli siyaset dünyasının sorunlarıyla boğuşurkenki sırdaşı, karısı değil metresiydi. İktidar merkezli bu dünyanın kendi doğruları, kendi ahlâkı, kendi haklılıkları vardı. O dünyaya bir kez adım atıp parçası oldunuz mu, arkası kendiliğinden geliyordu. Hele de seçilmişler arasına katılıp yükseklere ulaştıran merdivenin basamaklarını tırmanmaya başladığınızda, her basamakta biraz daha derinlere doğru itildiğinizi, o derinliklerden çıkmanın da o kadar kolay olmadığını anlıyordunuz. Sevdiceği'nin soğukkanlı, akıllı deyişiyle: Giriş bedava, çıkış bedelliydi. Üstelik hiç de düşük değildi o bedel.

İktidar basamaklarını tırmandığını sanırken Merkez'in derinliklerine doğru giden yolda gördüklerini, öğrendiklerini, zaman zaman parçası olduğu kararları, uygulamaları bilse, karısının güveninin sarsılmasından, "Bu yaptığın doğru değil, vicdanlı değil, sen hep doğruyu, haklıyı arardın, ne oldu sana?" diye tepki vermesinden korkuyordu. Karısının yürekle, vicdanla bağını koparmamış duru mantığı, yitirmediği çocuk saflığı, herkese açık kocaman yüreği bazı gereklilikleri kavrayamazdı. Oysa metresi o gerekliliklerin içinden geliyordu. Önemli bir devlet kurumunda önemli bir görevi vardı. Devlet sırrı kavramı kadar hikmeti devletin de ne anlama geldiğini bilenlerdendi. Evli değildi, hiç evlenmemişti. Yakınları sorduğunda, işim evliliğe, aile düzenine elverişli değil, derdi biraz da esrarengiz bir havaya girerek. Yıllar önce henüz çok gençken, sevdiği adamı nerede nasıl gerçekleştiği bilinmeyen bir çatışmada –yoksa kazada mı, ya da intihar mıydı?– yitirmiş, bu ölümden sorumlu tutulmuş ama aklanmış, bir daha da sürekli bir ilişki kurmaktan kaçınmıştı. Bu konu aralarında hiç konuşulmamıştı. Tıpkı kadının, çalıştığı kurumdaki görevi nedeniyle ulaştığı kimi bilgilerden de hiç söz edilmediği gibi.

O gün cumartesiydi, Bakanlıkta özel bir işi yoktu; 'akıl defterim' dediği sekreteri herhangi bir toplantı, hazırlık gerektiren özel bir komisyon çalışması, yabancı konuk, randevu falan bildirmemişti. Müsteşar'ın niyeti, bakanlığı ilgilendiren önemli bir yasa taslağı üzerinde çalışmak, geceyi de metresiyle geçirmekti. Zor günlerdi, her şey karmakarışık, siyasal hava bozbulanıktı. Bugün güçlüsün, iktidardasın. Yarın? Yarına Allah kerim... Böyle bunalımlı, sıkıntılı zamanlarda karısının değil metresinin desteğine ihtiyaç duyar, onda rahatlardı.

Bütün gece sürecek çok kritik bir toplantısı olduğunu, eve çok geç, belki de sabaha karşı geleceğini söyleyince, karısı her zamanki gibi, "O zaman ben de çocuklarda kalırım bu gece; torunu pek özledim," demişti. "Sabah da erkenden gelmem, başka işleri yoksa onları da alır pazar öğle yemeğine istedikleri bir yere götürürüm," diye eklemişti.

Pazar sabahı eve gelir gelmez karısıyla karşılaşmayacağı için memnun oldu. Hayır, sevgisizlikten değil, sadece metresinin yatağından çıkıp sıcağı sıcağına karısına kavuşmanın yarattığı o tatsız ihanet duygusunu yaşamayacağı için. Sanki kadıncağız evde olsa beni sorguya çekecekmiş, odama çekilip çalışır gibi yapmama engel olacakmış gibi! Aslında biliyordu; çocukluğunda okuduğu tahta kukla masalındaki Pinokyo'nun olmayan vicdanının yerine geçen çekirge Cimini'ydi karısı. Pinokyo da tıpkı Müsteşar gibi Cimini'siz yapamazdı, ama onun sürekli kafasını ütülemesinden, yapmaya niyetlendiği kötü işleri sürekli engellemeye çalışmasından da bezer, vicdanından kurtuluşu Cimini'den kaçmakta bulurdu.

Taksiden inip –böyle durumlarda makam arabasını asla kullanmaz, tebdil gezer, en güvenli araç saydığı taksiye binerdi– oturduğu görkemli apartmanın kapısından girerken sokağın karşı köşesine park etmiş tanımadığı bir araca takıldı gözü: resmi görünümlü siyah bir Mercedes. Plakası seçilmiyordu, camları içini göstermeyen türdendi. Burası ekâbirin, yüksek bürokratların ve yabancı diplomatların oturduğu bir semtti. Böyle arabalara sık sık rastlanırdı burdaki evlerin önünde. Aslında bu evde oturmamalı, diğer bakanlar, müsteşarlar gibi, o da kendisine ayrılmış yüksek güvenlikli yerleşkedeki konutta kalmalıydı. Ama karısı itiraz etmişti; o sıkıcı çevrede, kapalı bir koloninin üyesi olmak istemiyordu. "Bu daire kendimize ait, müsteşarlık bugün var yarın yok, ben evimden çıkmam," demişti tartışma kabul etmez bir edayla. İyi hoş da, bu kadın mevkiime bir türlü alışamadı, hâlâ taşra hâkimliği yaptığım günlerde kaldı, diye düşünse de diretmemiş, bakanlık konutunu çalışma ofisi olarak kullanmıştı.

Birine önemli bir misafir gelmiş olmalı, diye düşündü bahçe kapısından ana kapıya doğru yürürken. Tuhaf bir çağrışımla korumasını düşündü; ona iki gün izin verdiğini hatırladı. "Merak etme; ölüp kalırsam, suikasta kurban gidersem sorumluluğu ben yükleniyorum, üstlerine haber vermen gerekmiyor," demişti gülerek. Artık ev ahalisinden sayılan korumasıyla böyle şakalaşırdı zaman zaman. Metresine gideceği geceler, evden çıkmamayı planladığı hafta sonları ya da şehir dışına çıkarken, korumasını azat ederdi. Aralarında bir çeşit suç ortaklığı oluşmuş gibiydi; ikisi de bu durumdan memnundu: Müsteşar özgür kalabildiği, koruma da bol izin yapabildiği için.

Apartmanın bahçe kapısındaki güvenlik kulübesine takıldı gözü. Tuhaf şey! Gece gündüz kapıda duran özel güvenlikçi yerinde yoktu. Sigara almaya falan gitmişti herhalde. Gördüğünde uyarmaya, tekrar ederse işinden olursun evladım, demeye karar verdi.

İki kat merdiveni asansöre binmeden çıkıp dairesinin kapısına geldiğinde bir gariplik sezdi; evin kapısı kilitli değildi. Oysa evden son çıkan emniyet kilidini mutlaka kilitlerdi. Emektar hizmetçi kadın, cumartesi pazar günleri izin yapardı. Hizmetçi kadın olamaz, diye düşündü; herhalde Cimini erken döndü eve, çocukların başka bir programları vardı belki de. Neye yarayacağını bilmediği bir önlem olarak kapının ziline dokundu, kanarya uzun uzun öttü, ama kapıyı açan olmadı.

Eğreti kapatılmış kapıyı, anahtarı bir defa çevirerek kolayca açtı. Girişte olağanüstü bir şey yoktu, ayakkabılarını çıkarmadan –karısı olsaydı buna izin vermezdi– salona girdi; salon dağınıktı: karısının titizliğine, tertipliliğine yakışmayan bir dağınıklık. Hiç duraksamadan arka taraftaki çalışma odasına yöneldi. Odanın sokağa bakan penceresi ardına kadar açıktı. İçeri dolan rüzgâr yerlere saçılmış dosyaları, kâğıtları dağıtıyordu. Çalışma masasının üzerindeki meşin sumen açık duruyordu, içi boştu, küçük kâğıtlara aldığı önemli notlar yerinde yoktu. Kızıyla torununun gümüş çerçeve içindeki fotoğrafları çerçevesinden çıkarılmış, yere atılmıştı. Besbelli çerçevenin arkasında bir şey aramışlardı. Birileri uzun uzun çalışmıştı burada.

Sırtı ürperdi, açık pencereye yaklaşıp bir aşağı, bir yukarı baktı. Pencerenin sağında, yandaki odanın önünde küçük bir balkon vardı. Buradan aşağı katın balkonuna, oradan da zemine atlamak işten bile değildi. Etrafta kimseler görünmüyordu, sokağa park etmiş siyah Mercedes yerinde yoktu. Pencereyi kaparken bütün evi kuşatan alarm tertibatını hatırladı. Baktı, ça-

72

lışmıyordu; şifresine girilmiş, bağlantı kablolarını koparmaya gerek kalmadan alarm sistemi iptal edilmişti. Acemi işi değil, profesyonel işti.

Çalışma odasına döndü, anahtarını hep yanında taşıdığı gizli çekmecesini yokladı; çekmece boştu, çekmecenin altındaki gizli bölmeye sakladığı CD'lerin tümü alınmıştı. Eve girenler ne aradıklarını, neyi nerede bulacaklarını iyi biliyorlardı besbelli. Salonun dağıtılması, işe hırsızlık süsü vermek içindi.

Dün gece Sevdiceği ile başbaşa rakılarını yudumlarlarken, kadının söylediği bir söz takıldı aklına: "Yeterince güvenlik önlemi aldığından emin misin? Resmi koruma her zaman kısmi korumadır. Bu toz duman arasında kimin ne yaptığı, kimin kime çalıştığı hiç belli değil."

Kadının hem sevgisine, hem de bilgi kaynaklarına güvenirdi. "Bana yansıyan bir şey yok," demişti, "özel bir durum sezmiyorum. Korumama da güvenirim, bunca yıldır birlikteyiz. Senin farklı bir istihbaratın varsa..."

"Hayır, istihbaratım yok; tahminlerim, belki de sevgiden doğan kuşkularım var."

"Paylaşılabilir cinsten mi?"

"Bilgi değil kuşku olduğu için paylaşmakta sakınca görmem," demişti kadın. Sonra o güzel gülüşüyle gülmüş, "Görev tanımıma giren sınırlar içinde kalabilirim," demişti hüzünlü bir sesle.

"Senden sınırlarını zorlamanı istemiyorum."

"Hiçbir zaman istemedin sevgilim, bu yüzden teşekkür borçluyum sana. Ama aşk girdi mi işin içine, insan kendi sınırlarını kendi zorlar, hatta aşar. Sende, bakanlığınla ilgili dosyalar dışında, daha önemli başka bir şey, bazı bilgiler falan olduğunu düşünenler var."

"Kimlermiş onlar?" diye soracaktı, vazgeçti.

"Yanlış düşünceler bunlar; siyasal hasımların karalama taktikleri. Ne biliyorsam, hangi sırra sahipsem,

73

tümü görev sınırlarım içinde ve doğru olanı yapmak içindir, bana güven."

"Doğru nedir, kimin doğrusu?" diye mırıldanmıştı kadın, "Doğru tek bile olsa, her yol mubah mıdır?" Ne demek istiyor? Hangi yol? Benim bildiklerimin ötesinde ne biliyor? Bu gece bir şey var bu kadında, karım gibi konuşuyor.

"Siyasette amaç aracı haklı kılar."

"Savaşları, katliamları, öldürmeyi, susturmayı da haklı kılar mı?"

"Hoşa gidecek şeyler değil kuşkusuz. Ama bazen... bazen toplumu ve değerlerimizi korumak için..."

"Yine de dikkatli ol, herkes dikkatli olsun. Sakın yanlış anlama, içerden bilgi değil, sadece sezgi benimki. Çok fazla kan, çok fazla silah, bomba, bir sürü de katil var bu ülkede. Merkezler kendini korur, unutma."

"Merak etme canım, ben de kendimi korumasını bilirim. Merkez'in uzağında da değilim. Ayrıca tehlikeli bilgilere, sırlara falan da sahip değilim, inan." Kadehini kaldırdı, "Hadi daha güzel, daha huzurlu günlere içelim."

Dün gece hiçbir özel anlam yüklemediği bu konuşma şimdi kafasının içinde dönüp duruyor, her sözcüğünü tek tek anımsamaya çalışıyordu. Metresiyle sık sık siyaset konuşurlardı, hele de ortalık karıştığında, olaylar büyüyüp patlama noktasına geldiğinde birlikte değerlendirirlerdi olup bitenleri. Kadının dün geceye kadar böyle konuştuğunu hiç duymamıştı. Kendisine ulaşmamış bir istihbarat mı almıştı, birşeyler mi öğrenmişti ya da görevi icabı ulaştığı bazı bilgiler artık fazla mı ağır gelmeye başlamıştı? Evet, bu ülkede çok fazla silah, çok fazla silahlı adam, çok kan vardı. Söz konusu olan ülkenin çıkarlarıysa, bu silahlar gereğinde kullanılacaktı tabii. Son günlerde orada burada bulunan bombalar, silahlar, cesetler, intiharlar, cinayetler, herkes gibi Sevdiceği'nin de sinirlerini bozmuştu.

Medyaya bu konularda yayın yasağı getirilmeli, diye geçirdi içinden. İnsanların kafasını karıştırmaktan başka işe yaramıyor bunlar, devlet kurumlarına güveni sarsıyor, korku, kuşku doğuruyor. Böyle bir uygulamanın yasal dayanaklarını sağlamak üzere acilen çalışmak, sonra da hemen uygulamayı başlatmak gerek. Muhalefet kıyameti koparır, varsın koparsın, göze almak gerek.

Müsteşar, darmadağın salonu karısı eve gelmeden toplamaya çalışırken, polise ya da bakanlığa haber verip vermemeyi tartışıyordu kendisiyle. Haber vermek onları da uyandırmak olacaktı. Köstebek kim, kimler adına çalışıyor? Alıp götürdükleri CD'leri nasıl kullanacaklar? Bu soruların cevabını bilmeden olayı resmi bir kuruluşa, resmi bir makama yansıtmak yanlışın da ötesinde tehlikeliydi. CD'lerin içinde neler olduğunu bilmiyor, sadece tahmin ediyordu: düzene yönelik ciddi bir tehdit, bir ayaklanma halinde uygulamaya sokulacak acil durum planının bir bölümü... Bütünü tek bir yerde bulundurulmazdı bu çapta ve önemde planların. Merkez, bir kopyanın da kendisinde bulunmasını istemiş, o da şahsına gösterilen güvenden büyük onur duyarak kabul etmişti. Al sana güvenilir kişi, güvenli yer! Hiçkimse, hiçbir yer güvenli değil artık bu ülkede.

Kadının dün gece söylediklerini bir kez daha hatırladı. "Doğru nedir, kimin doğrusu?" diye sormuş, "Çok fazla silah, çok fazla ölüm ve kan var bu ülkede, Merkezler kendini korur, unutma," demişti. Aklına gelen düşünceyi kovmaya çalıştı. Bunca yıldır tanıyorum onu. Bana yönelen ciddi bir tehdit duyumu olsaydı söylerdi. Aramızdaki bağ öyle gel geç bir heves değil, zamanla sınanmış, nice engele direnmiş güçlü, derin bir ilişki. Nasıl düşünebilirim bana ihanet ettiğini. Habis düşünceli bir adamım ben! Kadıncağız ne CD'lerden ne içindekilerden haberdardı.

Yüreği buz kesti. Operasyona geçmek için geri sayım mı başlamıştı? Bunu mu ima ediyordu 'merkezler kendini korur' derken? Olamaz; böyle olsaydı CD'leri evden gizlice almalarına, daha doğrusu çalmalarına gerek kalmazdı. Sıradan bir telefon konuşması yeterliydi: "Merhaba yahu, ne zamandır görüşemedik, bizim hanım da özlemiş sizi." Sonra parola: "Bu arada aklıma geldi, Piazzolla'nın tangolarının CD'si varmış sende, benim kız kopyalamak istiyor, gönderebilir misin?" Soru: "Hangi tangolar?" Cevap: "Arjantin tangoları." Bu kadar basit...

Merkezler, demişti kadın. Çoğul ekini bilerek kullanmıştı. Merkez değil, merkezler vardı. Ve büyük olasılıkla CD'ler şu anda öteki merkezin elindeydi.

Önce korumasını aradı, acilen eve gelmesini istedi. Sonra o güne kadar hiç kullanmadığı, tek defalık gizli numarayı tuşladı. Beklediği gibi telesekreter cevap verdi: Şu anda evde yokuz... Sakin bir sesle, "Kızının istediği Arjantin tangolarını biri alıp götürmüş, her yere baktım bizim evde yok, boşuna umutlanmasın kızcağız," dedi.

Kendini yorgun, tükenmiş hissediyordu. Bir an, sevgilisine ulaşmayı, kafasını kurcalayan soruyu hiç dolandırmadan düpedüz sormayı düşündü: Bunca zaman öteki merkez için mi çalışıyordun, bu yüzden mi benimle beraberdin? Sonra vazgeçti. Bunun önemi yoktu artık.

(Y.N.: Bu bölümde sonucu hazırlayan ipuçları verilebilirdi. Büyük patlama... yıkım... ya da kitlesel virüs bulaştırma planı. Sonuç bölümünü yazmadan önce buraya tekrar dönülecek. Ancak, okura, 'bu kadar da olmaz', dedirtecek bir inandırıcılık sorunu çıkmamalı. Ne garip! Gerçeğin kendisi kurgulardan daha az inandırıcı olabiliyor. Gerçeği inanılmaz kılan; bizi ürküten sertliği, acımasızlığı, dehşeti mi acaba?)

* * *

Yeni evli genç karıkoca, haftanın ilk gününün sabahında sıcak yataklarının tatlı rehavetine gömülüp servisi kaçırmasalardı, belki uzun yıllar aynı yatağı paylaşıp evliliklerinin altın yılını bile kutlayabilirlerdi. O sabah uyanamamışlardı işte. Patronun işçi çıkarmak için fırsat kolladığı şu günlerde işe geç kalmaya gelmezdi. Yataktan bir telaş fırlayıp, acele giyinip kendilerini sokağa attılar. Anacaddeye çıkmak için servis aracının geçtiği yolu değil, basamaklı daracık geçidi yeğlediler; burası daha kısaydı.

Hafta sonları, tatil günleri, çarşıya pazara giderken bu yolu kullanırlardı. Patikanın ortalarına doğru bahçe içinde, sarı boyalı, iki katlı bir ev vardı. Ne zaman önünden geçseler, hiç açılmayan pencerelere asılmış bayraklar, Kurucu Kahraman'ın çeşit çeşit posterleri, bayrağın renklerinden süsler, ne olduğunu anlayamadıkları kılıçlı, kokartlı armalar dikkatlerini çekerdi. Kocaya göre, burası bir dernek merkezi ya da bir dershane olmalıydı. Genç kadın daha kuşkucuydu; ona göre bu kadar çok bayrak, arma, kurucu kahraman posteri birşeyleri kamufle etmek içindi. İçeri ışık sızdırmayacak, dışardan bir iğne topuzu göz deliği bırakmayacak kadar çok bayrak, afiş, kurucu-kurtarıcı posteri arkasında mutlaka birşeyler saklıyordu. "Amma da kuşkucusun, komplo teorileri haa? Olsa olsa biraz üşütük, takıntılı biri yaşıyordur bu evde. Şu yaşadığımız ortamda kafayı üşüten üşütene," derdi kocası.

Bakımsızlığı ve garipliği bir yana, küçük bahçesi, hemen önündeki akasya ağacı, bahçe duvarından sarkan sarmaşık ve hanımelleriyle, güzel bir evdi. Biraz paramız olsa, bu evi alsak, biraz daha paramız olsa şöyle iç açıcı güzel bir renge boyatsak, pencerelerini büyütsek, içeri ışık girse diye hayal kurardı genç kadın. Çocukluğundan beri bir köpeği olsun istemişti. Köpek beslemek için de ideal bir yer burası. Kulübesini kapının hemen yanına kurardık. Öyle küçük bir fino, bir süs köpeği değil, bir kurt; kurt alamasak bile şöyle irice kangal kırması bir sokak köpeği. Sokak köpeklerinin gözlerindeki sevgi, hüzün, sadakat genç kadını her zaman etkilemişti.

O sabah acele ediyorlardı, ev mev görecek halleri yoktu. El ele tutuşmuş koşar adım yürürlerken, garip evin önündeki basamaklarda durdular; daha doğrusu, durmak zorunda kaldılar. Orada, evin kapısında ilk kez bir hareketlilik vardı. Birtakım adamlar içeri girip çıkıyor, un çuvalına benzer torbalar, tahta sandıklar taşıyorlardı. Daracık yol bu malzemelerle dolmuş, geçilmez hale gelmişti. Torbaları, sandıkları içeri mi taşıdıkları, yoksa içerden mi çıkardıkları belli değildi. Herhalde evi onarmaya karar verdiler, ne iyi, diye düşündü genç kadın. Ama adamlar, bu çevrelerdeki inşaatlarda ya da taşıma işlerinde çalışan doğulu işçilere benzemiyorlardı. İyi giyimliydiler. Tam üniforma sayılmazdı ama birbirlerinin hemen hemen aynısı giysiler vardı üzerlerinde. Düzenli, disiplinli hareket ediyorlar, sessizce çalışıyorlardı.

"Kolay gelsin Beyler, bir geçit verseniz," diye seslendi genç koca. Duymadılar ya da duymazlıktan geldiler. "Biraz yana çekelim şu torbaları, geç kaldık," diye üsteledi adam.

Gerçekten geç kalmışlardı, dakikalar önemliydi. Adamlar sanki sağır ve dilsizdiler; istiflerini bozmadan işlerini sürdürüyorlardı. Karıkoca sağ taraftan, çuvalların yanından geçmeyi denediler. İleri adım atabilmek için hemen önlerindeki torbayı biraz aşağı sürüklemek yetecekti. Kısacık bir an bakıştılar, sonra ikisi birden torbayı –ya da çuvalı– ucundan tutup kaldırmayı denediler. Torba kirli beyazdı, ağırdı, şekilsizdi, içi suyla doluymuşçasına yumuşak ve kaygandı. İkisi birden asılınca biraz yana çekebildiler, bir adımlık yol açıldı.

Bütün bunlar birkaç saniyede oldu. İki adam gelip

hiçbir şey söylemeden, torbayı iki ucundan kaldırıp içeri götürdüler. Genç kadın ikisinin de başında göz hizasına kadar indirdikleri yün bereler ve yine göz hizasına kadar sarındıkları yün atkılar olduğunu gördü. Oysa bahar geldi gelecekti, hele de o gün hava sabahın erken saatlerinde bile ılıktı, güzeldi.

Son hızla anayola kadar inip kendilerini ilk geçen tıklım tıklım minibüse attıklarında, "O evde birşeyler dönüyor," dedi genç kadın.

"Herhalde onaracaklar, inşaata başlıyor olmalılar," dedi kocası her zamanki soğukkanlılığıyla.

"Taşıdıkları şeyler inşaat malzemesine benzemiyordu, kesinlikle eminim bundan, üstelik bu havada ağzı burnu kapalı çalışan inşaat işçisi de görmedim hiç," dedi kadın tartışma kabul etmez kesin bir sesle.

"Belki de depo olarak falan kullanıyorlardır evi, belki sahibinin marketi vardır," dedi kocası.

"Keşke o acayip kiracılar evi boşaltıyor olsalardı, alamasak bile kiralayabilirdik o zaman. Bakımsız, dökük bir bina, epeyce masraf ister, biz onarırız desek ucuza kiralarlardı belki."

Minibüste sıkış tepiş giderken, genç kadın hayalhanesinde evi çoktan kiralamıştı bile: Badanasını boyasını yavaş yavaş kendimiz yapardık, camı çerçeveyi onarırdık, bahçeye de bakardık, köpeğin kulübesini de kendimiz kurardık. Bir ev dergisinde çok güzellerini görmüştüm; yeşil boyalı, kırmızı damlı... Köpeğin adı da...

Otobüse aktarma yapmak için minibüsten inerlerken, "O torbalarda başka bir şey vardı," dedi genç kadın fısıltıyla.

"Nasıl bir şey?"

"Bilmiyorum; ama un, fasulye, mercimek değildi, bunu biliyorum."

"Benim dedektif karım, benim küçük güzel polis hafiyesi karım."

"Sen benimle dalga geç bakalım! Bir gün haklı çıkarsam görürsün."

Sonraki günlerde işlerine güçlerine dalıp sarı badanalı evi de, beyaz çuvalları, tahta kasaları da unuttular. Taa ki, bir iş dönüşü, televizyonun karşısında sürekli zaplayarak, programdan programa atlayarak yorgun argın oturdukları o geceye kadar.

Televizyonlar bir son dakika haberi veriyordu. Şehrin adını bile duymadıkları uzak bir bölgesindeki kırlık alanda, bir ihbarı değerlendiren güvenlik güçleri yaptıkları kazıda silah ve bomba dolu tahta sandıklarla boş ceset torbalarına ulaşmışlardı.

Haberin görüntüleri ekrana düştüğünde, ikisi aynı anda aynı sahneyi hatırladılar: sarı evin önünde, üniforma çağrıştıran tuhaf giysili suskun adamların taşıdıkları çuvallar, sandıklar...

Genç adam, "Ben sana dememiş miydim!" bakışlarını savuşturmak için karısıyla göz göze gelmekten kaçınarak, "Torba torbaya, sandık sandığı benzer," dedi.

"Haklısın," dedi kadın. Elindeki kumandayla başka bir kanala geçti: aynı görüntüler. "Bu kanallar aynı haberleri, aynı görüntüleri birbirleriyle aynı anda yansıtmayı nasıl beceriyorlar? Hayret!" Televizyonu kapadı.

"Bu haberlerle sinir bozup duruyorlar," dedi adam. "Birileri birşeyler tezgâhlıyor. Bir halt varsa üstüne gidersin, nereye varıyorsa oraya kadar, suçluları alırsın içeri, bıçakla kesip atarsın kangreni. Milletin ruh sağlığıyla oynamazsın böyle!"

"Belki de kimsenin gücü yetmiyordur. Derinlerde bir yerde saklanıyordur canavar. Bazen toprak biraz eşelenince kuyruklarından, kollarından birinin ucu, bir parça dışarı fırlıyordur. Bize gösterilen bundan ibaret. Derinliklerde neler olduğunu onlardan başka kimse bilmiyor. Onlar kim? Bunu da bilmiyoruz."

Birden ağlamaya başladı: "Senin sinirlerin bozulmuş canım, falan deme bana sakın. Korkuyorum ve korkularımda haklı olduğumu hissediyorum. Buralardan gitmek istiyorum."

Hıçkırıkları gitgide sıklaşıyor, daha yüksek perdeden çıkıyordu.

Adam karısına sarıldı. Saçlarını, ıslak yanaklarını okşadı. "Belki birgün gideriz buralardan; cesetlerden, ölümden, savaştan uzakta bir cennet adası buluruz kendimize. Sen iste yeter. Hem bu kadar da umutsuz olmayalım. Bak bir zamandır araştırmaya, soruşturmaya başlandı. Eskiden kimse bir şey bilmiyordu, görmüyordu, şimdi ucundan kenarından da olsa birşeyler çıkarılıyor ortaya."

Genç kadın kocasının kollarından kurtulup doğruldu. Yanaklarını elinin sert bir hareketiyle kuruladı. "Belki de hepimiz, herşeyi seziyoruz, biliyoruz. Ama gözümüzü, kulağımızı kapatıyoruz. Görmüyoruz, duymuyoruz; çünkü görüp duyarsak birşeyler yapmamız gerekecek. Ve konuşmuyoruz; çünkü korkuyoruz. Canavarın kuyruğuna yapışmıyoruz. Aman bırakın, sakın uyandırmayın canavarı, diye bağırıyoruz dışardan. Canavarı yakalamaya çalışır gibi yapanların kim olduğunu, neye hizmet ettiklerini de bilmiyoruz. Belki de canavarın ta kendisidir kendi kuyruğuyla oynayıp bizimle alay eden."

"O güzel küçük kafacığını bu saçma sapan korku masallarıyla doldurma canım. İşleri büyüten, çarpıtan, kafamızı her gün yeni bir dehşet haberiyle ütüleyen biraz da şu gazeteler, televizyonlar. Göreceksin, bir zaman sonra bu bomba momba hikâyeleri bitecek, başka hikâyeler sürecekler piyasaya."

"Başka hikâyeler... En az bunlar kadar korkunç, pis hikâyeler. Midem bulanıyor benim artık, bu pislik midemi bulandırıyor."

Sonra midesinin gerçekten bulandığını fark edip

sustu. Bir an şaşkınlıkla düşündü, içini yokladı. Yoksa, yoksa ben... Son adet görme tarihim neydi benim?.. Gözyaşları arasında kahkahalarla gülmeye başladı. "Galiba ben... şey... galiba ben hamileyim!..."

Kocasının, biraz önce sıyrıldığı kollarına atıldı. Yine ağlıyordu ama bu defa şaşkınlıktan, heyecandan, sevinçten. Sinirlerinin bu kadar bozuk olmasını, habbeyi kubbe, pireyi deve yapmasını hamilelik psikolojisine yükledi. Son günlerde insanın sinirlerini yıpratan gelişmeler oluyor, doğru; ama ben de fazla büyüttüm. Sarı ev biraz kırık dökük, bakımsız, normal bir ev işte. Bayrağa falan meraklı fanatik bir emekli oturuyordur belki, böyleleri çoğaldı son zamanlarda. Parası yoktur eve bakıp onaracak, emekli maaşı neye yeter ki! Keşke ev boşalmış da kiraya verilecek olsa! Hayal bu ya; oraya taşınabilsek bebek için ne güzel olurdu. Bebek gelecek diye köpekten vazgeçmek yok! Bahçe geniş, köpek bahçede kalabilir. Bebeğe göz kulak olacak bir köpek alırız. Bebeklere, körlere bakan köpekler olduğunu okumuştum bir yerde.

İlk fırsatta eve alıcı gözle bakmaya, izin verirlerse içini de dolaşmaya karar verdi. Bebeğin odası güneşli olmalı. Banyoyu, tuvaleti de düzeltmek gerekecektir mutlaka. Boyayı badanayı hemen yapmalı ki, bebek gelene kadar boya kokusu geçsin.

Evi gerçekten boşaltıyorlarsa ev sahibini bulmaya çalışacaktı. Türlü şirinlik yapıp, bebeğini bu evde büyütmeyi hayal ettiğini söyleyip kontratı imzalayacağından emindi. Belki kira indirimi bile koparabilirdi. Bebek bekleyen gencecik bir çifte karşı kimse katı yüreklilik, pintilik yapamaz. Kafamıza doldurulan şu pislikler işin sadece bir yüzü. İnsanlar o kadar vahşi, o kadar kötü değildir. Yarın, olmazsa öbür gün giderim oraya, ev sahibine ulaşmaya çalışırım.

Aklına koyduğunu gerçekleştiren bir kadındı o.

(Y.N.: Bebek bekleyen genç kadının sonunu yazmaya hiç gerek yok. Okura bırakmak daha iyi olacak. Bu sonda kararsızım. Kötü senaryo: Gerçek hayatta yaşadıklarımızı düşünürsek, bakmaya gittiği evden bir daha çıkmaması gerekir –doğmayacak çocuk, alınamayacak köpek: basit ve güzel insanın, gerçek insanın hayallerinin sonu–. İyi senaryo: Genç çiftin oraları terk etmesi, sakin ve güvenli bir yerde yeni bir yaşam kurmaları, hayallerin gerçekleşmesi –çocuk ve köpek–.)

* * *

Komutan, gittiği davetten çıkarken yanlışlıkla başkasının pardösüsünü giymeseydi farklı gelişmeler olabilir miydi? Aslında bütün hata korumasındaydı, pardösüyü vestiyerden alıp getiren oydu. Tabii vestiyerdeki çocuk da yanılmış olabilirdi ama korumanın dikkat etmesi, yanılgıya meydan vermemesi gerekiyordu.

Aslında kendisi bile fark etmemişti pardösünün değiştiğini; aynı renk, aynı kesim, aynı ünlü erkek giyim markası. Kendininkinden biraz daha uzun olduğunun ayrımına eve geldiğinde varmıştı. Emekli olmazdan önce böyle sorunlar yoktu. Resmi törenlerde, resepsiyonlarda giydiği üniformanın hiçbir parçası başkasınınkiyle karışmazdı. En azından yıldızlarından fark edilirdi –ki Komutan'ın epeyce yıldızı vardı–.

Emekliliğe hiç alışamamıştı. Tam terfi beklerken, en tepeye çıkmayı hayal ederken emekliye sevkedilmeyi gururuna yediremeişti bir türlü. Sıradan biri oluvermişti birden. Bırakın yaşadığı seçkinler semtindeki tanıdıkları, eşi dostu, sanki karısının tavrında bile değişiklik vardı; eskiye göre daha bir aldırmaz, ilgisiz ve uzaktı. Ya da emekliye ayrıldığından beri iyice alınganlaşan Komutan'a öyle geliyordu.

Canını siper ederek, birkaç kez şehitliğin kıyısından geçerek koruduğu vatanın bir vefa borcu yok muydu kahramanlarına ödenecek? Bütün kutsal değerlere sahip çıkarak yaşanmış lekesiz, tertemiz bir ömrün ödülü, bir yıldızcık daha olamaz mıydı apoletlerine eklenecek? Al sana yıldız! Terfi beklerken emeklilik.

Kimlerin neler döndürdüğünü, hangi uğursuz hesaplar, hangi melun planlar peşinde olduğunu çok iyi biliyordu. Geceleri uykusunu kaçıranlar, rüyalarında dövüştüğü kişiler, ne yazık ki düşmanlar değildi. Komutan'ı üzen, üzmenin çok ötesinde, uğruna bir ömür yitirdiği değerlerden kuşkuya düşüren, dost bildikleriydi, daha da ötesi dava arkadaşlarıydı. Sonuna kadar güvendiği; şerefi, namusu, silahı üzerine ettiği yeminle bağlı olduğu silah arkadaşları, yoldaşları. Emekliye sevkine engel olmak bir yana ses de çıkarmayan, belki de aşağılık çıkarlar, alçak uzlaşmalar uğruna kellesini pazarlık konusu yapan sözde dostları... Onlar, tehdit altında olduğunu, hainlerin hesap sormak için pusuda beklediğini bile bile bir zırhlı arabayı bile çok görmüşler, geri zekâlı bir koruma vermekle yetinmişlerdi.

Kalabalık bir resepsiyondu. Herkes oradaydı. Bütün devletlûlar, diye geçirdi içinden. Ben de devletlûlar arasında olabilirdim şimdi. Pis işlere en çok ben bulaştım, gerektiğinde ellerimi ben buladım kana, kaçacak delik aradıklarında ben orta yerde hepsi için çal kılıç savaşıyordum.

Hayır, pişman değildi. Sadece buruktu ve kendini ihanete uğramış hissediyordu. Havlu atmamı beklemesinler, hainlerle uzlaşmamı, terliklerimi giyip evde televizyon başında oturmamı hiç beklemesinler.

Komutan altmış üç yaşındaydı, kendini hâlâ güçlü ve dinç hissediyordu. Epeyce bir zamandır cinsel sorunları vardı; büyük bir isteksizlik, bunun doğal sonucu olan sertleşme sorunu. Konunun doğrudan muhatabı olan karısıyla bile tek kelime konuşmadığı, yok saydığı bu durumu hiçbir hekime anlatamazdı. Erkekliğini yitirmiş bir komutan! Utanç verici. Komutan olmayıp da bakkal bilmem ne efendi de olsa, erkek adam için utanç verici... Konuyla ilgili ne kadar kitap, makale varsa okumuş, internet sitelerindeki bilgileri hatmetmişti. Sonunda kendisi koymuştu teşhisi: savaş travması. Savaşın türlü çeşidi vardır, bizimki kirli savaştı. Birilerinin ellerini kirletmeleri gereken bir savaş. Bedel ödemek mi? Ben o bedeli fazlasıyla ödedim. Ben o bedeli, oğlumu bu vatan uğruna şehit vererek ödedim.

Oğlunu her hatırlayışında yüreğini kavrayan pişmanlık, acı, umutsuzluk karışımı duygu yine bütün ağırlığıyla çöktü göğsüne. Onu biraz da ben öldürdüm. Kimse oğlunu savaşın ortasına göndermiyor. Bir yolunu bulup vatan görevini savsaklatıyorlar, olmadı karargâhlarda bilgisayar başında oturacakları bir yere tayin çıkartıyorlar. Ama ben... ne yaptım ben? Ben onun görev yerini bilerek, isteyerek en tehlikeli bölgeye aldırttım. Kendisi de böyle isterdi zaten; benim oğlumdu, benim değerlerimle yetişmişti. Pırlanta gibi dedikleri türden pırıl pırıl bir gençti.

Oğullarının şehit olmasından sonra, karısı sadece kendisine değil dünyaya da kapanmıştı sanki. Çocuğun ölüm haberi geldiğinde, sana o kadar söylemiştim, yalvarmıştım şu çocuğu gözet, savaşın ortasına gönderme, diye serzenişte bile bulunmamıştı. Zaten yapamazdım; kimsenin oğluna, ailesine ayrıcalık tanınmamalıdır. Kendi oğlumu kayırırsam, memleketi batağa sürükleyen bu hainlerle ne yüzle mücadele ederim!

Peki kurada nereyi çekerse oraya gitmesine, eğitimine uygun bir işe verilmesine neden karşı çıktım? Neden ille de ateş hattı, ille de ön saflar?

Oğlunun hain bir kurşunla vurulduğu haberi geldiğinde, dayanılmaz acıya gömüldüğünde bile sormadığı sorular bir zamandır kafasına üşüşüyor, Komutan'ı huzursuz ediyordu. İnsan kendini zaferde değil yenilgide sorgular, derler. Belki ben de bu yenilmiş, kenara atılmış halim yüzünden sorguluyorum şimdi. Onu koruyabilirdim, tek oğlumdu o benim. Bir oğuldan daha önemli ne olabilir ki bir erkeğin hayatında!

Kendisiyle yüzleşme ihtiyacı duyduğu şu günlerde, sormaktan olduğu kadar cevabından da korktuğu soru: Onu vatana mı kurban ettim, kendi gururuma, kendi davama mı, sorusuydu. Soru kuşkusuz böyle dökülmüyordu sözcüklere; yüreğinde bir sızı, vicdanında bir karaltı olarak kalıyordu.

Oğul çatışma sırasında ölmemişti. İlk sarsıntıyı atlatıp da olayın peşine düştüğünde ensesinden tek kurşunla vurulduğunu öğrenmiş, acısı katlanmıştı. Ölümün nasıl gerçekleştiği, kim tarafından neden vurulduğu hiçbir zaman açıklanmamıştı. O sıralarda resmi ya da gizli bütün askeri istihbarat bilgilerine birinci elden ulaşabilme yetkisi ve olanağı varken, soruşturma açılmasını istememiş, bu izni kimseye de vermemişti. Şehit oğulun eşyaları, birkaç kitap, bilgisayarı, cep telefonu ve olay günü üzerinde olan asteğmen üniforması bir torba içinde geri verilirken, yüksek düzeyde gizlilik kodu taşıyan bir zarf da ulaştırılmıştı Komutan'a. Zarfın içindeki pusulada, 'Bölücü hainler tarafından şehit edilen oğlunuzun sırtına iliştirilmiş yazı ektedir,' deniliyordu. O lanetli, hain kâğıt parçasının üzerinde ise 'Babanın cinayetleri için' yazılıydı.

Cinayetlerim?.. Kimseyi kendi ellerimle öldürmedim, cellat değilim ben. Suçluyu idama mahkûm eden yargıç katil midir? Özel savaşın özel kuralları vardır, bunu herkes bilir.

Lakabının kahramandan gaddara dönüşmesi ne zaman olmuştu? Karanlık sokaklarda ensesinden tek kurşunla vurulmuş cesetler, kuş uçmaz kervan geçmez yolların kenarında, köpüre köpüre akan ırmak kıyılarında, köprü altlarında elleri arkada bağlanmış, telle boğulmuş olarak bulunan ölüler, yanan köylerin, korulukların alevleri arasından fırlayan hayaletler. Ve kayıplar; onlarca, yüzlerce kayıp... Bulunduğu bölgede faili meçhuller ne zaman çoğalmıştı? Oğul'un şehit olmasından sonra mı? Evet, bedel ödedim ben, en ağır bedeli ödedim. Ödedim ve ödettim. Gaddar mıymış lakabım? Ben haa? Bir bebeğin ağlamasına dayanamayan, uyuz bir kedi yavrusu gördüm mü içi parçalanan ben mi gaddarım! İlle de bir lakap gerekiyorsa 'adil' uygun düşer bana. Kısasa kısas, dişe diş. Tek başıma kalsam bile...

Komutan'ın başı ağrımaya başlamıştı yine. Şu pardösü konusu asabını bozmuştu. Bir süredir, canı sıkkın olduğu ya da heyecanlandığı, kızdığı zamanlar başına bıçak gibi saplanan bu ağrılar, emekliye sevkedilmesinden sonra artmıştı. En ağır ağrı kesiciler bile etki etmiyordu artık. Karısının, hemen bir hekime danışması gerektiği yolundaki uyarılarına, hatta ricalarına da kulak asmıyordu. Önemli bir şey, mesela beyninde ur falan varsa, ülkenin hem beyni, hem kalbi, hem koruyucu-kurtarıcı aklı olan yüce yapıdaki yeri sarsılabilirdi. Komutan'ın, emeklilik darbesinden sonra bir de böyle bir aşağılanmaya, iktidarın merkezinden büsbütün uzaklaştırılmaya tahammülü yoktu.

Şu kahrolasıca pardösü!.. Kime ait olduğunu anlayabileceği bir ipucu, örneğin bir cüzdan, bir kartvizit, bir küçük not defteri bulabilme umuduyla pardösünün bütün ceplerini tek tek yokladı. Hafifçe sökülmüş iç cep astarının arasında, dörde katlanmış küçük bir kâğıt parçasından başka bir şey bulamadı. Bunun sahibi kimse, bana benziyormuş. Ben de her şeyimi ceket ceplerimde taşırım, pardösümün, paltomun cebine hiçbir şey koymam. Askerdeyken de kaput ceplerim bomboştu. Tedbirli olacaksın, hep teyakkuz halinde olacaksın. Üzerinden çıkardığın giysiye kimin dokunacağı, kimin el atacağı belli olmaz.

Cep astarının arasına kaymış pusulayı açtı. Sıradan bir bloknottan özensizce koparılmış yaprağın üzerinde, tükenmez kalemle 'Fiyatlar düşüyor, evleri acele satılığa çıkar' yazıyordu.

Baş ağrısına rağmen kendi kendine gülümsedi: Oturduğumdan başka evim yok ki benim. Hayatlarını bağışlamam ya da uyuşturucuya göz yummam karşılığında teklif edilenlerin binde birini alsaydım, bugün Karun gibi zengin olurdum. Altımda çalışanların hepsi han hamam sahibi oldu. Ne kahraman ne gaddar ne adil: Bana en yakışan lakap avanak...

Küçük pusulayı parmakları arasında evirip çevirdi. Kafası zonkluyordu. Beyninin içinde, belleğinin koyaklarında kümelenmiş anımsamalar, sözcükler, adlar, şifreler ağulu yılanlar gibi dolaşıyordu. 'Fiyatlar', 'evler'... 'Parola vatan, işareti bayrak'... Baş ağrısı, bıçakla kesilmiş gibi dindi. Kafası bir anda aydınlandı. Hani beynimde bir şimşek çaktı derler ya, öyle. Pardösülerin bilerek, belli bir amaçla değiştirildiğini anladı. Bir mesaj vermek istiyorlardı.

Neden pusulayı doğrudan benimkinin cebine koymadılar? Kendi pardösüme bakmayacağımı, notu görmeyeceğimi düşündükleri için mi? Peki neden olağan irtibatları, normal yolları kullanmadılar? Telefonların suyu çıktı bir zamandır, biliyoruz; ama internet var, doğrudan ilişki var, var oğlu var. Çapulcu takımı değiliz ki! Bu memleketin saygın insanlarıyız, ne sakıncası olabilir birbirimizi görmenin? Şu saçma sapan araştırmalar soruşturmalar bu raddeye mi vardı biz uyurken? Bizimkiler biraz ileri gittiler galiba. Köpeksiz köyde değneksiz gezme rehavetine mi kapıldık? Belki de gereğinden fazla acele ediliyor. Biraz temkinli olmak iyidir. Vatanseverleri suçlu ilan etmek kimsenin haddi değil!

Bir an, bütün bunların hezeyan olduğunu, pardösülerin değişmesinin tümüyle rastlantı olabileceğini düşündü. Ne yazıyordu kâğıtta? 'Fiyatlar düşüyor, evleri acele satılığa çıkar.' Bu kriz ortamında bundan daha normal ne olabilir ki, gayri menkul fiyatları daha da düşmeden elden çıkarıp parayı dövize tahvil etmek akıllıca bir iş.

Sakin olmalıyım, kafamı toplamalıyım. Birkaç satılmış işbirlikçinin gayretkeşliği olan şu saçma sapan soruşturma mı paniğe kaptırdı bizimkileri yoksa? Ordusuyla, yargısıyla, sermayesiyle koskoca devlet aparatı, koca ülkenin zinde güçleri arkamızdayken birkaç haddini bilmez sünepenin, tıfıl işgüzarın dedektiflik oynamaya heveslenmesi olsa olsa güçler dengesini lehimize çevirir; bu telaş da ne! Davaya inanan, namusuna güvenen, vatanını seven bozguna uğramaz.

Yine de neler olup bittiğini öğrenmeliydi. Resepsiyonda herkes vardı: Yüksek Yargıç, Başkomutan, ülkenin en büyük üç sermaye grubunun başları ve en önemlisi medya patronları, hepsi oradaydı. Kimsenin halinde tavrında bir fevkaladelik gözlememişti. Aksine, rahat, gevşek bir hava hâkimdi. Pek onurlu olmasa da, uzlaşmalarla zaman kazanılmış gibiydi. İşler yolundaydı. Olağanüstü bir durum, yakın bir tehlike olsa, açık açık söylenmese bile çıtlatılırdı. Hep havadan sudan konuşulmuştu oysa, kimse en küçük bir imada bulunmamıştı. Sakın bildiklerini benden gizliyor olmasınlar! Büsbütün mü gözden çıkarıldım? Günah keçisi yapıp kurtlar sofrasında beni mi paylaşacaklar?

Korumasının saygılı uyarı öksürüğü ve sesiyle kendine geldi. "Pardösünüzü yanlışlıkla alan şoförüyle geri göndermiş komutanım. Bir emriniz var mı?"

"Benimkini as portmantoya, bunu da geri ver. Kime aitmiş şoförden öğren de teşekkür edelim gönderdiği için."

"Başüstüne efendim. Şoför, bir diyeceğiniz olup olmadığını soruyor."

"Kimin olduğunu bilmeden ne diyecekmişim ki! Selam, kelam işte. Haa, bir de sor bakalım bana ait olduğunu nereden bilmişler."

Bir an pusulayı katlayıp bulduğu yere, iç cep astarının arasına koymayı geçirdi aklından, sonra vazgeçti. Koruma, elinde bilinmeyen kişinin giysisiyle kapıdan çıkar çıkmaz portmantoya astığı kendi pardösüsünün ceplerini yoklamaya koştu. Ve işte, evet; küçük kâğıt parçası orada, tam beklediği yerde, iç cepteydi. Kâğıdın üzerinde, işlek bir el yazısıyla, 'Satılık evlerin planları alıcılara ulaştı. Gereğinin yapılması için bilginize!' yazılıydı.

Komutan kâğıdı küçücük parçalara ayırıp tuvalete attı, sifonu çekti. O anda kafasındaki tek soru: 'Planları nerede buldular, kim verdi, muhbir kim?' sorusuydu. Gereğini yapmak üzere, son yıllarda sadece iki kez kullandığı özel hattan şifreli numarayı aradı, parolayı söyledi, cevabını aldı, güvenlik parolasını istedi, onun da cevabı geldi. "Elinizdeki bütün fideleri, tohumları tarlalara ekin, fazlasını denize atın gitsin. Daha önce dikilmiş fidanların yerlerini değiştirin, çöplükleri temizlemeyi unutmayın. Çok acele edin, yağmur mevsimi bitmeden işi bitirin," dedi emir tonunda. Sesi titrememiş, sözcükler boğazında düğümlenmemişti.

Telefonu kapadıktan sonra, içinde dinginlik bile denilemeyecek bir ıssızlıkla içkilerin durduğu küçük masaya yöneldi, sevdiği kesme kristal konyak kadehine iki parmak içki koydu: VSOPX bir Napoleon... En iyisi, en asil ve seçkini budur, dediklerinden beri bu konyağı içiyordu.

O anda kendini bir trajedi kahramanı gibi hissediyordu; yoldaşlarının ihanetine uğrayıp yenilmiş bir kahraman. Sahnede, nefeslerini tutmuş dinleyen seyircilere karşı muhteşem tiradını okuyan baş aktör edasıyla kendine seslendi: "Ben," dedi, "ben, karnı ve kafası askerî okullarda doymuş yetim çocuk; ben, hayalleri ve yüreği çelimsiz bedeninden umulmayacak kadar büyük genç vatansever, kendini davasına adamış kahraman asker, yiğit kurtarıcı. Nerelerden geldim, nerelerden geçtim, şimdi neredeyim!.. Çok daha yükseklerde olabilirdim. Dostlarımın ihanetine uğradım. Bedenimi sırtlanların önüne atmaya hazırlanıyorlar. Hainlerle uzlaştılar, uzlaşmanın bedeli benim kellem, arkadaşlarımın kelleleri. Bizleri cellatlara teslim ediyorlar." Kadehini resmi bir törendeymişçesine, büyük bir ciddiyetle kendi şerefine kaldırdı. Gerçeklik duygusunu yitirmiş, sahnelediği oyunun parçası olmuştu. "Teslim olmayacağım!" dedi yüksek sesle, "Teslim olmayacağım hainler, dönekler!" diye tekrarladı.

Avaz avaz bağırmak, en yukardakinden başlayıp adlarını tek tek saymak, dünyaya ilan etmek istiyordu. Ama hayır, varsın onlar ihanet etsin, ben hain değilim. İçinden çıktığım ocağa, silaha el basıp yeminle bağlandığım yoldaşlarıma ihanet etmedim, yine de edemem.

Tiradını bitirip sahneden ayrılan aktör gibi birden sakinleşti. Televizyonun karşısındaki özel koltuğuna oturdu. Televizyonu açmadı. Artık ihtiyacı yoktu. Konyağından bir yudum aldı. Oğulun arkasına iliştirdikleri kâğıtta ne yazılıydı? 'Babanın cinayetleri için.' O cinayet dedikleri temizlik harekâtlarının her biri bu vatan içindi, bu vatanı bölmek, satmak, ortaçağ karanlığına gömmek isteyenlere dur demek içindi. Bir yudum konyak daha aldı: Öyle miydi gerçekten? Bir oğul yitirmeye değer miydi? Peki oğullarını benim elimle, benim emrimle yitirenler... Ayaklar baş mı olacak şimdi? Her şey boşuna mıydı? Hayır, bin kere hayır! Böyle bitmeyecek. Onlara göstereceğim, ihanetin hesabını verecekler, hainlerle uzlaşmanın bedelini ödeyecekler. Oğlumu öldürdüm, oğullar öldürdüm. Boşuna mıydı hepsi?

Kalkıp bir konyak daha doldurdu. Televizyonun karşısındaki koltuğuna oturmadan önce yatak odasına gidip yatağın kendi tarafındaki komodinin alt çekmecesinde duran beylik tabancasını aldı, koltuğa rahatça yerleşti. Güzel koltuktu, diye düşündü. Kolluklarındaki kumanda düğmelerine basıldığında bütün vücuda yayılan küçük titreşimlerle masaj yapan özel bir koltuk; karıcığının altmış yaş hediyesi.

Blok kristal konyak kadehini kafasına dikip bir yudumda içti. Başı yine ağrımaya başlamıştı. İnsanı canından bezdiren o dayanılmaz ağrı. Bu ağrıyı çekmeyeceğim artık, dedi yine yüksek sesle. Öteki ağrılar da bitecek. Ne oğulun ölümü ne de öteki ölü çocuklar, hiçbirini düşünmeyeceğim. Çember umduğumdan çabuk daraldı, yaklaşıyorlar. Sırtlanların önüne beni atmalarına fırsat vermeyeceğim, ele geçiremeyecekler, kahramanlıktan maskaralığa indiremeyecekler. Onlara son bir oyun oynayacağım. Hepsi görkemli cenaze törenimde saf tutup timsah gözyaşlarıyla Kahraman'a selam duracaklar.

Çok gerekli olmadıkça asla kullanmadığı gizli numarayı bir kez daha tuşladı. "O an yaklaşıyor, teslim olmayın, gereğinde fitilleri ateşleyin," dedi sayıklar gibi. Karşısında kimin olduğu umurunda bile değildi artık.

Silah sesine koşan koruma, Komutan'ı koltuğunda arkaya kaykılmış, kanlar içinde, ölü buldu. Kurşun sağ şakağından girmişti. Dudaklarında tuhaf bir gülümseme vardı.

"Pardösü Sayın Müsteşar'a aitmiş efendim," dedi koruma sanki Komutan duyacakmış gibi.

O kadar şaşırmış ve korkmuştu.

* * *

Şehrin en büyük çöp tepesinin kaymaya başladığı ve eteklerindeki gecekonduları tehdit ettiği haberi ekrana düşmeseydi, Muhabir'in aklına oralara gitmek gelmeyecekti. Orada burada patlayıp duran çöplüklerin, tepelerden inip şehrin zengin semtlerinin çöp tenekelerini karıştıran çöp çocuklarının haber değeri kalmamıştı artık. Millet kanıksamıştı bu olayları.

Önemli bir medya kuruluşunun haber merkezinde, şehir haberleri bölümünde çalışan Muhabir, haber koklamakta üstüne olmadığına inanırdı. Kimsenin gidip yerinde izlemeye değer bulmadığı, ilgilenmediği olaylardan ses getiren haberler çıkarmıştı. Bir çöp tepesinin, hem de kentin en eski, en büyük çöplüğünün kaymaya başlaması haberdi işte. Çöplükten, mis gibi haber kokusu geliyordu burnuna.

O gece, her zamanki salaş meyhanede arkadaşlarıyla içerlerken konuyu açtığında, "Ülke zaten koca bir çöplüğe döndü," dedi Şair, "beni de götür oraya, bu memlekette artık olsa olsa çöplüğün şiiri yazılır."

Yazdıkları çok tartışılan, kimilerinin şiirlerini şairanelikten uzak, fazla sert, yer yer küfür ve pornografi sınırında gördüğü Şair, işi daha da ileri götürüp yeni şiirler için ilhamını çöplükten almaya kararlıydı.

Bir süre, son günlerdeki siyasal gelişmeleri, ülkenin üstüne çökmüş ağır havayı, çatışmaları, cinayetleri, patlamaları, orada burada ele geçen bombaları, çeteleri, yolsuzlukları konuşup tartıştılar. "Bütün bunlar palavra, dikkatleri başka tarafa çekmek için. Bu ülkenin tek sorunu var: yoksulluk, açlık!" diyenler de vardı, "Memleketin temeli oyulmuş, köküne dinamit konmuş, önce temizlik gerek!" diyenler de.

Masadaki tartışmalar her zamanki gibi ateşliydi. Sesler giderek yükseldi, el kol hareketleri büyüdü. Manzaraya alışık yaşlı garson, kızmayalım beyler, kızıştırmayalım beyler, içelim beyler, diyerek içkileri tazeledi. Her zamanki gibi pek anlaşamadılar. Yine her zamanki gibi geceyi sarmaş dolaş kadeh tokuşturarak bitirdiler.

Meyhaneden ayrılırlarken, "Bu topraklar bir gün patlayacak," dedi Şair kâhin edasıyla. "Her şair biraz kâhindir, kâhinler de şair," dedi bir arkadaşları hafifçe dili dolaşarak.

Muhabir ile Şair ertesi sabah saat dokuzda çöplüğe yakın bir yerde buluşmak üzere sözleştiler. Çok içti, nasıl olsa sızıp kalır, gelemez, diye geçirdi içinden Muhabir. Benim ayılıp gelemeyeceğimi sanıyor; uyuyup sızarsam sabah uyanamam, ama uyumaz da devam edersem ondan önce giderim buluşacağımız yere, diye hınzır hınzır düşündü Şair.

Ertesi sabah saat tam dokuzda, ikisi de kararlaştırılan yerdeydi. Şair, diline takılan bir nakaratı tekrarlayıp duruyordu: "Tarlalara mermi saçtım, yeşerip çiçek açtılar / dağa taşa asker dizdim vurulup şehit oldular / oğullar kızlar öldüler, kör çukura doldular / Çöpler boğacak gayri sahiplerini..." Böyle sürüp gidiyordu Şair'in meşum sabah türküsü.

Çöplüğün eteklerindeki gecekondu semtine, uzun yollardan minibüsle, sonra da yürüyerek ulaştılar. Şehri çepeçevre saran varoşlardan da farklı, –daha yoksul denemez– sanki bir başka dünyaya ya da fantastik bir film platosuna aitmiş izlenimi doğuran bir yerdi burası. İnsanlar, daha çok da kızlı erkekli çocuklar, hummalı bir çalışma içindeydi. Çöpleri ayıklıyorlar, öbek öbek ayırıyorlardı: cam şişeler, pet şişeler, konserve kutuları, ambalaj kâğıtları, gazete kâğıtları, sayfaları dağınık kitaplar, uçları yanmış, ise bulanmış kitaplar, taş plaklar, kırık CD'ler, bağırsak kurdu şeritlerini andıran kıvrım kıvrım teyp bantları, eski ayakkabılar, eski giysiler, deri parçaları, anahtardan kazmaya, telden paslı kaşık çatala her türlü metalden akla gelebilecek her türlü eşya, asker postalları, kamuflaj giysileri, delik kepler, yıldızları sırmaları dökülmüş kokartlar, kırık dökük çocuk oyuncakları, bacağı kolu kopuk bebekler, karınları deşilmiş oyuncak ayılar, kırık televizyon kasaları, bilgisayar ekranları, ampuller... Akla gelebilecek ve gelemeyecek her şey.

Mahallenin dört bir yanında, salaş kulübelerin damlarında, çitlerin üzerinde, yolların kenarında, her yerde plastik torbalar uçuşuyordu. Kuru, küflü ekmek parçaları, çürümüş meyve, sebze, kokuşmuş yemek artıkları gibi değerli çöplere yaklaştırılmayan keçiler naylon torbaları kemiriyor; uyuz, sıska itler kaçırdıkları kuru kemikler, leşe dönüşmüş sakatat parçaları ve kuru ekmek dilimleri için birbirleriyle dalaşıyordu. Koku dayanılmazdı. İnsan önce ağzını burnunu kapatıyor, boğulacak gibi oluyor, bir an önce buradan kaçmak, temiz havalı bir yer bulup nefes almak istiyordu; ama koku her yerdeydi, kurtuluş yoktu.

Muhabir ile Şair bir süre sonra kokuya biraz alıştıklarını fark edip ferahladılar, ellerini ağızlarından burunlarından çektiler. "Biraz sonra kokuyu duymaz olacağız. Belli ki buradakiler duymuyorlar artık, alışmışlar, kanıksamışlar," dedi Muhabir. Şair cevap vermedi. Kendi kendine birşeyler mırıldanıyordu; belki ilhamını leş kokusundan alan dizeler, belki de Muhabir'in peşine takılıp sabah sabah buralara geldiği için kendine yönelik küfürler.

Yol boyu herkes işine dalmıştı, iki yabancıyla kimse ilgilenmiyordu. Yabancı gördüler mi etrafına toplanan, 'turist, turist' diye tempo tutup para, şeker, sigara isteyen, kolundan eteğinden çekiştiren çocuklar yoktu burada. Buranın çocukları farklıydı, çevredekiler onları ilgilendirmiyor, gözleri çöpten başka bir şey görmüyordu. Elleri, kafaları, gözleri, burunlarıyla çöplere dalmışlardı. Ne yabancılar ne sırtında kocaman bir kamera, elinde de profesyonel fotoğraf makinesi taşıyan adam –belli ki gazeteci, ya da televizyoncu– ne de yanındaki, uzun saçlarını arkada at kuyruğu bağlamış tuhaf tip umurlarındaydı. Koku alma duyusuyla birlikte, merak, yadırgama, şaşırma duygularını da yitirmişe benziyorlardı.

Çöplükten toplanmış malzemeyle tahta tarabadan yapılmış teneke ve hasır damlı kulübelerin arasından geçerek çöp tepesine çıkan yokuşu tırmanırlarken,

"İşte çöp ahalisi," dedi Muhabir, "İşte çağımızın şiiri," dedi Şair.

Yukarı tepeye doğru çıktıkça artık alıştıklarını, duymaz olduklarını sandıkları koku yeniden yoğunlaştı. Yokuşun iki yanında; narenciye sandıkları, kalın naylon örtüler, çinko levhalar, paslı demir çubuklardan yapılmış, fantastik mimari harikası kümes-evler sıralanıyordu. Arkada bıraktıkları çerden çöpten kulübeler bunların yanında lüks villa sayılırdı. Çöp ayıklama faaliyeti kümes-evlerin önünde de bütün hızıyla sürüyordu. Çocuklar yarı çıplaktı. Giyinik olanları örten çaputlar, eski giysilerden çok yırtık krepon kâğıtlarını andırıyordu. Korkunç ve acıklı bir masal filminin, toprağın yedi kat altında yaşayan ve gelip kendilerini kurtaracak kahraman prensi bekleyen esir çocuklarına benziyorlardı.

"Bu kadarını beklemiyordum,"dedi Muhabir. Her zaman çok konuşan Şair, bu defa sustu.

"Başka bir dünyada değil, yaşadığımız şehrin çeperinde, hemen yanı başımızdalar ve biz bilmiyoruz, duymuyoruz," dedi Muhabir. Sesinde esef vardı, kendini suçlama, eziklik, bezginlik vardı. "Buralarda bir yerlerde olduklarını, varlıklarını biliyoruz," dedi Şair, "Biliyoruz ama görmek, tanımak istemiyoruz."

Yukardan, çöp tepelerinden aşağı, ağır çuvallarını ardları sıra sürükleyen çocuklar iniyordu. Dört-beş yaşından yeniyetmeliğe, ilk gençkızlık çağına kadar her yaştan, her boydan çocuk: kız-erkek çöp çocukları...

Çocuklar yanlarından geçerken, Muhabir de Şair de irkildiler. Yaptıklarından utanç duya duya, birbirlerine bakmamak, görmemek için çabalayarak elleriyle ağızlarını burunlarını kapattılar. Çöplüğün kokusu değil daha farklı, bambaşka bir kokuydu bu: Çocuklar ölüm kokuyordu; sanki etleri çürümüştü, sanki çöplüğün bütün kokuları karışıp içlerine girmiş, derilerine sinmişti.

"İşte ülkemizin geleceği, işte vatanın umudu, huzurunuzda çöp çocukları!" dedi Şair rolünü ezberlemiş yeteneksiz oyuncu edasıyla. Sonra yine sustu.

Güneş yükseliyordu. Yokuş dikleşmişti, yoğun çöp kokusu nefes almalarını güçleştiriyordu. Çocuklar çuvalları sürükleye sürükleye geçip gidiyorlardı yanlarından. Muhabir, "Hey ahbap! Nasılsın?" diye seslendi yanından geçen küçük erkek çocuğa. Çocuk durdu, baktı, başını anlamıyorum gibi iki yana salladı. "Anlamadı," dedi Şair. Bu defa, on-on iki yaşlarında kavruk bir küçük kıza seslendiler: "Küçük kız, tepeye varmaya daha çok var mı?" Çocuk başını iki yana salladı, kocaman gözlerindeki, korku mu hayret mi anlaşılmayan karanlık gölgeyi gördüler.

"Bunlar dilsiz," dedi Muhabir. "Dilleri var," dedi Şair, "dilleri var, ama bizim dile benzemez."

O zaman ikisi de anladı ve hüzünlendiler. Pis bir çaresizlik, kötü bir suçluluk duygusu oturdu yüreklerine.

Tepeye vardıklarında güneş yükselmişti. Çöplüğün zirvesindeydiler artık. Biraz hayret, biraz korkuyla, leş kokularını artık duymadıklarını, iyice alıştıklarını, çöplüğe karıştıklarını fark ettiler.

Onu önce Şair gördü. Çöp tepesinin ortasında, o ılık bahar gününde üzerinde boyunun iki, belki de üç katı uzunluğunda bir asker kaputuyla oturmuş, önündeki çöpleri karıştırıyordu. Yaşı belli değildi; boyundan posundan çocuk olduğunu tahmin etseler de, sanki çok yaşlıydı. Yanına yaklaştıklarında yüzünde sağ yanağını kaplayıp boynuna doğru inen büyük bir yanık izi olduğunu gördüler. Taze bir yanıktı, kabukları yeni düşmüştü, çocuğun esmer yüzünde açmış dev bir kan çiçeğiydi. Çocuk da onları gördü, ama hiç oralı olmadı, çöpleri eşelemeye devam etti.

"Selam," dedi Muhabir, "ne arıyorsun çöplerin arasında?"

Çocuk derin kara gözleriyle Muhabir'e baktı, başını aşağı yukarı salladı, bir kenara ayırdığı hazinesini işaret etti parmağıyla.

"Çocuk dilsiz," dedi Şair, "belki de sağır."

Çocuğun ayırıp kenara koyduğu nesneleri ve hemen arkasında duran koltuk değneklerini o zaman gördüler.

"Başlarım senin haberine! Buradan gidelim, ben artık oynamıyorum," dedi Şair fısıltıyla. "Sıradan kaba gerçeğin sanatsal kurmacadan çok daha inanılmaz, daha abuk, daha korkunç olduğunu söyleyenlere kızardım bir de!..."

"Gördün mü?" diye sordu Muhabir korku dolu bir sesle.

"Neyi?"

"Çocuğun çöpten topladığı o şeyler... O şeyler mermi..."

Çocuk, kıçüstü sürünerek biraz arkaya gidip yerdeki koltuk değneklerinden birini aldı. Değneği hemen önündeki çöplere sapladı, biraz eşeledi, oltasına balık takılmış bir çocuğun sevinç ve heyecanıyla bir el bombası çıkardı çöplerin arasından. Sonra bir tane, bir tane daha...

Muhabir ile Şair, büyülenmiş gibi yerlerine çakılmış, çocuğu seyrediyorlardı.

"Pimi çekilmiş mi?" diye sordu Şair.

"Çaylaklık etme. Pimi çekilmiş bomba, ayarına göre birkaç saniye içinde patlar."

Çocuk hiç acele etmeden, sakin bir şekilde ganimetini yanındaki çuvala doldurdu. Tek başınaymışçasına rahat ve telaşsızdı.

Muhabir çocuğa biraz daha da yaklaştı, "Bunlar ne?" diye sordu lâf olsun diye.

Çocuk suratlarına dalga geçerek baktı. Görüyorsun ya işte, anlamına bir işaret yaptı. Sonra sakatlığından beklenmedik çevik bir hareketle tek ayağı üzerinde doğruldu. Koltuk değneklerine dayandı. Bol, uzun, yırtık pırtık asker paltosunun eteklerini ve kurşunlarla, mermilerle, bombalarla dolu çuvalını ardından sürükleyerek yokuş aşağı inmeye başladı.

"Kaputun apoletlerinde sırmalar, bir de üç yıldız vardı," dedi Muhabir.

"Hayır, dört," dedi Şair.

"Tuhaf... Ordu mensuplarının bu gibi işlerde daha dikkatli olduklarını sanırdım. Dört yıldızlı bir general üniformasının kaputu çöplükte ne arıyor ki!"

"Tabii ki çöplükte bulmadı general kaputunu. Çocuk apoletleri, sırmaları, yıldızları ayrıca bulup omzuna iliştirmiş olmalı. Hepsi ayrı bir hava çalıyordu. Hani acar muhabirdin sen! Dikkatli baksaydın görürdün." Sonra biraz düşündü, "Belki de bütün hikâyeyi biz yazdık, belki bütün gördüklerimiz sanrıdan ibaret," dedi.

Şair o gün oradan aldığı esinle Çöplüğün Generali başlıklı muhteşem bir şiir yazacak ve bütün eserleri gibi o şiir de esrarengiz şekilde kaybolacaktı. Tıpkı kendisi gibi...

"Hadi fotoğraf ya da video-film falan çekeceksen çek, bir an önce tüyelim buradan."

"Hayır," dedi Muhabir, "ne burayı ne çöp insanlarını ne de general kaputlu sakat çocuğu haber yapacağım."

Şair arkadaşının yüzüne uzun uzun baktı. "Ciddi olamazsın, benimle dalga geçiyorsun. Sen hiç haber kaçırır mısın!"

"Burada ne gördüğümüzün, neyin tanığı olduğumuzun farkında mısın sen? Bunun bir değil, birçok hayata mal olabileceğinin farkında mısın?"

"Evet, budala olmadığıma göre farkındayım tabii."

"Hiçbir şeyin farkında değilsin. Hâlâ şair şair bakıyorsun bu dünyaya. Bu ülke, bu topraklar birgün patlayacak, diyen sendin. Ama bir şiir dizesiydi senin için o cümle. Oysa bak, burada şiir korkunç bir gerçeklik kazanıyor. Ne kadar fotoğraf çeksem, ne kadar yazsam kimse inanmayacak bana. Buradan aşağı inip kente döndüğümüzde, hayata karıştığımızda sen bile inanmayacaksın. Hepsi sanrıydı, bir karabasandı, diyeceksin. Görmemiş, duymamış olacağız, unutacağız ve konuşmayacağız. Tıpkı o dilsiz çöp çocuk gibi."

"Çöplüğün generali," diye düzeltti Şair.

"Evet, çöplüğün generali. Sarsıcı, vahşi, muhteşem bir şiir ilham etti sana, işte kısa günün kârı. Ama hepsi o kadar. Görmemiş, duymamış olacağız ve konuşmayacağız; çünkü çaresiziz, çünkü korkacağız. Konuşmadığımız için kahrolacağız ve unutacağız. Bildiklerimizle, gördüklerimizle yaşamayı sürdüremeyeceğimiz için unutacağız. Sonra unutma virüsü herkese bulaşacak, hastalık gitgide yayılacak, salgına dönüşecek."

"Ve herkes hastalığı kapıp unutunca, kaygılar, sorunlar bitecek. Üç Maymun figürünü bilirsin, değil mi? Üç Maymun kimilerine göre mutluluğun simgesidir. Geleceğin mutlu budalalar toplumunun simgesi."

"O zaman kentin ortasına, zafer anıtının yanına, Büyük Kurtarıcı heykelinin yanı başına dev bir Üç Maymun heykeli dikerler. Zafer anıtına tepeden bakan üç maymun."

Yokuş aşağı ağır ağır inerken konuşmadılar. Çöp insanları işlerine devam ediyorlardı. Her şey o kadar kendi akışında, o kadar olağandı ki, gördüklerini onlara bir başkası anlatsa, inanmazlardı.

Minibüslerin geçtiği anayola çıktılar. Çöp kokuları yavaş yavaş uçup gitti. Çöp çocukları işlerine devam ediyorlar, çöpleri cinslerine, değerlerine göre ayırıyorlardı. En değerli parçalar, mermiler, bombalar, silahlardı. Ve Çöplüğün Generali mühimmat işinde tartışmasız Bir Numara'ydı.

* * *

Ekip Başı, o gece vardiya değiştirmiş olmasaydı, Tarih değilse bile onun kaderi farklı gelişebilirdi.

O gün tatil günüydü. İkizleri alıp bayramyerine götürmeyi, akşama da televizyonun karşısına geçip zaplaya zıplaya mayışmayı, erkenden de yatmayı kuruyordu. Karısının, "Kalk amcangillere el öpmeye gidelim, kalk komşuya geçelim, hadi miskinleşme kalk ablamlara varalım," vırvırına direnmeye kesinlikle kararlıydı. Kadının hakkı vardı, biliyordu, ama bedeni de ruhu da öylesine yorgundu ki bir gececik dinlenmek istiyordu. Haftaya pazara istediği gibi gezdiririm, hele de bayram ikramiyesini zamanında verirlerse çarşıya götürür, ne zamandır istediği çiçekli çay demliğiyle, yaldızlı çay bardaklarını da alırım ona. Sevinir, gönlü olur. Kadıncağızım böyle cicili bicili şeyleri sever, evine mutfağına düşkündür. Üç kuruş aylıkla eve de, çocuklara da çiçek gibi bakıyor. Bunca yıldır gık demedi kadıncağız; gün oldu kemik suyuna papara yaptı, gün oldu hamura yoğurt çaldı. Çok darda kaldığımız zamanlar gündeliğe de gitti, dantel örüp, sabunluk örüp pazara da çıkardı. Çocuk okuttuk şu halimizde, hâlâ da okutuyoruz. Yarın öbür gün ikizler de okul çağına gelecek.

Karısına karşı sevgiyle doldu içi. Eğer pek isterse geç kalmadan gideriz amcasıgillere, biraz az uyusam ölmem ya. Yine de anlayışlı kadındır, bakarsın üstelemez, bırakır dinleneyim.

Cep telefonu çaldı. Ekrana çıkan numaraya baktı; işyerinden arıyorlar, hayırdır inşallah! Devir sırasında takip formunda eksik birşey bırakıp bırakmadığını düşündü cevap vermeden önce. Hayır, eksiği kusuru yoktu. Ola ki aceminin teki kodları çözememiştir ya da aradığı bir şeyi yerinde bulamamıştır. Son zamanlarda işyerinde işçi devri hızlanmıştı. Oysa eskiden kılı kırk yararlardı işçi alırken. Hakları da vardı; burası turşu, konserve fabrikası değil ki!

On altı yıl olmuştu bu işletmede çalışmaya başlayalı. Yaptıkları üretimin niteliği gereği, 'yüksek güvenlik' koduna uygun sicilin şart olduğu işyerinde, kendini kanıtlamış, müdürlerin tam güvenini kazanmış, işini bunca yıl koruyabilmiş kalifiye işçilerden biriydi. Telefonu açtı. Karşıda, santral memurunun ya da sekreterin değil de bölüm şefinin sesini duyunca şaşırdı, biraz da huzursuzlandı. Şef, akşam vardiyasında ekibi devralmasını istiyordu. "Bugün tatil günümdü, yarın iş alacaktım," dedi zayıf bir sesle. "Tamam, biliyoruz; ama adam hastalandı işte, ağır hasta, işe gelemeyecek. Ekiptekilerin de çoğu yeni, başlarında senin gibi birinin bulunması gerek."

İşsizliğin kol gezdiği şu zamanda hayır deme şansın var mı ki, diye düşündü içi ezilerek. Sendikadan mendikadan hiç umut yok, yönetimle bu kadar kuzu sarması sendikaya yirmi beş yıllık işçilik hayatında hiç rastlamamıştı. Bunlar başka bir adamlar, sanki hepsi aynı çetenin üyeleri. Hakkını kendin arasan da işten atılırsın, hakkını aramayan sendikadan ayrılmaya kalkışırsan da işinden olursun. İki ucu boklu değnek yani.

"Tamam," dedi, "vardiya değişiminde orada olurum."

Son yıllarda işletmenin üzerinde uğursuzluk bulutları dolaşıyordu. Bir yandan ard arda gelen iş kazaları, bir yandan intiharlar, hem de ikisi mühendis, biri ustabaşı düzeyinde... İşletmenin bütünüyle kapatılacağı söylentileri de cabası.

İçini ne olduğunu çözemediği bir sıkıntı kapladı. İğrenç, yapışkan bir yaratık, zehirli bir denizanası çöktü sanki göğsünün ortayerine. Kahvaltılarını yeni yapmışlardı, karısı küçük puf börekleri kızartmıştı. Çocuklar da, kendisi de pek severlerdi analarının puf böreğini. Akşam vardiyasına daha çok vardı. Neden hepsini toplayıp gezmeye çıkartmıyorum. Önce bay-

102

ramyerine gideriz, ikizlerin gönlü olur, sonra da kayınçolara gideriz hanımın gönlünü yaparız. Ben de oyalanırım, sıkıntımı atarım belki. Büyük kız gelmez nasıl olsa, sınavlara çalışıyor. Üstelik bugün bayram diye otobüsler falan bedavaymış.

"Kim bayramyerine gitmek ister? Sonra da teyzenize uğrarız ya da büyük amcalara."

"Biz, biz, biz..."diye bağırıştı ikizler. Karısının yüzünden mutlu bir gülümseme geçti, gözleriyle sessizce teşekkür etti. "Ben ders çalışacağım, haftaya sınavım var," dedi büyük kız.

"O zaman kim geliyorsa hazırlansın bakalım."

Giyinirken içindeki sıkıntının yavaş yavaş dağıldığını hissedip rahatladı. Ne vardı bu kadar büyütecek! İş hali bu, vardiya da değişir, bölüm de. Yeter ki işi olsun insanın, yeter ki işsiz kalma...

Bahardı, hava güzeldi. Lunaparkta ikizler çok eğlendiler. Elma şekerlerini yalarken ağızları, yüzleri kırmızıya boyandı, bayramlık giysilerini de lekelediler, anneleri kızdı. İlişme çocuklara, yıkanınca çıkar, bak ne kadar mutlular, dedi, karısının elini okşadı. Hazır çocuklar da yanlarındayken büyük amcalara gidip el öpmeye karar verdiler. Bayramyerindeki şekerci tezgâhlarından bir kutu lokum aldılar. Büyüklere eli boş gidilmez ya...

"Amcalardan çıkınca, bir de ablamgillere uğrasak," dedi karısı, "aynı şehirdeyiz sözde, ama görüşmeyeli haftalar oldu."

"Tamam," dedi, "sizi onlara bırakırım, ben de kapıdan uğrar hal hatır sorarım, oradan da işe giderim."

Karısı yüzüne soran gözlerle baktı. "Haa, söylemeyi unuttum," dedi, "bölüm şefi kendisi telefon etti, gece vardiyasının ekip başı ağır hastalanmış, onun yerine ekibi devralmamı istedi."

"Seni yumuşak başlı buluyorlar da ondan. Tek tatil günündü."

"Tamam işte, tatil günümüzde gezdik tozduk, dün gece de iyi uyumuştum zaten, aldırma. Yumuşak başlı olmayıp da ne yapacaksın bu zamanda! Gel bizde işe başla diye kapıda kuyruk olanlar mı var!"

Kadın sesini çıkarmadı; adamın hakkı var, bir de ben kafasının etini yemeyeyim, diye düşündü.

Ekip Başı işyerine geldiğinde, önce personel bilgilerini karıştırıp ekipteki işçilerin kimler olduğuna baktı. Üçünü hiç tanımıyordu: Yeni işe alınanlardan olmalılar. Hep gece vardiyasında çalışıyorlarsa tanımamam normal. Bir yandan işçi çıkarırken bir yandan deneyimsiz yeni işçiler alınmasına hiç akıl erdiremiyordu. İş güvenliğinin bu kadar zayıf, iş kazalarının bu kadar çok olduğu bir işletmede ilk yapılması gereken iş güvenliği eğitimiyken, sendika oralı bile değildi. Yenileri eğitmek, iş kazalarına karşı uyarmak, öncelikli önlemleri anlatmak kendisi gibi birkaç kıdemliye kalıyordu sonunda. Her an patlayıcılarla, silahlarla, bombalarla haşır neşir olunan, ağır metal zehirlenmesi, zehirli gaz riski yüksek bir işte bunca yıldır çalışmak her babayiğidin harcı değildi.

İşin bir de öteki yanı vardı; Ekip Başı'nın aklına getirmek istemediği, her düşündüğünde kafasından kovduğu 'yüksek gizlilik' kodlu bölümler. Oralarda daha çok askerî personel istihdam edilirdi. Ücreti daha iyiydi. Uzun sınamalardan sonra, tam güven sağladıklarında ona da teklif etmişlerdi. Birkaç yıl önceydi; bir an düşünmüş, ücret cazip gelmiş, sonra içinden bir ses kabul etmemesini fısıldamıştı. O bölümlerden birinde çalışan, hani pırlanta gibi derler ya, öyle bir işçi arkadaşının birgün ansızın, hem de işyerinde tutuklanıp götürülmesinin, işi kabul etmemesinde payı vardı kuşkusuz. Duyduklarına göre, o işçi çocuk devlet sırlarını yabancılara vermekle, başka ülke adına casusluk yapmakla suçlanıyordu. Ekip Başı inanmamıştı bu suçlamalara; ama bilinir mi, insan dediğin şeytana çabuk kanar, ola ki büyük paralar teklif etmişlerdir, ola ki borçları falan vardı da...

İşin garibi, geçen yıl cinayete kurban giden mühendis, otomobil kazasında öldüğü açıklanan öteki genç mühendis, intihar eden ustabaşı, hepsi o tekinsiz işlerle ilgiliydi.

Biraz para yapabilseydim, kendi küçük işimi kurabilseydim, olmadı bir taksi alıp kendim çalıştırsaydım, diye geçirdi içinden Ekip Başı. İşçilik de tuhaflaştı artık, eskiden böyle karışık işler yoktu, varsa da bizlere yansımazdı. İşçiyiz, güçlüyüz, diye gururlanırdık. Güçlüydük de essah; greve gidildi mi, sokaklara çıkıldı mı yer yerinden oynardı. Sendikaya dayanırdık, sendika da işçilere. Şanlı günlerdi, güzel günlerdi, biz de gençtik o zamanlar, heyecanlıydık, mücadeleciydik.

İşçilerin çoğu yeniydi, ama ekip fena değildi. Büyük bir sipariş alınmıştı, seri çalışmak gerekiyordu. İşçiler makinelerin, tornaların, tezgâhların başına dağılıp işe yoğunlaştıklarında, birkaç torna tezgâhını denetledi, çıkan bir-iki aksaklığı çabucak giderdi. Her şey yolundaydı, işçiler makinelerle tek beden olmuş, tıkır tıkır işliyorlardı.

Geceyarısını az geçe, malzemenin azaldığını fark etti. Tedarikçi de bayram havasına kapılmış, yeterli malzeme çıkarmadan paydos etmiş olmalıydı. Tam da işçilerden birini depoya göndermeye niyetlenirken, gerekli malzemenin bulunduğu 3. No'lu depoya girişin şifreli olduğunu hatırladı. İstemeye istemeye kalktı: İş başa düştü, hadi oğlum, kıpırda yerinden.

Deponun kapısındaki oldukça karmaşık şifre tablosuyla uğraşırken şifrenin değiştirildiğini fark etti. Bunun kendisine bildirilmesi gerekiyordu. Ne yani, yoksa artık güvenilmeyen adam mı olduk! Hem tatil günü işe çağıracaksın 'ocağına düştük aman gel' diye, hem de şifrelerin değiştiğini haber vermeyeceksin! Canı sıkıldı, huzursuzlandı. Amma da pimpirikli oldum son zamanlarda diye kendi kendine kızdı. Şifre taze değiştirilmişse, gececinin hastalanacağını, gece vardiyasını benim devralacağımı nereden bilsinler! Yarın sabah müdür kendisi tebliğ edecekti besbelli. Bu saatte kimi arayabileceğini, ne yapabileceğini düşünürken kapıya dokundu. Ve kapının açık olduğunu içi ürpererek fark etti: Bu işte bir iş var! İlk aklına gelen anakapıdaki güvenlikçileri aramak oldu. Sezgileri ise; dur bekle, onların birşeyden haberi yoktur, kapı güvenliğinin işi değil bu, içerden bir iş, diyordu. Yine de depoya yalnız girmemeliydi, içerde yamuk bir durum varsa, şahidi ispatı olmalıydı. Bir an düşündü, sonra deponun ağır demir kapısını hafifçe ittirdi, sessizce içeri süzüldü. En küçük bir ses, bir çıt bile duyulmuyordu. Şifre yeni değiştirilmişse, ola ki kapı yanlışlıkla açık kalmıştır. Ben kafayı üşütüyorum galiba. Hep son günlerdeki dedikodular, yalan yanlış haberler yüzünden. Yok, bazı imalat serilerinin numaraları değiştiriliyormuş; yok, mühendislerin ölümü burada dönen dolapları bilmeleri yüzündenmiş; yok, son iki yılda işe alınan bölüm şefleri, işçiler, mühendisler aslında askermiş... Bir sürü ipe sapa gelmez söylenti. Yok artık deve! Ordunun silaha, mühimmata ihtiyacı varsa gelir alır; alıyor da zaten. Burada ürettiklerimizi evlere süs olsun, çocuklar oynasın diye üretmiyoruz ya! Zaten devlet için, polis için, ordu için üretiliyor; gizliye saklıya, hırsızlığa, çeteciliğe ne gerek var! Bu söylentileri çıkaranlar hep o devlet düşmanları...

Yüreği hafifledi, heyecanı yavaş yavaş dindi. Ne memlekette yaşıyoruz be! Aklımız hep kötüye, dalavereye işliyor. Her gün yeni bir olay. Yeni bir çete haberi. Asparagas haberlerle hepimizi manyaklaştırdılar.

İhtiyatı elden bırakmadan, deponun ortasına doğru birkaç adım daha attı. Ne bir ses ne de kendisininkinden başka bir nefes; her şey yolundaydı. Loş ışıkta, tavandaki demir putrellere asılmış bir telin ucunda sallanan cansız bedeni seçene kadar...

Telefon edip gece vardiyasını devralmasını isteyen bölüm şefinin, ağır hasta olduğunu, işe gelemeyeceğini söylediği gece vardiyasındaki ekip başını hemen tanıdı. İçerde koku falan duyulmuyordu, yeni öldürülmüş olmasa da, belli ki buraya yeni getirilip asılmıştı. Neden 'öldürülmüş' diyorum, intihar olamaz mı? Adamı iyi tanımazdı, ama kimseye zararı olmayan, eskilerden biriydi. İşçilerin haklarını koruyamıyor diye sendikayla ters düştüğünü, işyeri temsilcisiyle tartıştığını, işçinin alınteriyle ne işler çevirdiğinizi herkes biliyor, diye bağırdığını hatırlıyordu. Bütün bunlar öldürülmesi ya da intihar etmesi için bir neden olamazdı. Ailevi, özel meseleler yüzünden intihar ettiği varsayılsa, şifre değiştirerek, şifre kırarak kendini bu depoda asmış olmasının hiçbir mantıklı yanı yoktu.

Bazen en büyük korku ve panik anlarında insanın üstüne koruyucu bir örtü gibi çöküveren hissizlik ve boşluk haliyle, almaya geldiği malzemenin bulunduğu tarafa yöneldi. Vardiyaya yetecek kadarını –iki kutu– acele etmeden aldı. Deponun kapısını çekti. Cebinden çıkardığı kâğıt mendille, kapıyı iterken ve çekerken dokunduğu yerleri özenle sildi. Hiçbir şey olmamış gibi imalat bölümüne döndü. Malzemeyi köşedeki kendi kumanda masasının altına yerleştirdi. Malzeme biterse, sanki kendinde yedek varmış gibi kutuları masanın altından çıkarıp verecekti. İşçilere baktı, hepsi işe yoğunlaşmışlardı. Yokluğunun farkına varmamış olmalarını diledi içinden, kendi işine devam etti.

Ertesi gün, yönetimin intihar olarak bildirdiği ölüm olayıyla ilgili bütün çalışanların ifadeleri alınırken, 3 No.'lu depoya günlerdir uğramadığını, intihar eden arkadaşın hasta olduğunu telefonla bildiren bölüm şefinin emri üzerine gece vardiyasına geçtiğini, sabah paydosuna kadar da imalat bölümünde diğer işçilerle birlikte çalıştığını söyleyecekti. Görmemişti, zavallı arkadaşın ölümünü şimdi duyuyordu, hiçbir bilgisi yoktu, üzgündü. Hayır, kimseden kuşkulanmıyordu; hayır, yakından tanımazdı, özel hayatı hakkında bilgisi yoktu, sadece sendikayla takıştığına bir kez şahit olmuştu.

(Y.N.: Bölüm kendini tamamlıyor. Adam işinin aşının peşinde, 'görmedim, duymadım'cılardan. Yok edilmesi gerekmez, bunda çelişki yok. Böylece kalsın.)

* * *

Oğlunun ölüm haberi geldiğinden beri; yağmur yaş, fırtına, kar, kızgın güneş, çatışma, operasyon... her Allahın günü sektirmeden sabahın köründe evden çıkardı Ana. Kafayı üşüttü zavallı, derlerdi. Konu komşu kızına, damadına kabahat bulurdu sahip çıkmadıkları, hele de 'otur evinde' demedikleri için. Kızı damadı, Ana'nın bağlasalar durmayacağını bilirlerdi, kendini sokaklara vurmadığı gün ölmüş olacağını da.

Tamı tamına on yıl olmuştu oğlunun ölüm haberi geleli. Azrail'in ulağı kimdi, bilmiyordu. Kaçıncı evladıydı vurulan, öldürülen? Hatırlamıyordu. Eğer evlat ölümüyse söz konusu olan, sayı saymayı bilsen de, bir'den sonrası çok'tur.

Ortanca oğlanın gidişi Ana'yı can evinden vurmuştu. Bu ölüme inanamıyordu. Doğrusu şu ki, yüreği biliyordu, ama beyni kanıt istiyordu. Onun yaşadığını düşünmekten bitap düşmüştü. Yaşıyorsan analık hakkını helâl etmem sana, diye haykırıyordu yüreğinin kulaklara vurmayan sesiyle. Hayırsız bir oğlan istemem, ya bir haberini alayım analık hakkımın hesabını sormak için ya da ölümünün kanıtını ispatını göreyim yasını tutmak için.

Oğlunun dirisini ölüsünü arıyordu Ana. Bir de,

eğer ki ölmüşse, başına bir taş dikeceği bir mezarı olsun istiyordu.

Bölge'nin, Karakol'un, Merkez'in kapısına geldiğinde, artık nöbetçiler kötü davranmıyordu ona. İlk zamanlar çok tartaklanmış, kapı dışına konmuş, kovulmuş, küfür yemişse de artık dokunulmazlık kazanmıştı: Başka bir evrenden, belki de ölümün ülkesinden gelmiş, inlere cinlere karışmış bir ruh karşısında duyulan, saygıdan çok korkuyu çağrıştıran, iyi saatte olsunlar dokunulmazlığı... "Oğlum burada mı, niye tutarsınız onu?" diye sorduğunda, nöbetçiler kendi işlemedikleri suçun ağırlığıyla yüklü bir sesle, "Burada yoktur Ana, buradan çıkalı yıllar olmuş," diyorlardı. "Sağ mıydı çıkarken?" sorusuna değişmez cevap, "Sapasağlamdı," oluyordu.

O zaman, Kayıp Oğulun Anası, ardı sıra yürüyen uyuz karabaş köpekle birlikte köprülere, göletlere, derelere, nehirlere, tarlalara, kırlara doğru giden yollara vuruyordu kendini. Yanında uyuz köpeğiyle köprülerde durup saatlerce sulara bakıyordu. Sulama kanallarına, göletlere, kuyulara eğilip karanlık suların aynasında oğlunun yüzünü görmeyi umuyordu. Tarlalardan yana yürüyorlardı sonra. Köpek önden koşuyor, bazen toprağı eşeleyip bir kemik parçası, bir hayvan ölüsü çıkarıyor, bazen burnunu yollara dayayıp iz sürüyor, bazen dili bir karış dışarda bir koşu tutturuyor, uzaklaşıyor, sonra hoplaya zıplaya Ana'nın yanına geri dönüyordu.

Tarlalar ilkbaharda yeşeriyor, yaz sonunda hasat başlıyor, sonbaharda çamura bulanıyor, kış gelince karla kaplanıyordu. Doğa ve yaşam, ezeli ebedi döngüsünü tekrarlayıp duruyordu umudu ve umutsuzluğu sarmaş dolaş taşıyarak.

İlkbahar, yaz, sonbahar, kış; Ana yaylalardan inen çobanların, uzak şehirlerden gelen yolcuların, çatışmaya giden askerlerin yolunu kesiyor, oğlunu soruyordu.

Bilmiyoruz, diyorlardı da Ana'nın yüzündeki benzersiz keder bir daha unutmamacasına yüreklerine belleklerine kazınıyordu. Bir de yaşlı uyuz köpeğin bakışlarındaki buğulu hüzün... Yüreği kararmış, vicdanı tortu bağlamış olanlar bile, gün geliyor, olmadık bir anda, olmadık bir yerde Ana'nın ve köpeğinin, yalvaran mı, suçlayan mı anlayamadıkları bakışlarıyla karşılaşıyor, onlardan değil de kendilerinden kaçacak delik arıyorlardı.

Ona rastlayan herkes, gittiği her yerde, oğlunu arayan köpekli kadını anlatıyordu. Ana'nın ağızdan ağıza, kulaktan kulağa yayılan hikâyesi, zamanla Oğlunu Arayan Köpekli Ana efsanesine dönüştü; dar zamanları, dar mekânları aşıp masallar dünyasına karıştı.

Kış gelip günler iyiden iyiye kısaldığında –ki dağların gölgesi geceyi çabuk getirirdi– Ana, erken bastıran karanlıktan yılmaz, köpeğin koruyucu kollayıcı yoldaşlığında kuytularda koyaklarda oğlunun izini aramayı sürdürürdü. Günlerden, günün en kısa, gecenin en uzun olduğu o gün de, alacakaranlık erkenden bastırdığında, evin yolunu tutacağına, o mevsimde, o saatte büsbütün tenhalaşan kuş uçmaz kervan geçmez tekinsiz kır yollarına attı kendini. Bu defa köpek isteksizdi; birkaç kez uzun hırkasının eteklerinden, başından doladığı eski yün ihramın uçlarından çekiştirdi yaşlı kadını, hadi eve dönelim, dercesine. Gidelim, dedi Ana, dönersek büsbütün yitiririz onu.

Yolun iki yanında yapayalnız, ıssız uzanan taşlı tarlalar ince bir kar tabakasıyla kaplıydı. Tepsiye yayılmış mercimeğin üstüne un dökülmüş gibi, diye geçirdi içinden. Baharda cılız otlar, kardelenler, yonca çiçekleri biterdi bu tarlalarda. Eskiden, çok uzaklarda kalmış o bolluk ve barış günlerinde, yemyeşil buğday başakları altın sarısına döndüğünde, burçaklar yolunup tınazlandığında hasadı kutlarlardı. Şimdilerde bu topraklar ekip biçilmiyordu artık, Büyük İşletme ile

Bölge buraya taşındığından beri yasaktı bu toprakları işlemek.

Bir zamanlar, millet akın akın gelirdi buralara, ama işe bak, o zamanlar yol yoktu, toprak bir patika vardı sadece, o da kar yağmur olduğunda balçığa dönüşür, yol iz kalmazdı. Şimdi asfalt yol yapmışlar, ama işe bak, geçeni yok. Zırhlı araçlar geçiyor bir tek, bir de Büyük İşletme'nin tankerleri. Yine de söylenmemek gerek, İşletme ile Askeriye olmasaydı bu yol hiç yapılmazdı.

Kimileri, asfalt yolun altına birilerinin birşeyler gömdüğünü, orada gömü olduğunu fısıldarlardı. Buralarda gömü hikâyeleri pek boldur zaten. Oysa asıl gömü İşletme'ydi. İlk kurulduğunda Büyük İşletme altın madeniydi bölge için. İşletmeye kapağı attın mı sırtın yere gelmezdi artık. Ay başı dedin mi, maaşın elinde. Savaş olup da tarla mera elden gittiğinden, ormanlar korular yakılıp sürüler davarlar kırıldığından beri, İşletme bu civardaki tek ekmek kapısıydı. Ama işe bak! Yavaş yavaş, bölüm bölüm kapandı fabrika, İşletme'de iş yok artık.

Ölüsünden dirisinden haber almak için yollara düştüğü oğul, İşletme ilk kurulduğunda, kısa bir süre orada çalışmıştı. İş ağırdı ama çocuk memnundu, eli ekmek tutuyordu, işçi olduğuna gururluydu, sevdiği kızla düğün dernek hayali kuruyordu. Sonra bir yıla varmamış, oğlana bir haller gelmişti. İçine kapanmış, Ana'nın "Oğlum, elâlemin kızına da ayıp; kızı istedik, verici oldular, düğün hazırlıklarına başlasak," yollu sözlerine, "Daha zamanı var ana, hele biraz kendimi toplayayım," cevabı verir olmuştu. İşçiliğe yazıldı, biti kanlandı da kızı beğenmez mi oldu yoksa, erkek gönlü bu, güvenilmez. "Kızın ailesine ayıp, kızı da rezil edersin ortada bırakırsan, namus meselesi de girer işin içine, aman oğlum, gözünü seveyim," diye üsteledikçe, çocuk büsbütün pusuyor, "Herşey iyi olacak Ana, sabret," demekle yetiniyordu. Vardı oğlanın bir sıkıntısı. Evlatlarından birinin yüreği daraldı mı, Ana o saat hissederdi. Göğsünün ortasına bir soğuk taş oturur, nefessiz kalırdı. Yine kuzularımdan birinin başı dertte, hangisi ola, ne ola, elim erer gücüm yeter mi derdini hafifletmeye!

Oğlanın işten çıkarıldığı gün de, o soğuk uğursuz taş –şeytan taşı– gelip yerleşmişti iki memesinin arasına. Ertesi gün oğlan servise yetişmek için sabahın köründe kalkmayınca önce hastalandı sanmış, gidip bakmıştı ki uyumuyor, gözleri öyle duvara dikili yatıp duruyor. "Geç kaldın hele, hasta neyin olma Oğul." Gözleri hep öyle duvara dikili, "Git başımdan Ana," demişti, "artık işe gitmek yok, işten çıkardılar."

Ha demek bundanmış sıkıntısı! "İşten çıkarılmışsan ölüm değildir ya. Dinlen bir zaman, sonra iş ararsın. Allah kimseyi aç bırakmaz, herkesin rızkını verir."

Çocuk o zaman yüzünü anasından tarafa dönüp, "Bunca aç insan bir lokma ekmek için neden çöplükleri karıştırıyor, madem Allah herkesin rızkını veriyor da!" demişti yüzünde karanlık bir bulutla.

"Tövbe de, tövbe de. Vardır Allahın bir bildiği."

Göğsündeki taş daha bir ağırlaşmıştı. Allah duymamıştır inşallah, duyduysan bile affet Allahım, çocuk çok efkârlı. Bu efkâr işten kovulma efkârı değil, başka bir şey. Sen her şeyi bilirsin Allahım, çocuğumun altın kalpli olduğunu, kalbinin duru sular kadar saf olduğunu bilirsin. Koru onu, bağışla onu.

Göğsündeki taş, o gün bugün terketmemişti Ana'yı, hafiflememişti bile.

Bir gece o adamlar kapıya gelip oğlanı dışarı çağırdıklarında, yine bilmiş gibi, "Dur hele abin baksın kapıya," demişti de dinletememişti. "İşletme'den eski arkadaşlar gelmiş, ben onlarla çıkıyorum, biraz açılırım, merak etme," deyip çıkmıştı. Telaşlı bir hali yoktu, adamları tanıyordu, arkadaşlarıydı besbelli. Belki de patronlar yumuşamış, belki yeni işçiye ihtiyaç olmuştu da, yarın sabah işinin başına dön demeye gelmişlerdi. Göğsünü dinledi, yüreğine danıştı; taş yerinde duruyordu.

Ne o gece eve döndü ne de sonraki günlerde. Polise, jandarmaya, karakola, İşletme müdürlüğüne, Bölge'ye bile sordular sordurttular. Dirisi olmasa da ölüsünden haber umdular. Yer yarılmış içine girmişti.

Sonra günler geçti, haftalar, aylar, yıllar geçti. Gidip de dönmeyenlerin ne ilki ne de sonuncusuydu; Ana da bunu biliyordu. Biliyordu ya; bilincini, belleğini kapadı. Daha önce kaybolanları, ıssız bir yolun kenarında elleri arkadan bağlı, ensesinden tek kurşunla vurulmuş bulunanları, bile isteye unuttu. Söylentilere kulaklarını, tesellilere yüreğini tıkadı. İşletme'de, bilmemesi gereken işlere şahit olmuş, görmemesi gerekeni görmüş, dediler. Pis bir iş vermişler yapmamış, elini kirletmesini istemişler kirletmemiş, dediler. Onlar'dan olmasını istemişler olmamış, dediler. Ana duymadı, duysa da inanmadı. Ben bulurum oğlumu, dedi birgün; dirisi olmasa ölüsünü bulurum.

O gün kapıdan çıktığında uyuz bir karabaş takıldı arkasına. Hoşt, dedi, gitmedi. Bir de seninle uğraşamam, görmeseydim iyiydi ama görünce, sevince doyurmam gerek seni, ne ki ekmek zaten az, doyuramam, dedi. Köpek ayrılmadı peşinden, gelip ellerini yaladı. Hayvanın gözlerinde öylesine derin, yumuşak, yalvaran bir bakış vardı ki içine işledi. İstediğim ekmek değil senin kokun, senin sevgin, dermiş gibi geldi Ana'ya. Artık o mu köpeği, köpek mi onu, birbirlerini yoldaş edindiler. O gün bu gün de ayrılmadılar. Oğlunu arayan meczup Ana, Oğlunu Arayan Köpekli Ana oldu dilden dile, kulaktan kulağa yayılan masalda.

Şimdi köpek arkada, Ana önde –oysa şehirden çıkıp da kır yollarına vurduklarında köpek hep önden koşturur, ara sıra durup ardına bakar, kadının geldiğini görünce yeniden koşturmaya başlardı–, çoğu bölümü kapanmış, yer yer yıkılıp harabeye dönmüş İşletme'ye doğru ıslak asfalt yolda yürürken, kaç yıl oldu, diye düşünüyordu, kaç yıl oldu bu yolları arşınlamaya başlayalı.

Akşam iniyordu, köpek ince sesler çıkararak mızıldanıyor, hadi dönelim artık, diyordu. Yaşlıydı, uyuzdu, mecalsizdi, geceden korkuyordu. Ana aldırmadı, içindeki ses, 'Köpeğe kanma, yürü, Karabaş dönsün isterse, sen yürü,' diyordu. "İşletme'nin arkasına kadar gidecem ben," dedi köpeğe, kesin bir sesle. Köpek yine mızıldandı, kadının hırkasının uzun eteklerini çekiştirdi ağzıyla, sonra baktı ki umut yok, her zamanki gibi Ana'nın önüne fırladı, pek istekli olmasa da, 'bari gidelim de bitsin bu iş' dercesine koşmaya başladı.

İşletme'nin şimdi kapatılıp terkedilmiş bölümünün bir zamanlar geçilmez olan kunt duvarlarının yıkıntılarının etrafından dolanıp karlı balçık çamura bata çıka arka tarafa ulaştılar. Ana buralara daha önce de gelmişti ya, bu defa yarı karanlıkta bildiğinden başka türlü göründü gözüne. Miskinliğini üstünden atmış, birden cevvalleşmiş köpeği izledi. Ayakları ıslanmıştı, üşüyordu. Mes-lastikleri eskiydi, delikti, korumuyordu. Anacığım, sana ne lastik ne takunya ne plastik terlik dayanıyor, diye şikâyet ediyordu kızı. Varsın söylenedursun! Daha çok yolum var, daha bitmedi, yeni lastikler alınmalı bana, diye düşündü Ana çamurlu tarlada bata çıka yürümeye çalışırken.

Köpek burnunu incecik kar örtüsüyle kaplı çamurlu toprağa dayamış, kuyruğunu bacakları arasına sıkıştırmış önden gidiyordu. Ne koku alacak ki! Dört bir yan balçık çamur, kar bütün izleri, bütün kokuları siler. İçine ilk kez korku girdi, oysa yıllardır korkuyu unuttuğunu sanmıştı. "Gel," diye seslendi Karabaş'a, "hadi dönelim, üşüdüm. Gel hele, yarın kasaptan kemik isterim sana, iyi adamdır, verir." Köpek oralı olmadı. Ana durdu; gel, diye bağırdı bu defa emreden sert bir sesle. Köpek dönüp baktı, inler gibi kesik kesik havladı, yoluna devam etti. Kadın durduğu yerde öylece kaldı. İzlemezsem, dönüp gelir nasıl olsa, hep böyle yapar, biraz aksilenir, direnir, sonra koşturur yanıma. Bırakıp yalnız dönmeyi gözü yemiyordu, bekledi. Karanlık iyiden iyiye inmişti. Köpek uzaklaşmış olmalıydı ki, ne çamurda adımlarının sesi ne de kesik kesik soluğu duyuluyordu. Ana kendini ürkütücü bir yalnızlığın ortasında hissetti; etrafı dinledi, sadece sessizliği duydu. Öyle mutlak, anlatılmaz bir sessizlik ki, sanki ses geçirmez bir fanusun içindeydi.

Köpek koşarak döndü. Oh! Nihayet. Hadi gel bakalım kötü köpek seni! Hadi gel, gidiyoruz. Köpek uzun yoldaşlıkları boyunca hiç yapmadığı bir şey yaptı; Ana'ya bakıp dişlerini göstererek hırladı. Kadın korktu, bir adım geriye çekildi. Lanetli köpek, cehennemin kapısını bekleyen uğursuz hayvan... Birden o güne kadar hiç aklına gelmemiş bir soru takıldı Ana'nın kafasına. Kaç yaşında bu hayvan? On yılı aşkın böyle peşimde benim, onu bulduğumda da yaşlıydı, uyuzdu, çocuklar bu fazla yaşamaz demişlerdi ilk kez beslediklerinde. Ne kadar yaşar ki bir köpek! Köpek kılığına girmiş şeytanın ta kendisi mi yoksa? Yoksa Allahımın gücüne mi gitti kadere teslim olmamam, oğlumun canının peşine düşmem?

Hayvan gelip büyük yün örtüsünün eteğini dişledi, Ana'yı sürüklemeye başladı. Yüreği korku dolu, dizlerinin bağı çözülmüş, mes-lastiğinin teki patlayıp dağılmış; köpeği izledi. Bir yere götürmek istiyor beni, direnmemeliyim. Benim köpeğimse, iyiliktendir; şeytansa, direnmenin faydası yok.

İşletme'nin kapatılmış bölümünün arkasındaydılar. Köpek yeni açıldığı besbelli büyük bir çukurun kenarında durup, bir Ana'nın yüzüne bir çukura bakıp havladı. Sus, dedi kadın fısıltıyla, sus. Sonra çukura eğilip karanlıkta görmeye çalıştı. Derince bir çukurdu, içi artık dolu değildi. Gecenin karanlığında çamura bulanmış beyaz bez parçalarını ve fosforlu bir iç ışıkla aydınlanan dağılmış tek tük kemikleri fark etti. Çukurdan, zamanla uçmuş, fazla ağır olmayan bir leş kokusu yayılıyordu. Hayvan ölülerini, kurban artıklarını gömmek için fazla özenli bir çukurdu.

Kayıp Oğlunu Arayan Köpekli Ana, işte o zaman unutmak istediklerinin tümünü hatırladı, duymamak için kulaklarını tıkadıklarının tümünü duydu, yalandır dediği, inanmak istemediği tüm söylentileri bir bir geçirdi aklından. Birileri çukuru aceleyle boşaltmıştı. İçindekilerin bulunacağından kuşkulanmış, korkmuş olmalıydılar. Oğlumun bildiği, bilip de karışmak bulaşmak istemediği buydu. Konuşacağından korkmuşlardı. Sonra...

Sonrasını düşünmemek için usunu bilincini kapadı Ana. Bir tek düşünce aklının uzak köşelerinde takılıp kaldı: Yerini artık bulamam. Nereye taşıdılar hepsini, onlarca ölüyü, oğlumu; artık iz süremem, yorgunum, çok yorgunum.

Uyuz karabaş köpek sakinleşmiş gibiydi, çukurun başına oturmuş, içine atlamayı gözünün kesip kesmeyeceğine bakıyordu. Ana köpeğinin hemen yanına, soğuk ıslak toprağa oturdu. Hayvanın sıcaklığını bedeninde duydu. Dizlerini örtüsünün altında topladı. Eski bir ihramdan bozma geniş atkısını ikisini de sarıp sarmalayacak şekilde doladı. Köpeğin ılık nefesini yüzünde hissetti. Bu gece don yapacak, diye düşündü, mutlu oldu. Ağır ağır uykuya daldı. Kayıp oğlunu elinden tutup Oğlunu Arayan Köpekli Ana söylencesine karıştı.

Ertesi gün sabaha karşı, son izleri yok edip işlerini bitirmeye gelenler Ana ile köpeğini birbirlerine sarılmış buldular. Yanlarına yaklaştıklarında köpek vahşi bir kurt gibi hırlayarak yüzleri kar maskeli adamların üzerine atıldı. Biri, tek kurşunda bitirdi işini Karabaş'ın. Ana'ya kurşun gerekmedi; bedeni kaskatıydı, donmuştu. Çukurun içindeki bez parçaları ve kemiklerle birlikte Ana'yı da, Karabaş'ı da çöp arabasının arkasına attılar.

* * *

Herşeyi Unutmak İsteyen Adam, şeytan dürtüp de hatırlamaması gerekenleri hatırlamasaydı birileri bu kadar korkmayacaktı. Birileri bu kadar korkmasaydı, gizledikleri çöpler dört bir yana saçılmayacaktı.

Çok yaşlı değildi, ama çok yorgundu. Umut yorgunuydu, kırık hayaller yorgunuydu: aklıyla, elleriyle, yüreğiyle kuracağı –kuracakları– güzel bir dünya hayali, insanlığın kurtuluşu hayali, devrim hayali, mutlu bir aşk hayali... Pişman mıydı? Hayır. Küskün müydü? Hayır. Yorgundu sadece, yorgun ve bezgin.

Kuş uçmaz kervan geçmez kuytulara çekilmek; dalgalarla, balıklarla, deniz kabuklarıyla yeni bir yaşam kurmak da kâr etmemişti. Kaçtığın ne varsa hepsi aklının, belleğinin, yüreğinin içinde cirit atarken nereye kaçabilirsin ki!

Yine de yavaş yavaş başarıyordu. Bütün canlıların içindeki yaşama içgüdüsü onun da imdadına yetişmiş, belleği yavaş yavaş silinmeye başlamıştı. Hergün, birşeyleri daha unutmuş olduğunu fark edip seviniyordu. Unutmayla sonuçlanan tanılı hastalıklardan hiçbirine benzemiyordu onun unutması. Ne alzheimer ne damar sertliği ne amnezi... O sadece rahatlamak için unutması gerekenleri unutuyordu: hayallerini, umutlarını, yenilgilerini, aşklarını, artık dönüşü olmadığı için çözümsüz kalan, çözümsüz kaldıkça da huzursuzluk veren her şeyi.

Unutmak İsteyen Adam uzak bir deniz kenarında yaşıyordu. Yerliler böylelerine alışıktılar, 'kent kaçkınları' derlerdi onlara. Kimisi kısa bir süre kalır, tutunamaz, kaçtığı dünyaya geri dönerdi. Kimisi yerleşir, yalnızlığını buralarda sürdürürdü. Bu yabancıları artık yadırgamaz olmuşlardı. Maraza çıkaranlara yaşamı zindan etmenin, kaçağı buradan da kaçırmanın barışçı yollarını öğrenmişlerdi.

Unutmak İsteyen Adam, o zamana kadar gelip gidenlerin en zararsızıydı köylülere göre. Buralı gibi görünmek, onlardan biri olmak, yerel konuşup yerel davranmak gibi sevimsiz, yapay gösterilere kalkışmıyordu. Burnu büyüklüklerini içli dışlı bir laubalilikle örtmeye çalışanlardan hiç değildi. Nasılsa öyleydi; belki biraz fazla kederli, o kadar. Küçük sahil köyünden epeyce uzaktaki taş eve yerleşmişti, öncekiler gibi bir sürü kitap falan da getirmemişti yanında. Ara sıra, ihtiyaçlarını gidermek için köye geldiğinde partal-çıplak dolaşmıyordu, sakalı da yoktu. Üstelik veresiye alışveriş yapmıyor, parayı trink ödüyordu. Sonraları, ne iyi adamdı, diye düşündüler de olup bitenlere bir türlü akıl erdiremediler.

Buralara ilk gelip o uzak eve yerleştiğinde kış sonuydu, mevsim yavaş yavaş bahara dönüyordu. Bademler çiçeğe durmuştu, mandalina çiçeklerinin kokusu çevreye yayılıyor, kardelenler başlarını çıkarıp beyaz yapraklarını güneşe veriyorlardı. Deniz, yazın bile olmadığı kadar sakin, berrak ve maviydi.

Unutmak İsteyen Adam yalnızdı. Unutmak hatırlamaktan zordur, insan ancak tanıdıklardan uzakta, yalnızlıkta unutur. Hatırlatacak sesler, yüzler, izler silinmelidir unutmak için. Unutmak, eğer ki hasta değilseniz, kendiliğinden olmaz, çaba ister. Bunları, okuduğu eski bir kitaptan öğrenmişti. Kitabın adı *Unutma Bahçesi*'ydi galiba. O zamanlar kitabı da, içindeki fikirleri de saçma bulmuştu, çünkü hayatta kalabilmek için unutması gerekmiyordu henüz. Aksine, o zamanlar hatırlamaktı önemli olan. Marx'ın Lenin'in yazılarını, sloganları, devrimci durumun koşullarını, kimin nerede ne yazdığını, hangi toplantıda kimin ne dediğini, örgütün gizli adreslerini; bir de sevdiği kadınların gamzelerinin hangi kalçalarında olduğunu, doğum günlerini ve kocalarının kimliğini hatırlamak...

Kadınların doğum günlerini ve kocalarının kim olduğunu hatırlamanın kendisi gibi biri için Marx'tan alıntıları hatırlamaktan hem daha önemli hem de daha az zararlı olduğunu anladığı zaman mı karar vermişti unutmaya? Tam böyle olmasa da, üst üste düşmüştü belki. Yenilginin yaklaştığını hissetmişti: büyük yenilginin ve kendi kişisel yenilgisinin. Yenilgi inkârı, inkâr düşüşü sürüklemişti peşinden. Öyle ucuz romanlardaki gibi ölüm anında değil, bunları böyle hissettiğinde, hayatı bir film şeridi gibi geçmişti gözlerinin önünden. O filmi geriye sarabilmek isterdi. Hayır, pişman olduğu için değil; yanlış olanı şimdi, çok geç gördüğü, değiştirmeye artık gücü kalmadığı, ve asıl, kendinden kuşkuya düştüğü için. Haklıydık ama doğru değildik, diyordu; inançlıydım ama inancımın boyunda değildim, diyordu. Bu nasıl mümkün olabilir, diye soranlara cevabı, 'Yaşayarak gördüm ki olabiliyormuş' tan ibaretti.

Unutmak İsteyen Adam'ın unutmak istemediği tek şey uzak bir ülkede yaşayan kızıydı. Bir kızım vardı benim, küçücüktü, beni severdi; onu büyütemedim, koruyamadım, ona sahip çıkamadım. Hep daha önemli şeyler vardı peşinden gidecek. Bütün çocukları kurtarmak için kendi çocuğunu bırakabilirdin; üstelik çocuğunu feda etmenin mazoşizmle karışık gururunu, doygunluğunu yaşardın. Ve sonra, yıllar sonra birgün, güzel bir gençkız gelip, suçlayıcı bile değil sadece meraklı bakışlarla, soran gözlerle önüne dikildiğinde, ne yapacağını bilemedin kaçmaktan öte.

Unutuyordu; alkole sığınmadan, uyuşturucu bulutları üzerine çıkmadan, sağlıklı, hızlı, güzel unutuyordu. Deniz kenarındaki eski taş evde her şey yorgun adamı unutmaya davet ediyor, unutmayı kolaylaştırıyordu. Ne gazete ne televizyon ne birden çıkagelen eski bir dost; sadece mandalina ağaçları, uçuk pembe badem çiçekleri, mavi-yeşil deniz, rengârenk, pul pul balıklar, balıkçı tekneleri... Doğa sosuna bulanmış güzellik ve sefa avcılarının bu sahillere gelmelerine, tekneleriyle koya demir atmalarına daha zaman vardı.

İlkbahar ortalarında bir gün geldiler. Köyün iskelesine değil köyden epeyce uzaktaki eski taş evin önündeki koya demirlediler. Unutmak İsteyen Adam, evin önündeki sofadan ilgisiz gözlerle izledi beyaz yelkenli Nostalji teknesini. Unutmaya başlamıştı demek ki; aşina olduğu, bir zamanlar bindiği tekneyi görünce ne telaşlandı ne heyecanlandı. Mavi denizin üzerinde bir beyaz yelkenli çocukluk kitaplarından, çocukluk resimlerinden bu yana en yakışan süs değil midir denize?

Üstü çıplak, altında eski partal blucin pantolon, yüzünü bahar güneşine vermiş, gözleri kapalı, hiçliğe varan yokluk sınırında, uykuyla uyanıklık arasında öylece dinleniyordu. Adamın geldiğini fark etmedi bile.

"Kusura bakmayın, rahatsız ettim," dedi tekneden gelen adam. "Tedariksiz çıkmışız, suya ihtiyacımız vardı da."

Vardı-da, da...da... Bu da'lara takardı öteden beri. Bir zamanlar, bir üniversitede ders verirken, öğrencilerine bitişik değil ayrı yazılan 'da'lar üzerine bir ödev vermişti. "Zaten eskiden beri biraz üşütüktü o; 'da'lı ödevi hatırlıyor musun?" diye konuşmuşlardı arkasından. Hatırlayanlar hatırlıyordur, o artık hatırlamıyordu. Yine de suya ihtiyacı olan adamın 'da'sı sinirine dokunmuştu. "Köye gidin, köy iki koy ötede," dedi gözlerini açmamaya gayret ederek.

Adamı merak ediyordu etmesine, yine de gözlerini açmaya tenezzül edip görmek istemiyordu. Fiyakalı bir tekneye doluştular mı, herkesi huzursuz etme hakkını kendilerinde görürler, buralarda herkes onları bekliyor sanırlar. Teknenin adı Nostalji ise fiyakası bir o kadar fazladır. Nostalji hatırlamak demekti Unutmak İsteyen Adam için. Sonuç: Demek ki nostaljiklere su verilmeyecek.

"Şurada testide su var," dedi. Gözlerini açmıştı ama yerinden kıpırdamamıştı. "İçmek için istiyorsanız bardağı doldurun, tekne içinse, ben de suyumu köyden alıyorum, köye gitmeniz gerekecek."

Tekneden çıkıp gelen adam, sıradan bir mavi yolcuydu: beyaz tişort, mavi bermuda pantolon, sakal... Bu mevsim buralara düşenler ya cebi delik bohemlerdir ya da denizin doğanın gerçekten zevkini çıkaranlar. Bir zamanlar kendisi de bu mevsim gelirdi bu sahillere, ama hatırlamadı.

"Köye gitmeniz gerekecek," diye tekrarladı, hadi öteki kapıya, der gibi.

"Affedersiniz, rahatsız ettim," dedi adam biraz bozuk bir sesle. "Gazete ister miydiniz, yanımda getirmiştim."

"Hayır, ilgilenmiyorum, teşekkürler."

"Yine de kalsın," dedi adam, "teknede başka gazeteler var. Suyumuzu köyden alırız, sağolun."

Adama cevap vermedi, gözlerini yeniden sımsıkı kapadı, ayak sesleri duyulmaz oluncaya kadar da açmadı. Gazete hemen yanındaki eski tahta masanın üstünde duruyordu. Yanaşma kedilere yiyecek verirken ya da balıkların pullarını ayıklarken işe yarayabilir, diye düşündü, yırtıp atmaktan vazgeçti. Sonra yapmaması gerekeni yaptı, yerinden kalkıp gazeteye uzandı.

İlk sayfada, manşette birbirinden bağımsız iki haber: fotoğraflı bir gözaltı haberi, bu haberden bağımsız küçük çaplı bir patlama haberi. Çöplükteki patlamanın metan gazı yüzünden meydana geldiği, çevredeki birkaç gecekondunun da içindekilerle birlikte yandığı yazıyordu haberin altında.

Gazeteyi yırtıp buruşturup hemen atmalıydı, tam amaca varmak üzereyken hatırlama mikrobunun yeniden faaliyete geçmesine izin vermemeliydi. Bunca çabayla edindiği, neredeyse mutluluk diyebileceği ruh dinginliğini sersem bir turistin işgüzarlığı yüzünden yitirmemeliydi. Demek ki mikrop bu kadar dirençli, hiçbir zaman tümüyle yok olmuyor; yapamadı.

Gözaltı haberindeki fotoğrafla patlayan çöplük arasında bir bağ vardı, bundan emindi. Bir duyguydu sadece; kokulardan –rutubet ve sidik kokusu–, ışıklardan –soluk, sarı, ürkütücü bir ışık–, seslerden –uluma, çığlık, inleme– ve utançtan, nefretten oluşmuş, tanımsız, pis bir duygu.

Belleğinden görüntüleri, adları, sözcükleri, olayları silebiliyorsun, sildiğini sanıyorsun; ne ki kokular, sesler, ışık titreşimleri, etin acısı, yüreğin acısı, duygu kırıntıları biryerlere sinip kalıyor. Hiç umulmadık bir anda, saklandıkları en derin, en karanlık bellek koyaklarından çıkıp dışarı fırlıyorlar. Kokular sesleri, sesler ışıkları, acılar utançları çağırıyor; yeniden birleşiyor, tek bir duygu olup bilince çıkıyorlar. Duygular unutmaya direniyor.

Unutmak ve hatırlamak üzerine çok okumuş, çok düşünmüştü Unutmak İsteyen Adam. Anıların duyguya dönüşüp farklı bir yoldan geri dönmeleriyle başa çıkmanın çok güç, neredeyse imkânsız olduğunu biliyordu.

Fotoğrafta iki sivil polis arasında götürülen, başı öne eğik olduğundan yüzü açıkça görülmeyen iriyarı adamı tanıyacağını anlayınca paniğe kapıldı. Adamın yüzünü görmesi gerekmiyordu hatırlamak için. Bir koku, bir ışık, taş bir zemin, dondurucu ıslak soğuk, kan rengi, kan kokusu, ulumalar, acı, nefret, utanç;

hepsinden örülmüş, bir ölünün belleğini bile diriltecek kadar net bir fotoğraf. Bunu unutamam, bundan kaçamam...

Askerî bir aracın arkasına atılıp getirildiği, mahzenle zindan arası bir yer. Beton zemin, taş duvarlar. O koku, o çığlıklar, iliklerine işleyen rutubetli soğuk. Elleri arkasından bağlı, gözlerinde kalın siyah bir bant, yarı çıplak. İte kaka içeri sokarlarken, teslim olmadığını önce kendine kanıtlamak için yanındaki adama omuz atmaya, direnmeye çalışıyor. Sırtının ortasına bir tekme yiyor, yere yıkılıyor, yıkıldığı yerde bir tekme daha. Acıdan bağırarak yüzünü havaya kaldırıyor, hafifçe sıyrılmış göz bağının altından adamı hayal meyal görüyor.

Asıl unutmak istediği bu değil, sonrası. Şimdi de hatırlamıyor zaten. Sonrasını unutmayı başardığını düşünüyor. Daha o zaman, işkenceyi izleyen günlerde ıslak taş zeminde yarı ölü yatarken unutmuştu, belleğinin o yanı sanki dumura uğramıştı. İçinden sinsi bir ses, 'Çünkü unutmak istemiştin,' diyor, 'insan başedemeyeceği şeyi, kendi suçunu, ihanetini en çabuk unutur.'

Gazete fotoğrafındaki adamı apaçık hatırlıyor şimdi. Peki patlayan çöplükle ne ilgisi var adamın? Gazetedeki haberlerde arada bağ kurulmamış. Bağı ben kendi kafamda, kendi belleğimde kuruyorum. Neden?

Unutmak İsteyen Adam, şimdi hatırlamak için kıvranıyor. Bir hatırlayabilse, belki artık unutmasına gerek kalmayacak. Çöplük patlaması haberinin hiçbir özelliği yok; ara sıra çöplükler patlar bu ülkede. Ama o adamın tutuklanmış olması öyle sıradan, önemsiz bir haber sayılmaz. Cesaret edip haberin devamını okuyor: Evinde, gizli bir bölmede suikast silahları, bombalar bulunmuş. Adı da var haberde ama bu ad Unutmak İsteyen Adam'a bir şey anlatmıyor; işkencecilerin adı olmaz. Tutuklunun, yıllar önce görev yaptığı bölgelerde, çok sayıda faili meçhul ölüm olayının meydana geldiğini yazıyor gazete.

İşkence sırasında duyduğu ses: Buradan leşin çıkar, doğru arkadaşlarının yanına, çöplüğe. Çöplüğe... Arkadaşlarının yanına... Çöplüğe... Adlarını ver... Adları... Çöplük... Adları yok, arkadaşlarım yok... Leşler, cesetler, çöplük... Evet, adları, adları... Sonra yokluk, karanlık...

Hatırlıyor. Karanlıklara yuvarlanmadan önceki son an. Çözülme noktası ölüm korkusu değil çöplüktü. Ölümden sonrasına inanmayan ben, ölümden değil çöplüğe atılmaktan korkmuştum. Adlarını verdiklerim konuşmadılar, kimsenin adını, yerini söylemediler, ölümden sonrası değil öncesiydi onlar için önemli olan. Ölümleri gibi ölü bedenleri de çöplüklerin gizlediği sırlara karıştı.

Unutmak İsteyen Adam, ne kadar göz yaşartıcı gerekçelere, ne kadar parlak ve derin duygu ambalajlarına sararsa sarsın, aslında unutmak istediği tek şeyin şimdi hatırladıkları olduğunu, ihanetini unutmak istediğini anlıyor. Artık unutamayacağını; unuttuklarının bent duvarlarını yıkan sular gibi belleğinden fışkıracağını, onları zaptetmeye gücünün yetmeyeceğini biliyor.

Patlayan çöplüklerin derinliklerinde saklı sırları hatırlıyor; o adamı, ötekileri hatırlıyor. En korkuncu, yüzleşmeyi hatırlıyor. Pisliğe bakar gibi bakıyorlardı bana, ölümün eşiğinde kan içinde susuyorlardı. Sağaltıcı olan unutmak değil hatırlamak, hatırladıklarına yenik düşmek, yenilgiyi itiraf etmek. Çöplüklerde, belleklerde, yüreklerde saklı olanları, işbirliklerimizi, ihanetlerimizi, günahlarımızı yüksek sesle haykırmak: Unutulmasın, unutturulmasın diye.

Unutmak İsteyen Adam eve girdi, birkaç parça giysisini topladı. Eşyalara ihtiyacı yoktu. Kalsın hepsi, belki yine dönerim buraya; unutmak için değil arınmış, hafiflemiş bir yürekle yaşamak için. Mandalina çiçeklerinin kokusunu içine çekti, denizin derin mavisini gözlerine doldurdu. Sırt çantasını aldı, köye uğrayıp her zaman alışveriş ettiği bakkala, bir süre buralarda olmayacağını söyledi; meraklanmayın, tekrar görüşürüz, dedi. Tekrar görüşürüz, diye yineledi, döneceğine kendini inandırmak istercesine.

Unutmak İsteyen Adam'ın gidişi de gelişi gibi oldu; birden ve sessizce. Sonraki günlerde köylüler onu televizyon ekranlarında görüp tanıdılar. Anlattıklarını, tanıklıklarını hayretle dinlediler. Kimileri inanmadı, kuyruk acısı var besbelli, birilerinin başını derde sokmaya çalışıyor, dedi. Kimileri, hepsi doğru anlattıklarının, kirli çamaşırları ortaya döküyor, kanlı çeteleri açığa çıkarıyor, dedi. Köy, her zamanki gibi ikiye bölündü. Atışmalar, tartışmalar, küçük çaplı yumruklaşmalar bile oldu. Sonra ilk mavi yolculuk tekneleri geldi, mevsim açıldı, Unutmak İsteyen Adam unutuldu.

Televizyonların, görülmekte olan davanın en önemli tanıklarından birinin kimliği meçhul kişilerce vurulduğu haberini yerde yatan ceset görüntüleriyle, flaş... flaş... flaş... yaygarasıyla verdikleri gün, köy ahalisi 'su testisi su yolunda kırılır' değerlendirmesinde birleşti. Muhtarın öncülüğünde taş eve gidip baktılar; almaya değer bir şey yoktu, kitap bile. Bir küçük kız çocuğu fotoğrafı buldular yerde. Arkasında acemi çocuk yazısıyla 'Baba seni özledim' yazıyordu. Atmaya elleri varmadı, yerden kaldırıp duvarlardan birindeki kovuğa yerleştirdiler. Oltalarla balık tavası işe yarardı belki, ne ki ölünün lanetinden korkup onlara da dokunmadılar. "Buralara, unutmaya geldiğini söylemişti bir gün bana," dedi bakkal. "Keşke unutabilseydi," diye ekledi. Ötekiler bakkalın ne demek istediğini anlamadılar.

(Y.N.: Adam tanıklığa, konuşmaya, bildiklerini anlatmaya gidiyor: Artık unutmak değil hatırlamak istiyor. Herkes bilsin,

*ortalık aydınlansın diye daha çok, daha yoğun hatırlamak...
Unutarak arınacağını sanmıştı, hatırlayarak ve hatırlatarak
arınıyor. Ben adama kötü bir son yazdım, gerçek hayatta
olduğu gibi. Ama burada kurgu okura açık olmalı. Okur,
Unutmak İsteyen Adam'a istediği kaderi biçmeli. Tanrı ya-
zarlık sıktı artık. Bölümün sonunu yeniden ele alabilirim.)*

* * *

Dört yaş grubu çocukları pikniğe götürmeye kal-
kışmak pek de iyi bir fikir değildi galiba. Ama yağ-
murlu, puslu, serin geçen kış günlerinden sonra,
güneş yüzünü gösterip erik baharları patlayınca, Yuva
Öğretmeni gençkızın da miniklerin de içleri içlerine
sığmaz olmuştu. Burası zengin, nüfuzlu ailelerin ço-
cuklarının, torunlarının gittiği, iyi eğitim vermekle
ünlü, pahalı bir anaokuluydu. Genç Yuva Öğretmeni,
kurumun aldığı parayı hak etmesi gerektiğine inanı-
yordu. Buraya bu kadar para dökülüyorsa, anaokulu-
nun işlevi, tuzu kuru annelere gezip tozmaları için bol
zaman sağlamakla sınırlı kalmamalıydı. Asıl önemli
olan, çocukların toplumsallaşması, kafalarının beden-
lerinin gelişmesi, sonraki eğitim basamaklarının sağ-
lam temeller üzerinde yükselmesiydi.

Gençkız, üniversitede anaokulu öğretmenliği eği-
timi görmüş, yetinmemiş, yüksek lisans da yapmıştı.
Dört çocuklu ortahalli bir ailenin kızıydı. Eğitimini ge-
celeri çocuk bekleyerek, benzer işler yaparak sürdür-
müştü. Anaokulu öğretmenliği bölümüne çaresizlikten
değil isteyerek girenlerdendi. İşini seviyordu. Bütün
hayali, ilerde, örnek alınacak bir anaokulu kurmak,
kendi okulunun müdiresi olmaktı. Okul öncesi eğitim
konusunda kendine göre fikirleri, gözlemleri, yöntem
önerileri vardı. Şiddetin her türüne uzak, özgür ruhlu,

soran sorgulayan, paylaşmayı bilen, kendisiyle barışık kişiliklerin bebek doğduğu andan başlayarak inşa edilebileceğine inanır; genetiğin payını reddetmese de, sosyal ortamın ve eğitimin belirleyici olduğu görüşünü savunurdu.

Minik çocuklarla piknik yapmak için en iyi yer, okulun minibüsüyle yarım saatten az süren, yeni düzenlenmiş kent parkıydı. Açılışı büyük törenlerle yapılmış olan bu geniş parkta büyükler ve küçükler için oyun alanları, spor olanakları, dinlenme yerleri, hatta küçücük bir hayvanat bahçesi bile vardı. En önemlisi, her anlamda güvenli bir yerdi; halkın ayağı pek alışmadığından, bir de merkeze göre biraz sapa kaldığından hafta içi fazla kalabalık olmuyordu. Park, kentin bu yakasındaki büyük çöplüğün patlamasından sonra ortaya çıkan alana kurulmuştu. Çöplük patladığı sırada genç Yuva Öğretmeni çocuktu, ama o kadar büyük olay olmuş, o kadar konuşulmuştu ki, çok iyi hatırlıyordu. Her zaman olduğu gibi iktidarla muhalefet birbirini suçlamış, yolsuzluk dosyaları, liderlerin kirli çamaşırları havada uçuşmuş, patlamada ölen çevre insanlarının cenazeleri şehitler gibi bayrağa sarılarak resmi törenle kaldırılmış, zararın bütünüyle tazmin edileceği ve çevrenin en kısa zamanda düzenlenerek büyük bir parka dönüştürüleceği sözü verilmiş, pek alışılmadık şekilde bu söz tutulmuştu. Halk arasında hâlâ Çöplük Parkı olarak anılan Cennet Parkı, dört yaş grubuyla gidilebilecek en uygun yerdi gerçekten.

O sabah hava biraz kapalı gibiydi, ama çok geçmeden bulutlar dağıldı, güneş iyice kendini gösterdi. Minikler, ellerinde küçük piknik çantalarıyla cıvıl cıvıl doluştular minibüse. Böyle gezilerde öğretmenlere eşlik eden Abi, hepsinin minik koltuk kemerlerini tek tek bağladı. Yeni öğrendikleri bir çocuk şarkısını söylemeye çalışarak yola koyuldular.

Genç Yuva Öğretmeni'nin aklı kendi öğrettiği şar-

127

kının sözlerine takıldı bir an: Ne güzel bir ülkem var / ovalar, denizler, dağlar/bahar gelmiş ülkeme/yeşermiş bahçeler bağlar... Tam bir halk kadını olan anneannesinin sözünü gülümseyerek hatırladı. İyimser hayaller kurdukları zaman, "Gökyüzü mavi atlastan, yeryüzü kaz bokundan," derdi yaşlı kadın. Çocuklara öğrettiğimiz şarkılar da tam böyle; kötülüklerin, çirkinliklerin olmadığı bir dünya, pırıl pırıl, ışıklı, yemyeşil, verimli bir coğrafya, gökyüzü mavi atlastan yeryüzü kaz bokundan yani. Peki ne yapacaktık, şu bacak kadar yavrulara gerçekleri mi anlatacaktık! Bu soru zaman zaman kafasına takılırdı genç eğitmenin. Yaşamın bütün gerçekleriyle şimdiden, erkenden yüzleştirmek mi çocukları, yoksa anlayabilecek yaşa gelene kadar pamuklara, masallara, hayallere sarıp sarmalamak mı? Hele de hiçbir zorlukla, çirkinlikle, yoksullukla karşılaşmayan, korunaklı bir fanusta yaşayan bu çocuklar... Sorunun cevabını bilmiyordu. Burası çöplük olsaydı buraya getirir miydim çocukları? Tabii ki hayır, deli değilim ki! Böyle bir şey yapsam hemen işimden atılırdım, belki de psikolojik tedavi görmem gerektiği söylenirdi. Gerekirdi de doğrusu.

Çocukların pek de masum yaratıklar olmadığını; iyiliğin, sevginin, acımanın, paylaşmanın toplumsallaşma sürecinde öğrenildiğini biliyordu artık. Çocuklar hayvanlara eziyet etmekten zevk alırlar, arkadaşlarının oyuncaklarına el koyarlar, kendinden güçsüz olanı ezmeye çalışırlar. Hepsi değil belki, ama çoğu. İnsanın temel içgüdülerinin, kötülüklerinin tümüne daha minicikken sahiptirler. Ama değişebilirler, değiştirmek elimizde, bu da bizim işimiz. Bir kez daha, güzel bir meslek seçtiğini düşündü genç eğitmen. İçine mutluluk doldu.

Üzerinde süslü harflerle Cennet Parkı yazan kapıdan girerken, çocukları bir kız bir oğlan ikişerli sıraya dizdi. Alıştırıldıkları gibi hemen el ele tutuştular. İyi giyimli, bakımlı, sağlıklı çocuklardı hepsi; bu halleriyle pek sevimliydiler. Toplumun kaymak tabakasının ayrıcalıklı mutlu çocukları, diye düşündü. Burada çöplük patladığında çöplük kulübelerindeki çocuklar da ölmüştü, hatırlıyordu. Of! Hiç değilse bu çocuklar mutlu olsunlar. Sefil olmaları, sürünmeleri daha mı iyi? Onlar değil ki bu adaletsiz düzenin sorumluları. Sefil, yoksul, yoksun olsalar daha iyi insanlar mı olacaklar büyüyünce? Çocuklar arasında ayrım yaptığı için utandı, miniklerin hepsini tek tek öpmek geldi içinden.

Parkın piknik için ayrılmış gölgelik köşesine yürüdüler. Piknik alanı da iyi düzenlenmişti; kutukten oyulmuş masalar, ahşap banklar, güzel bir çeşme, yine kütükten oyulmuş büyük çöp kovaları.

Genç Anaokulu Öğretmeni, her zaman yaptığı gibi oturacakları yeri çocukların kendilerinin belirlemelerini istedi: minik bir demokrasi ve özgüven temrini. Oğlanlar, parka girer girmez gözlerine kestirdikleri salıncaklı kaydıraklı oyun alanına yakın bir yere oturmak istiyorlardı. Kızlar taflanların arasında, çiçek açmış erik ağacıyla tomurcukları patladı patlayacak kiraz ağacının altındaki masayı seçmişlerdi. Yine her zamanki gibi onlara konuşma tartışma zamanı tanıdı ve yine her zamanki gibi kavga çıkacağını fark edince, "Benim de nerede oturacağımızı seçmeye hakkım var, beni de sayınca, ağaçların altına oturmak isteyenler ötekilerden daha çok," diyerek çocukları o tarafa yönlendirdi.

Henüz öğle yemeğine zaman vardı, dört yaş grubuna saat tam on ikide yemek veriliyordu. Birkaç yaramaz gruptan ayrılıp oyun yerine doğru gitmek isterken, "Oyun yerine yemekten sonra gideceğiz, hep beraber oyunlar oynayacağız, parkı gezeceğiz, çiçekleri böcekleri tanıyacağız," diye çocukları durdurdu. Küçükler, itiraz etmeden yanına koştular, zaman zaman Abla dedikleri genç öğretmenlerini seviyorlardı. Deneyimi, gözlemleri ve okudukları, bu yaş grubunun sürüden ayrılmaya yatkın olmadığını öğretmişti. Bağımsızlık, tepkisellik, bildiğini okuma bir-iki yaş sonra başlıyordu. Üç-dört yaş gruplarını, yani minikleri bu yüzden mi yeğliyorum acaba, diye düşündü kendi kendine. Ne de olsa kimse emirlerine karşı çıkılmasını sevmez, demokratik eğitimi savunsa bile.

Çocuklar uzun tahta masanın iki yanındaki banklara oturmuşlardı. "Hadi resim defterlerimizi çıkaralım," dedi. Kendisi de oturup çocuklarınkinin aynı olan resim defterini çıkardı. "Ne resmi yapalım?" Ağaç, dedi küçük bir kız, kuş dedi başka biri, çiçek diye fısıldadı bir minik, aklı hep otomobillerde olan küçük oğlan araba, diye bağırdı. Tam, herkes istediğini çizsin, diyecekti ki, zeki suratlı minik bir kız, bomba çizelim, dedi; kedi çizelim, çiçek çizelim dercesine. Bir yandan da minik elleriyle bombayı tarif ediyordu.

"Bomba çizmeyelim," dedi genç eğitmen, "bombalar kötüdür, hem de tehlikelidir. Patlar ve herkes ölür, çocuklar da büyükler de." Dilinin ucuna gelen soruyu tuttu, sen bombayı nereden biliyorsun, nasıl öğrendin, diye sormadı. Konunun üzerinde ne kadar durursa çocuğun kafasına kavramın o kadar derin yerleşeceğini biliyordu.

"Önce hepimiz bir ağaç çizelim, ağacın gövdesini ben çizeyim hepinizin defterine, siz de dallarını, çiçeklerini yapın."

Bu yaş grubu çocukları yuvarlak çizgilerde başarısız olduklarından, ağacın dallarını çizmek en kolayıydı. Her çocuğun başında durup, hangi renk boyayla istiyorsa o renk, ince bir ağaç gövdesi çizdi. Bomba çizmek isteyen küçük kız, ağacının gövdesinin pembe olmasını istedi. Pembe bir ağaç gövdesi çizmeye çalışırken, küçük kız soramadığı sorunun cevabını kendisi verdi: "Bombaları televizyonda gördüm ben, hem de abimin savaş oyunu var, oradaki adamların bombaları var, böyle pat pat pat..."

"Tamam," dedi gençkız yine üstelemeden. "Bak pembe ağaç gövdeni çizdim, hadi şimdi ağacın dallarını da kendin çiz istediğin renklerle. Şu karşıdaki ağaç gibi çiçekleri de olsun istersen."

Bu küçüğün ailesiyle geciktirmeden görüşmeliyim, diye geçirdi içinden. Bu yaşta çocuklara televizyon seyrettirmenin yanlış olduğunu, savaş oyunlarının kötü sonuçlarını falan anlatmalıyım. Bir işe yarar mı bilmiyorum, ama en azından ben yapmam gerekeni yapmış olurum.

Çocuklar resimlerine dalmışlardı. Yuva Öğretmeni gençkız da kendi ağacını çizdi; kahverengi gövdeli, yeşil dallı, pembe çiçekli bir ağaç, tam da bir yetişkin insan ağacı. Çocukların kırmızı, mavi, yeşil gövdeli; siyah, kırmızı, turuncu, daha hangi rengi isterseniz, rengârenk dallı ağaçlar çizeceklerini biliyordu. Belki de asıl güzel olan, gerçek olan, çocukların aykırı renkli dünyasıydı.

Resim uğraşından sonra hep birlikte basit bir sözcük oyunu oynadılar, sonra etrafa yayılmadan, bulundukları yerde rondlar yaptılar, şarkılar söylediler. Daha sonra yemek hazırlığına geçildi. Çocuklar çantalarından okuldan verilmiş piknik kumanyalarını çıkardılar. Hepsininki tıpatıp aynıydı: kuru köfte, küçük bir domates, birkaç dilim salatalık, bir haşlanmış yumurta ve haşlanmış küçük bir patates, içecek olarak da ağızları kapalı küçük bardaklarda hazır ayran... Ketçap da unutulmamıştı; bütün çocuklar ketçap seviyorlardı.

Yemek faslı itiş kakış, gürültü, cıvıltı, doydum, yemem, daha isterim'lerle sona erdikten sonra, yine sıra olunup piknik yerindeki çeşmeye gidildi, eller yıkandı. Her şey her zamanki düzenindeydi. İyi ki buraya getirdim çocukları, diye geçirdi içinden. Hava güzel, çiçek açmış ağaçlar, daldan dala uçuşan minik kuşlar, taze bahar yeşili, hepsi güzel. Güzellikler arasında büyümenin insanların içini de güzelleştireceğine inanırdı.

Bir kez daha, bu olanaklara sahip çocukların ne kadar ayrıcalıklı olduklarını düşündü.

Oyun yerine gittiklerinde çocuklar dağıldılar. Kimisi salıncaklara, kimisi tahtaravalliye, kimisi kaydıraklara koştu. Kum havuzuna rağbet etmediler. Okullarının bahçesinde de büyük bir kum havuzu vardı, üstelik her gün temizleniyor, ilaçlanıyordu. Kovalarını, küreklerini, kum eleklerini de yanlarına almamışlardı zaten. Oyun bahçesinin, çocukların tümünü görebileceği köşesindeki banka oturdu. Çimenlerden kopardığı ince uzun bir otu dudaklarının arasında tutarak çocukluğunda yaptığı gibi ot ıslığı çalmaya çalıştı; başardı da. Duyan çocuklar bir an öğretmenlerinden yana baktılar, sonra oyunlarına devam ettiler. Evet, çocukları buraya getirmek gerçekten iyi fikirmiş, arkadaşlara da tavsiye etmeliyim burayı. Temiz, bakımlı, güvenli. Patlamış bir çöplük yerine kurulduğu düşünülürse hele...

Birşeyler olduğunu park bekçilerinin düdüklerinden, bağırışlardan, koşuşturmalardan, hangi dilde ne dedikleri anlaşılmayan çocuk seslerinden anladı. Yuva çocukları gözlerinin önündeydi, kendi oyunlarına dalmış, çevredeki gürültülere aldırmadan oynuyorlardı. İçi rahat edince, seslerin geldiği yana döndü. Pejmürde kılıklı sekiz-on çocuk ellerinde sopalar, çuvallar, naylon torbalarla kaçıyor, bekçiler küfredip bağırarak arkalarından kovalıyordu. Çocuklardan en küçüğü, en çelimsizi, kaçarken ayağı taşa takılıp düştü. Bekçiler çevresini kuşatıp çocuğu dövmeye başladılar. Çocuğun çığlıklarını duydu: Vurmayın amcalar, abiler, vurmayın! Yuva Öğretmeni gençkız kısacık bir an durakladı, oyun yerindeki çocuklarına göz attı, sonra, "Durun, yapmayın!" diye bağırarak o tarafa koştu.

Çocuk yere çömelmiş, iki eliyle başını korumaya çalışarak yalvarıyordu: "Ekmek Kuran çarpsın bişi çalmadık, çöpleri karıştırıyorduk. Yapmayın, vurmayın abiler..."

Genç eğitmen kendisinin bile şaştığı sakin bir sesle, "Tamam," dedi, "vurmayın." O anda gözü güvenlikçiye takıldı. Adamın elinde bir tabanca vardı ve namlusu çocuğa doğrultulmuştu. Ne yaptığını düşünmeden elini namlunun önüne koydu. "İndir silahı," dedi. "Öğretmenim, çocuklarımla geldim buraya. Doğrusu burada silahlı kişilerin bulunduğunu, çocuklara silah doğrulttuklarını bilseydim gelmezdim. Sizi şikâyet edeceğim."

"Kime şikâyet edersen et," dedi güvenlikçi küstah bir edayla. "Çöplük çocukları bunlar, çöp tenekelerini karıştırmaya geliyorlar, çevreyi rahatsız ediyorlar."

"Bizi kimse rahatsız etmedi. Burda eskiden şehir çöplüğü vardı, çöplük patladığında çevredeki gecekondu çocukları öldü." Sonra adamları korkutmak için ekledi: "O çocukların ruhlarıdır belki de bu gelenler."

Fırsattan yararlanan çelimsiz çöp çocuğu çevik bir hareketle fırlayıp tabana kuvvet uzaklaşmıştı. Bekçiler sus pustu. Güvenlikçi silahını beline sokmaya çalışırken, alttan alan bir sesle, "Başa çıkamıyoruz öğretmen hanım, silahı görünce korkuyorlar bari," dedi, "üstelik şu kötü günlerde kimin ne yapacağı belli mi! Allah saklasın patlayıcı birşeyler getirirler yanlarında..."

"Neden patlayıcı getirsinler ki yanlarında! Onların aradıkları patlayıcı zaten," dedi o zamana kadar lafa karışmamış bekçilerden biri. "Çöplüklerden toplanan en değerli hırdavat kurşun, mermi, bomba falan son zamanlarda. Televizyonlar gösteriyor bütün gün."

Çocuklar çuvallarını sürükleye sürükleye çoktan uzaklaşmışlardı, piknik yapan yuva çocukları oyunlarını sürdürüyorlardı. Yuva Öğretmeni gençkız oyun yerine doğru yürürken, birden fikir değiştirip kütüklere oyulmuş çöp kovalarının durduğu tarafa yöneldi. Burası parkın güney duvarının hemen dibiydi. Sadece sınır çizmeye yarayan, üzerinden kolayca atlanabilecek alçak bir duvardı bu. Kaçan çocuklar, biraz önce bu

133

çöp kutularını eşelemiş olmalıydılar; meyve kabukları, kâğıt mendiller, pet şişeler, gazete kâğıtları, çaputlar etrafa dağılmıştı. Çocuklar bunları toplamadıklarına göre besbelli başka bir şey aramışlardı. Bekçinin sözlerini hatırladı, sırtından bir ürperti geçti. Herkes paranoyak oldu bu ülkede, Cennet Parkı'nda merminin, bombanın ne işi var! Yere dağılmış çöplere bakarken parlak metal renkli bir oyuncak parçası ilişti gözüne, ayakkabısının burnuyla şöyle bir itti, metal parça aşağıdaki çimenlere doğru yuvarlandı, bir çiçek tarhına takılıp durdu. Bekçinin sözleri kafasına çakılmış olmasaydı merak etmez, peşinden gitmezdi. 'Çimenlere basmayın' levhasına aldırmadan o şeyi izledi, çiçek tarhındaki papatyaların dibinden mermiyi parmaklarının ucuyla çıkarıp aldı.

İnsanın bir şey yapması, hem de hemen yapması gerektiğini bilip de ne yapacağını bilemediği o kısacık şaşkınlık ve dehşet anı: Hemen çocukların yanına dönmeliyim... Elimdeki şeyi aldığım yere bırakmalıyım; hayır, saklamalıyım. Güvenliğe haber vermek... Hayır, hayır, haber verirsem güvenlikçi haklı çıkacak, çöp toplayan çocuklar büsbütün korumasız kalacaklar... Büyük çöp bidonunun içine bakmalıyım... Evet, önce oraya bakmalıyım.

Kütükten oyulmuş çöp kovalarının en sonunda, köşede, taflanların arasından görünen büyük metal çöp bidonuna doğru yürüdü. Ağır metal kapağın kilidi kırıktı, parmaklarının ucunda yükseldi, kapağı zorlayarak kaldırdı. Saniyenin onda birinden kısa bir sürede bidonun içindeki hazineyi gördü. Doğru mu görüyorum yoksa ben de mi paranoyaya tutuldum? Bir daha baktı; evet, bidon yarısına kadar el bombası, mermi, adlarının ne olduğunu bilmediği silahlarla doluydu. Çöp toplayan çocukların burayı eşelemeye ya zamanları olmamıştı ya da bulduklarını buraya yığmışlardı da, toplayıp götürmek için daha elverişli bir zamanı, mesela ortalığın kararmasını bekliyorlardı.

Bidonun ağır metal kapağını büyük bir özenle sessizce kapadı. Telaşlı görünmemek için ağır adımlarla, çimenlere basa basa oyun yerine yürüdü. Çocuklara tek tek baktı, saydı, hepsi tamamdı, her şey yolundaydı. Hemen harekete geçmedi. Önce oyun yerine hâkim banka oturdu. Kafasını toplaması, sakinleşmesi, ne yapacağına salim kafayla karar vermesi gerekiyordu. Cep telefonundan anaokulunun servis merkezini aradı. Minibüs şoförüne saat dörtte gelmesini tembihlemişti. Çocukların yorulduğunu, havanın da birazdan serinleyeceğini söyleyip, mümkünse daha erken gelmesini istedi. Evet, mümkündü, minibüs hemen yola çıkıyordu.

Yavaş yavaş sakinleşti, çocuklara kötü örnek olacağına aldırmadan bir sigara yaktı. Yerde bulduğu mermiyi o zaman hatırladı. Pantolonunun cebine koymuş olmalıydı. Tamam, mermi cebindeydi. Etrafına bakındı, kimse onunla ilgilenmiyordu. Ne bekçi ne de güvenlikçi görünüyordu ortada. Çocuklar oyundaydı. Elinde sigarası, yavaşça kalkıp oyun yerinin biraz ötesindeki, kalın bir ağaç kütüğüne oyulmuş içi teneke kaplı çöp kutusuna yürüdü. Şu pis mermiyi atıp kurtulmalıyım, sonra da ağzımı sonsuza kadar kapamalıyım: Görmedim, duymadım, söylemedim... Kim böyle diyordu? Hatırladı: Üç maymun mecazı.

Salıncağa bindirmeyen arkadaşını şikâyet etmek için arkasından koşturan minik kızı fark etmemişti. Ağır ağır yürüyordu. Küçük kızın, hızını alamayıp koşarak önünden geçtiğini, birkaç metre ötedeki çöp kovasına kendisinden önce ulaştığını gördü. Kendine yeni bir oyun bulduğunu sanan çocuk, öğretmeni unutmuş, kovanın içine sarkmıştı. Bir an küçük kızın, topa benzer bir cismi sapından ya da ipinden tutmuş salladığını görür gibi oldu. Sonra bir patlama; çöp ko-

135

vası, içindeki çöpler, minik kız, hepsi havaya uçtu, etrafa dağıldı. Yuva Öğretmeni bilincini yitirmeden önce, 'Galiba yüksek yargıcın torunuydu', diye düşündü. Sonra koyu karanlık...

(Y.N.: Bu kadar sert olması gerekiyor mu? Haber gazetede aynen böyle verilmişti. Romanda yazınca aşırı kaçıyor, inandırıcılığını yitiriyor. Bir kez daha: Gerçek hayat kurguları fersah fersah aşıyor. 'Bu kadar da olmaz' dedirtmemek için edebi metinde yumuşatmak zorunda kalıyorsunuz. Kararsızım.)

* * *

Özgüveni bu kadar yüksek, bir o kadar da saf olmasaydı, belki de başına bir şey gelmez, genç ekibiyle birlikte laboratuvar çalışmalarını sürdürür, nice yeni buluşa imza atardı.

Ama Mikrobiyoloji Profesörü hanım iddialıydı. Bir süredir sadece ülkede değil dünyada da ölümcül salgınlara yol açan H2M1 virüsünün sırrını çözecek, insanlığı bu beladan kurtaracak aşıyı, dünyanın en gelişmiş ülkelerinde aynı konuda çalışan meslektaşlarından önce bulacaktı. Bilimde dev adımlar atan ülkelerin deneyim, birikim, donanım ve tabii en önemlisi maddi olanak farkını gözardı etmiyordu. 'Sadece bu son virüsle savaşmak için bilimsel araştırmalara ayırdıkları bütçe, bizim bütün üniversitelerimize ayırdığımızın birkaç katı, ellerindeki olanaklar muazzam, ama bizim taze gücümüz, hırsımız, yaratıcı zekâmız da yabana atılmamalı.' Ekibini de buna inandırmış, gece gündüz çalışmalarını sağlamıştı. Genç araştırmacıları motive etmekte başarılıydı. Nobel tıp ödülünü bu kez değilse bir dahaki sefere, bu yıl değilse birkaç yıl sonra, ama mutlaka alacaklarına, hem kendisinin hem de ekibinin güveni tamdı.

Başarısının anahtarı hedefe odaklanma yeteneği ve hırsıydı. Başka bir alana yönelse sevimsiz, hatta çirkin görünebilecek bu hırs, amacı insan sağlığına yönelik bilimsel bir buluş oldu mu, erdeme dönüşüyordu. Mikrobiyoloji uzmanı kadının dünya tıp ve mikrobiyoloji literatürüne geçmiş önemli buluşlarından biri, gündelik dilde grip virüsleri denilen gruba dahil virüslerin, kendilerini sürekli yenileme gücünü çevre faktörlerinden değil, kalıtsal bilgiyi taşıyan DNA molekülündeki gizil bir direnç ve yeniden yapılanma programından aldıklarıydı. Bilim çevelerinde, 'Nasıl yani? Bilgisayar programı mı bu!' gibisinden işi hafife alan eleştirilere de yol açan bu buluş, yine de önemli kabul edilmiş ve virüslerdeki saklı gücün gizemini çözmek için uğraşan bilim insanları çoğalmıştı.

Mikrobiyolog hanım elli yaşına yaklaşıyordu, ama hâlâ genç ve çekiciydi. Evli değildi, hayatında bir erkek varsa da kimse bu adamı görmemişti, kimliğinden haberdar olan yoktu. Gençliğinde başından bir evlilik geçtiği, şimdi üniversitede profesör olan kocasının kıskançlığı yüzünden ayrıldıkları rivayet edilirdi. Kıskançlık deyince, yanlış anlaşılmasın, dedikodulara bakılırsa, sıradan bir akademisyen olan adam karısının kariyerini kıskanmıştı.

O gün kafası çözemediği, açıklayamadığı bir şeye; bilgisayarlara bağlı olağanüstü büyütme gücüne sahip hassas mikroskopların ekrana yansıttığı bir görüntüye takılmıştı. İlk bakışta artık ezbere bildiği grip virüslerine benziyordu; bir süredir dünyayı kırıp geçiren H2M1 virüsünün değişime uğramış yeni bir türü olabileceğini düşünmüştü önce. Ama farklıydı, bu fark dikkatli Mikrobiyolog'un gözünden kaçmamıştı.

Sıkı bir veri kaynağı taraması yaptı, virüsün nereden geldiğini saptamaya çalıştı. Başka bir deneyden araya karışıp karışmadığını kontrol etti. Hayır; bir karışıklık yoktu, son salgına yol açan virüslerle birlikte

137

gelmişti. Akla gelen ilk olasılık H2M1 virüsünün daha önce saptanamamış yeni bir mütantının ortaya çıkmasıydı; ikincisi ise –ki bu olasılık adli tıp alanında da çalışmaları olan Mikrobiyolog'u ürkütüyordu– virüsün dışardan müdahale görmüş olmasıydı. Ölümlere de yol açabilen H2M1'in laboratuvarda üretildiği yolundaki söylentilerin doğru olmadığından emindi. Özellikle, virütik oluşumların mütasyonu konusunda çalışan bir bilim kadını olarak ara sıra çıkarılan bu türden söylentilere, dehşetengiz komplo teorilerine itibar etmezdi. Ama bu defa, mikroskopta dikkatle incelediği yapı, nedenini açıklayamadığı garip bir huzursuzluk veriyordu içine.

Birkaç milyon defa büyütebilen elektron mikroskopa bağlı bilgisayar ekranında yeni virüsü, en güvendiği, zaman zaman benden daha iyi, diye düşündüğü yardımcısına gösterirken, "Çok da güzel, değil mi? Sence de tuhaf bir estetiği yok mu?" dedi. "İçimden bir his, önemli olduğunu, izlememiz gerektiğini söylüyor."

Yardımcısından virüsü çoğaltmasını, henüz tanısı olmadığı için, ne olur ne olmaz, çok dikkatli davranmasını rica ederken kafasına takılan soruyu seslendirmekten kendini alamadı: "Doğal olmayan bir yanı yok mu? Yani demek istiyorum ki, şu üç bölgede birden görünen H2M1'den farklı şu... şu –ne diyeceğimi bilemedim– şu oluşum... Sanki doğal değil, üretilmiş gibi..."

"Tanıdık gelmiyor," dedi yardımcısı, "çoğaltıp kobaylara aşılayalım bakalım."

"Kobaylara değil gelinciklere."

"Ağzımız alışmış işte hepsine kobay demeye. Evet, gelinciklere."

İşleri yardımcılarına devredip laboratuvardan erkence çıktı. Kafası çözemediği bir konuya takılınca, elindeki işe devam etmeyi oldum bittim beceremezdi. Yakındaki kapalı otoparka koyduğu arabasına doğru

138

yürürken, birden o gün yalnız kalmak istemediğini fark etti. İçinde anlam veremediği bir huzursuzluk vardı, sadece şu Allahın belası virüs yüzünden olamazdı, nedenini de bilmiyordu. Cep telefonundan, bir süredir birlikte olduğu ünlü Gazeteci'yi aradı. Kimsenin bilmediği, sezmediği, birbirlerinden bütün hayatı paylaşma talepleri olmadan sürdürdükleri, ikisine de mutluluk ve huzur getiren özgür bir ilişkiydi bu.

Köşe yazılarıyla tanınan Gazeteci, çalıştığı gazetenin patronunun kızıyla evliydi. Hayır, ilişkilerini gizlemelerinin nedeni bu değildi; niyetleri olsa bu evlilik pekâlâ bitirilebilir, ilişkileri alenen yaşanabilirdi. Adam, hemen başka bir köşe bulabilecek kadar ünlü ve etkili bir yazardı. O gazeteden ayrılıp bir başka medya kuruluşuna hem de daha yüksek ücretle geçme şansı her zaman vardı. Ama istedikleri bu değildi ki! Adamın, kendine bile itiraf etmese de, içten içe düzenini bozmaktan çekinmesi, kadının ise özgürlüğünden, bağımsızlığından, çalışmalarından vazgeçmeye hiç niyetli olmaması, ne kadar süreceğini bilmedikleri, böyle bir kaygı da taşımadıkları birlikteliklerinin, pürüzsüz sorunsuz sürmesini sağlıyordu. Birbirlerinde huzur buluyorlardı, bu da onlara yetiyordu.

Kadının, gözlerden uzak evinde buluşur; iyi bir şarap, çeşit çeşit peynir ve meyveden oluşan küçük sofranın başında konuşarak saatler geçirirlerdi. Seviştikleri de olurdu, ama her zaman değil; birbirlerine duydukları ihtiyaç ve bağlılık bedenselden, cinselden çok, duygusaldı; derin bir dostluk gibiydi. Kendi tekdüze yaşamlarından çıkıp farklı dünyalara açılma, farklı konulardan konuşma, farklı deneyimler paylaşma ihtiyacıydı belki de.

O akşamüstü, şehrin en güzel manzaralarından birine açılan geniş pencerenin önünde, turuncudan kızıla, eflatuna, erguvaniye dönüşen ufukta güneşin batışını seyrederken ve her zaman yaptıkları gibi ilk kadehi yarın yeniden doğacak güneşe kaldırırken, yaşam alışılmış, hatta kanıksanmış sakin yatağında akıp gidiyordu. Adam, hüzünlü bir ses tonuyla, "Bu şehir, bu ülke bir gün patlayacak, şu muhteşem günbatımı, şu mavi-yeşil deniz, şu binlerce yıllık tepeler; hepsi çökecek, havaya uçacak," demeseydi, öylece akıp gidecekti.

Pencerenin önünde durmuş, elinde lâl rengi kadehle lâl rengi ufka bakan adamın göğsüne sokuldu. İçine yayılan huzursuzluğu dağıtmak için insan sıcağına ihtiyacı vardı.

"Neden böyle konuşuyorsun?" diye sordu hayal kırıklığını yansıtan bir sesle. Şu anda kötü şeyler duymak hiç istemiyordu.

"Virüsleriyle, kobaylarıyla, Nobel hayalleriyle laboratuvarında mutlu yaşayan sevgilim benim! Gazete de okumuyorsundur sen bu günlerde."

"Bir süredir şu H2M1 virüsüne aşı geliştirme işine öyle bir daldım ki, haklısın, haber falan izlediğim yok. Kötü şeyler mi oldu yine?"

"Hep oluyor. Karşıdan seyirci gibi izliyoruz, yazıp çiziyoruz, sonra kanıksıyoruz, sonra da unutuyoruz. Toplumsal belleği yok bu ülkenin. Hani şu ödüller kazanan filmdeki gibi, hepimiz üç maymunu oynuyoruz."

Kadın filmden söz edildiğini çok duymuş ama kaçırmış, görememişti. İlim-bilim derken sanat dünyasındaki gelişmelerin, edebiyatın, bir dolu güzelliğin ne kadar uzağında kaldığını düşündü, hayıflandı.

"Bunalmış görünüyorsun, canını sıkan nedir? Yani, her zaman olanların dışında, bir tatsızlık mı var? Bana söyleyemediğin bir şey..."

"Hayır, özel bir sıkıntım yok, ama genel o kadar bunaltıcı ki, insanın ruh sağlığını, dinginliğini koruması mümkün değil son zamanlarda. Sanki toplumca cinnet geçiriyoruz. Sokakta, evde, şehrin ortasında, ücra kırlarda, dağlarda, her yerde şiddet, kan. Millet

yoktan nedenlerle birbirini öldürüyor, bir de şu toprak-
tan fışkıran silahlar, bombalar, cesetler; ölüm, cinayet,
bunca pislik... Medyada, haberin ortasında oldun mu
daha bir başka etkileniyor insan. Haklısın bunalmışım
canım. Hadi başka şeylerden konuşalım."

"Demin üç maymundan söz ettin ya, bir şey hatır-
ladım. Bugün laboratuvarda çalışırken daha önce tanı-
madığımız yeni bir virüse rastladık. H2M1 kültürünün
içinde, ötekilerden farklı, yeni bir yapı. Üç bölgesinde
farklılık oluşmuştu; ekranda üç nokta görünüyordu
sanki. Tabii anlatmak için üç nokta dedim, aslında
nokta falan yoktur, üç değişik görüntü demek daha
doğru belki."

"Aman dikkat et ha! Bu da filmlerdeki gibi dün-
yayı ele geçirmeye çalışan kötü adamların ürettikleri
yeni bir silah olmasın."

Adamın sözlerinin ciddiyetini ölçmek için dikkatle
yüzüne baktı. Gülümsüyordu, besbelli şakaydı sözleri.

"Korkutma beni," dedi. "Şakaydı, değil mi? Ne-
dense ben de bu nesnenin üretilmiş olabileceğini dü-
şündüm bir an. Şu gördüğümüz filmlerden, bilim-kur-
gulardan, ikide bir piyasaya sürülen saçma sapan
komplo teorilerinden hepimiz etkileniyoruz."

"Tabii şakaydı. Yine de insanlık kendi kendini yok
etme yolunda hızla ilerliyor bana sorarsan. Kimyasal,
biyolojik silahlar üretip milyonlarca insanı öldürmek-
ten çekinmeyen bir sistem neden ölümcül virüsleri de
silah olarak kullanmasın!"

"Üç maymun," diye tekrarladı kadın. "Neydi o
heykelciğin mesajı? Görmüyorum, duymuyorum, ko-
nuşmuyorum; değil mi?"

"Teşekkür ederim, dedi adam. Yarınki yazımın
hem konusunu hem de başlığını armağan ettin bana:
'Üç Maymun Virüsü'. Hadi başka şeylerden konuşalım
artık!"

Tam kıvamında soğutulmuş şarap gerçekten güzeldi. Kırmızı şarabın ideal ısısının 18 derece olması gerektiğini söyledi Gazeteci yazar.

"Oda sıcaklığında denir, ama kaloriferli evlerin oda sıcaklığı değil tabii ki, samur kürklerle gezilen eski şatoların sıcaklığı."

Bir süre, adamın yazdığı gazetenin çizgisini, kayınpederin gazetesinde yazmanın güçlüklerini konuştular. Ne yazsa koyuyorlardı, şikâyeti yoktu, yine de gazetenin gün geçtikçe iktidara daha fazla meyletmesinden, eski bağımsız çizgisini yitirmesinden kaygılıydı. Kredi ilişkileri, ihaleler, ilan-reklam pompalaması, gizli-açık bir dolu başka destekle oluşturulan bir ağ vardı ki, dışına çıkabilmek gittikçe güçleşiyordu.

Adamın, gazeteyi temsilen karısıyla birlikte yarı resmi bir akşam yemeğine katılması gerekiyordu. Kaytarması mümkün olmayan can sıkıcı bir zorunluluk. Kapıdan çıkarken, her zamankinden daha sıkı sarıldı, daha bir ateşli öptü sevgilisini. "Kendine dikkat et, hele de bu günlerde."

"Sen de..." dedi kadın neye dikkat etmesi gerektiğini bilmeden.

Adam gittikten sonra, Mikrobiyolog bir kadeh şarap daha doldurdu kendine. İçindeki sıkıntı geçmemişti. Tam sıkıntı da denemezdi buna, kaygılı bir heyecan demek daha uygundu belki. Pek de başarılı olmadığınızı, sınırda dolaştığınızı hissettiğiniz bir sınavın sonucunu beklerken duyulan yürek çırpıntısı. İçini bir daha yokladı; mikroskopun altında gördüğü o 'şey' göğsüne çöreklenmişti. O 'şey'de insanın düşüncelerini esir eden, tutup bırakmayan garip bir güç vardı sanki. Aylardır tutkuyla, hırsla araştırdığı H2M1 virüsüne karşı aşı geliştirme konusunu unutmuştu neredeyse. Epeyce geç olmasına rağmen laboratuvarı aradı. Ekip hâlâ çalışıyordu. Başyardımcısından yeni virüsten kültür almayı başarıp başaramadıklarını sordu. Evet, tanısız virüsü yalıtlamayı ve kültür almayı başarmışlardı.

"Tamam, yarın gelincikler üzerinde deneriz. Bakalım ne olacak!"

Sonraki günlerde ekibini yeniden virüs aşısına yoğunlaştırdı. Başyardımcısına yeni virüsle kendisinin ilgileneceğini, zaten fazla önemli olduğunu pek sanmadığını, literatürü tarayınca benzer mütantlara rastladığını söyledi. O 'şey'i sadece kendine saklamak istiyordu. Bir çeşit mesleki kıskançlık ya da etkileri henüz bilinmeyen yeni bir virüs karşısında, ekibini korumak için tehlikeyi tek başına göğüsleme fedakârlığı.

Virüs deneyleri için kullandıkları gelinciklere virüsü aşılamış, kuluçka döneminin yedi gün civarında olacağını hesaplamıştı. Sabırsız bekleyişi yedi gün bile sürmedi. Beşinci günün sabahında, erkenden, henüz ekip işe başlamadan laboratuvara gittiğinde, virüs aşılanmış denek hayvanlarıyla kontrol grubu arasında açıklamakta güçlük çektiği bir fark olduğunu gördü. Her iki grup da sağlıklı görünüyordu, belirgin bir metabolizmal aksama iki grupta da yoktu. Solunum, dolaşım, sindirim fonksiyonları yerindeydi. Yine de, virüslü hayvanlarda bir tuhaflık vardı, sadece dikkatli, deneyimli ve işinin ehli bir gözlemcinin fark edebileceği bir şey: Virüs bulaştırılmış hayvanlar kafeslerinin içinde oraya buraya amaçsız koşturuyorlar, yemlerini yemekte iştahsız davranıyorlar, daha önce tepki verdikleri kimi nesneleri tanımıyorlardı. Kobaylara, farelere saldıran vahşi kemirgen gelincikler, sanki bu güdülerini yitirmişlerdi.

İlk olasılık deney hayvancıklarının kör olmalarıydı. Bunu anlamak kolaydı. Yaptığı birkaç küçük deneyden sonra gelinciklerin kör olmadıklarını saptadı. Bu tür hayvanlarda, farklı canlıyı tanımanın görsel olmadığı zaten bilinen bir gerçekti. Bu noktadan sonra deneyi ve sonuçlarını ekibiyle paylaşmamaya, araştırmayı tek başına sürdürmeye karar verdi. Sezgilerine güvenirdi, sezgileri ona önemli bir buluşun eşiğinde olduğunu fısıldıyordu.

Virüs araştırmaları kobaylar, fareler üzerinde yapılabilseydi keşke, diye düşündü. O zaman deneyi labirent eğitimi almış fareler üzerinde tekrarlayabilirdi. Gelinciklerle çalışmak zordu. Biraz daha dolaylı yollardan gitmek, daha uzun bir gözlem süresi gerekebilirdi, ama pes etmeyecekti. İlk yüzeysel gözlemlerin doğurduğu heyecanla iddialı varsayımlarda bulunmak doğru değilse de, o garip virüsün deney hayvanlarının beyinlerindeki bir merkezi etkilediği ortadaydı; büyük olasılıkla belleklerini.

Bellek, hafıza, hatırlamak, unutmak: bir çağrışım dizgesi... Toplumsal hafızası olmayan bir ülke burası diyen kimdi? Sevgilisiyle günbatımına karşı şaraplarını yudumladıkları günü hatırladı. O 'şey'i mikroskop altında bilgisayar ekranında ilk gördüğü gün. Üç bölgede mütasyon, üç maymun diyen hangimizdik? Ben mi, o mu? İlim bilim peşindeki bir kişi nasıl bu kadar çabuk karar verebilir? Yani şimdi o tuhaf virüsün insan belleğini etkileyen bir güce sahip olduğuna mı inanmaya başladım? Nerede kaldı bilimsel kuşku!

Korkuyla karışık bir heyecanla cep telefonunda Gazeteci'nin numarasını tuşladı. "Galiba önemli bir buluş, bir iz üzerindeyim, mutlaka konuşmamız gerek." Adamın kendisiyle dalga geçeceğini, varsayımının saçmalığını anlatacağını, içini rahatlatacağını umuyordu ama tam tersi oldu. "Pekâlâ mümkün," dedi Gazeteci. "Sen daha iyi bilirsin, ukalâlık etmeyeyim, bildiğim kadarıyla insan beyninin sadece bir bölümünü etkilemek için üretilmiş ilaçlar var, aynı amaçla üretilmiş virüsler neden olmasın? Ya da iş çok daha basittir. Sen hep söylersin ya virüslerin, özellikle de grip virüslerinin kendilerini sürekli yenileme gücüne sahip olduklarını. Yeni nesil bir grip virüsü böyle bir bellek kaybına yol açacak bir değişim geçirmiş olabilir pekâlâ."

"Varsayalım ki birileri, bir merkez, insanlarda bellek kaybına yol açabilecek bir virüs geliştirdi. Amacı ne olabilir, neye yarar bu?"

"Çok önemli bir şeye: unutturmaya..."

"Neyi?"

"Bilmiyorum, psikiyatrik tedavide kişiyi hipnozlarından, saplantılarından kurtarabilecek, iyileşmesini kolaylaştıracak bir yöntem olamaz mı unutturmak?"

"Başka yöntemler var, ilaçlarla aynı sonuç alınabiliyor. Neden salgına yol açması halinde çok kötü sonuçları olabilecek özel bir virüs üretilsin bunun için?"

Gazeteci'nin yüzünden bir gölge geçti. "Yaygın bir bellek kaybı, toplumda travma yaratan belli olayların hatırlanmaması kimilerinin işine gelebilir. Tarihin bir bölümünü silmek, bir zaman dilimini yok etmek iktidar çarklarını ellerinde tutanlar için nasıl da bulunmaz bir fırsat olurdu!"

"Yani sen diyorsun ki... insanlara birşeyler unutturulmak isteniyor. Ama ne?"

"Sadece bir ihtimal olarak söylüyorum, aslında fantezi yapıyorum. Böyle bir güç hiçbir merkezin elinde yok, buna cesaret edebilecek bir merkez de yok. Ayrıca insanlığın geleceği konusunda oldukça kötümserimdir, bilirsin, yine de etik değerlerin bu düzeyde çiğnenebileceğini düşünemiyorum. Deneyi biraz daha geliştirmelisin; bu türden virüs deneyleri için gelincikler kullanılıyormuş senden öğrendiğim kadarıyla. Aynı etkiyi farelerde de yapıp yapmadığını, bir de bellek kaybının sürekli olup olmadığını araştırmalısın mesela."

"Bunu ben de düşündüm. Evet, telaşa kapılmadan önce deneyi derinleştirmeliyim, iyi bir literatür taraması yapmalıyım, bir de Sağlık Bakanlığı'ndan bilgi almalıyım; böyle bir virüsle karşılaştılar mı, onlarda kaydı var mı?"

"Hayır," dedi adam emredici bir ses tonuyla, "hayır, bunu asla yapmayacaksın. Ekiptekilerle de paylaşma bu bilgileri, şimdilik sadece sende kalsın."

Kadının sorularla ve biraz da korkuyla dolu bakışlarını fark edince ekledi:

"Belki hepsi saçma, hepsi vehim, ama bu virüs gerçekten de senin varsayımındaki özelliklere sahipse ve birileri tarafından belli bir amaçla üretilmişse, en istemeyecekleri şey bunun açığa çıkmasıdır. O zaman..." Cümlesini bitirmeden sustu, 'O zaman yapmayacakları yoktur' diyecekti, vazgeçti.

"O zaman ne?" diye sordu kadın.

"Basit; o zaman deneyi sonuna vardırmanı, kesin bulgulara ulaşmanı engellerler."

"Beni korkutuyorsun."

"Korkacak bir şey yok. Yine de tedbirden zarar gelmez. Deneyine devam etmelisin kuşkusuz ama bunu yaymaya şimdilik gerek yok. Ben de keşke geçen günkü yazıma Üç Maymun Virüsü başlığını koymasaydım. Her neyse, bence ilk yapacağın şey, o senin çok güvendiğin yardımcına, ekipte başka bilenler, ilgilenenler varsa onlara, yanılmış olduğunu söylemek ve bu işi kapatmak."

Sevgilisine şefkatle sarıldı. Kadının erkek çocuk gibi kısacık kesilmiş saçlarını okşadı.

"Bunun için geç kalmış olabilirim," dedi kadın. Sesi titriyordu, belli ki korkmuştu.

(Y.N.: Bu bölüm, romanın çözümünü hazırlayacak kilit bölümlerinden biri. Daha ayrıntılı işlemeli mi, kararsızım. Ayrıca, Mikrobiyolog kadının sonunun ne olduğu burada mı açıklanmalı, sonuç bölümünde mi? Ya da belki açık uçlu bırakılmalı. En dramatik ve en uygunu, laboratuvarda deney sırasında virüsü kapıp kısa süreli bir bellek kaybına uğraması ve ne üzerinde çalıştığını unutması gibi geliyor bana. Yok olması, daha doğrusu yok edilmesi de bir seçenek. Düşüneceğim.)

* * *

Dingin ya da dalgalı; masmavi, berrak ya da sisli puslu, ürkütücü... Nasıl olursa olsun, çocukluğundan beri deniz ona hep iyi gelirdi. Kendini kötü hissettiği, bunaldığı zamanlar, hele de yazarken tıkandığında, denize koşardı. Küçük balıkçı barınağını mesken tutmuş balıkçılarla, midye çıkaran çocuklarla ahbaptı. Önceleri uzak durmuşlar, pek yüz vermemişlerdi. Her halleriyle, 'ben sizden değilim, halka inmek için, yaşantı olsun diye buradayım' havası basan; balıkçılarla dostluğu iyi balığı ucuza kapatmakla sınırlı okumuş yazmış zengin taifesinden hoşlanmazlardı. Balıktan anlar geçinen bir ukalâya kırlangıç yerine öksüz kakalamak, Kuzey Denizi'nden gelen donmuş kolyosları taze uskumru diye yutturmak, bu tiplere duydukları tepkiyi sessizce yatıştırmaya yaradığı gibi, gülme ihtiyaçlarını da tatmin ederdi.

Ama Yazar'ı sevmişlerdi. Hele de adamın ünlü bir yazar, adı ünü ülke dışına taşmış bir romancı olduğunu başka müşterilerden öğrendiklerinde, aferin adama, kendini satmaya hiç kalkışmadı, ben şuyum, buyum, demedi; hele de balıktan Allahına kadar anlayan pozlar takınmadı, diye konuşmuşlardı aralarında. Artık gerçekten dost olmuşlardı. Olta balıklarının iyisini yazara ayırıyorlar, pavurya, seyrek de olsa küçük istakoz bulduklarında haber veriyorlar, bazı akşamüstleri Yazar'ın getirdiği rakıyı balıkçı barınağına çekilen teknelerde kızartılan balıklara katık edip birlikte içiyorlardı. Yazar'ın orada, onlarla olmaktan keyif aldığını fark etmişlerdi; bir de yalnız ve hüzünlü bir adam olduğunu... Kim bilir ne derdi vardır! Meşhur ol, paran olsun, herşeyin olsun, yine de kederliyse insan açık edilmemiş bir dert vardır derûnunda.

Yazar, iskelenin hemen yanındaki balıkçı barınağına o sabah erken geldi. Kötü bir gece geçirmişti. Yazmaya çalıştığı romanın bir türlü çözemediği kurgusu takılmıştı kafasına. Aslında, bu kadar dert etme-

147

mesi gerektiğini, birkaç eleştirmen vıdı vıdı etse de okurların nasıl olsa beğeneceklerini biliyordu. Onu asıl korkutan da buydu zaten. Şu sırada üzerinde çalıştığı roman kendi okur kitlesinin beklentilerine pek uygundu; aşktan olduğu kadar, yıllar boyu verdikleri mücadeleden de hayal kırıklığına uğramış orta yaşlı bir kadınla bir erkeğin kaçış çabalarını ve kaçışı bir türlü başaramamalarını anlatıyordu. Özet: İnsan kendinden ve geçmişinden kaçamaz... Yayıncısının, hadi ısmarlamak demeyelim ama, 'Tam sana göre,' diyerek önerdiği sıradan bir konu. Romanın da sıradanlaşmaması için farklı bir teknik, farklı bir kurgu bulması gerekiyordu ki, sıkıntı buradaydı işte. Konuya pek ısınamadığı, kahramanlarını içinde duyamadığı, sevemediği için midir nedir, roman ağır yürüyordu. Hatta doğrusunu söylemek gerekirse, bir zamandır hiç yürümüyordu.

Balıkçı barınağı fazla kalabalık değildi. Balıkçıların, uzun sakalı yüzünden İhtiyar Balıkçı diye çağırdıkları, aslında hiç de ihtiyar olmayan adamla büyük oğlu teknenin içine eğilmiş ağlarla uğraşıyorlardı. Ağa takılan balıkları, yengeçleri ayıkladıklarını sandı. "Merhaba," dedi yanlarına kadar yaklaşıp, "ne çıktı, işe yarar bir şey var mı? Varsa müşteriyim haa!"

"Var," dedi İhtiyar Balıkçı aksi bir sesle, "müşteriysen al bakalım." Oğlu suskundu, Yazar'ın sandalın içindekileri görebilmesi için teknenin kıçına doğru çekildi.

Baba-oğulun tedirgin bir halleri vardı. Dip taraması yaptıkları, yasak avlandıkları için tedirgin olmalılar, diye düşündü Yazar. Zaten ağı da iyice teknenin içine toplamışlar.

"Ne var, gösterin hele bir, halinize bakan kılıç falan yakaladığınızı sanır!"

"Tekneye atla," dedi İhtiyar Balıkçı.

"Denizkızı mı çektiniz, bu ne gizlilik, ne hava böyle! Yoksa müşteri mi kızıştırıyorsun?"

"Seninle ne zaman pazarlık ettik! İş şakalık değil bu defa. Şunlara bak!"

İhtiyar Balıkçı'nın yanına çömeldi, livara eğildi. Orada yer yer parçalanmış dağılmış bir çuvalın içinde tuhaf aletler, metal parçaları, bombaya, tüfeğe benzer şeyler vardı.

"Ne bunlar? Nerden buldun?"

"Anamın çeyizinden getirdim! Görmüyor musun ne olduğunu? Bomba, silah, ne istersen... Sabah erken ağ attık, biraz dip taraması işte, sonra ağırlaşma oldu. Yakaladık şöyle esaslı bir parça, diye sevindim. Ama ağırlığı balığa benzemiyor. Ceset falan olmasın, diye panikledim. Çektik, bunlar çıktı. Gözünü seveyim Yazar, bırak dalganı geçmeyi. Ben korkarım böyle işlerden, ne yapacağız bunları, onu söyle."

Alçak sesle konuşuyordu, gerçekten de korkmuştu. Oğlan öylece sessiz, hareketsiz duruyordu teknenin kıçında.

"Dur bakalım, sakin ol. İlk senin başına gelmiyor. Televizyonlarda, gazetelerde okuyoruz aylardır. Anlaşılan birileri sıkıştı, biryerlere sakladıkları silahları, mühimmatı oraya buraya saçıyorlar işte. Telaşlanacak bir şey yok. Size ne ki!"

"Durup dururken başımız belaya girecek. Ben askerlikte bile silah kullanmadım. Biz denizci, balıkçı adamız, şeytan doldurur derler."

"Bunları şeytan da Allah da doldurmaz," dedi Yazar gülmeye çalışarak, "baksana ıslanmış bunlar, ne bomba ne tabanca ateş almaz. Şimdi istersen beraber gider, polise jandarmaya bildiririz durumu. Şu livarın kapağını şimdilik kapa sen. Yandaki kahvede bir sabah çayı içelim hele. Aklımızı başımıza toplayalım."

Sözde uykusuz gecenin ağırlığını atmaya, içimi ferahlatmaya, biraz gevşemeye gelmiştim buraya. Al sana ferahlık! Tarlalar, arsalar yetmedi, şimdi de denizler... Allah kahretsin, ne biçim memleket burası! Bir

149

gün patlayacak, öyle mecazi anlamda, edebiyat olsun diye değil, bir gün gerçekten patlayıp havaya uçacak bu topraklar. Pat-la-ya-cak...

"Neler mırıldanıyorsun kendi kendine Yazar?" diye sordu çayını yudumlayan İhtiyar Balıkçı yine o endişeli sesle.

"Diyorum ki: orada bomba, mermi, tabanca, burada ceset, law silahı, TNT kalıbı, daha bilmem ne... Topraklara, tarlalara, denizlere, sulara tohum gibi serpilmiş ölüm. Diyorum ki bu topraklar bir gün patlayacak, herşey göğe uçacak."

"Öyle olacak," dedi balıkçının oğlu. Suskunluğunu bozmaya karar vermişti. "Patlayacak, doğru. İnsan kısmı çok azdı, bunca günahı affetmez Allah. Depremden korkanlar günahlarından korkmalı asıl. Allahın cezası üstümüzdedir. Tabii patlayacak."

Balıkçı oğluna ters ters baktı. "Bu da başımıza peygamber kesildi. Sen şu beladan nasıl kurtulacağımızı söyle vaaz vermeden önce."

"Haber vermek lazım," diye üsteledi Yazar. "Başka ne yapılabilir ki? Livarda öyle tutacak halin yok. Hem haber verirsek belki de peşine düşerler, bir ipucu bulur, kimdi bunları oraya buraya saçanlar, bulmaya çalışırlar."

"Kim arayacak, kim bulacak! Şimdiye kadar ne buldular, buldularsa da neye yaradı! Ben gece karanlık bastı mı tek başıma çıkarım, ağı çektiğim yeri biliyorum, orada denize atarım hepsini."

Yazar usandığını hissetti. Ne de olsa onun sorunu bu.

"Sen bilirsin," dedi. "Polise haber vermek istersen seninle gelirim. Yok yine denize atacağım diyorsan, o da senin bileceğin iş."

Çayları ödeyip kalktı. Rıhtım boyunca ağır ağır yürüdü. Biraz uzaktaki, denizin hemen kenarına yerleştirilmiş banka oturdu. Bazen lodos sonrasında hava pırıl pırıl olur, millerce uzaktaki karşı sahil bile seçilir, gökyüzü yıkanmış gibidir, deniz camgöbeği parlar. İnsanı mutlu, huzurlu kılacak her şey vardır bu havalarda. İşte yine öyle bir gün, sabah serinliği bile güzel geliyor insana. Bir sigara yaktı. Günde beş sigara hakkı tanımıştı kendine. Daha dört sigara içebilirim. Sonra bütün bunların anlamsızlığını düşündü: İçsem ne olur, içmesem ne olur... Bu ülke insanın yaşam sevincini, umudunu, gücünü tüketiyor. İhtiyar balıkçı da farkında bunun.

Sıska balıkçı kedilerinden biri banka yaklaştı, paçalarına sürünmeye başladı. Eğilip kedinin başını okşadı, kulaklarını kaşıdı. En iyisi kediler, kedilerin keyfi yerinde; biraz balık, birkaç kılçık, sahil restoranlarındaki kedisever garsonların verdiği yemek artıkları yetiyor onlara. Bakmayın sıska olduklarına, balık et yapmaz kedilerde, aslında her zaman yiyecek bulurlar. Hele de güneş çıkıp sırtlarını karınlarını ısıtmaya başladığında, hele de gıgısını, kulak arkalarını kaşıyan birini bulduklarında... Kedi olmak iyi.

Kediyi okşarken beklemediği bir ferahlık yayıldı içine. Yüreğinin hafiflediğini hissetti. Bir kedi okşadım diye bütün dertlerden kurtulmadım ya! Kediyi okşamak vücuttaki statik elektriği alırmış. Kimden duymuştum bunu? Yine de kedi işi değil birden gelen bu ferahlık. Kendini yokladı: Başladığı romanı yazmaktan vazgeçeceğini, hatta çoktan vazgeçmiş olduğunu anladı. Ferahlama duygusunun, kararının bilincine varmasından önce gelmesine şaştı. Demek ki bu kadar sıkılmışım o ısmarlama hikâyeyi yazmaya çalışırken. Kabiliyetsiz, heveskâr romancı adayı ya da senarist anlatır ya: "Bir kadın var abicim, orta yaşlı, bir de erkek, orta yaşlı. Birbirlerinden bıkmışlar, bunalımdalar, nostaljik takılıyorlar, kaçmak istiyorlar, kaçamıyorlar..." Bu minval üzerine gidiyor yazdıklarım. Tamam, basta! Müşteri memnuniyetine oynamaya son. 'Sözün bittiği yer' deniyor ya hani; okuyucular beğensin, çok satsın, yayıncı memnun kalsın diye yazmanın bittiği de bir yer var.

Sıska sokak kedisi kucağına atladı. Tutup yere atmadı; varsın keyfini çıkarsın, aslında herkes sevilip okşanmak istiyor şu anlamsız, acımasız dünyada. Birkaç dakika sonra, keyifle mırıldanan kediyi incitmeden tutup yere bıraktı. Bugünlük bu kadar yeter kedicik, yarın devam ederiz, sana balık getiririm gelirken.

İskelenin hemen yanındaki, gazete de satan küçük büfeye yöneldi. Bir süredir gazete okumamaya, televizyon seyretmemeye, kendini son günlerin cinnete varan çatışma, şiddet, nefret ortamının dışında tutmaya, siyasal abuklukları, budalalıkları izlememeye çalışıyordu. Yine de gözü takıldı; alt alta sıralanmış gazetelerin sürmanşetlerinde hep aynı haber vardı: çöp bidonunda patlama... Şehrin en büyük parkında patlama... Şehrin eski çöplüğünün üzerine kurulan Cennet Parkı bir çocuğa mezar oldu... Bir patlama daha: Çöp kutusu patladı, küçük kız parçalandı... Ölen küçük çocuğun Yüksek Yargıç'ın torunu olduğu haberi henüz doğrulanmadı...

Birkaç gazete aldı. İskelenin yanındaki banklardan birine çöktü. Gazeteler patlama haberini birinci sayfadan verirken, patlamada beyni parçalanarak ölen küçük kız haberine, çocukları parka pikniğe getirmiş olan anaokulu öğretmeninin de ağır yaralı olduğunu eklemişlerdi. Bir gazetede ise, son bir aydır çeşitli yerlerde meydana gelen patlamaların bir dökümü vardı. Bu kadar çok muymuş, dikkatimden kaçmış demek, diye hayret etti Yazar. Bir başka gazete son iki ayda, çeşitli ihbarlar üzerine yapılan aramalarda bulunan patlayıcıların, silahların, askeri malzemenin, benzeri mühimmatın bir dökümünü vermişti. 'Bu silahlar kimlere ait?' diye yazıyordu dökümün üstünde.

Gazeteleri oturduğu bankın yanına bıraktı. Kanıksamak, diye söylendi kendi kendine; silahlara, ölümlere, patlamalara, cinayetlere, pisliğe kanıksıyoruz. Sözde duyarlı olduğunu iddia eden ben de kanıksıyorum. Bu yetmiyor; kaçmaya, bilmemeye, görmemeye çalışıyorum. Demin İhtiyar Balıkçı'nın telaşıyla dalga geçiyordum, bu günlerde oluyor böyle şeyler, diyordum ona. Oğlu haklıydı; onun Allahın gazabı, Allahın cezası dediğine, aymazlığımızın, pas tutmuş yüreklerimizin, vicdanlarımızın gazabı diyorum ben. Bu ülke, bu topraklar patlayacak, berhava olacak. Başladı bile işte. Yere göğe patlayıcı ekilmesini, bombaların fitillerinin çekilmesini, çöplüklerin patlamasını insanların öldürülmesini boş gözlerle seyreden, sonra da susup oturan, gördüklerini de unutmayı yeğleyen insanlar ülkesi burası. Peki ya ben? Ben ne yapıyorum? Duymamak, görmemek, bilmemek için gazete okumaktan bile kaçınıyorum. Ne hakkım var ötekileri küçümsemeye?

O romanı yazmayacağım, diye söylendi kendi kendine. Başka bir şey yazacağım. İster yayınlansın, ister yayınlanmasın, ister tek bir okur, tek bir eleştirmen bile iyi demesin, kimseler beğenmesin, ister kitapçı vitrinlerine çıkarılmasın, imza günleri düzenlenmesin; hiç umurumda değil.

Biraz önce, denize karşı oturmuş kediyi okşarken içine yayılan, neredeyse mutluluk diyeceği dinginlik duygusunun, ferahlığın, aydınlığın derinleştiğini, tüm benliğini sardığını hissetti. Bambaşka bir şey yazacağım, yaşamakta olduğumuz gerçeğin romanını yazacağım: Gerçek olduğu için, yaşanan günleri bütün dehşetiyle yansıtacağı için, insanlara kendi yüzlerini, kendi korkaklıklarını, suç ortaklıklarını göstereceği için eleştirmenlerce yerden yere vurulacak, okurlarca beğenilmeyecek, daha baştan kaybetmeye mahkûm bir kara roman. Geleceğe kalsın, gelecek kuşaklar öğrensin, bilsin diye, unutulmasın diye yazacağım...

Gidip İhtiyar Balıkçı'yı ağlarına takılan o lanetli balıkları polise götürmeye ikna etmeliydi. Konuşmalıydı onunla, gazetelerdeki haberleri gösterip anlatmalıydı.

İhtiyar Balıkçı'nın teknesi balıkçı barınağında yoktu. Öteki balıkçılar biraz önce oğluyla denize açıldığını söylediler. Geç kaldım, diye düşündü. Balıkçıya geç kaldım, ama romanımı yazmak için vaktim var daha.

Vakit geçirmeden evine dönüp yazı masasına oturdu Yazar. Sezgileri, zamanın daraldığını, romanı hiç gecikmeden bitirmesi gerektiğini söylüyordu. O güne kadar bütün kitaplarını meslekten bir profesyonelin soğukkanlılığıyla yazmış; nasıl tepkiler alacağını, okurlarını memnun etmek için nasıl bir hikâye kurgulaması gerektiğini inceden inceye hesaplamıştı. Bu defa kafasıyla değil, ölçülü biçili değil, ilk hikâyesine başlayan hevesli heyecanıyla, yüreğiyle yazıyordu.

Romanın yazılması iki ay sürdü; sadece iki ay. Son satırları yazıp bitiş tarihini not ederken, hiç bu kadar hızlı yazmamıştım, diye düşündü. Ve hiç bu kadar iyi yazmamıştım, diye tamamladı düşüncesini.

Yazdıklarını bir süre dinlenmeye bırakır, sonra yeniden okur, düzeltir, bazen değiştirir, içine tam sindiği zaman yayınlardı. Bu defa geç kalmak istemiyordu, acelesi vardı. Yine de, romanını birkaç hafta bekletmeye, konudan biraz uzaklaşıp heyecanını yendikten sonra, yazdıklarını son bir defa dış gözle okuyup içi rahat ettikten sonra yayıncıya götürmeye karar verdi. Bilgisayardaki 'Çöplüğün Generali' dosyasını küçük bellek çubuğuna kaydetti. Üzerinde çalışmak için roman taslağından bir de çıkış aldı. Ne de olsa eski kuşak sayılırım, yazıyı ak kâğıt üstünde kara harflerle basılı görmezsem içim rahat etmiyor, diye düşündü. Çöplüğün Generali başlığını, son zamanlarda edebiyat çevrelerinde adı sıkça geçen eksantrik şairin son şiirinden ödünç almıştı. Şiirden çok umutsuz bir isyan çığlığını andıran muhteşem bir metindi. Tabii ki şimdilik sadece dosya adı olarak kullanmıştı bunu. Taslak üzerinde çalışıp son halini verdikten sonra romanına uygun bir ad bulacaktı.

Bu, yazarın son romanı oldu. Yıllar, onyıllar, belki de yüzyıllar sonra, Yazar'ın kitapları üzerinde çalışanlar külliyatındaki tek eksiğin bu son roman olduğunu fark etmediler bile, çünkü varlığından kimse haberdar değildi. Belki de kaybolmuş, hiç yayınlanmamıştı.

(Y.N.: *Bu bölüm, aslında ilk bölüm de olabilir. Düşüneceğim. Bazı bölümlerdeki olaylar yazdığım sırada tümüyle kurgusaldı, hayal mahsulüydü, ben uydurmuştum. Ama denizden bombalar çıkması, çocuk parkındaki kum havuzunda mermiler bulunması, hele de ceset aramak için çukurların kazılması, vb. gibi gelişmeler, ben yazdıktan sonra gerçekleşti. Böyle olması metnin edebi gücünü azaltacak, alegorik anlatımı zayıflatacak, belgesel bir metin çağrıştıracak kaygısını taşıyorum. Bir de, ya romanın sonu da gerçekleşirse diye korkuyorum. Belki de yeni bir son yazmalıyım.*)

KEDİYİ MERAK
–VE HATIRLAMAK– ÖLDÜRÜR

İnsan bazen olmadık bir şeye kafayı takar. Aslında takıntınızın anlamsız olduğunu, boşuna vakit kaybettiğinizi bilirsiniz, yine de sürekli o konuyu düşünmekten kendinizi alamazsınız.

Havaalanına giderken yolumu şaşırıp yanlışlıkla saptığım yol neredeydi, hangi yöndeydi, hangi sapaktı orası? Bu türden bilgilere ulaşabileceğim en gelişkin internet sitelerinde dolaşmak, insanın kendi evini, hatta odasını bile görebildiği en ayrıntılı çevre-bölge planlarını incelemek, belirsizliği ve soruları artırmaktan başka sonuç vermemişti. Tek ipucu, ki ona da ipucu denebilir mi bilmiyorum, kenarında durduğumda başımı döndüren, vertigomu azdıran derin uçurumdu. Jeolojik haritaların öyle bir yapıyı mutlaka göstermeleri gerektiğini düşünüyordum. Son umudum kent ve çevresinin topografik, jeolojik yapısını ayrıntılarıyla yansıtan büyük ölçekli uzmanlık haritalarındaydı. Bunlara internet üzerinden ulaşamazdım. Aklıma Yeni Kent yerel merkezinde çalışan Jeoloji Mühendisi bir arkadaşım geldi. Uzun zamandır görüşmemiştik, yine de beni kırmayacağını, yardımcı olacağını düşünüyordum. Tabii ki ona ne aradığımı söylemeyecektim, işin bu aşamasında kimsenin bana tuhaf tuhaf bakmasını,

'Senin bir rahatsızlığın mı var?' diye sormasa bile, kafayı dağıtmış bu adam, diye düşünmesini istemiyordum. Arkadaşımı işyerinden aradım, kentin en büyük ölçekli jeolojik-topografik haritasına ulaşmak istediğimi, bana yardım edip edemeyeceğini sordum. Aradığıma memnun oldu, işyerine gel, bir kahve içer eski günleri anarız, dedi. Benim istediğim de tam buydu. Harita arşivine birlikte girebilir, araştırabilirdik. Arkadaşımın tavrına göre, ona gerçeği de anlatabilirdim belki.

Randevu saatinde yerel merkeze giderken, hikâyem hazırdı. Karımın kardeşinin kocası oldukça büyük işler yapan, tanınmış bir inşaatçıydı. Sözde, şehrin epeyce dışında boş bir arazi bulmuş, oranın büyük bir site, hatta bir uydu yerleşmeye çok elverişli olduğunu düşünmüştü. Ancak girişimlerde bulunmadan önce kafasına takılan iki soruya cevap arıyordu. Birincisi; arazi, bizim kentin jeolojik yapısına hiç uymayan, daha önce benzerini görmediğimiz oldukça derin bir yarın kenarından başlıyordu. Eskilerin anlattığı büyük depremden kalmış bir çökük olabilirdi, ki o zaman zemin bu çapta bir inşaat faaliyeti için uygun olmazdı ve uğraşmaya değmezdi. İkincisi ise arazinin mülkiyet ve imar durumuydu. Eğer jeolojik analizler ve zemin etütleri elverişli görünüyorsa, o zaman gerekli yerlere başvurup girişimde bulunacaktı. Kısaca, sebebi ziyaretim o arazinin jeolojik haritasına ulaşmaktı.

Hikâyem hiç de fena sayılmazdı, en azından ben inandırıcı buluyordum. Arkadaşım, nerdeymiş bu arazi diye soracak olursa, ben bilmiyorum, ama galiba havaalanına giderken kuzeydoğuya doğru altmış, yetmiş kilometre uzaklıktaymış. Eniştenin 'yar' dediği o kanyon gibi uzanan uçurumu haritada bulabilirsek, yerini gösteririm sana diyecektim. İşin burası hikâyenin başı kadar sağlam değildi. Öyle ya, inşaat yapmak isteyen adam, önce arazinin nerede olduğunu belirler, elinde bir vaziyet planı olur, sonra jeolojik yapısıyla ilgilenir.

157

Arkadaşım iyi niyetli bir insandı; aklına öyle dolambaçlı şeyler gelmeyen, karışık işlerle, komplolarla falan ilgisi olmayan bir adamdı eskiden. Eğer değişmemişse sorun yoktu.

Bir süre havadan sudan konuştuktan sonra ricamı özetledim. İnternette epeyce araştırdığımızı, ama bir sonuca varamadığımızı söyledim.

"Kent haritalarının çoğu internet ortamına aktarıldı, ama tabii büyük ölçekli uzmanlık haritaları, bir de gizlilik kodu taşıyanlar değil," dedi.

Yaşadığımız 'saydam iletişim toplumu' çağında, uydular aracılığıyla yeryüzündeki en ince ayrıntıları; bir bahçedeki çiçek tarhından köpek kulübesine, hatta evlerin içindeki eşyalara kadar kaydetme, bu kayıtları yansıtma olanağı varken hâlâ gizli haritalar olmasına gerçekten de şaşırmıştım.

"Ne anlamı var bunun!" dedim, "Neyi, kimden gizliyorlar?"

Arkadaşımsa benim şaşkınlığıma şaşırdı. "Yapma! Anladık bilim adamısın, ama hangi uzak galakside yaşıyorsun sen? Gizlilik her zaman vardır. Belki de hiçbir zaman bu günkü kadar yoğun olmamıştı. Bizden önceki kuşaklar iktidarların gizlilik zırhına bürünmelerine karşı saydamlık için mücadele vermişler. Onlar hiç değilse farkındalarmış olayın. Sonra saydam toplum düzenine geçilmiş, yani Merkez için herşey saydamlaşmış, ama bizler için değil. Mesele şu ki, bizler huzur ve güvenlik uğruna bazı soruları sormaktan vazgeçtik, razı olduk. Kim, neyi, neden gizliyor; sırların sahibi kim? Böyle sorular soranlar kalmadı artık, kimsenin umurunda değil."

Birden, arkadaşımın da şu ayrıksı tiplerden biri olabileceği kuşkusuna kapıldım. Hani Merkez'in, resmi yetkililerin, sözcülerin açıklamalarına güvenmeyen, hatta tarih aktarımlarına bile, resmi tarih bunlar diyerek burun büken çok bilmiş, biraz da paranoyak tipler...

"Gizledikleri nedir?" diye üsteledim, "Görüyorsun; ben meraklıyım işte!"

"Bunu bilemem, ama gizlenmek istenen şeyler olduğundan eminim. Her zaman olmuştur. Kendi alanımdan örnek vereyim: Büyük depremde kaç ölü olduğunu, büyük depremin ölçeğini falan yakın tarih kitaplarından, belgelerden biliriz değil mi?"

"Evet, biliriz tabii, daha bir sürü ayrıntıyı da biliriz."

"Doğru; ama bilgilerini şöyle bir gözden geçirirsen, ne kadar az şey bildiğimizi hemen anlarsın. Tek bir tanıklık, sonrasında neler olduğuna dair tek bir canlı röportaj, bir gazete yazısı yoktur. Yeni Kent'in kuruluşu konusunda da öyle. Oysa binlerce yıl öncesinde olmadı bunlar, babalarımızın çocukluğunda, dedelerimizin döneminde oldu. Üstelik, sen benden daha iyi bilirsin, bilim öylesine ilerledi ki, geriye doğru binlerce yıl değil on binlerce yıl gidebiliyor, somut bilgi ve kanıtlar elde edebiliyoruz. Tabii erişim engellenmemişse."

"Yani?"

"Yani, büyük deprem, büyük patlama, nasıl adlandırırsan işte... bu konuda karanlık kalmış noktalar var. Nokta demek de yanlış; olayı sarıp sarmalayan bir sis perdesi, tuhaf bir kara delik var. Deprem tahminlerini güncellerken mesleki merakla epeyce araştırdım. Senin alanına giriyorsam bağışla, ama yakın tarihimizde bir boşluk, bir bellek boşluğu, bir kopuş olduğunu düşünüyorum ben."

"Erişimin engellenmesi ne anlama geliyor? Bazı Merkez sırları erişim engelli, biliyorum, bu da doğal. Ama tarihe, ya da senin dediğin gibi bazı dönemlere, bazı olaylara erişim engeli konulması saçma değil mi?"

"Hadi yapma! Sen de bunu söylersen!... Şu ileri teknoloji toplumunun bir kumanda toplumu olduğunu, sadece istenenlerin bize aktarıldığını sana da anlatmam gerekmiyor herhalde."

Tam adamını buldum galiba, diye geçirdim içimden. Arkadaşım tuhaflaşmamışsa, ruh sağlığı yerindeyse o 'yok yer'e götüren kayıp yola girdiğim andan beri beni rahat bırakmayan saplantının çözüm anahtarı onda olabilirdi. Ya da birlikte o anahtara ulaşabilirdik. Tuhaf olan, konuyu ilk açtığım kişinin hiç şaşkınlık göstermeden, sanki yıllardır benimle bu konuyu konuşmak için bekliyormuş gibi meselenin özüne girmesiydi. Bir an düşününce, bunda yadırganacak bir şey olmadığı sonucuna vardım. Arkadaşım herhangi biri değildi ki, konu zaten onun uzmanlık alanıyla ilgiliydi. Belki biraz muhalifti, bu da onu komplo teorilerine yatkın kılıyordu, ama olsun, sanırım tam aradığım adamdı.

"Haklısın, bellek konusu benim alanıma giriyor, ama sözünü ettiğin toplumsal bellek kaybı meselesini hiç düşünmemiştim gerçekten. Belki de çalıştığım alan beyinle, beyindeki hücre yapısı-bellek ilişkisiyle sınırlı olduğu için," dedim.

O ilk görüşmemizde, bellek kaybı konusuna bir daha değinmedik. Masasındaki gelişkin bilgisayarın bir tuşuna basarak arşivden çağırdığı büyük ölçekli uzmanlık haritalarını ekranda birlikte inceledik. Benim anlattığım derinlikte bir uçurumun bu ölçekteki bir harita üzerinde kolayca görülebileceğini söylüyordu. Ona, kent merkezinin çevresinde en az yetmiş-seksen kilometre çaplı bir alanı taramamız gerektiğini hatırlattım.

"Yaptığım da bu zaten," dedi. "Bak şurada, şehrin güneybatısında böyle engebeli bir arazi var, ama senin eniştenin söylediği kadar derin yarlar değil bunlar, hem de eğer o yanılmıyorsa, tarif ettiğinin tam aksi yönde."

"Peki çevresi nasıl?" diye sordum. "Eniştenin anlattığına göre, arazi boyunca uzanan toprak yolun bir yanı –batı tarafıymış enişteye göre– uçurummuş, doğu-

160

da da onun ilgilendiği, hafif eğimli geniş arazi uzanıyormuş."

Şimdi düşündükçe tel örgülerle çevrili arazinin, benim gidiş yönüme göre sağda, doğu yönünde olduğunu ve gerçekten de tatlı bir eğimle yükseldiğini hatırlıyordum. Çok yüksek miydi? Bilmiyorum, o panik içinde pek dikkat etmemiştim zaten. Uzaklarda küçük bir tepe görünüyordu galiba, ama emin değildim.

Uzun yıllardır görmediğim arkadaşımın hiç de budala bir adam olmadığını, hatta biraz fazla uyanık olduğunu fark edince, biraz daha tedbirli konuşmaya başladım. Çünkü, giderek daha fazla zırvalayacağımı, enişte hikâyesinin pek de inandırıcı olmamaya başladığını seziyordum.

"Yani bu kadar az bilgiyle topografik haritalardan fazla bir şey çıkmayacağını, arazinin yerinin tam bilinmesi gerektiğini söylüyorsun galiba."

"Evet, tam da bunu demek istiyorum. Neredeymiş bu arazi tam öğren, o zaman topografyasını da zemin özelliklerini de çıkarıveririz. Hatta bir haftasonu beraber gider bakarız. İyi bir yerse; uzaktan kumandalı, akıllı konut yığınları değil de eve benzeyen evler yapmak niyetindeyse senin enişte, ben bile oradan bir ev alabilirim. Bu şehrin gürültüsünden, trafiğinden, üst üste yığılmış metal kutulara benzeyen sözde akıllı oturma birimlerinden bıktım artık."

Tam, enişte zahmetlerin karşılığında sana bir daire verir artık, diyecektim ki, vazgeçtim. Onu daha fazla kandırmak istemiyordum. Arkadaşıma ihtiyacım vardı. İçine kuşku düşerse, daha baştan güvensizlik duyarsa, ilerde birlikte çalışmamız zorlaşabilirdi.

* * *

O günkü konuşmamızdan birkaç nokta takılıp kalmıştı kafama: gizlilik kodu taşıyan haritalar, toplumsal bellek kaybı, erişimin engellenmesi.

Alanım olmadığı için bugüne kadar hiç ilgilenmemiştim. Şimdi düşününce, eskilerin büyük patlama demeyi tercih ettiği büyük depremle ilgili ne kadar az şey bildiğimize şaşıyordum. Eski şehri yerle bir eden depremden sağ kurtulanlar, belki de olayın korkunçluğu yüzünden, sanki o olaya ilişkin anılarını tümden yitirmişlerdi. Kısmi ve seçici amnezi vakalarına birkaç kez rastlamıştım, ancak bugüne kadar izlediğim geçici ve seçici amnezi vakaları bireyseldi; hepsinin kaynağı, nedeni farklıydı. Belli bir dönemi, belli bir olayı bütün yaşayanların, herkesin birden unutmasının bilimsel açıklaması yoktu, sadece masallarda rastlanırdı böyle şeylere.

Gizli haritalara gelince; iletişim teknolojisinin günümüzdeki düzeyinde, gerekli bütün bilgilere bir tık'la ulaşılabildiği bir dünyada hâlâ neden gizli haritalar olduğu sorusunun, en azından benim için, cevabı yoktu. Arkadaşımın, gizlilik her zaman vardır, hiç bugünkü kadar yoğun olmamıştı, demesi de fazla bir şey ifade etmemişti bana. Gündelik yaşamımda olsun, bilim ortamında olsun, bugüne kadar gizlilikle karşılaşmamıştım.

Erişimin engellenmesi savını fazla dikkate almadım. Ne yani! Birileri bizlere sadece kendi istedikleri bilgileri aktarıyor, tarihe bile ambargo mu koyuyorlar? Kim o birileri? Yerel yönetimleri ve Merkez'i, hiçbir öznelliğe yer bırakmayan, tümüyle bilgisayara bağlı bir sistemle, en iyiler arasından puanlama yöntemiyle biz seçmiyor muyuz!

Arkadaşımla konuşmamızın ardından acil işlerimi, üniversitedeki derslerimi, klinikteki hastalarımı biraz toparladıktan sonra ilk yaptığım iş, büyük depremin meydana geldiği günlerin gazete arşivlerine girmek

162

oldu. Özel arşivler, internette elli yıl geriye gidiyordu, daha da eski dönemler için merkezi arşive girmek gerekiyordu. Merkezi arşive bağlanmayı birkaç kez denedim, başaramadım. Belki de benim alıcım zayıflamıştı ya da bu iş için farklı bir program kullanmak gerekiyordu. Üşenmedim, ilk fırsatta merkezi arşive gittim. Bir an, yahu hasta mıyım ben, saplantılı mıyım, diye düşündüysem de, huzura kavuşmak için bu işi çözmem gerektiğini biliyordum. Tıpkı takıntılı hastalarıma uyguladığım tedavide olduğu gibi.

Merkez Derleme Arşivi'ndeki ilgili, hangi kaynakların hangi dönemlerine bağlanmak istediğimi sordu. Bazı gazete adlarını ve istediğim tarihleri söyledim: İşe, büyük deprem öncesindeki üç ayın gazetelerini taramakla başlamak doğru olacaktı. İlgili kadın memur, beni arşive bağlanabileceğim özel bir bölmeye yönlendirdi, bir ihtiyacım olup olmadığını sordu, içecek bir şey istersem yerimden kalkmadan hangi mekanizmayla alabileceğimi anlattı, iyi çalışmalar diledi, "İstediklerinizin tümü otuz saniye içinde kullanımınıza hazır olacak, yüklemeyi hemen yapıyoruz," dedi. Önümdeki saydam tabakada açılan, istediğim kadar büyütebileceğim, istediğim ayrıntıya ulaşabileceğim ekrana gömüldüm.

Yıllar önce yaşanmış olan depremin haberi, o zamanlar yayınlanan kâğıt gazetelerde günlerce, haftalarca yer almıştı. Garip olan; eski şehri yerle bir edip haritadan silen bu çapta bir depremle ilgili haberlere olması gerekenden çok daha az yer ayrılmasıydı. Jeolog arkadaşımın söylediği gibi depremin insani boyutu: Canlı tanıklıklar, ölen kişilerle ilgili bilgiler, kurtarma çalışmaları, uluslararası yardımların ayrıntıları, cenazelerin kaldırılması, buna benzer şeyler gazetelerde yoktu. Daha da ilginci fotoğraflı haberlerin azlığıydı. Olan fotoğraflar da aynı merkezden servis edilmişti besbelli. Bazı günlere ait gazetelerin mikrofilmlerinin arşivlerde bulunmaması da dikkatimi çekti, ama üzerinde fazla durmadım, bizde işler hep böyledir, mutlaka bir eksik olur. O gün, merkezi arşive kadar gitmişken, aynı gazetelerin deprem günlerinden birkaç yıl sonraki nüshalarına da kısaca bir göz attım: Kentin şimdiki yerine taşınması, yeniden kuruluşu, yeni kentin bir şehircilik harikası olacağı ballandırılarak, uzun uzun anlatılıyor, kent inşaatının evreleri çarpıcı fotoğraflarla yansıtılıyordu. Rakamlar ve övgüler dışında, şehrin nüfusuna, insanların durumuna ilişkin ayrıntılı bilgi yine yoktu. En fazla dikkatimi çeken, büyük depremden sonra köşe yazarlarının da bu konulara eğilmemiş olmalarıydı. Depreme hazırlıksız yakalanıldığı veya yeni kent kurulurken ihalelerde yolsuzluk yapıldığı türünden birkaç eleştiri yazısı dışında, dişe dokunur bilgiye rastlamadım.

İletişim tekelini elinde toplamış merkezlerin, istediği haberi görme, istemediğini yok sayma eğiliminin bugünün işi olmadığını düşündüm. Gazetelerin kâğıda basıldığı, bugünkü gibi çok seçenekli tek merkezi televizyon yerine bir sürü TV kanalının olduğu eski dönemlerde de durum farklı değilmiş demek...

Belki işe yarar bir habere rastlarım diye, zamanına göre muhalif sayılan küçük gazetelerin, dergilerin arşivlerine de girmek istedim. Yıllardır yayınlanmayan, sadece basın tarihi kitapları ve sözlüklerinde yer alan bu türden yayınların arşivlerine erişmek kolay değildi. Merkez Derleme Arşivi'nde mikrofilmleri ya yoktu ya çok eksikti. Danıştığım ilgili bunları Eski Eserler Kitaplığı'nda bulabileceğimi söyledi. Arşiv kayıtlarına göre, eski eser sayılan ve koruma altında olan bu kâğıt baskı yayınlar depolarda cilt cilt duruyorlardı ve özel izinle, dışarı çıkarılmadan, ciltleri orada incelemek mümkündü.

Yazımını bitirmek üzere olduğum bilimscl çalışmamı geciktirecek, zaman ve sabır gerektiren bir işti bu. Kariyerimde bir aşama olacağını, bilim dünyasında ses getireceğini düşündüğüm yeni araştırmama çok önem veriyordum. Yine de, fazla uzatmadan, hiç değilse bir kez denemeye karar verdim. Üniversitedeki görevimin sağladığı olanaklardan yararlanıp gerekli özel izin belgesini kolayca aldım. Eski Eserler Kitaplığı'nın arşivinden, bazı ipuçları yakalayabileceğimi umut ettiğim birkaç yayının, büyük depremin gerçekleştiği yıla ait ciltlerinin çıkarılmasını istedim. Tabii ki o gün çıkarılamadı, ertesi gün gelmem söylendi. Bunlar beni oyalayacak, arşivlerde fareler kemirmiş bile olabilir ciltleri, boşuna zaman kaybediyorum, diye düşünmedim değil doğrusu.

* * *

Haksızlık etmişim; ertesi gün gittiğimde ciltler çıkarılmış beni bekliyordu. Teşekkür edip okuma salonunun en dibindeki bölmeye geçtim. Kâğıda basılı gazete, kâğıt kitap gibi ürünlerle fazla tanışıklığı olmayan bir kuşağın insanı olarak; ciltlerin ağırlığını, kâğıdın kokusunu, kâğıda dokunmanın, sayfaları parmaklarımla çevirmenin duygusunu yaşamak hoş bir deneyimdi; uygulamalı müze gezisi gibi bir şeydi.

Bu arada kafama takılan muzır soruyu: 'Büyük depremde her şey yıkılmış, taş taş üstünde kalmamışsa gazete ciltleri nasıl saklanabilmiş acaba?' sorusunu savuşturmaya çalıştım. Galiba gerçekten de sinirlerim bozuldu benim. Taş taş üstünde kalmamış dendiyse, her şey buharlaşıp kayboldu anlamına gelmez ya! Büyük bir felaketmiş, çok ölen olmuş, şehir bütünüyle yıkılmış, yerin dibine karışmış; ama tabii ki yıkılan şehirden gelip yeni kente yerleşenler gökten inmedi.

Bir süreklilik var arada kuşkusuz. Bizden önceki kuşaklar eski kenti, oradaki yaşamı hatırlıyorlar. Belleği hâlâ açık olan yaşlı birkaç hastamla konuştum bu konuyu. Eski şehri, orada geçirdikleri günleri hatırlayabildikleri kadarıyla anlattılar. Hatırlamadıkları, bilinmeyen kısa bir zaman dilimi var ki, bu da çok doğal. Travmatik amnezi böyle durumlarda çok yaygın yaşanabilir. Bunu ben bilmeyeceğim de kim bilecek!

Ciltlerden birini gelişigüzel karıştırırken, diğer gazetelerde rastlamadığım bilgiler içeren yazıları, haberleri küçük lazer alıcıma aktarıyordum. Örneğin depremin hemen ardından şehirde olağanüstü hal ilan edildiği ve birkaç gazetenin kapatıldığı haberi, askerin yağmayı ve anarşiyi engellemek için kent yönetimine el koyduğu ve şehre girişleri yasakladığı haberi, doğalgaz şebekesindeki kaçaklar yüzünden askeriyeye ait silah ve mühimmat depolarının infilak ettiği, can ve mal kaybının bu yüzden arttığı haberi... Aslında bu haberlerde de olağanüstülük yoktu; bu gibi afet durumlarında doğal sayılabilecek uygulamalar ve gelişmelerdi hepsi.

İnsan arşivlere daldı mı, kolay kolay çıkamaz. Bakalım neler yazmışlar diye, sırf meraktan, aynı yayınların depremden birkaç ay öncesine ait nüshalarını da karıştırmaya başladım. Bazı haberler dikkatimi çekti. Merkez Derleme Arşivi'nde incelediğim büyük gazetelerin üçüncü sayfalarında da vardı herhalde aynı haberler, ama ben depreme yoğunlaştığımdan o gazetelerin üçüncü sayfa haberlerine bakmamıştım bile.

Bunlar cinayet, intihar, patlama haberleriydi: 'Kuşkulu bir intihar', 'Çöplüklerdeki patlamanın nedeni metan gazı', 'Komutan'ın intiharının ailevi nedenlerden kaynaklandığı bildiriliyor', 'İstihbaratın başındaki kişi yurtdışına kaçmış olabilir mi?', 'Son bir ayda, kentte aynı şekilde öldürülenlerin sayısı yirmiyi buldu', 'Bilim kadınının acı sonu', 'Belediye çöp toplayan çocukları tutuklamaya başladı', 'Müsteşar metresinin evinde çekilmiş fotoğrafları inkâr ediyor', "General lakaplı çöplük çocuğu yine izini kaybettirdi', 'Dalgıç okulu öğrencileri, yüz metre açıkta denizin dibinde çok sayıda bomba ve silah buldular', 'Krokiler gizli silahların yerini işaret ediyor', 'Açılan çukurda cesetler bulundu'; bir sürü benzer haber... İyi bir tarama yapılsa daha yüzlercesi, belki de binlercesi çıkabilirdi.

Sayfaları karıştırırken, gazetelerden birinin sanat-edebiyat köşesindeki bir haber dikkatimi çekti. O dönemlerin, kitaplarının hiçbirini okumadığım ama adını bildiğim ünlü bir yazarıyla ilgiliydi. Yazar'ın, yayıncısına söz verdiği son romanını teslim etmeden ve hiç haber bırakmadan ortadan kaybolduğu bildiriliyordu. Aynı gazetenin iki gün sonra, bu defa birinci sayfadan verdiği haberde, boşanmış olduğu eski eşinin isteğiyle Yazar'ın yalnız yaşadığı evde yapılan aramada çalışma odasındaki bilgisayarında bazı notlara ulaşıldığı, bu notlardan Yazar'ın yeni bir roman üzerinde çalıştığının anlaşıldığı, ancak roman metninin bulunamadığı yazılıyordu. Eski eşin, Yazar'ın iki bilgisayarda birden çalışma gibi bir fantezisinin olduğunu, son romanı içeren file'ın diğer bilgisayarda olabileceğini söylediği, ancak ikinci bilgisayarın bulunamadığı da habere eklenmişti.

Sezgilere güvenirim, ayrıca psikolojik açıdan bakılacak olursa, sezginin öyle mistik, gizemli bir yetenek değil, bilimsel olarak açıklanabilecek bir bilgi-duygu karışımı olduğuna inanırım. Bunu, bilim çevrelerinde epeyce ses getiren bir makalemde de incelemiştim bir zamanlar.

Sezgilerim bana, durup dururken ortadan kaybolan Yazar'ın izini sürmenin bir sürü intihar, patlama, cinayet haberinden daha verimli bir yolgösterici olabileceğini fısıldıyordu. Havaalanına giderken yolumu şaşırıp da kaybolmamla bir bağlantısı yoktu tabii ki bunun, biliyordum. Yine de, Yazar'ın sonunun ne olabileceğini merak etmiştim. Sanki Yazar'ın kaybolmasıyla büyük deprem arasında bir bağ vardı. Henüz epeyce bulanık, belirsiz, ürkek bir duygu düzeyindeydi bu sezgim. Bir süre sonra o duygu, anımsamalar, çağrışımlar, bilgilerle yüklenecek, varsayıma dönüşecekti. Sezgi mekanizmasının işleyişini; sezginin, bilmeye giden yolda ayrıntılara ve ayrıntıların yarattığı duygulara dikkat etmekten, bunları birbirine bağlayabilmekten kaynaklandığını ispat edebilmek için zamanında epeyce çalışmıştım.

Eski Eserler Kitaplığı'nda eski gazete, dergi ciltlerini karıştırdığım gün, şanslı bir günümmüş. Kimseye haber vermeden ortadan kaybolan yazar haberi kadar değerli bir başka habere daha rastladım.

İlk yapacağım işin Yazar'ın biyografisini ve yazdıklarını iyice incelemek olduğunu düşünüp kocaman gazete cildini kapatmaya hazırlanırken, Yazar'ın kaybolduğuna ilişkin haberden birkaç ay önceye ait bir yazı gözüme ilişti. Mizahi üslupla kaleme alınmış bir köşe yazısıydı bu. Her gün izlediğim internet gazetesinde, eskiden basılı kâğıt gazetelerde ünlü gazetecilerin, yazarların böyle köşeyazıları yazdıklarını; olayları kendilerince yorumladıklarını, okura akıl fikir verdiklerini, kimi zaman birbirleriyle küfürleşmeye kadar giden sert tartışmalara giriştiklerini okumuştum. İnternet gazetesi, haklı olarak, günümüzde medyanın yön göstermekle değil haber aktarıp halkı bilgilendirmekle yükümlü olduğunu, bu yüzden günümüzde köşeyazılarının işlevini yitirdiğini, böylece fikir geliştirme özgürlüğünün sağlandığını yazıyordu.

O eski kâğıt gazetede okuduğum köşeyazısında, son zamanlarda salgın haline gelen üç maymun vebasından söz ediliyordu. Görüp de görmedik, duyup da duymadık diyenlerin, susanların ve unutanların sayısı hızla artıyor, bu yeni bir virüs salgını olmalı, diyordu yazar. Üç maymun hastalığını yayan virüse da 3M virüsü adını vermişti. 'H2M1 grip virüsü ortalığı kasıp kavururken şimdi de sakın 3M virüsü salgını başlıyor olmasın' diye yazmıştı mizahi bir üslupla. O zamanın koşullarında bir toplumsal eleştiri yazısı olmalıydı.

Aynı türden yazılara, haberlere başka kaynaklarda da rastlanabilirdi belki, ama gazete arşivlerini tarama işini şimdilik bırakmaya karar verdim. Hem çok zaman alıyor, beni asıl çalışmalarımdan alıkoyuyordu, hem de önce Jeolog arkadaşımdan, esrarlı bölgeyle ilgili biraz daha fazla bilgi almalıydım.

Eve dönerken, birden üzerime bir yorgunluk çöktü. Yıllarca önce olup bitmiş birtakım karanlık işlerden bana ne! Ayrıca büyük depremin esrarı da şimdilik fazla veriye dayanmıyor. Jeolog arkadaşımın körüklediği bir sezgi düzeyinde henüz. Abarttığım bu macera, belki de havaalanına gitmek için sabahın köründe yarı uykulu yarı ayık direksiyon sallarken yanlış yola sapmaktan ibaret sıradan bir dalgınlıktı. Belki de o uçurumu, dikenli tellerle çevrili araziyi falan ben gizeme bürümüştüm. Kentin çevresini kuşatan verimsiz, çorak topraklar işte... Ola ki özel mülktür, bu yüzden çevirmişlerdir etrafını ya da herkesin unuttuğu, kimsenin ilgilenmediği insansız bir bölgedir.

İnsan beyni büyüyü, gizemi kendisi yaratır. Bu iş kafamı ve yüreğimi kurcalamaya başladığından beri doğru düzgün çalışamaz olmuştum. Akademik kariyerimde kademe yükseltmek için gerekli makaleleri bitirememiştim henüz; bir de randevuları ertelenmiş hastalarım vardı. Bir an önce kafamı toplayıp kendi işlerime dalmam gerekiyordu.

Yine de son bir defa oraya gitmeyi, yolun ayrıldığı sapağı bulup dikenli tellerle çevrili alana bir göz atmayı denemezsem, merak mikrobunun beynimi kemireceğini, sürekli huzursuz edeceğini, kendimi bütünüyle işime vermekten alakoyacağını biliyordum. En

169

iyisi bir günümü daha bu işe feda edip son bir deneme yapmaktı. Buna hem can attığımı hem de korktuğumu itiraf etmeliyim.

Oraya haftasonunda, cumartesi sabahı erkenden, yolumu kaybettiğim günkü gibi güneş daha doğmadan gitmeye karar verdim. Evden karımı uyandırmadan erken çıkarsam, onun kuşkularını da artırmamış olurdum. Karım, son günlerde bende bir tuhaflık olduğunu söyleyip duruyordu. "Abartma, bir şeyim yok, kafam şu bitirmeye çalıştığım araştırmayla meşgul," cevabı bana bile inandırıcı gelmiyordu ki o inansın. "Birşeylere sıkılıyorsun ama benden bile gizliyorsun, daha önce sıkıntılarımızı paylaşırdık," diyordu sorgulayan, buruk bir sesle. Başka bir kadınla ilişkim olabileceği ya da işimden ayrıldım da ona söyleyemiyorum gibisinden düşünceler geçiyordu kafasından, kalıbımı basarım. Bu işi çabuk bitirmeliydim; evdeki huzursuzluk artmadan, bilimsel çalışmalarım ve kariyerim zarar görmeden. En önemlisi de, o gün bu gün yitirdiğim iç huzurumu yeniden kazanabilmek, normal yaşamımı sürdürebilmek için, şöyle veya böyle bir sonuca ulaşmalıydım.

Cumartesi alacakaranlıkta yola çıkmak en iyisiydi. Karım cumartesi günleri çalışmadığı için geç kalkardı. Küçük kızımızın ise anneanne günüydü. Cuma günleri öğleden sonra onu anneannesi yuvadan alır, geceyi onlarda geçirir, cumartesi gecesi veya pazar sabahı bize teslim edilirdi. Sabah çok erken yola çıkarsam, erkence dönebilirdim. Böylece gündelik yaşamımızda bir şey aksamaz, o güne kadar sakin ve mutlu giden yaşamımız kendi rahat yatağında akmayı sürdürürdü. Böyle olmasını diliyordum, böyle olacağını umut ediyordum.

Cuma akşamı, çocuğun anneannesinde olmasını fırsat bilip karımla birlikte çoktandır görmek istediğimiz bir filme gittik. Evde oturup dev duvar ekranında

170

da seyredebilirdik filmi tabii, ama sinemada yaşam perdesi denilen teknik olanaktan yararlanıp filmin içine yerleşmek, daha doğrusu hikâyeyi kahramanların biriyle özdeşleşerek içinden yaşamak başka bir duygu veriyor insana. Üstelik sinema sosyal bir ortam sağlıyor; evden çıkıyorsunuz, tanımasanız bile başka insanlarla birlikte aynı olayı paylaşmanın keyfini yaşıyorsunuz. Biliyorum, böyle özlemler günümüzde dar bir seçkinler kesiminin nostaljik takıntıları sayılıyor. Hele de gençlerin hiç umuru değil. Sinema salonlarında bir tek genç bulamazsınız. Gösterilen filmler de onlara göre müzelik oldy'ler zaten. Film türünde pek anlaşamasak da, karımla ben seviyoruz sinemayı. Büyüyünce kızımız da ilgilensin, sevsin isterdik.

Kafka'nın *Şato*'sundan esinlenmiş kasvetli bir filmdi. Varlığı bilinen, hatta görülen bir yere bir türlü erişememenin boğuntusunu, kahramanın çıkmazını anlatan bir hikâye. Üstelik kendimi o kahramanla özdeşleştirmiştim. Filmin yarısına doğru bunalmaya, hatta boğulmaya başladım. Bilinçaltında, filmin hikâyesiyle kendi hikâyem arasında bir bağ kurmuş olmalıyım. Özdeşleşme seçimimi değiştirmeyi, adama yol göstermeye çalışan bilicinin yerine geçmeyi denedim, ama beceremedim. Karım bu türden filmleri sever, beni sanat filmlerine ilgi duymamakla eleştirir. Onun canını sıkmamak için, halimi belli etmemeye, dişimi sıkıp oturmaya çabaladıysam da başaramadım. Sen devam et, ben çıkıp ferahlatıcı bir şey içeceğim, diye fısıldadım. Anlaşıldı, sana göre değil bu hikâye, dedi yine fısıltıyla, sonra seyre daldı. Kendisini, çözümsüzlük içinde çırpınan kahramanın akıllı uslu, yol gösterici sevgilisiyle özdeşleştirmişti herhalde.

Fuayeye çıkıp bir mutluluk kokteyli aldım. Fuayede benim gibi birkaç kişi daha vardı, onlar da salondan kaçmışlardı anlaşılan. Birini gözüm ısırıyordu. "Siz de mi bunaldınız?" dedi, içecek birşeyler almak için oto-

171

mata uzanırken. "Evet, üstelik de kendimi o adamla özdeşleştirdiğimi düşünecek olursanız!" Halinizi anlıyorum, der gibi başını sallayıp gülümsedi, "Hoşuma gitmeyince özdeşleşme fonksiyonunu hemen kapatıyorum ben," dedi.

Gerçek yaşamda da özdeşleşme fonksiyonunu kapatabilmek mümkün olsa keşke, diye geçirdim içimden. Sana göre değil bu hikâye, demişti karım. O hikâyenin tam ortasında olduğumu bir bilseydi!

Kafam yarınki macerayla meşguldü. Yarın sabah, oraya giderken yanıma birini almalı mıyımdım acaba? Mesela Jeolog arkadaşımı. Şu aşamada konuyu açabileceğim tek kişi oydu. Bu fikirden hemen vazgeçtim. Belki de fazla abartıyordum, belki psikolojik bir çöküntü geçirmekteydim. Belki hiçbir özelliği olmayan, yeri ya da zemini inşaata elverişsiz olduğu için inşaat şirketlerinin ilgisini çekmemiş bir araziydi dikenli tellerle çevrili bölge. Belki de birileri çoktan satın almıştı da daha fazla değerlenmesi için bekletiyordu. Ya Merkez'e aitse, altında sığınıklar, depolar, gizli arşivler falan varsa... Saçma! Öyle olsa korunurdu, bencileyin uyku sersemi salak bir sürücünün sapabileceği yolu olmazdı, uyarı işaretleri bulunurdu. Öyle yıllar öncesinden kaldığı besbelli paslı dikenli tellerle değil manyetik perde engeliyle korunurdu. Her neyse! Yarın öğleye kadar bitecekti bu iş. Anlayacaktım ve rahatlayacaktım.

* * *

Havaalanı yolu, yine o günkü gibi tenha. Şafak söktü, tan ağarıyor. Batıya doğru gidiyorum. Güneşin henüz solgun ışıklarının ağır ağır, perde perde yayılışını aracımın ön camının üstündeki yansıtıcıdan seyrediyorum. Ne kaygı ne heyecan; içim sanki ıssız. Dinginlik değil, fırtına öncesi bir bekleyiş. Yanlışlıkla saptığım kır yolu sağda, yani kuzeye doğruydu; bundan eminim. Bir de, havaalanı yolunu aşağı yukarı yarılamıştım oraya saptığımda, bunu da biliyorum. Şimdi, dikkat kesilmiş, o sapağı arıyorum.

Havaalanı yeni sayılır, ülkenin değil bölgenin en büyük, en modern havalimanı olma iddiasında. Kenti ve bölgeyi buraya bağlayacak otoyollar henüz tamamlanmadığı için, geçici olarak bu yol kullanılıyor. Uçakla epeyce sık seyahat ettiğimden yolu neredeyse ezbere biliyorum. Kentten çıktıktan sonra iki kavşak vardır: Birincisinden sapmadan doğru gideceksiniz, havalimanına on kilometre uzaklıktaki ikinci kavşaktan sağa sapacaksınız. O gün dalgınlıkla saptığım yol, bu iki kavşak arasında olmalı. Kesinlikle biliyorum bunu, çünkü ilk kavşağı geçmiştim, yolu gözü kapalı bile bulabileceğim güveniyle işaret levhası aramak gibi zahmetlere katlanmadan, uyku sersemliğiyle, havaalanı kavşağına geldiğimi sanıp sağda gördüğüm yola sapmış olmalıyım.

İlk kavşağı geçip anayolda devam ederken yavaşladım, sağıma dikkat kesildim. Ortalık henüz pırıl pırıl aydınlık değilse de etraf seçilebiliyordu. Yolun sağ tarafında oldukça derin bir şarampol uzanıp gidiyordu. Araçların şarampole yuvarlanmalarına karşı yol boyu kedi gözü ışıklar konmuştu. Sonra şarampol sona erdi, yolun sağ şeridi ile yanında uzanan kırlık tarlalık arazi, artık sadece beyaz trafik çizgisi ile ayrılıyordu. Beyaz çizgi geçiciydi besbelli. İnşaat bitip de gidiş dönüş on iki şeritlik yeni yol yapıldığında, şeritler görsel ve sesli sinyal veren elektronik çizgilerle ayrılacaktı. Bu uygulamaya geçildiğinden beri, gitgide yükselen hız sınırına rağmen, trafik kazalarında belirgin azalma olmuştu.

Bu bölgeye gelince sapağı, toprak patikayı gözden

173

kaçırmamak için daha da yavaşladım. Birkaç hızlı araç, arkamdan sinyal ışıklarını yakıp söndürerek sollayıp geçti. Uçağa yetişmeye çalışan geç kalmış yolcular olmalıydılar. Herhalde sunturlu bir küfür yemişimdir diye düşündüm, ama hızlanmadım.

Sağ taraftaki düzlük alanla yol arasına yer yer zakkumlar, bodur çamlar, ılgınlar dikilmiş; kışı geçiremeyip çoğu kurumuştu. Yerel Merkez Ağaçlandırma Yeşertme biriminin başarısız ağaçlandırma, yeşillendirme denemesinin bittiği yerden başlayarak, neredeyse bir kilometre boyunca, yeni yolun yapımında kullanılacak beton bloklar, metal bağlantı çubukları, kum ve taş yığılıydı. Sağa, kuzeye doğru herhangi bir sapak, daracık da olsa hiçbir yol görünmüyordu. Yol yapım malzemesi yığınlarından sonra, yine yol boyunca aralıksız uzanan moloz ve çöp yığınları vardı. Alışık olmadığımız bir manzaraydı bu. Yeni ve görkemli havaalanı otoyolu henüz bitmemişti, eski yolu kullanıyorduk, ama nihayetinde iddialı Yeni Kent'imizin havaalanı yoluydu burası, en önemli ana arterlerden biri sayılırdı. Buraya çöp ve moloz yığılmış olması hiç de doğal değildi, kabul edilemez bir uygulamaydı. Üstelik geçen gelişimde bu molozların burada olmadığından neredeyse emindim, çünkü görseydim, şimdi olduğu gibi öfkelenir, şu Yerel Merkez'in haline bak, havaalanı yolunu bile çöplüğe çevirmişler diye söylenir, yurttaşlık-kenttaşlık bilinciyle şikâyette bile bulunurdum. Hayır, bu çöp ve moloz yığını birkaç gün önce burada değildi.

Daha yakından bakmak için aracımı iyice sağa, emniyet şeridine çektim, enerji tasarrufu için bekleme düğmesine basıp arabadan indim. Bu moloz yığınının, çöplerin arkasında ne olduğunu yakından görmek istiyordum. İç sesim, o gün saptığım toprak yolun buralarda olması gerektiğini söylüyordu. İletişim aracımın yanımda olup olmadığını kontrol ettim, yanımdaydı.

Neden kaygı duyduğumu, niçin huzursuz olduğumu bilmiyordum, yine de aletin çalıştığını görmek içimi ferahlattı. Aracın kapısını kilitledim, moloz yığınına doğru yürüdüm. Düşüp de bir yerimi incitmemek için bastığım yere dikkat ederek çöp ve moloz karışımı yığının üstüne çıktım. Çevre buradan daha iyi görülebiliyordu. Önümde ekili biçili olmayan, taşlı çorak bir arazi uzanıyordu. O gün saptığım toprak yolun da böyle bir araziden geçtiğini hatırladım. Asıl ilgimi çeken, üzerine tünediğim moloz yığınının benzerlerinin yol boyunca uzanan çöpten molozdan barikata paralel olarak, ikinci, üçüncü, beşinci, onuncu sıralar halinde önümde dalga dalga uzanmasıydı. Kunduzların çerden çöpten yaptıkları setlere, çocukluğumuzda oyun için kurduğumuz taştan kumdan engellere benziyordu.

Üzerine çıktığım çöp tepeciğinden inip birkaç metre ötedeki ikinci çöp setine doğru yürüdüm. Bunun malzemesi inşaat molozu gibi katı maddelerden çok bildiğimiz gündelik çöptü. Yüksekliği bir buçuk metre kadardı, ama üstüne çıkarken bacaklarım içine gümüldüğü için pek de geniş bir görüş sağlamıyordu. Çöpten molozdan çit, böyle sıra sıra uzayıp gidiyordu, görebildiğim kadarıyla arkasında yol falan da yoktu. Arkada göz alabildiğine uzanan kırlık arazide kimseler görünmüyordu, Ay yüzeyi kadar ıssızdı buralar.

Aracıma dönüp yine ağır ağır, yolun sağ tarafını dikkatle gözleyerek ileriye doğru devam ettim. Bir süre sonra havaalanı kavşağına ulaştım. Daha ileri gitmemin anlamı yoktu. Ya gördüğüm herşey hayaldi, sanrıydı ya da yolun girişi kapatılmıştı. Bu ikinci ihtimal doğruysa, birileri o gün beni veya benim gibi yolu oralara düşmüş birini izlemiş ve girişi engellemek için önlem almıştı. Bu işi ancak masallardaki cinler, periler, yedi cüceler yapabilirlerdi. Bütün bu saçmalıklardan usanmıştım. Şu halime bakın! Günlerdir nelerle uğraşıyordum...

Daha fazla oyalanmadan, mümkün olduğunca hızlı eve yöneldim. Bir süredir beslediği kuşkuları daha fazla kabartmamak için, karım uyanmadan evde olmak istiyordum.

Aksi şeytan! Bu gün erken uyanacağı tutmuştu. Ana kapının şifresini girmeye çalışırken kapıyı kendisi açtı. "Günaydın," dedi, "erkencisin." Sesinde sitem vardı.

"Biraz spor yapmak istemiştim," diye geveledim. Yüzünden geçen kuşku bulutunu gördüm ve soracağı soruya hazırlandım.

"Neden bu kılıkla gittin ki spora, eşofman takımların temizdi, yeni yıkatmıştım. Haa, bu arada unutmadan söyleyim, sabah oldukça erken biri aradı seni, ben de o telefona uyandım zaten."

"Özür dilerim," dedim zaman kazanmak için, "evin iletişim kodunu aslında kimseye vermemeli. Kimmiş arayan?"

"Eski bir arkadaşınmış, adını not aldım."

Yanağına geç kalmış veresiye bir öpücük kondurdum. Zinde ve neşeli görünmeye çalışarak, "Madem kalktın, hadi kahveyi koy da birlikte kahvaltı edelim," dedim ve aceleyle ev iletişim aracına yöneldim.

Ekranda çıkan ad, Jeolog arkadaşımın adıydı. Şimdi bu adam, yıllar sonra buluşup görüştük diye ikide birde arayacak mı böyle, diye geçirdim içimden. Kendim seçip zamanını da kendim belirlemedikçe tanıdıklarla sık sık buluşmaktan hoşlanmam. İnsan canlısı denilen tiplerden değilimdir. Yine de bir arkadaşınız cumartesi günü sabahın köründe evinizden aramışsa, aldırmazlık edemezsiniz. Üstelik işim düştüğü için o arkadaşı ilk arayan bensem... Numaraya dokundum. "Günaydın," dedim, "hayrola, beni aramışsın."

"Kusura bakma, cebine ulaşamadım, evden aramak zorunda kaldım, galiba eşini de uyandırdım. Konuşmamız gerekiyor."

Yüreğim birden hop etti. Konuşmamız gereken, tam da benim havaalanı yolundan dönerken unutmaya karar verdiğim şey olmalıydı.

"Tamam, buluşuruz. Ama şimdi karımla kahvaltı ediyoruz, öğleden sonra saat iki civarı, senin istediğin bir yerde buluşalım."

Şehrin merkezinde, ikimize de uyacak bir kafe adı söyledi. Cumartesi o saatte fazla kalabalık olmayan, eskiden pek moda olup da artık rağbet görmeyen, 'out' bir mekân.

Antenlerini dikmiş, hiçbir şey kaçırmamaya çalışan karım, "Neymiş derdi?" diye sordu.

"Çocuğunun ciddi psikolojik sorunları varmış, çocuk psikoloğuna götürmeden önce bana danışmak istiyor," dedim. Cevabımın inandırıcı ve akıllıca olduğundan emindim, ama karım, "Yaa..." demekle yetindi. "Hava güzel," diye ekledi, "erken dönebilirsen kızı annemlerden alıp parka falan gideriz. Çocuğun açık havaya, doğaya da ihtiyacı var."

Sesi hafifçe titredi gibi geldi bana. Kederlendiğinde ya da kızdığında dudağının sol kenarında peyda olan seyirmeyi gördüm, içim ezildi; karımı severim ben.

Arkadaşımla buluşmak üzere, evden biraz erken çıktım. O bölgede park sorunu olduğunu bildiğimden taksiyle gitmeyi yeğledim. Yol boyu, bu sabahki keşif yolculuğumdan söz edip etmemeyi tarttım. Bir de, gazete arşivlerine girdiğimi, eski gazeteleri tararken, artık ipucu mu demeli, belli belirsiz bir duygu, bir sezgi mi demeli, bana tuhaf gelen bilgi kırıntılarına ulaştığımı söylemeli miydim acaba? Taksiden inerken, arkadaşımı dinlemeye, onun bana aktaracaklarına göre hareket etmeye karar vermiştim. Ola ki, bambaşka bir konuyu görüşmek istiyordur, ola ki onun bir derdi vardır. Dinleyelim bakalım...

Mekân tahmin ettiğim gibi tenha ve sakindi. Buraya yıllardır gelmediğimi düşündüm, evlendiğimden beri kafelere pek takılmıyordum. Bazen karımla veya arkadaşlarla buluşmak için uğradığım yerler, biraz daha şık ve pahalıca mekânlardı. Kariyer basamaklarını tırmanırken ne de olsa sınıf atlamıştım.

Arkadaşım benden önce gelmiş, dipteki masalardan birine oturmuştu. Karşısındaki sandalyeye çöktüm, hemen tepemizde biten garson kızı savmak için acele iki sağlıklı yaşam kahvesiyle iki mutluluk kokteyli ısmarladık, söze kim başlayacak gibisinden birbirimize baktık, gülümsedik.

"Sabah sabah arayınca merak etmiş olmalısın."

"Evet, doğrusu merak ettim. Bir derdin mi var, bir şey mi oldu diye düşündüm."

"Hayır, hayır; benim hiçbir derdim yok. Şu senin arsa meselesi..."

"Ha, evet; bakabildin mi?"

"Lafı uzatmadan söylemek istiyorum. Senin eniştenin öyle bir araziyi kendi gözleriyle gördüğünden emin misin?"

"Valla kendisi gidip görmüş mü bilemem, ama şirket bu arazi üzerine hesap kurduğuna göre birileri görmüş olmalı."

Bunları söylerken huzursuzlandım. Adamcağız bana yardım etmek için zahmete girmiş, araştırmıştı anlaşılan. Ben ise ona sürekli yalan söylüyordum.

"Şimdi sıkı dur. Anlattığın yönde, öyle kanyon gibi uzanan derin bir yarın civarında çok geniş bir arazi, daha doğrusu bir bölge var. Aslında şöyle demeliyim: Var, ama yok."

Sırtım ürperdi, gözgöze gelmemek için başımı önüme eğdim.

"Anlayamadım, var ama yok, ne demek?"

"Bana herşeyi olduğu gibi anlattığından emin misin?"

Bir anlık suskunluk, çok uzun gelen tek saniyelik

178

karar anı... Başımı kaldırdım, arkadaşımın gözlerinin içine baktım.

"Hayır," dedim sadece.

"Var ama yok, şu demek: Hatırlıyor musun, ilk buluştuğumuzda eski haritalardan, bir de gizli haritalardan söz etmiştim. O gün sen yanımdan ayrıldıktan sonra içime bir kurt düştü. O zamana kadar gizli haritaları hiç merak etmemiştim. Bunların askerî haritalar olduğunu düşünmüştüm. Askerî haritalardan da bana ne! Aslında o haritalara ve mikrofilmlerine ulaşmak için özel izin gerekir. Ama kimsenin umurunda değil artık, ilgilenen yok. Bundan yararlandım, dün akşam çalışma bahanesiyle mesaiyi uzattım, etrafta kimse kalmayınca da o haritaların olduğu bölüme girdim. Ne bulduğumu tahmin et!"

"Tahmini kolay; o eski haritalarda, yenilerinde yer almayan, tarif ettiğim yere benzeyen bir topografik yapı buldun."

"Evet, ama daha da ilginci, eski haritalarda değil de gizli haritalar arasında."

O sırada çok tuhaf duygular içindeydim. Bir yandan, o yolun, o uçurumun hayalimde uydurduğum bir sanrı olmadığını öğrenmek, ruh sağlığımı yitirmediğimin kanıtıydı. Bu açıdan ferahlamıştım. Öte yandan iş büsbütün sarpa sarıyordu. Neden haritalarda gösterilmiyordu o bölge, neden gizliydi, kim gizlemişti? En önemlisi de, bu sabah oraya yeniden gittiğimde yolu neden bulamamıştım? Moloz ve çöp engellerini kim, kimler yapmıştı acele. Kim ne saklıyordu? Bu işe ben nasıl, neden bulaşmıştım? Buna benzer bir sürü soru...

"İtiraf anı geldi galiba," dedim şakacı görünmeye gayret ederek. "Evet, o gün sana doğruyu söylemedim, çünkü benim ruh sağlığımdan kuşkulanacağından, zavallı eski arkadaşım psikolojiyle, ruh hastalarıyla falan ilgilene ilgilene kafayı biraz üşütmüş, bir tuhaf olmuş diye düşüneceğinden korktum. İşin aslı şöyle: Sabahın köründe havaalanına giderken uyku sersemliğiyle yanlış bir yola saptım. Sana tarif ettiğim yere kadar geldim. Bir gariplik sezdim ama ne olduğunu çözemedim. İçimi büyük bir huzursuzluk kapladı, o gün bu gün de bu duygu beni terk etmedi. Karım bile kuşkulanmaya başladı halimden. Bu sabah erkenden yine gittim oraya, daha doğrusu gitmek istedim. Ama öyle bir yol yoktu. O yolun olması gereken bölgede, anayol boyunca çöp ve moloz yığınları vardı. Hani eski zamanlarda askerlikte tahkimat yapılırmış, eski filmlerde görürüz ya... Öyle sıra sıra, çerden çöpten engeller."

Yine bir suskunluk oldu.

"Çöp, haa? Çöp mü dedin? Garip bir rastlantı belki, pek emin değilim, ama eski haritalarla karşılaştırdığımda o bölgede eski şehrin kilometrekarelerce uzanan en büyük çöplüğünün olduğu ortaya çıkıyor. Dediğim gibi, daha iyi araştırmak gerek."

"Peki sence....?"

"Sence....?"

"Sana anlatmadığım bir şey daha var. Bugün sen aramasaydın, bu konuyu kapayacaktım, çünkü bir süredir rahatım huzurum kalmadı, ne çalışabiliyorum ne karıma çocuğuma zaman ayırabiliyorum, tuhaf bir saplantı durumu işte. O arada, geçen gün seninle konuştuktan sonra aklıma esti, Merkez Derleme Arşivi'ne girdim, eski gazete koleksiyonlarını şöyle üstünkörü gözden geçirdim. Büyük deprem dönemi haberlerine baktım, büyük patlama da derler ya eskiler, hani belki o büyük yıkım sırasında jeolojik yapı, topografya değişmiştir, belki bir ipucu bulabilirim diye..."

"Bir şey bulabildin mi bari?"

"Tabii kesin bir şey yok, ama iş edinilirse, iyi incelenirse bazı tuhaf ipuçları çıkabilir. Mesela büyük depremle ilgili pek çok bilgi var, ama hepsi şu kadar ev yıkıldı, bu kadar zarar var falan türünden. İnsanlara ne olmuş, olay nasıl yaşanmış, bunlar yok. Tek kaynaktan çıkma birkaç fotoğraf dışında görüntü de yok. Zaten ardından basına büyük sansür gelmiş. Küçük muhalif gazetelerde bazı önemsiz görünen haberler var. Mesela o dönemin çok ünlü bir yazarının hiç iz bırakmadan ortadan kaybolması, birbirini izleyen cinayet ve intiharlar, patlama haberleri falan var. Kısaca esrarengiz işler olmuş ve hepsi unutulmuş ya da unutturulmuş. Belki ben abartıyorum, ama içime böyle bir duygu, bir sezgi yayıldı işte."

"Haritaların bile değiştirildiğini düşünecek olursak..."

"Gizli haritaların farklı olduğundan emin misin?"

"Daha ayrıntılı inceleyeceğim tabii, hele de sen bunları anlattıktan sonra. Benim kafamı kurcalayan depremden sonra kentin burada yeniden kurulması değil, bu çok doğal. Ben insanların bunu nasıl hatırlamadıklarını anlayamıyorum. Eninde sonunda iki kuşak öncesi bir iş bu, bin yıl geçmemiş üzerinden."

"Evet, bu tam da benim alanıma giriyor. Bireysel hafıza kaydetmeyebilir, taşımayabilir, ama kolektif hafıza nasıl siliniyor? Nasıl unutuyor? Bu yönüyle bakarsak benim açımdan mesleki bir merak da söz konusu."

Konuşmayı fazla uzatmadık. İkimiz de evlerimize dönmek için acele ediyorduk. Güneşin sıcaklığı geçmeden, bahar serinliği inmeden kızı da alıp açık havaya, gezmeye götürmeye söz vermiştim. Konuyu çeşitli boyutlarıyla biraz daha düşünmeye, biraz araştırmaya, sonra buluşup bilgilerimizi bulgularımızı tartışmaya karar verdik. Ne dürtmüştü bizi bilmiyorum. Hadi ben hem üzerinde çalıştığım konuyla ilişkili olduğu hem de kafayı marazi biçimde taktığım için peşindeydim esrarlı bölgenin. Ya arkadaşım? Sanırım o da kendi alanının kurbanıydı: değişen ya da gizlenen topografik-jeolojik haritalar meselesi... Bir de tabii gizemin çekiciliği.

Arkadaşımdan ayrılıp eve giderken içimin rahatlamış olduğunu fark edip şaşırdım. Bir çözüme varmış değildim, aksine belirsizlikler, sorular artmıştı. Ama en azından yalnız değildim artık, paylaşacağım biri vardı. Tabii bir de kararsızlıktan kurtulmanın rahatlığı... Kararsızlık insanın iç huzurunu darmadağın eder. En kötü karar bile kararsızlıktan iyidir. Kararımı vermiştim; gidebildiğim yere, varabildiğim noktaya kadar araştıracaktım.

* * *

Son birkaç ayın olaylarını şöyle tek tek aklımdan geçirince, bir gazeteci dostumun aşırı unutkanlık şikâyetiyle haftanın birkaç günü çalıştığım ruh sağlığı kliniğine gelmesinin sonraki gelişmelerin dönüm noktası olduğunu anlıyorum. O gelmeseydi, Jeolog arkadaşımla birlikte hâlâ haritaların başında düşünüp duruyor olacaktık. Ya da yeni havalimanı yoluna nafile turlar düzenleyip her defasında eli boş dönecektik.

Gazeteci dostumun, nesli tükenmişlerden olduğunu hemen söylemeliyim. Hayır, yaşlı olduğunu ima etmek istemiyorum; benden olsa olsa bir-iki yaş büyük, kırk yaşlarının ortalarında meraklı bir adamdır. Örneğin aklı hâlâ yazılı basın günlerindedir, kâğıdı önemser, görsel medyaya üstün tutar. Kâğıt kullanmayan elektronik gazete ve internet gazeteciliği onun için çağın unutmaya ve unutturmaya odaklanmış yüzeysel habercilik anlayışının medyaya yansımasıdır. 'Haberleri, yazıları ana beyinden siliverirsin, erişim engeli koyarsın, sanki hiç yazılmamış, hiç olmamış gibi yokluğa karışırlar,' der. İnsanın kâğıt gazeteyi, dergiyi, kitabı tutmasının, bir cisim olarak algılamasının düşünceyi derinleştirdiğini, yaratıcılığı geliştirdiğini iddia eder. Hâlâ müze-kitaplıklardan kitap alıp okur. Günümüzde benzerleri iyice azalmış, biraz da küçümsenen son kuşak araştırmacı-gazetecilerin son örneklerinden biridir o. Bir süredir medya dünyasından da çekildi zaten.

Onunla ilk kez 'İletişim Olanaklarının Bireyin Yaratıcılığı ve Kimlik Oluşması Üzerindeki Etkileri' konulu sempozyumda tanışmıştım. Toplantının, benimki dahil tek ilgi çekici sunumu ona aitti. Bugünkü kullanım biçimiyle iletişimdeki teknolojik gelişmenin bireyin yaratıcılığını öldürdüğünü ve giderek tek kaynaklı güdümlü bilgi akıtılmasına dönüşen haber ve bilgi aktarımının kişiliğin özgür gelişmesini ve yaratıcılığı olduğu kadar, başta yurttaşın haber alma hakkı olmak üzere tüm hak ve özgürlüklerin gelişmesini de engellediğini savunuyordu. Diğer katılımcıların benimsedikleri bir görüş değildi bu. Onlar, iletişimdeki teknolojik devrimin bilginin yaygınlaşmasının ve kitlelere ulaşmasının motoru olduğunu, bunun da hem yaratıcılığı geliştireceğini hem de bilginin kitleselleşmesini sağlayacağı tezini savunuyorlardı. Hatırlıyorum; cevaplarda uzlaşılamasa da ciddi sorular doğuran, ufuk açıcı tartışmalar yaşanmıştı o toplantıda. En önemli soru: Bilgiyi kimler, hangi merkezler üretiyor, kim dağıtıyor? Üretim ve dağıtım süreçlerindeki tekelleşme ve tek merkezlilik toplumdaki çeşitliliği yok etmiyor mu, sorusuydu. Tabii ki içinden çıkamamıştık. Ben kendi hesabıma bilginin üretim ve dağıtımının merkezileşmesini pek de zararlı bulmuyordum. Daha doğrusu o güne kadar bu konu üzerinde pek düşünmemiştim. Bildiriyi sunan Gazeteci ise ateşli şekilde karşıydı bilginin tekelleşmesine, hatta bunun özgür insanlığın sonu anlamına geleceğini savunuyordu. Onunla o toplantıda tanışmış, fikirlerimiz tam uyuşmasa da kısa sürede dost olmuştuk.

Şimdi, bir yandan aşırı unutkanlık derdini dinleyip gerçekten bir sorun var mı, yoksa geçici bir yorgunluk durumu mu anlamaya çalışırken, onu neden şu içinde debelendiğim maceranın en başında hatırlamadığıma hayıflanıyordum.

Bir zamanlar korkulu rüya olan Alzheimer hastalığına çoktan çare bulunmuş olsa da, beyni ve belleği kemiren, henüz yeterince bilmediğimiz, çözemediğimiz o kadar çok hastalık var ki. Genteknoloji, genetik, tıp bilimleri insan ömrünü uzatmayı başarmış, nice ölümcül sayılan hastalığa çare bulmuş, biyonik insan yaratmış, canlı hücreyi laboratuvar ortamında yeniden üretip yaratılış ve yaratıcı mitoslarını yerle bir etmişse de beynin işleyişi karşısında hâlâ cahil ve çaresiziz. Arkadaşımın derdini anlayabilmek için daha derin inceleme ve laboratuvar sonuçları gerekiyordu. Onu fazla yorup bekletmek istemedim, laboratuvar randevularını hemen kendim aldım. Hastamın durumunun acil olduğunu, sonuçları hemen görmek istediğimi söyledim. "Bunları hemen yaptır, sonra yine bana gel, o zamana kadar diğer hastalarımla işim bitmiş olur, oturur biraz sohbet ederiz," dedim.

Aslında onunla konuşmayı, konuyu açmayı koymuştum kafama. Laboratuvar sonuçlarını hemen bugün görme isteğim sadece bir bahaneydi. Başıma bir iş geldi, daha doğrusu bir konuya kafayı taktım, senin görüşüne ihtiyacım var, diyecektim. Paylaşmakta hiçbir sakınca olmadığını düşünüyordum; Merkez sırrı falan değil ya bu, özel bir merak!

Son hastamı da gönderdikten sonra, bekleme salonunda oturan arkadaşımı odama davet ettim. Tabii ki önce bilgisayar ekranıma hemen yansıtılmış olan laboratuvar ve MRX3 sonuçlarına baktım. MR'ın en gelişkin tanı teknolojisi olduğu eski zamanlarda doğru tanıya nasıl ulaşabildiklerini düşündüm. MRX3 yöntemiyle beynin sadece kesitlerini değil bütün işleyişini izleyebiliyorduk. Ve ne garip! Yine de pek çok şey karanlıkta kalıyordu. Tek büyük sır, tek gizem insan beyniydi galiba.

Ekrana yansıyan bilgilere göre Gazeteci'nin beyninde vahim bir şey yoktu, beynin bellek lokalizasyonu bölgesinde hafif bir bulanıklık ve ağır etkileşim vardı, ama ur falan değildi gördüğüm.

"Bu kadar övündüğümüz bilimsel-teknik gelişmeye rağmen, beyin hâlâ gizemli bir organ olmayı sürdürüyor," dedim. "Beynin işleyişi ve bedene hükmedişi konusunda hiçbir şey bilmiyoruz desem, abarttığımı sanma."

"Gördüğün nedir orada?"diye kaygıyla sordu. Sözlerimi yanlış yorumlamış, kendisinden gerçekleri sakladığımı sanıp tedirgin olmuştu galiba.

"Kaygı verici bir sonuç görünmüyor, ne MRX3'te ne de laboratuvar çıktılarında. Bellek kesitinde sisli bir bölge var, ama sabit bir görüntü mü bu, yoksa bir-iki saat sonra değişecek bir durum mu, bunu söylemek güç. Çünkü bütün bu unutma ve hatırlama süreçleri, uzun zaman sandığımız gibi lokalize süreçler değil, trilyonlarca nöron etkileşiminin sonucunda oluşan çok girift, çok karmaşık ağlara bağlı. En gelişkin programlarla bile çözülemeyen ağlar ve bu ağların kendi aralarındaki etkileşimi..."

"Yani işleyişi biliyoruz, ama çözemiyoruz."

"Evet, tam böyle. Bir randevu daha yapalım. Kesintisiz MRX3 çekimi için kulağının üstüne küçük bir alıcı alet, bir çeşit fotoğraf makinesi yerleştireceğim, kırk sekiz saat orada duracak. Sonuçları sana da gösteririm, o sisli alanın nasıl yer değiştirdiğini, nasıl dağılıp yeniden oluştuğunu kendi gözlerinle de izleyebilirsin. Şimdilik için rahat etsin, belki biraz yorgunsundur, fazla yüklenmişsindir. Bütün kaygıları ve uğraşları kısa bir süre için geride bırakacağın küçük bir tatil iyi gelebilir."

"Klasik doktor tavsiyeleri... Siz hekimler binlerce

185

yıldır aynı lafları söylüyorsunuz: Üzülmeyeceksin, sıkılmayacaksın, hava değişimi iyidir, falan."

Biraz alınmıştım,

"Evet, hep aynı tavsiyeler, doğru olan bu da ondan. Bazı doğruların binlerce yıldır değişmediğini kabul edelim," dedim. Kırk sekiz saat sürekli taramayı sağlayacak aleti kulağının üstüne yerleştirirken, "İki gün sonra bu saatte gel, emin olmak için sonuçlara birlikte bakarız," diye ekledim.

Gazeteci arkadaşıma o gün hiçbir şey açmadım. Adam bu kadar tedirginken, kim bilir aklından ne kötü hastalıklar, ne çaresiz dertler geçerken kafasını bir de benim tuhaf hikâyemle karıştırmak doğru olmayacaktı. Fırsatçılık yapmamalıydım, tıp etiğine de aykırı olurdu bu.

İki gün sonra, randevu saatinde kliniğe geldiğinde, onu rahatlamış gördüm. Neşeli ve konuşkandı. Aleti kulağından çıkarırken, "Galiba fazla telaşlandım," dedi, "ama bu unutkanlık durumu bizim ailede o kadar yaygındır ki, genetik mirastan korktum herhalde."

"Kimde vardı?"

"Hem anne hem de baba tarafından dedelerim ve ninelerimde örneğin."

"Belki de, Alzheimerdi onlar. O zamanlar teşhis edilememiş olabilir. Zaten çaresi de yoktu eskiden. Sen tanımış mıydın onları?"

"Tanıdım tabii, anne tarafımdan dedemle, babaannem hâlâ yaşıyorlar. Çok yaşlılar, ikisi de yüzü geçtiler, ama akılları yerinde. Tek sorunları hayatlarının belli dönemlerini unutmuş olmaları. Bazı olayları hiç hatırlamıyorlar. Aslına bakarsan benimki pimpiriklilik, bu durumda olan o kadar fazla insan var ki o kuşakta."

"Evet, doğru valla! O kuşaktan benim de hastalarım olmuştu. Bazıları Alzheimer gibi bilinen hastalıklara tutulmuşlardı, geç tedavi yüzünden hastalık iz bırakmıştı; bir bölümüne ise kısmi amnezi tanısı koymuştum. Çok garip."

"Garip olan ne?"

"Vaktin var mı?" diye sordum cevap vermek yerine.

"Önemli bir işim yok."

"O zaman tamam. Çıkıp şöyle bir kadeh içebileceğimiz bir yerde oturalım. Mutluluk kokteyli değil de sert gerçek içki içebileceğimiz bir yer. Sana anlatacağım şeyler var. Haa, bu arada endişe etmen gerekmiyor, bulgularına şöyle bir baktım, sorun yok. Genetiğinden de korkma, atalarının unutkanlığının başka bir nedeni olmalı."

Kliniğin yakınında, şaraplarıyla ünlü küçük bir kafe bar vardır. Fazla kalabalık olmayan, rahat konuşulabilecek bir mekân. Şaraplarımızı, peynirimizi, küçük çerezlerimizi ısmarladık, genç ve güzel servis elemanı masayı donatana kadar havadan sudan konuştuk. Gazeteci dostum, artık mesleği ve bu kenti bütünüyle bırakıp uzaklara gitmek istediğinden söz etti, zaten bana iş veren de yok artık, dedi. Ben de ona küçük kızımı, akademik ortamın sorunlarını, son bilimsel çalışmalarımı anlattım. Çevremizde dolanan kalmayınca, önce o merakını yenemeyerek sordu:

"Neyin var senin?"

"Halimden belli oluyor mu?"

"Yani, bilmem ki... bir huzursuzluğun var gibi geldi bana. Konuşmak istiyorsun da bir türlü konuya giremiyorsun gibi."

"Var," dedim ve ona hikâyeyi en baştan anlattım. Ayrıntıları unutmamaya dikkat ettim. 'Şeytan ayrıntıda gizlidir' dermiş eskiler, şeytanı gizlendiği yerden çıkarmaya kararlıydım.

Sessizce ama dikkatle dinliyordu. Sözümü bitirmemi araya sorular sokmadan bekledi, "Bu kadar mı?" diye sordu sonra.

"Evet, şimdilik bu kadar. Tuhaf değil mi, şaşırmadın mı?"

"Hayır şaşırmadım, bence tuhaf görünmesinin nedeni bilgi eksikliklerimiz."

"Hangi konuda?"

"Deprem ya da büyük patlama sırasında ne olduğu konusunda ya da başka türlü ifade edecek olursam, bütün bir bölgeyi yerle bir eden patlama neden olmuştu, büyük bir deprem kaydedilmiş miydi gerçekten, yoksa deprem sadece bir yakıştırma mı?"

"Anlamadım," dedim, "yani deprem olmamış olabilir mi? Bu zamanda, sismolojinin mismolojinin bu kadar ilerlediği, artık depremlerin önceden belirlenebildiği, şiddetinin bile bir ölçüde kontrol altına alınabildiği bir çağda, olmayan bir deprem nasıl olmuş gibi gösterilir?"

"Birincisi, o çağda tabii ki bu kadar ileri ölçüm yöntemleri, bilgisayar aktarımlı ön belirlemeler yoktu; ikincisi, istendiğinde çok büyük bir patlama deprem olarak kayda geçirilebilir pekâlâ."

"İstendiğinde ne demek? Kim isteyebilir bunu? Üstelik niçin istesin?"

"Eski haritalardan, gizli haritalardan söz ettin demin. Haritaları değiştiren ya da gizleyen kimse, kimlerse onlar? Kişilerden değil bir mekanizmadan, bir güçten bahsediyorum. Topografik, jeolojik haritaları değiştirip birşeyleri gizlemeye çalışan mekanizma neyse, hangi erkse o işte."

"Araştırmacı gazetecilik böyle bir şey demek ki! Ben işin bu yanını hiç düşünmemiştim. Daha çok, unutma-unutturma konusuyla ilgilenmiştim; mesleki deformasyon tabii."

"Hayır, çok önemli. Ben de bu tarafını düşünmemiştim hiç. Hani demin hikâyeyi anlattıktan sonra, 'Tuhaf değil mi anlattıklarım, şaşırmadın mı?' diye sormuştun bana ya. Tuhaf bulmamıştım, şaşırmamıştım, çünkü bir ara aklıma takılıp sonra peşinden koşmaya gücümün yetmeyeceğini, ayrıca medyanın ilgisini çekmeyeceğini düşündüğün bir konuydu bu. O büyük patlama olayı hep ilgilendirmiştir beni, bu kadar büyük bir olayın bu kadar karanlıkta kalmasını, söz edilmemesini yadırgamışımdır hep. Ama dediğim gibi gücümün yetmeyeceğini ve belki de değmeyeceğini düşünmüştüm."

"Şimdi ne düşünüyorsun?"

"Medyada yer bulacağını sanmam. O gün patlamayı karartan mekanizmayla, bugün bilmemiz, görmemiz, duymamız gerekmeyenleri ayıklayıp bilgi-haber akışını yönlendiren mekanizmanın özünde pek de farklı olduğunu sanmıyorum. Hatta günümüzde elindeki teknolojik donanımla daha da pervasız, vahşi olabilir. Tek fark, bu işlerde artık şiddet kullanılmaması; bir çeşit rızaya dayalı uzlaşma. Elde ettiklerimize karşılık, yani toplum üyelerine sağlanan güvenliğe, yaşam kolaylıklarına, erişilebilir konfora karşılık verileni sorgulamama, razı olma uzlaşması."

"Peki ne yapacağız?" diye sorarken, keşke, 'birşey yapmayalım, ya da ben yokum' dese diye geçirdim içimden. Bilmem neden, korkmuştum.

"Ben varım," dedi ne yazık ki. "Bütün boyutlarıyla araştırırız. Fena bir ekip sayılmaz; bir gazeteci, unutma ve hatırlama üzerine çalışan bir psikiyatr, bir de jeolog... Böyle bir araştırma için ekip kur deseler, bu ekibi kurardım."

"Tehlikeli olmaz mı sence?"

"Tehlikenin bilmekten değil bilmemekten doğduğunu düşünmüşümdür hep."

* * *

Gazeteci arkadaşımın eski model güçlü arazi aracıyla Jeolog'u almaya gidiyoruz. Bir zamanlar pek moda olan, statü sembolü sayılan; varlıklılar arasında özel hava araçlarının 'in' olduğu şu günlerdeyse, hem demode olmuş hem de görgüsüzlük yaftasını yiyip gözden düşmüş güçlü, güvenli, eskiden cip denen arazi araçlarından biri.

"Sanki bu macerayı bilip de almışım," diyor arkadaşım. "Bunlar son zamanlarda çok ucuzladı, eskiden bizim gibiler yanına yaklaşamazdı. Hoşlanmazdık da, bilirsin. Allah için güçlü, yararlı araçlar. Bu ikinci el, ama pek az kullanılmış. Aslında şehir dışına yerleşme, toprakla haşır neşir olma planımın bir parçası."

"Pek iyi etmişsin aldığına, şimdi işimize yarayacak işte," diyorum arkadaşımın yanındaki iki kişilik yere kurulurken.

Pazar sabahı yollar görece tenha, kentin dayanılmaz trafiğine takılmadan Jeolog arkadaşımızın evine varıyoruz. Elinde golf çantasına benzer büyücek bir çantayla kapıda bizi bekliyor.

"Ben arkaya geçeyim, elim kolum dolu," diyor.

"Hayrola, piknik takımları mı?"

"Birkaç eski harita, bir de yol kapalıysa açmak için bazı hafif aletler. İşimizi kolaylaştırır. Gerekirse tabii."

"Son gidişimde, anayolun sapmamız gereken sağ yanında moloz, çöp falan vardı. İşin garibi, yolumu şaşırdığım gün o toprak patikaya saptığımda böyle engeller yoktu. Olsaydı, zaten sapamazdım, yolumu da şaşırmazdım."

Kent merkezinden çıkıp otoyolun ilk büyük sapağını geçtikten sonra, böyle güçlü bir araçta dikkat çekecek kadar ağır ilerlemeye başlıyoruz. Gözümüz yolun sağ tarafında yol boyu uzanan şarampolün öte yanında.

"Sağa saparken şarampole yuvarlanmadığıma göre, o Allahın belası yol hemzemin bir noktada olmalı," diyorum.

Bir süre sonra yolun sağındaki şarampol sona eriyor, yeni yol yapım çalışmalarında kullanılacak beton blok, metal bağlantı çubukları ve kum yığınları başlıyor; sonra biraz çukurca toprağa dikilmiş bodur bitkiler, zakkumlar, kurumuş cılız çam ağaçları; sonra moloz ve çöp yığınları...

"Eğer o gün hayal görmemişsem, buralarda bir yerde olmalı," diyorum.

Gazeteci arabayı yolun kenarına, güvenlik şeridine çekiyor. Üçümüz birden inip çöp yığınlarının arasından ileriye doğru bakıyoruz. Yine son gelişimdeki gibi, çöpler ve molozlar sıra sıra dizilmiş. Çocukların kumsalda oynarken yaptıkları kale duvarları kadar çocuksu, naif, güçsüz... Çöplere, molozlara basarak ilerliyoruz. Her engeli aştığımızda bir yenisi çıkıyor karşımıza. Sanki bir küçük çocuk ordusu, günlerce çalışıp masal dünyalarına girişi engellemek için kendi boylarında aşılmaz duvarlar inşa etmişler.

Böyle kaç sıra çöpten molozdan tümsek vardı, şimdi hatırlamıyorum. Ama sonsuz değildi. Bulunduğumuz yerdeki moloz yığınının üstüne çıkıp baktığımızda toprak patikayı gördük. Hafif bir meyille önümüzde uzanıyor, sonra sağa doğru kıvrılıyor ve gözden kayboluyordu. İki yanı düzlüktü, ilk gördüğüm günden aklımda kaldığı gibi taşlık, çorak, kısa otlardan başka bitki görünmeyen bir arazinin ortasından geçen yolun kıvrılıp görüş alanımızdan çıktığı noktada, yumuşak bir meyille hafifçe yükselen sivri değil yayvan bir tepe seçiliyordu.

"Demek ki hayal görmemişim," diye fısıldıyorum. "Burasıydı, bu yoldu. Anayoldan saptıktan sonra epeyce gitmiştim, en az otuz beş-kırk kilometre. Şimdi düşünüyorum da, bu kadar budala olamam; bir an dalgınlığıma gelmiş, boş bulunup o yola girmiş bile olsam, o kadar kilometre nasıl gittim havaalanı yolunda olmadığımı fark etmeden."

"Bu gerçekten de garip," diyor Jeolog arkadaşım, "Belki yol henüz yapım halinde olduğu için fark etmemişsindir."

"Ya da seni oraya çeken bir şey vardı," diyor Gazeteci. "Gerçeği konuşmak gerekirse, insan ne kadar uyku sersemi, ne kadar akşamdan kalma olsa, bir an yanılabilir, ama sonra hemen fark eder. "

"Şimdi de gizemli güçlerden, metafizik olaylardan mı söz edeceğiz?"

"Her şeyin bir açıklaması vardır kuşkusuz, ama bilmediğimiz sürece gizem varlığını korur. Benim kafamı kurcalayan, buraya ilk geldiğinde, yani maceranın başlangıcında bu çerden çöpten set bozuntularının burada olmadığını söylemen."

"Dedim ya, bir engel olsaydı, yol kenarına yığılı çöpleri, molozları görseydim o kır yoluna sapamazdım. Gizem mizem, anladık da, herhalde uçan arabayla üstlerinden aşmadım! Hele benim külüstürü düşünecek olursak!"

"Şu altımdaki ihtiyar dev işe yarasın bakalım. Yuttuğu enerjinin hakkını versin. Gereğinde, birkaç yerde tümsekleri dağıtırız, kolayca geçeriz öte yana."

Anayolun kenarına çektiğimiz siyah arazi arabasına binmeden önce, ilk sıradaki moloz yığınlarını biraz dağıtıyoruz. Biri görüp de ne yaptığımızı sorsa, belediyede çalışan Jeoloji Mühendisi arkadaşın kimliğini gösterip yolla ilgili bir ölçüm çalışması için burada olduğumuzu söyleyeceğiz. Yanımızdaki haritalardan altımızdaki arabaya kadar, her halimizle inandırıcıyız. Bizi görüp ilgilenen kimse de yok zaten; ilgilenmek eski çağlarda kalmış bir duyarlılık. Havaalanına doğru giden araçların hiçbiri hızını bile kesme gereği duymuyor. İnsanlar dertsiz başlarına dert almak istemiyorlar doğal olarak. Gördüklerini görmezden gelmek bu toplumda erdem sayılan bir alışkanlık. Gazeteci haklı: Herkesin değilse de çoğunluğun kendi küçücük dünyasına kapanıp çevresiyle ilişkiyi kesmeyi yeğlediği, böylece kendini güvede hissettiği bir toplumda yaşıyoruz.

Çerden çöpten derme çatma tahkimatı aşmamız umduğumuzdan kolay oluyor. Altımızdaki araç gerçekten de güçlü. Birkaç yıl önce, karımla çıktığım bir gezide böyle bir araçla çölde nostaljik safari yaptığımızı hatırlıyorum. O zaman da kum tepelerini kolayca aşmıştık.

Toprak yolda ağır ağır ilerlerken iki yanımızı kolaçan ediyoruz. Özelliği olmayan düzlük, kırlık bir arazi. Jeolog arkadaşım, ona konuyu ilk açtığım gün attığım yalanı yüzüme vuruyor: "Senin enişte da tam inşaat yapılacak alanı bulmuş."

"Fena arazi sayılmaz, havaalanına da yakın. Zemin etüdünü sen yaparsın, ucuza kapatırız, bakarsın zengin olmuşuz."

"Ben de medyada tanıtımını, reklamını yaparım. Şimdi karşımıza birileri çıkıp da buralarda ne aradığımızı sorarsa, inşaatçıyız, arsa bakıyoruz, deriz."

Konunun etrafında dönüp duruyoruz. Yolu bulduğumuzdan beri, sanki büyü bozulmuş, günlerdir kafamızı kurcalayan gizem dağılmış, buralara gelmemiz anlamsızlaşmış gibi.

"Size anlattığım uçurum, haritalarda görülmeyen o derin yar, biraz ilerdeydi, karşısında da yüksek dikenli tellerle çevrili o arazi vardı."

Biraz daha gittikten sonra, iyice daralan, patikaya dönüşen yol tam bir dirsek yaparak doğuya kıvrılıyor ve bitiyor. Bundan sonrası, önümüzde alabildiğine uzanan çorak bir alan. Olmayan yola devam ediyoruz, birden uzaktan tel örgüleri görüyorum.

"Yanılmıyorsam burasıydı, biraz ilersi. Tel örgüleri görebiliyorum."

Jeolog, önüne bir harita açmış nerede olduğumuzu belirlemeye çalışıyor.

Tel örgüyle çevrili araziye geldiğimizde aracı durdurup iniyoruz.

"İşte burasıydı," diyorum. "Arabadan burada inip sol yana yürümüştüm. Baş dönmemi unutmuşum, uçurumu görünce yere yapıştım."

İki arkadaşım, 'uçurum' dediğim tarafa yönelirken ben arabanın yanında kaldım. Onların orada uçurumun kenarında olduklarını düşünmek bile başımı döndürüyordu. Jeolog, el kol hareketleriyle birşeyler anlatıyor, Gazeteci sorular sorarak ilgiyle dinliyordu. Başımı tel örgülerin ardında kalan araziye çevirdim. Bu bölge, bu topraklar bir sır barındırıyorsa, orada gizli olmalıydı. Tel örgüler sağ yanımda alabildiğine uzanan bu çorak arazinin etrafına çekilmişti. Gerçekten tehlikeli olabilecek uçurum tarafında ise, ne bir uyarı ne bir engel ne de tel örgü vardı. Birşeyler gizlenmek isteniyorsa, tel örgülerin arkasında olmalıydı. Tabii tersi de düşünülebilirdi. Birkaç on yıl sonra kat kat değer kazanacağı besbelli olan bu araziyi uluslararası dev inşaat ya da maden şirketleri çoktan yok bahasına kapatmış, etrafını da çevirmiş olabilirlerdi. Hatta, bölgeyi haritalardan silenler de onlardı belki. Dünyanın gerçek hâkimleri, bütün yerel Merkezlerden daha güçlü olanlar bu şirketler değil miydi?

Arkadaşların döndüklerini, arabaya doğru konuşa konuşa yürüdüklerini gördüm. "İlginç bir yapı," dedi Jeolog, "bütün bu bölgede tek olduğunu düşündüğüm bir oluşum, ama pek doğal değil. Daha iyi incelemek gerekiyor tabii, insan eliyle yapılmış olamayacağına göre deprem ya da patlama sonucunda meydana gelmiş olmalı. Deprem de diyemiyorum, çünkü bu kaya tipinde bu kadar büyük bir tahribat olmaz. Tabii depremde ya da büyük bir patlamada toprak örtüsü dağılmış, kayalar ortaya çıkmış da olabilir. Görünüm bütün varsayımlara açık."

"Ciddi bir yar mı gerçekten?" diye sordum me-

194

rakla. Aslında kendimi kontrol etmek istiyordum; bir yandan vertigo, öte yandan ilk gördüğümde içine yuvarlandığım paranoyak algı yüzünden, bir-iki metrelik bir çöküntüyü uçurum sanmış olabilirdim.

"Evet, yanılmamışsın, gerçekten de uzayıp giden bir kanyon yapısı neredeyse. İlginç..."

"Bence biraz daha gidelim," dedi Gazeteci, "şu tel örgü boyunca ilerleyelim. Bakalım nerede bitiyor."

Yeniden arabaya yerleştik. Jeolog, arka koltukta elindeki haritanın üzerine notlar alıyor, işaretler koyuyor, bana bir şey anlatmayan çizgiler çiziyordu. Tam nerede bulunduğumuzu, koordinatları belirlemeye çalışıyor olmalıydı. Tel örgü boyunca ağır ağır ilerlemeye devam ettik. Sağımızdaki manzara hiç değişmiyor; o hafif meyilli çorak arazi, tel örgülerin ardında, yanımızdan akıp gidiyordu. Yüksek tel örgü çitin başladığı noktada kilometre sayacını sıfırlamıştık. Sayaç 47 kilometreyi gösteriyordu ki, renk renk plastik torbalar, plastik parçaları, kuş tüyüne benzer cisimler, artık günümüzde kullanılmayan yırtık kâğıt mendiller, sanki sert bir rüzgâra kapılmış gibi etrafımızda uçuşmaya başladı. Büyük, beyaz bir naylon torba arabanın camına çarptı ve görüşü neredeyse kapadı. Araba şöyle bir yalpaladı, gazeteci, "Bu da ne!" deyip bir küfür savurdu.

"Kent çöplüğü olamaz," dedim. "Zaten en az elli yıldır böyle çöp toplama, çöp çukuru falan kalmadı bildiğim kadarıyla. Yeni Kent kurulduğundan beri bu iş kaynağında halledilmiyor mu?"

Ben kendimi bildim bileli hem konutlarda hem işletmelerde organik çöpler hemen yerinde eritilirken, dönüşümü sağlanabilecek olanlar çeşitli bölgelerdeki ayıklama istasyonlarında ayıklanıp dönüştürülüyordu. Bir de o plastik torbalar tuhaftı. Uzun zamandır, benim çocukluğumdan beri plastik torba kullanılmıyordu artık!

"Büyük ihtimalle eski şehrin çöplüğü buralara yakın bir yerdeydi," dedi Jeolog düşünceli bir sesle. Kendi kendine konuşur gibiydi. Sonra ekledi: "Tabii ki araştırmak; eski, yeni, gizli bütün haritaları, planları karşılaştırmak gerekiyor. İçimden bir his eski şehrin çevreleyen varoşların buralarda olduğunu söylüyor. Belki, batı yönündeki o dik uçurum ya da yar, her neyse, belki eskiden oralar devasa çöp kuyularıydı."

Gazeteci arabayı durdurmuş, ön cama yapışmış beyaz naylon poşeti inceliyordu. Biz de indik.

"Bu sentetik poşetler ne zamandan kalmış ki!" diye hayretle söylendi

"Yüzlerce, belki de binlerce yıl yok olmadan kalırmış bunlar," dedim.

Nerede okuduğumu hatırlayamadığım gereksiz bilgilerden biri daha işte.

"Bu torbaları, çöpleri havada uçurabilecek güçte bir rüzgâr hissedilmiyor," dedi gazeteci elindeki naylon torbayı incelemeyi sürdürerek.

Beyaz bir poşetti. Üzerinde hiçbir yazı, hiçbir işaret yoktu. Eğilip yerden bir başka naylon torba aldım. Çöpler artık etrafta uçuşmuyordu, sanki onları peşine takıp sürükleyen rüzgâr birden dinmiş, hava yeniden süt liman olmuştu. Etrafımızda yüzlerce sentetik torba, kâğıt parçaları, rüzgârda uçuşabilecek türden bir sürü hafif çöp vardı.

"Tuhaf olan; bu torbaların, çöplerin öyle yıllar öncesinden kalmış gibi görünmemesi," dedi Gazeteci. "Neredeyse yeni olduklarını söyleyebilirim. Eski kent çöplüğünün artıkları olmaları bence mümkün değil. Hele de çöplük patlamışsa..."

"Nasıl yani? Birileri hâlâ çop toplayıp buralara mı getiriyor?"

"Güzel soru, ama cevabım yok... Şimdilik..."

Arabayı indiğimiz yerde bırakıp biraz daha ileri yürüdük. İşin garibi, yolun buradan itibaren patikamsı da olsa yeniden başlamasıydı. Sağımızdaki tel örgü hâlâ devam ediyordu; solumuzdaki kanyonun, şimdi üç yüz-beş yüz metre ilerde kalsa da, sürüp gittiğini tahmin etmek güç değildi. Ayağımıza takılan naylonları, bez parçalarını, kuru dalları ite ite yürümeyi sürdürdük. Yolun birden bıçakla kesilmiş gibi sona erdiği noktada durduk ve önümüzdeki manzaraya hayretle baktık.

Burada derin kanyon bir dirsek yaparak sağa, doğuya dönüyor; kır yolu uçurumun kenarında, tıpkı başladığı gibi birden bitiyordu. Yolun sonuna gelmiştik, ötesi uçurumdu. Tam bana göre bir manzara!... Şu Allahın belası araziyi çeviren tel örgü uçurumun kenarına kadar uzayıp orada sona eriyordu. Sağda, tel örgünün arkasında kalan arazinin içinde, birkaç yüz metre uzakta, tatlı bir meyille yükselen bir tepecik seçiliyordu.

"İlginç bir manzara," dedi Gazeteci.

Uçurumun kenarına kadar yaklaşan Jeolog arkadaşım, "Evet, ilginç," diye doğruladı.

"Şu dikenli teli kesmemiz mümkün değil mi?" diye sordu Gazeteci.

Üçümüz de tel örgüye baktık. Birkaç sıraydı, çok sıktı, üstelik arkasında, yine dikenli telden yapılmış helezonlar çizerek uzanan ikinci bir engel vardı.

"Aradan geçilmez," dedim. "Ancak uygun bir aletle kesilebilirse olur."

"Ya da tel örgünün bittiği yerden, uçuruma düşmeyi göze alarak geçebiliriz belki."

"Beni unutun. O uçurumun kenarına beni hiçbir kuvvet götüremez."

Jeolog tel örgü çite yaklaşmış elindeki kontrol kalemine benzeyen büyücek bir aleti tellerde gezdiriyordu.

"Bu aklımıza gelmemişti, teller elektrik yüklü," dedi.

"Üstelik yol boyu hiçbir uyarı levhası falan yoktu. En tuhafı da bu zaten; kilometrelerce uzayan dikenli telden bir duvar ve hiçbir levha, hicbir uyarı yok. Askerî bölge ya da benzer bir şey olsaydı iki adımda bir 'girmek tehlikeli ve yasaktır' türünden uyarı yazıları olurdu."

"Bu zamanda elektrik yüklü tel engel de hiç normal değil; ninem zamanından kalma bir önlem."

Üçümüz de sustuk, ne yapacağımızı düşünüyorduk besbelli. Suskunluğumuz uzun sürünce, "Şeytan geçti," dedim.

"Buradan da ancak şeytan geçer," dedi Gazeteci. "Hadi bakalım, karar? Ne yapıyoruz?"

"Dönüyoruz," dedim sakin bir sesle.

Yüzüme baktılar.

"Evet, dönüyoruz. Burayı bulduk, artık otoyoldan nereden ayrılacağımızı biliyoruz, şimdi salim kafayla düşünmeye ihtiyacımız var."

"Bir de, gerçekten anlamak, kesin bir sonuca varmak istiyorsak biraz daha araştırmalıyız," dedi Gazeteci. "Belki farklı bir arşiv taraması yapmak gerekiyor; büyük depremi bir an unutup oraya doğru giderken bu kentte neler olup bitmiş, biraz araştırmamız lazım bence. Bu işin bir bölümünü yüklenebileceğimi sanıyorum."

Canı gönülden destekledim. Oradan bir an önce ayrılmak, kendi kendimle kalmak, düşünmek istiyordum. Bir de... Bir de onların görmediği bir şey gördüğümü sanıyordum: uzaktaki tepeciğin üstünde bir insan silueti... Emin değilim, ama bir gölge tepenin üstünden hızla aşağı doğru kaymıştı sanki.

* * *

Herkesin başına gelmiştir; bir konu kafanıza takılır, marazi bir saplantıya dönüşür, uykularınız kaçar, başka şey düşünemez olursunuz. O ruh hali içinde, konu çoğunlukla kendi yarattığınız bir gizeme bürünür. Kişiliğinizde yatkınlık varsa, bir adım ötesi ciddi psikolojik sarsıntılara kadar gider. Benim uzmanlık alanıma doğrudan giren bir ruhsal tedirginlik tablosu değilse de, psikiyatr olarak bildiğim belirtilerdi.

Bu türden vakalar bazen çok inatçı olabilir, bazen de bir süre sonra, konu hasta için önemini kaybeder; saplantıya yol açan olgular aydınlatılabilirse, hasta bunların gündelik yaşamda karşılaşılabilecek normal olaylar olduğuna, arkalarında bir gizem, bir bilinmezler ağı bulunmadığına kendini ikna edebilirse, iyileşme süreci hızlanır. Psikoloğun ya da psikiyatrın devreye girdiği nokta burasıdır.

Bende biraz farklı oldu. Yanlışlıkla saptığım esrarengiz yolun ve telle çevrili o arazinin, –ki buraya bölge demek daha doğru galiba– hayalhanemde yaratılmış bir sanrı değil de gerçek olduğunu anladıktan ve yakından gidip gördükten sonra rahatladığımı hissettim. Artık, marazi hale gelmiş bir saplantıdan kurtulmak için çabalamak yerine, var olan bir gerçekliğin bilinmeyen yanlarını araştırmak gibi uğraş vardı önümde. Bana ne, deyip vazgeçebilme özgürlüğüne sahiptim. Konu, tutku nesnesi olmaktan çıkıp merak nesnesine dönüşünce sıradanlaşmıştı.

Eski ya da yeni topografik-jeolojik haritalarda yer almayan, sadece gizli haritalarda görülebilen topografik yapı, o uçurum, uzaktan görünen küçük tepe, çevresi elektrikli dikenli tellerle çevrili binlerce kilometre karelik alan... Bütün bunlar hiç de sıradan değildi, biliyorum. Ama rahatlamıştım işte; belki saplantı düzeyine varmış sıkıntılarımı iki arkadaşımla paylaşabildiğim için, belki de tuhaflığın benim kafamdan değil, konunun kendisinden kaynaklandığını anladığım için.

199

Sonraki günlerde üçümüz de araştırmalarımızı sürdürdük. İtiraf edeyim bu işe en az zaman ayıran bendim. İnternetten toplumsal psikoloji, siyaset psikolojisi ve sosyolojisi alanlarındaki toplumsal hafıza kaybı, kolektif unutma gibi başlıkları indirmekle yetinmiştim. Umduğumdan çok fazla başlık ve vaka analizi bulunca şaşırdım. Bu ülkeyle ilgili de epeyce başlık vardı, ama hepsi yabancı kaynaklıydı. Son zamanlarda ailem kadar bilimsel çalışmalarımı da ihmal ettiğimin farkındaydım, Kademe yükseltebilmem ve uluslararası birinci sınıf bilim insanı unvanı alabilmem için gerekli son araştırmama ve bu araştırmanın sonuçlarını derleyeceğim makaleme yoğunlaşmaya karar vermiştim. Bu yüzden de internette rastladığım bu ilginç başlıkları bir süre açmama niyetindeydim. Önce şu çalışmamı bitirip teslim edeyim, öteki işe sonra bakarım hesabı yapmıştım. İki arkadaşıma merak mikrobunu bulaştırıp onları işe sürdükten sonra biraz kenara çekilmiştim. Hele şu harita meselesi bir aydınlansın, bölgenin özel mülkiyette olup olmadığı, değilse kime, hangi kuruma ait olduğu bir anlaşılsın bakalım.

Arkadaşlarımla birkaç günde bir telefonlaşıyor, önemli bir bulgu varsa paylaşıyorduk. Onlara, kolektif hafıza kaybına ilişkin bir sürü makale başlığı bulduğumu, elimdeki çalışmaları bitirir bitirmez, hemen onlara yoğunlaşacağımı söylemiştim. Gazeteci arkadaşım, "Ne o, merakın yatıştı galiba, konuyu ilk konuştuğumuz günkü heyecanı göremiyorum sende," demişti bir keresinde. "Hayır, merakım geçmedi, belki sizler de işin içine girince biraz rahatlamış olabilirim, şu araştırmayı bitirir bitirmez işbaşı yapacağım," dedim.

İlk somut veri Jeolog'dan geldi. "Bir buluşalım, sizleri özlemişim," dedi telefonda. Belli ki anlatacakları pek öyle telefonluk değildi.

Bu defa klinikte, benim odamda buluştuk. Son hastamı gönderdikten sonra sekreterime bugünlük işimizin bittiğini, gidebileceğini söyledim; "Ben biraz daha kalıp çalışacağım," dedim.

Onlara koyu, gerçek kahve yaptım, ben de melisa çayı poşetini attım kupamdaki sıcak suya. Bir zamandır kahve mideme dokunmaya başlamıştı. Şu tatsız tuzsuz sağlıklı yaşam kahvesini ise hiç sevmiyordum. Karıma göre, midemdeki rahatsızlık kahveden değil son zamanlardaki sinirli, gergin halim yüzündendi.

Hoş beşi uzatmadan hemen konuya girdik. "Anlat," dedim Jeolog'a, "konu telefonda konuşulamayacak gibi galiba."

"Telefonda söyleseydim, saçma gelebilirdi size. Çünkü dört basit sözcükten ibaretti söyleyeceklerim: Öyle bir yer yok."

"Telefonda saçma da şimdi anlamlı mı yani!" dedi Gazeteci.

"Öyle bir jeolojik-topografik yapı, öyle bir bölge, hele de o geniş arazi resmen yok."

"Tapuya falan da mı girdin?" diye sordum zaman kazanmaya çalışarak.

"İşteki konumumu riske edip girilebilecek bütün resmi belgelere girdim. Hatta internette olmayan, e-bilgi haline getirilmemiş, tozlu arşivlerde kalmış olanlara da. Bilirsiniz, bu ülkede her şey silinip gizlense bile tapular, yani mülkiyet kutsaldır. Kodlarını yaklaşık da olsa belirlediğim o arazi kimsenin mülkiyetinde değil. Kamu mülkiyeti, askerî mülkiyet falan da değil. Kısacası, öyle bir yer yok."

"Benim de korktuğum buydu," dedi Gazeteci.

"Haritalara tekrar bakabildin mi? Yani daha detaylı olarak demek istiyorum."

"Baktım, karşılaştırdım. Arşivdeki eski haritalara, şehir planlarına bakılacak olursa, büyük deprem öncesinde eski şehrin ünlü çöp kuyularının bulunduğu, çöp insanlarının yaşadığı yerler oralar. Kafamı kurcalayan, ilk araştırdığımda da sana söylediğim gibi:

Gördüğümüze benzer bir jeolojik yapı, yani öyle bir kanyon, yar, neyse işte, o uçurum görünmüyor. Aksine geniş düzlükler, tarlalar, tarım toprakları var."

"Ya yeni haritalarda?"

"Yeni verilerin hepsine internetten ulaşmak mümkün. Yeni haritalar, şehir planları, hepsi internette var. Garip olan şu ki, bunlarda o bölge bütünüyle yok sayılıyor. Yeni havalimanına giden otoyolun, ilk otoyol kavşağından sonraki on kilometresi boyunca kuzey yönünde yine on-on iki kilometre uzanan dümdüz boş bir arazi görünüyor, kent planlarında kentin çevre sınırları burada sona eriyor. Daha geniş bölge haritalarında ise, dikenli tellerle ayrılmış o uçsuz bucaksız arazi hiç gösterilmiyor, anayoldan on kilometre kadar kuzeyde bir boşluk, ne olduğu belli olmayan bir alan, sonra da kuzey ormanları var. Gözlerimizle gördüğümüz topografik-jeolojik yapıdan hiç eser yok."

"Peki bu zamanda, bu teknolojik düzeyde koskoca bir bölgeyi gizlemek mümkün mü? Mümkünse bile, yine aynı soruya dönüyorum, bundan kimin ne çıkarı olabilir?"

"İlk soruya cevap: Tabii mümkün. Bizim gibi birileri burayı rastlantısal biçimde fark edip merak salmasa, araştırmasa, haritalarda planlarda olmayan bir yeri kim arayacak?"

"Eee, bir ben miyim oraya yanlışlıkla giden, yolu düşen, merak eden?"

"Saçma görünecek, ama pekâlâ mümkün. Senin gibi yanlışlıkla veya meraktan sapmışsa olanlar varsa bu kır yoluna, dikenli telleri görünce, herhalde birinin, mülküdür, bir kuruma aittir deyip konunun üstünde bile durmamışlardır büyük olasılıkla. Bizim gibi merak etmiş, araştırmış olanlar varsa bile, onlar nasıl bizlerin varlığından haberdar değilse biz de onların varlığından haberdar değiliz."

"Varlıklarından haberdar olmadığımız gibi, encamlarından da haberdar değiliz," dedi Gazeteci. "Yani orayı bulup araştırmaya, sorular sormaya başladıktan sonra, ne yaptılar, başlarına neler geldi, bilmiyoruz."

Gazeteci'nin ortaya attığı olasılık ürkütücü olduğundan mı nedir, üstünde durmadık, duymamış gibi yaptık.

"İkinci soruya da şöyle cevap verilebilir," dedi Jeolog. "Gizli haritaların birinde, sadece birinde, benzer bir yapıya rastlanıyor. Depremden ya da patlamadan hemen sonra uydudan çekilmiş fotoğraflara dayanılarak yapılmış haritalar bunlar. Demek ki bölgenin varlığından haberdar birileri var ya da bir zamanlar vardı, ama şimdi bunun bilinmesini istemiyorlar. Saklamaktan çıkarı olanlar onlar. Kimdir, nedir, hangi kurumdur, amaçları nedir, bunları bilmiyorum."

"Peki," dedi Gazeteci dostum, "bende de birşeyler var, biraz daha yol aldıktan sonra konuşuruz diyordum, ama madem biraraya geldik, birlikte değerlendirelim şimdi."

O günkü konuşmamızdan aklımda kaldığı kadarıyla, bizim araştırmacı Gazeteci, sadece eski gazete arşivleri ve görsel medya arşivlerinden görüntülerle yetinmemiş, büyük deprem öncesinin ve hemen sonrasının o zamanki Yüce Meclis toplantılarının zabıtlarını da karıştırmıştı. Eksikler, atlamalar vardı; bazı oturumların, özellikle de depremin hemen sonrasındaki oturumların zabıtları 100 yıl ambargoluydu. Siyasal tarih günümüzde pek revaçta olmayan, kimsenin ilgisini çekmeyen bir alandı zaten. İlgilenenlere dinozor gözüyle bakılıyor, daha da fenası kötü niyetinden, yıkıcı kimliğinden kuşkuya düşülüyordu. Bu türden arşivlere, dosyalara girmek isteyenlerin elektronik adresleri otomatik olarak kaydediliyor, takibe alınıyordu. Buna hiçbirimizin itirazı yoktu, güvenli bir toplumda yaşamanın keyfine ve konforuna sahipsek, bu ayrıcalığımızı benzer önlemlere ve Merkez'in güvenlik politikalarına borçluyduk; toplumca bilincindeydik bunun.

Gazeteci arkadaşımız aynı fikirde değildi. Yok edilen veya ambargolu zabıtların önemli olduğunu düşünüyor, erişimi engelleyenlere küfrediyordu. "Bulunmaz bir hazine," diyordu Yüce Meclis zabıtları için. Çok küçük bir bölümüne ulaşıp gözden geçirebilmişti. Ulaşabildiklerinde bile neler neler yoktu! Hararetli, bazen de kavgalı gürültülü yasa tartışmaları, Meclis oturumlarını engelleme girişimleri, Meclis'in üstünde bir irade olup olmayacağı tartışması, muhalefet sözcülerinin nutukları, bugünden bakıldığında çok anlamsız, hatta komik gelen yasa metinleri... Bunlardan bazıları Gazeteci'nin dikkatini çekmişti: şehir çöplüklerinde çöp tepeleri üzerinde kurulmuş yerleşimlerin kaldırılmasını ve burada yaşayanların şehrin dışına çıkarılmasını düzenleyen yasa, çöp toplayan çocukların bakım ve yetiştirme kamplarına gönderilmesi yasası, güvenlik gerekçesiyle bireysel silahlanma haklarını genişleten yasa, İç Barış ve Kamu Güvenliği yasası, çeşitli yerlerde silah bulunduğuna dair haberlerin yayınının kamu güvenliği gerekçesiyle engellenmesi yasası, mikrobiyolojik virütik araştırmaların tek merkezde toplanması yasası... Zabıtlar bu yasaların iktidar ile muhalefet partileri arasında çok büyük tartışmalardan sonra kabul edildiğini, genellikle kabul oylarının red oylarından sadece birkaç oy fazla olduğunu gösteriyordu.

Gazeteci, daha geniş bir Meclis zabıtları taraması yanında, büyük depremin hemen öncesinde görülmekte olan birkaç önemli siyasal davanın zabıt ve dosyalarına da girmek gerektiğini düşünüyordu. O dönemin edebiyat dergilerinin, roman ve hikâyelerinin bir başka gözle taranmasının da çok farklı ve önemli ipuçları verebileceğini söylüyordu. İşin özeti: Başvurduğu, taradığı her kaynakta hem zamansal hem de içerik olarak bir boşluk olduğunun farkına varmıştı. Tarihin belleğinden silinmiş bir zaman parçası ya da sanki insanlar, canlılar, hatta mekânlar yokmuş da sadece somut fiziksel olaylar varmışçasına yansıyan tuhaf bir anlatım.

"Şimdi haritalarla ilgili söylenenleri dinleyince, kafam biraz daha açıldı," dedi Gazeteci dostum, "işin en kısa özeti şu: Bu şehrin tarihinde, gelecek kuşakların bilmesi istenmeyen, hatırlanmaması için tüm belgelerden silinmiş, çıkarılmış, yok edilmiş bir kesit, tuhaf bir zaman dilimi var. Burada birşeyler olmuş, muhtemelen korkunç birşeyler; bilen, gören, hatırlayan kalmasın istenen birşeyler..."

"Belki de birileri bilerek, isteyerek yapmadı bunu," dedim. "Sizlere tuhaf gelecek, ama bir kolektif bellek yitimi, bir toplumsal amnezi hali mümkündür, diye düşünüyorum. Yönetenleri bile etkisi altına almış olan bir unutma isteği. Hatta bu, ilk ve tek bile olmayabilir. Belki böyle yüzlerce, binlerce kolektif bellek yitimi yaşanmıştır tarih boyunca. Çok yaşlı hastalarımda, belli bir zaman kesitiyle ilgili unutkanlığı açıklamakta güçlük çekmişimdir hep. Bir de... galiba daha önce de anlatmıştım, eski gazeteleri karıştırırken mizahi bir köşeyazısında üç maymun virüsünün neden olduğu salgından bahsediliyordu. Yazar, derdini anlatmak için alegorik bir anlatıma başvurmuş sandım, ama belki de bir gerçeğin ifadesiydi."

Kısa bir sessizlikten sonra Gazeteci, hepimizin kafasını kurcalayan önemli soruyu sordu: "Peki, biz bu işin neresindeyiz? Ne yapmak, neye varmak istiyoruz? Bulunduğumuz noktada, iş artık bir arkadaşımızın kafasını kurcalayan belirsizliğe cevap aramayı, onu rahatlatmayı aşmış durumda. Bulduğumuz cevaplarla yetinebiliriz; bundan sonrası benim işim değil, zaten kimsenin de işi olmamalı diyebiliriz; aldığımız yurttaşlık eğitimi de bunu gerektirmiyor mu zaten? İnsanlara huzursuzluk aşılamak, tarihe güvensizlik yaratmak, kitleleri toplumsal belleğin doğrularından ve kendi kimliklerinden kuşkuya düşürmek kime ne kazandıracak?"

Bana ne olmuştu, bilmiyorum. Belki de, dikenli tellerin ardında, uçurumun hemen kenarında yükselen tepenin üstünde gördüğümü sandığım gölgenin etkisindeydim, belki de konunun tam da uzmanlık alanımı ilgilendirdiğini bilimsel bir sezgiyle fark etmiştim.

"Bilmiyorum," dedim, "ama unutmanın sağladığı huzur, mutluluğun üç şartı diye bilinen üç maymunun huzurudur. Bazen hastalarımızı bir süre uyuturuz ya da bilinçlerini, belleklerini bir süre için kararttırız, huzur bulmaları için. Ben kendi alanımda bile bu yolu doğru bulanlardan değilim. Çabamızı, hatırlamanın sonuçlarıyla baş edecek yöntemler bulmaya yöneltmeliyiz diye düşünmüşümdür hep. Sizi zorlayamam, bu belayı sizin başınıza ben sardım, ama ben biraz daha ilerlemeye kararlıyım."

Onlara 'biraz daha' demiştim, kendi içimden 'sonuna kadar, nereye varıyorsa oraya kadar' diye tekrarlıyordum.

* * *

Hiçbirimiz işin peşini bırakmadık. İlk günlerdeki kadar sık buluşup kendi aramızda fazla konuşmasak da, kimsenin vazgeçmediğini, anlamlı anlamsız, küçük büyük ipuçları peşinde olduğumuzu biliyorduk. Ben kafayı, tepenin üstünde gördüğümü sandığım gölgeye takmıştım. İnsan gibi gelmişti bana, ama belki de büyük bir kuş, örneğin bir akbabaydı, başka bir hayvan da olabilirdi pekâlâ. Göz yanılması olması da mümkündü tabii. Ne yapıp yapıp oraya son bir kez daha ve tek başıma gitmeyi koymuştum kafama. Sorularımızın cevabı, en azından cevap anahtarı o tepede gizliydi, sezginin ötesine geçen bir kesinlikle biliyordum bunu.

İnternetten kolektif bellek, bireysel bellek yitimi, travmalara bağlı amnezilerle ilgili en son literatürü indirmiştim. Bilinenleri aşan pek az makale veya sempozyum sunumu vardı. Sosyal psikolojiyle tarih psikolojisinin sınırlarında gezen bir yazı özellikle dikkatimi çekti. Tarih psikolojisi epeyce yeni bir dal sayılır, bizim psikoloji-psikiyatri camiası tarafından bilim dışı ilan edilip küçümsenen bir daldır. Yazıda, tarihsel veriler değiştirilerek, çarpıtılarak bireylerin ve toplulukların psikolojisinin yeniden biçimlendirilmesinin, bireyin tarih algısının değiştirilmesinin mümkün olduğu iddia ediliyordu. İlgi çekici olan, bunun bireyin sadece sübjektif algılamasını değil beyninin işleyişini de etkilediği savıydı. Deneklerin beyin kesitlerinin ve algılama süreçlerinin, uzun döneme yayılmış, defalarca tekrarlanmış deneylerde elde edilen ayrıntılı görüntüleri ekrana yansıtılmıştı. Bu veriler doğruysa, makaleyi hazırlayan üç bilim insanının savları pek de öyle yabana atılacak cinsten değildi ve beni yakından ilgilendiriyordu. Yine de konu öyle bir deryaydı ki, içine gömülüp bütün ömrümü buna harcamak yerine daha kolay bulunabilecek somut ipuçları peşinde koşmayı yeğliyordum. O ipuçlarını orada, o garip ve gizemli bölgede bulacağımı hissediyordum.

Gazeteci arkadaşımla, epeyce bir aradan sonra onun isteğiyle buluştuk. Muzip çocuk gülümsemesi, beni iyice meraklandırmak için uzattığı girizgâh sohbeti, sesindeki çınlayan tını, hem heyecanını hem de önemli bir şey yakaladığını belli ediyordu. İşin keyfini çıkarmak için ben de hiç oralı olmadım, sanki böyle bir konu yokmuş gibi davrandım ama aslında merakım iyice kabarmıştı.

"Neden buluşmak istediğimi merak etmiyor musun?" diye sordu dayanamayıp.

"Belki de kendi psikolojik sıkıntıların yüzündendir," diye anlamazlığa gelir gibi yaptım.

"Meraktan öldüğünü biliyorum, numara yapma," dedi.

Fazla uzatmadım, belki sahiden kızar da vazgeçer diye korktum bir an.

"Hadi hemen anlat, haklısın, meraktan ölüyorum."

"Şuna bir bak!"

Önüme bir lazer alıcı çıkışı, bir çeşit fotokopi koydu, "Bunu o döneme ait eski gazetelerden birinde buldum," dedi. "Gündelik bir gazetenin sanat-edebiyat sayfasında tesadüfen gözüme çarpan bir söyleşi."

Söyleşinin, yeni romanı beklenirken birden sırra kadem basan dönemin ünlü yazarıyla yapılmış olduğunu hemen anladım. Aklın yolu bir, diye düşündüm; Gazeteci arkadaşım da Yazar'ın izini sürmenin anlamlı olduğunu düşünmüştü benim gibi.

Fotokopideki söyleşiyi biraz atlayarak hızlıca okudum. Yazar, çok yakında bitireceği yeni romanından söz ediyordu. Biraz tanıtım amacı sezilen, hatta yayınevi reklamı kokan bir söyleşiydi, anladığım kadarıyla. Bana çarpıcı gelen, Yazar'ın şu sözleri oldu: "Bilirsiniz, ben bitirip yayınlatmadan yazdıklarım üzerine hiç konuşmam, ortada ürün olmadan konuşmayı edebiyatla pek bağdaştırmam. Ama bu defa öyle doluyum ki, anlatmak istiyorum. Sanki zaman beni sıkıştırıyor gibi, sanki geç kalmışım gibi."

"Konudan biraz söz edebilir misiniz?" diye soruyor muhabir. "Evet, memnuniyetle, bu da daha önce yapmadığım bir şey, ama kabaca da olsa konudan söz etmekte yarar görüyorum. Konu her an patlamaya hazır çöp çukurları, çöp tepeleri üzerinde yaşayan çöp insanlarıyla ilgili." "Sayın Yazar, gerçekçi bir metin mi, yoksa bir fiksiyon, bir alegori mi son romanınız?" "Gerçek olamayacak kadar yoğun vahşet ve şiddet içeren bir dünyada yaşıyoruz. Burası tarlalarına, topraklarına, sularına tohum yerine silah, mermi, bomba, patlayıcı ekilmiş bir ülke; toprağa gömülmüş cesetler de ürünü besleyici gübre sanki. Şu günlerde gündelik gerçeğin gerçekdışı göründüğünü, gerçekdışının da gündelik gerçekliğe dönüştüğünü düşünüyorum." "Ürkütücü bir tablo değil mi bu?" "Ürkütücü olmaktan çoktan çıkmış, bir anda her şeyi, hepimizi yokedecek tehlikeye dönüşmüş bir tablo. İşte romanım böyle bir ülkede geçiyor. Gerçek mi, değil mi, karar sizin." "Eğer sakıncası yoksa, romanın adının ne olacağını da sorabilir miyim?" "Romanın adını şimdiden söyleyemem, zaten henüz kesinleştirmedim. Bilgisayar dosyasında Çöplüğün Generali başlığını kullandım bir şiirden ödünç alarak. Belki şairden izin alır bu adı kullanırım, henüz bilmiyorum." "Sakıncalı değil mi bu ad?" "Sakıncasız ne kaldı ki!" "Teşekkür ederim, romanınızı merakla bekliyoruz."

Fotokopiyi arkadaşıma geri vermeden önce, gözüm Yazar'ın fotoğrafına takıldı. Deniz kenarında bir banka oturmuş, bir eliyle kucağındaki kediyi okşarken hafifçe gülümsüyordu. Yüzünde, gülümsemesini gölgeleyen yorgun, bezgin bir ifade vardı. Birden hiç tanımadığım, yazdıklarını okumadığım bu adama yakınlık duydum. Müze-kitaplıktan kitaplarını bulup okumalıyım, diye düşündüm.

"Ne diyorsun?" diye sordu arkadaşım.

"Bilmem, hüzünlendim biraz," dedim. "Çöplüğün Generali... Anlaşılan bir zamanlar çöp sorunu, çöp kuyularının patlaması, çöplüklerde yaşayanlar, bir de etrafa yayılmış, dört bir yandan fışkıran bombalar, silahlar falan bu şehrin gündeminin parçasıymış. Yazarın ne kadar umutsuz olduğunu sezdim satır aralarında, yazık!"

"Bu söyleşinin, romanın başlığının, Yazar'ın roman yayınlanmadan buharlaşıp yok olmasının, ipucu değeri var mı sence?"

"Sanırım var," dedim düşüncelerimi toparlamaya çalışarak, "kodlara bakalım: çöplük, patlama, patlayıcı ve ceset tarlaları, çöp insanları... Bir de bize kadar ulaşan tarihsel bilgilere bakalım: Adı ister büyük deprem, ister büyük patlama olsun, geçmişle bugün arasında yarılma yaratmış bir olay var. Büyük patlamanın ardından gelen kolektif bellek kaybının tarihten sildiği bir dönem var."

Bu sözleri söylerken, 'kolektif bellek kaybı' kavramını deneylerle ispatlanmış bilimsel bir olguymuş gibi benimsediğimi, rahatlıkla kullandığımı fark ettim.

"Yazar'ın o dönemdeki başka konuşmalarını, varsa yazılarını bulmak fena olmayacak. Tabii, asıl yayınlanmamış romanın metnine ulaşabilmek önemli. Bir de sen, üç maymun virüsünden söz eden mizahi bir yazı olduğunu söylemiştin, belki de o kadar mizahi değildi o yazı."

"Evet, belki. Bunu ciddiye alıp araştırmak, uzmanlık alanı itibarıyla bana düşüyor galiba."

O anda kafamdan geçen, araştırma yapmak değil, yeniden oraya gitmeyi göze alıp uzaktan görünen tepeciği yakından incelemekti. Buna kararlıydım. Aşılmaz hiçbir tel örgü olamaz; elektrik yüklü de olsa, manyetik alan korumalı da olsa elbet zayıf bir nokta, bir geçit vardır; ya da akımı kesecek, manyetik alanı aşacak bir yöntem.

"Anahtar, tel örgülerin ardında, uçurumun kenarındaki tepecikte," dedim kendi kendimle konuşur gibi.

"Çok da anlamsız gelmiyor bana. Eski şehrin en büyük çöplüğünün orası olabileceğini söylemişti senin Jeolog. 'General' lakabı hariç, yazarın açıkladığı kodların çoğu oraya uygun düşüyor. Ancak orada o döneme ait bir iz bulabileceğimizi hiç sanmıyorum."

"Biraz daha yol alalım, bir gün birlikte deneriz içeri girmeyi," dedim. O anda da oraya tek başıma ve hiç geciktirmeden gitmeye karar verdim. Sonunda, bu benim hikâyem, benim takıntım, benim sırrımdı.

* * *

O tümsekleri aşacak, çocuklar tarafından yapılmış izlenimi veren çöp ve moloz engellerine takılmadan yol alabilecek bir araç bulmam gerekiyordu. Gazeteci arkadaşımdan aracını istesem, nereye gideceğimi hemen anlar, bakarsın birlikte gelmeye kalkardı. Nedense, oraya yalnız gitmek istiyordum. Kıskanç bir çocuk gibi, sırrımı kimseyle paylaşmaya niyetli değildim.

Güçlü bir arazi aracı kiraladım ve yine sabah erkenden yola çıktım. Artık nereden sapacağımı biliyordum. İlk otoyol sapağı geçildikten sonra, yolun sağındaki biraz derince şarampol bitip zakkumlar, fidanlar, bodur ağaçlar dikili bölge, ardından da yol genişletilmesi için getirilmiş malzeme yığınları geçilince, kuzeye doğru giden toprak yola girilecek.

Yaklaşınca yavaşladım, dikkat kesildim. Hayatımın dönüm noktası haline gelmiş, marazi bir saplantıya dönüşmüş o sihirli yol, sabahın alacasında uykulu kafayla yanılıp da girdiğim ilk günkü gibi açıktı. Moloz ve çöp yığınlarından oluşan engebeler düzleştirilmiş, toprak patika açılmıştı. Yol yapım onarım çalışmaları henüz başlamadığına göre, burada karayollarının işçileri çalışmış olamazdı. Bölgeyle ve bu yolla ilgilenen tek kişi ben değildim demek ki.

Aracı sağa doğru yönlendirdim, anayolun güvenlik şeridiyle kuzeye doğru uzanan toprak yolun arasındaki yirmi-otuz santim yüksekliğindeki eşiği geçtim. Bir süre kır yolu dediğim patikada ilerledim. Sonra yüksek tel örgüler göründü. Solumda, Jeolog'un, 'bir kanyon gibi sanki' dediği derin yarın uzandığını bili-

211

yordum. Bu defa ne yapıp yapıp tel örgülerle çevrili araziye girmeye niyetliydim. Bu iş için gerekebilecek alet edevatı, elektrik akımını engelleyecek eldiven ve ayakkabıları, tel kesme makasını yanıma almayı unutmamıştım. Yol boyunca ilerlerken gözüm hep dikenli tellerdeydi. Ola ki bir geçit, bir kapı, bir boşluk görebilirim diye; ama yoktu. Tel örgülerin yarım bir dirsek yapıp doğuya kıvrıldığı ve yolun o derin uçurumun önünde sona erdiği noktaya varmadan araçtan indim. Geçen geldiğimizdeki gibi, on-on beş metre ilerde, yine naylon torba mı desem, bez parçaları mı desem, beyaz birşeyler uçuşuyordu. Biraz daha yaklaşınca, bunların beyaz kâğıt yaprakları, üzeri yazılı sayfalar olduğunu fark ettim. Üstelik bazı sayfalar üçer beşer birleştirilip belki de uçmasınlar diye dikenli tellere asılmıştı. İçimde bastıramadığım bir heyecan ve yürek çırpıntısıyla iyice yaklaştım, yerde bulduğum ince bir değnekle dikenli tellere geçirilmiş kâğıt tomarlarından birine dokunup sayfaları telden kurtardım. Yere düşen kâğıtları toplamaya çalışırken ellerim titriyordu. İçimdeki ses, sırrın anahtarının bu sayfalarda olduğunu fısıldıyordu.

Şimdi parmaklarımın arasında tuttuğum kâğıtlar, eski kuşak bilgisayar çıktılarına benziyordu. Hani artık kullanmadığımız şu ilkel printer'larda, çok geri tekniklerle basılan cinsten... Beş-altı yaprak, birbirine tel zımba ile tutturulmuştu. Yerde duran benzer bir kâğıt tomarına uzandım, sonra bir başkasını dikkatle tel örgüden çıkardım. Elimdekilere şöyle bir göz attım; aynı bilgisayardan çıkmış oldukları belliydi, basıldıkları kâğıt, yazıların harf karakterleri aynıydı. Bir kitabın bölümlerine benziyorlardı.

Kâğıtlarda neler yazdığına hiç bakmadım, acele ediyordum, sanki birileri gelip elimdekileri alacaklarmış korkusuna kapılmıştım. Yere saçılmış, dikenli tellere iliştirilmiş bütün kâğıtları toplamaya başladım.

Oradan oraya koşuşturuyor, bir yere eğilip bir tel örgülere uzanıyordum. Birisi görse aklımı kaçırdığıma hükmederdi kuşkusuz.

Sayfaların bir bölümü birbirine bağlanmış, daha doğrusu artık hiç kullanılmayan bir yöntemle, tel zımba ile birleştirilmişti. Bazı sayfalar tek tek yere dağılmıştı. Görünürde tek bir beyaz yaprak kalmamacasına hepsini topladım. Şimdi elimde yüzlerce sayfalık bir kâğıt yığını vardı. Çevreyi bir daha, bir daha gözden geçirdim; tek bir yaprağın kaybolmasına bile razı değildim. Sanki tarihin, insanın, yaşamın bütün sırları bu kâğıtlarda yazılıydı da bu sırlara sadece ben erebilecektim.

Her yere dağılmış sayfaların tümünü, dikenli tellere dokunmamaya gayret ederek dikkatle topladığımdan emin olunca, paha biçilmez hazinemi koltuğumun altına sıkıştırıp ilk kez tel örgülerin ardına, birkaç yüz metre uzaktaki tepeye baktım. Ve devasa bir tümülüsü andıran tepenin üzerinde O'nu gördüm.

Oradaydı. Geçen defa gördüğümü sandığım, hayalimde yaratıp yaratmadığımı, yanılsama olup olmadığını bilemediğim gölge, bu defa tepenin en üstünde kıpırdamadan duruyordu. Hayır, yanılsama değildi, akbaba, korkuluk ya da başka bir şey değildi; bir insan siluetiydi, belki bir çocuk ya da ufak tefek bir ihtiyar. Tepeyle bütünleşen koyuca renkli bir çarşafa, hayır bir pelerine ya da kaftana sarılmıştı.

O da bana bakıyordu sanki. Saklanmaya, kaçmaya, pusuya yatmaya ihtiyaç duymamıştı. Kollarını iki yana açmış, kendini daha görünür kılmak istiyor gibiydi. Tepenin en yüksek noktasına dikilmiş bir heykele, daha çok da eski masal kitaplarında resimlerini gördüğümüz korkuluklara benziyordu. Tepenin üstünde, öyle kanatlanıp uçuverecekmiş gibi hareketsiz duruyordu. Bir Anka kuşu gibi havalanıp gökyüzüne, bulutlara karışsa, ufukta kaybolsa hiç yadırgamayacaktım.

Beni beklediğinden, benim için hazırlık yaptığından artık emindim. Sanki yolun girişini benim için temizlemiş, açmış, gelmemi beklemişti. Şu uçuşan sayfaları ben bulayım diye getirip dikenli tellere takmış olan oydu. Onları bulduğumdan, tek tek topladığımdan emin olmak istiyordu.

Kâğıt tomarını iki elimin arasına alıp onun bulunduğu yöne doğru salladım. Bana karşılık vereceğini umuyordum, olduğu yerde kıpırdamadan durduğunu görünce doğrusu biraz hayal kırıklığına uğradım. Bir kez daha elimdeki sayfaları selam verircesine, teşekkür edercesine yukarı doğru kaldırdım. O zaman tepenin üstündeki siluet sanki toprak yarılmış da içine gömülmüş gibi birden kayboldu. Belki gizli bir geçit vardır tepenin altında, o geçitten süzülüp buraya gelir diye umuda kapıldım; bekledim, epeyce bekledim. Kimse gelmedi, tepenin üstünde hiçbir gölge belirmedi. Çevre, her zamanki gibi ıssızdı. Ürkütücü olmaktan çok sırlarla dolu bir masal ıssızlığıydı bu. Ağır ağır, ilerde yolun üstüne bıraktığım araca doğru yürüdüm. Kumanda koltuğuna oturunca, hareket düğmesine hemen basmadım, aracı hemen çalıştırmadım. Otomatik kilit düğmesine basıp bütün kapıları kilitledim. Biryerlere saklanmış bilinmedik düşmanlar birden ortaya çıkıp hazinemi elimden alacaklarmış korkusuna kapılmıştım.

Biraz sakinleşip kendimi güvende hissedince, dağınık sayfalara gelişigüzel göz atmaya başladım. Bir kitabın bölümleriydi bunlar. Belki bir masal kitabı, belki de bir roman. Uzun yıllar önce, o zamanın bilgisayarlarından birinde yazıldığı, çıktı alınıp bölüm bölüm derlendiği anlaşılıyordu. Belki tümü toparlanıp kitap haline getirilmişti de sonradan dağılmış ya da bilerek dağıtılmıştı bölümler. Biraz daha karıştırdım. Tek tek sayfalardan birinin ortasında büyük puntolarla ÇÖPLÜĞÜN GENERALİ yazıyordu.

Çöplüğün Generali... Heyecandan kalbimin durup orada, direksiyonun başında öleceğimi sandım. Kayıp Yazar'ın kayıp romanının metni, eksik de olsa, sayfaları dağılmış, yırtılmış, yer yer yanmış da olsa, elimdeydi. Sırrın kendisine olmasa bile anahtarına sahiptim artık. Benim bu kayıp metni bulmam istenmişti. Onu bunca zaman saklamış olan veya olanlar, nedense bana güvenmişler, metni bana teslim etmişlerdi. Bunu benim merakımı tatmin için yapmadıkları açıktı. Biri, birileri; unutulanların hatırlanmasını, bilinmezliğin aydınlanmasını, yaşanmamışçasına karartılmış, yok edilmiş bir zaman parçasının tarihe geri verilmesini istiyordu. Neden şimdi? Neden ben? Bu soruların cevabı yoktu, tıpkı vardığım noktanın dönüşünün de olmaması gibi. Ne yapacağımı, benden ne istendiğini, eğer bir şey isteniyorsa kimin, kimlerin istediğini bilmiyordum. Belki de salt rastlantı –bir sabah havaalanına giderken budala gibi yolumu şaşırmam– yüzünden, belki bilmediğim, hiçbir zaman da öğrenemeyeceğim üstün bir iradenin istemiyle, 'seçilmiş olan' bendim.

Bir an önce buradan ayrılmalı, yalnız kalabileceğim bir yere kapanmalı, elimdekileri dikkatle okumalı, paylaşıp paylaşmayacağıma ve ne yapacağıma sonra karar vermeliydim. Çöplüğün Generali'nin dağınık sayfalarını arabada bulduğum bir torbaya özenle yerleştirdim, oturduğum kumanda koltuğunun altına koydum. Beni direksiyon başından kaldırmadan kimse kâğıtlara ulaşamazdı. Bu kadar önlem gereksizdi aslında, kimsenin benimle ilgilendiği yoktu, bu garip yerde kimseler de yoktu zaten. Ama olsun, bir süredir olup bitenler o kadar gizemli, o kadar inanılmazdı ki, tedbirli olmak gerekiyordu.

Altımdaki güçlü aracı çalıştırdım, son bir defa tepeye doğru baktım. Ne bir gölge ne bir hareket ne bir işaret; kimse yoktu. Toprak yolda olabildiğince hızlı ilerleyerek anayola çıktım, dosdoğru eve yöneldim.

Bugün üniversitede dersim yoktu. Muayenehanemdeki ilk hasta randevusuna da epeyce zaman vardı. Niyetim, şimdi üstünde oturmakta olduğum, altımda kâğıtların kayganlığını, hışırtısını hissettiğim hazinemi hiç vakit geçirmeden okumaya başlamaktı.

Eve gittiğimde karım telaşlı, biraz da sinirli bir edayla, "Ne cebin ne özel iletişim aygıtın cevap veriyor, ne işinde bulunabiliyorsun, saatlerdir seni arıyorum!" dedi. O bölgede iletişim aygıtlarının işlemediğini, belirsiz bir nedenle iptal olduğunu hatırladım. Bunun pek garip olduğunu düşünmekten kendimi alamadım.

Karım o kadar telaşlı görünüyordu ki, ne olduğunu sormaya bile korktum, kötü bir haber almak istemiyordum. "Çocuk yuvada ateşlenmiş, beni işten aradılar, hemen gidip aldım, eve getirdim," dedi. Çocuğun odasına yöneldim. Küçücük kızım yatağında yatıyordu. Uyurken hiç yanından ayırmadığı oyuncak ayısına sarılmıştı. Hiç yeri değildi ama, kendi oyuncak ayımı hatırladım. Eski püsküydü, tüyleri dökülmüştü, annemin ya da babamın çocukluğundan kalmaydı. Kendimi yalnız, hasta, çaresiz hissettiğimde, hele de korktuğumda oyuncak ayıma sarılırdım. Yüzyıllar geçiyor, çağlar değişiyor, çocuklar hâlâ oyuncak ayılarına sarılıp uyuyorlar. Acaba insan soyunun vazgeçemediği en kalıcı nesne oyuncak ayılar mı, diye düşündüm. Küçücük kızımın yanakları ateşten kızarmış, dudakları kurumuştu. Bir an korktum, çok korktum. Saçma sapan işler peşinde koşarken, dedektifçilik oynarken kızımı, evimi ihmal ettiğim için cezalandırılıyor muydum yoksa?

Dudaklarımı çocuğun alnına değdirdim; ateşi vardı, ama öyle otuz dokuz, kırk derecelerde değil. "Ateşine baktın mı?" diye sordum karıma.

"Eve geldiğimizde otuz dokuza yakındı, ama galiba şimdi biraz düştü."

"Bu günlerde yine virütik bir salgın var, kaygılanma, onu hemen çocuk kliniğine götürürüm."

"O zaman beraber çıkalım, hastaneden sonra seni işine bırakır, çocukla eve dönerim. Bugün gelemeyeceğimi işe haber verdim zaten. Neden bilmem biraz fazla panikledim. Bu günlerde kendimi yalnız ve güçsüz hissediyorum."

Karıma sarıldım, "Haklısın canım," dedim, "son zamanlarda işlerim çok yoğundu, seni ihmal ettim. Affet beni. Her şey geçecek, göreceksin, her şey eskisi gibi olacak."

Sonra birden kapının önüne park ettiğim arazi aracı geldi aklıma. O heyecanla, kendi arabamı alıp cipi iade etmeyi unutmuştum.

"Senin küçük arabayla gidelim, çocuğun güvenlik kemeri de senin arabaya takılı zaten," dedim.

Bir şey söylemedi, bir şey sormadı da, sanırım önerimi makul bulmuştu. Çocuğu battaniyesine sarıp birlikte çıktık. Arabayı karım kullanıyordu. Park ettiği yerden becerikli bir manevrayla çıkarken, biraz ötedeki arazi aracını gördü, "Bu canavar gibi araçları şehir içinde kimler, hangi görgüsüzler kullanıyor, pek merak ediyorum," dedi. Cevap vermedim, akşamüstü işten dönerken, eve girmeden 'canavar'ı yerine bırakıp kendi arabamı almam gerekecekti. Bu karışık işlerden, yalanlardan, atlatmalardan bıktığımı hissettim. Sanki karımı aldatıyormuşum gibi utandım, vicdan azabı duydum.

Tanısı ve bakımıyla ünlü çocuk hastanesinde, üniversite yıllarından arkadaşım olan çocuk doktorunu bulduk. "Bu günlerde pek çok benzer vaka var, tanımadığımız yeni bir virüsle karşı karşıyayız, en çok ortakulağı etkiliyor, bir de ses tellerini. Sen de biliyorsun, bu tip virüslerin birine karşı aşı geliştirirken hemen bir yenisi çıkıyor. Tıptaki inanılmaz gelişmelere, genetik biliminin, mikrobiyolojinin dev ilerlemesine rağmen baş edemediğimiz yeni kuşak virüslerden biri. Merak etmeyin, onyıllar önce benzeri bir salgında kullanılmış basit bir karışımla çok iyi sonuçlar alıyoruz."

Doktor sözünü ettiği karışımın formülünü bilgisayara işlerken göz ucuyla ekrana baktım. 'Anti-mmm solüsyon' yazdığını gördüm. Üç 'm'nin ne anlama geldiğini soracakken vazgeçtim.

Bilgisayarın 'işlem' komutu tuşunu tıkladı, "İşlemi başlattım, laboratuvar aşağı katta. Kapısındaki tabloya hasta şifreni gir, karışımı oradaki küçük cepten hemen alabilirsin. Uygulama şeklini cep bilgisayarına gönderiyorum," dedi. "Burun, kulak ve ağza, başlangıçta her saat başı iki damla, sonra, iyileşme süreci başladığında her dört saatte bir. En fazla beş-altı günde toparlanır çocuk."

Ferahlayayım mı, büsbütün telaşa mı kapılayım; kararsız kaldım.

"Bu mucize ilacı bulan kim, sen misin yoksa?" diye sordum merakıma yenilip.

"Son yüzyıldaki virütik enfeksiyon salgınlarının ayrıntılı dökümünü veren ilginç bir araştırma yayınlandı. Ne zaman nereden çıktıkları, nerelere yayıldıkları, salgın haritaları, hepsi var. Ayrıntılı bilgi istersen, çoğu hakkında alabiliyorsun. İlgilenirsen erişim adreslerini vereyim. Bilirsin, çocuklar virüsleri daha kolay kapıyorlar, bağışıklıkları da yetişkinlerden daha zayıf: bu yüzden bir süredir virütik enfeksiyonlar konusuna yoğunlaştım. Senin kıza verdiğim ilaç, birkaç arkadaşla birlikte çalışıp geliştirdiğimiz bir formül. Biraz kocakarı ilacı gibi neredeyse. Belki de bütün başarımız, ilacı kulağa, burna, ağza aynı anda uygulamak."

"Peki gözler?"

"Hayır, göze uygulayamayız henüz, zaten hastalık bunu gerektiren bir belirti de göstermiyor."

Elini dostça omzuma dokundurarak, "Merak etme, vahim değil, nezle gibi bir şey aslında, bilinen virütik salgınlardan biri," dedi. Tedirginliğimi fark etmişti.

Küçük kızımızı kucağıma alıp karımla birlikte muayene odasından çıkarken, "Şu sözünü ettiğin sitenin adresini hemen gönderebilir misin bana," dedim.

"Tamamen farklı bir konuda çalışırken bu virüs salgınları benim de kafama takıldı."

"Tabii, neden olmasın? Ne konuda çalışıyorsun son zamanlarda?"

"Unutma ve hatırlama... Sürecin toplumsal-psikolojik boyutuyla ilgilenirken açıklayamadığım bazı tarihsel bulgulara rastladım. Biraz daha derinleşme ihtiyacı duyuyorum."

* * *

Küçücük kızımın hastalığı, alınganlığı küskünlüğe dönüşmeye başlayan karıma daha fazla zaman ayırma çabalarım, nedense bu günlerde çok yoğunlaşmış olan hasta randevuları, üniversitedeki dersler, Çöplüğün Generali'ni sakin bir şekilde okumamı birkaç gün geciktirdi. Belki de bunlar bahaneydi; hayatımın anlamı haline gelmiş sırrın anahtarı elimdeyken, işi gücü bırakıp metne dalmamamın nedeni bir çeşit korkuydu. Öğreneceklerimden korkuyordum, bilmekten korkuyordum ve asıl sırrın gizli kalmasını isteyen bilinmeyen güçten korkuyordum.

Artık, elimdeki dağınık metnin Yazar'ın kayıp romanının ilk taslağı olduğunu biliyordum. Bu romandan haberdar olan, roman taslağını yıllardır saklamış kişi, ruh, yaratık, –her kimse, her neyse– metni bana iletmek istemiş, bunu da başarmıştı. Neden bunca yıl bekledikten sonra, hangi amaçla ve neden ben?

Gazeteci arkadaşın eski gazete arşivlerini karıştırırken rastladığı Yazar'la yapılmış söyleşinin tarihine bakılacak olursa, roman altmış sekiz yıl önce yazılmıştı. Bu bilgisayar çıktıları bunca yıl kimin elinde kalmış, nasıl, nerede saklanmıştı? Yer yer yanık, buruşuk, yırtık sayfalar vardı ama birkaçı hariç hepsi okunabilir haldeydi. Hatırladığım kadarıyla, eski eşi, Yazar'ın iki bilgisayarda birden çalışma gibi bir fantezisi olduğundan söz etmişti, ne ki Çöplüğün Generali dosyasının bulunduğu bilgisayar evindeki aramada bulunamamıştı. O esrarengiz bölgede neler gizliydi? Tel örgüler ardında kilometre karelerce uzanan o topraklar neresiydi? Kimler, hangi güçler tarafından yok sayılsın istenmiş, haritalardan çıkarılmıştı? Ve o gölge... O gölge kimdi?

Nihayet çalışma odama kapanıp yer yer yanmış, yırtılmış, dağınık sayfalarla başbaşa kalınca, ne olur ne olmaz diye, önce elimdeki sayfaları sıra gözetmeden iletişim aracımın belleğine, en güvenli bilgi depolama sistemime, bir de sıradan alıcı aracıma yansıttım. Yetinmedim, hatırlama çip'ine bir kopya daha aktardım. Sonra okumaya başladım.

Bu gelişkin bir roman taslağıydı; Yazar'ın, üzerinde düşünmek, yeniden yazmak, değiştirmek istediği bölümler, yapmayı tasarladığı düzeltiler, kendi kendine sorduğu sorular, metinde her bölümün sonunda parantez içinde 'yazarın notu: Y.N.' kısaltmasıyla yer alıyordu. Elimdeki bölümlerin bazılarının sayfaları birbirine zımbalanmıştı, ama bazı sayfalar dağınıktı. Eksik sayfalar, eksik bölümler olduğu ilk okumada anlaşılıyordu. Romanın sonu yazılmış mıydı, yoksa Yazar son bölümü yazmaya fırsat bulamadan mı ortadan yokolmuş veya yokedilmişti?

Elimdekilerin tümünü tekrar tekrar okumak, dağınık sayfaları birleştirmek, yırtılmış yanmış sayfalardaki silik, yanık, eksik cümleleri, sözcükleri, paragrafları tamamlamak birkaç günümü aldı. Bu iş bitince son haline getirdiğim metni bir kez daha okudum. 'Dingin, ya da dalgalı; masmavi, berrak ya da sisli puslu...' diye başlayan, 'Bu, yazarın son romanı oldu... varlığından kimse haberdar değildi. Belki de kaybolmuş ya da hiç yazılmamıştı' diye biten bölüm romanın sonu olamaz, diye düşündüm. Zaten Yazar bu bölümün sonuna koyduğu notta, bunun ilk bölüm de olabileceğini, üzerinde düşünmesi gerektiğini yazmıştı. Bir de aynı notta, bazı bölümlerdeki olayların yazıldıktan bir süre sonra benzer biçimde gerçekleşmesinden duyduğu şaşkınlığı; tamamen kurgusal, evrensel bir metin tasarlamışken, yazdıklarının gerçek bir ülke ve zaman çağrıştırmasının edebiyatına zarar vereceği kaygısını dile getiriyor, romanının tasarladığı sonunun gerçekleşmesinden korktuğunu söylüyordu.

Edebiyatla ilişkim okur olmanın ötesine geçmez, iyi bir okur bile sayılmam. Yazar'ın kaygılarını anlayabildiğimi söyleyemem. Çöplüğün Generali romanının yazıldığı dönemin edebiyatını iyi bilen, roman tekniği ve eleştirisinden anlayan bir edebiyat tarihçisi bunu çok daha kesin ve doğru olarak saptayabilir. Ama bence, romanın başka bir sonu ya da başlangıcı vardı ve anahtar o kayıp sayfalardaydı. Her bölümde tekrarlanan ana motif: Tarlalardan, sulardan, çukurlardan fışkıran bombalar, kurşunlar, patlayıcılar, silahlar ve cesetler böyle usta bir yazarın romanında ortalığa saçılıp, sonra öylece bırakılmaz gibi geliyordu bana. Patlayan çöplükler, çöp tepelerinin üzerine kurulmuş mahallelerde yaşayan çöp insanları, çöp çocukları da öyle... Bir son bölüm olmalıydı. Ve o son bölüm ya hiç yazılamadığından ya kaybolduğundan ya da elimdeki metni bana ileten –her kimse, hangi güçse– okumamı, bilmemi istemediğinden eksikti.

Öyle bir noktaya gelmiştim ki, burada durup olanları unutamazdım. Elimde duran bu roman taslağıyla, hele de onu nasıl elde ettiğim düşünülürse, hiçbir şey olmamışçasına eskisi gibi yaşayamazdım. İnsanın yaşamında birkaç kez eşiğine geldiği karar ve kader anlarından birindeydim. Yapılması gerekenleri kafamda toparlamaya çalıştım: Arşivlere girip romanın yazıldığı

221

döneme ait olayların, yazıların, yorumların ciddi ve eksiksiz taranması yol gösterici olabilirdi. Romandaki, topraktan fışkıran patlayıcılar, silahlar, cesetler, intiharlar, cinayetler metaforunun açıklanabilmesi için, böyle bir çabanın çok gerekli olduğunu düşünüyordum. Ayrıca, eski gazete arşivlerini aceleyle, yüzeysel şekilde karıştırırken bile, bazı kayıp ve intihar haberlerine rastlamamış mıydım? Bunların romandaki olaylarla karşılaştırılması gerekiyordu. Çöpler, Çöplüğün Generali ve asıl '3 M virüsü' metaforları –ya da gerçeği– çözüme kavuşturulmalıydı.

Büyük deprem, kenti yerle bir eden bir doğa olayı olarak öğretilmişti bize. Şimdi yaşadığımız Yeni Kent, güvenli ve sağlam zeminli olduğu saptanmış bir bölgeye, ileri yapı teknolojisiyle, en şiddetli depremlere direnebilecek sağlamlıkta çok kısa sürede kurulmuştu. Jeolog arkadaşım, aslında eski şehrin de sanıldığı gibi önemli bir fay hattı üzerinde olmadığını, zaten büyük depremden sonra bu bölgede hiçbir deprem görülmediğini söylemişti laf arasında. O zaman üstünde durmamıştım. Olayın, resmi belgelerde ve dönemin medyasında yer aldığı gibi 7.5 şiddetinde bir deprem mi, yoksa eskilerin dilindeki ifadesiyle bir patlama mı olduğunu kesinlikle öğrenmeliydik.

Öncelikle, kendi uzmanlık alanıma giren toplumsal bellek kaybı ve unutma konusunda derinleşmeliydim. Deprem ya da patlama, her neyse! Tam o döneme, hatta o günlere ilişkin mutlak bir boşluk olduğunu artık biliyordum. Kimse; görüştüğüm hiçbir yaşlı, taradığım hiçbir kaynak depremin hemen öncesi ve sonrası hakkında bilgi veremiyordu. Yaşlılar ya da yaşlılardan dinlemiş sonraki kuşaklar, yeni kentin kuruluşunu, buraya nasıl yerleşildiğini hatırlamıyorlardı. Sanki gökten indirilip buraya yerleştirilmişlerdi. Arşivleri karıştırırken bir gazetedeki köşeyazısında adı geçen 3 M virüsü, sadece mizahi bir öğe, bir benzetme miydi acaba? Virütolojinin genetik ve mikrobiyolojinin sınırında ayrı bir bilim dalı olarak geliştiği çağımızda, tıbbın bu ilerlemişlik düzeyinde bile yeni türeyen virüslere karşı çaresiz kalıyorsak, altmış-yetmiş yıl önce benzeri bir durum yaşanmış olabilirdi pekâlâ. Kızıma bakan doktor arkadaşımın, adresini cep bilgisayarıma gönderdiği siteye girmeye çalıştım. Biraz uğraştıktan sonra, bunun ciddi bir çalışma gerektirdiğini, epeyce zaman alacağını fark ettim. Tam hangi dönemi taramam lazım, orada neyi nasıl arayacağım, bilmiyordum. Bu türden 'uzman' kodlu sitelerde çalışmak gerçekten de uzman olmayı gerektiriyordu galiba.

Arkadaşımı aradım, "Şu virüsler konusunu konuşmak için bana ayıracak vaktin var mı, ben verdiğin adreste kayboldum, istediğim sonuca ulaşamadım," dedim. Tabii ki zamanı vardı, birlikte bakabilirdik.

Buluştuğumuzda arkadaşıma hikâyeyi anlatmadım. Sadece, unutma ve hatırlama süreçleri üzerinde çalışırken, altmış-yetmiş yıl öncesine ait eski bir metinde, daha doğrusu bir gazete yazısında, 3M virüsü diye bir virüsten söz edildiğini okuduğumu, yazının mizahi bir köşeyazısı olduğunu söyledim.

"Mizahi bir yazı olduğu belli, sen de bilirsin virüsler 'H' ile adlandırılır. Peki yazara görc etkisi neymiş bu garip adlı virüsün? O dönemlerde dünya ölçeğinde öylesine yaygın ölümcül virüs salgınları var ki, alegorik ya da mizahi bir yazıya virüslerin konu olmasına şaşmam."

"Geçici ve kısmi amnezi yarattığı yazılıydı haberde," dedim. Okuduklarımı, bildiklerimi biraz çarpıtarak naklediyordum; herşeyi bilmesi gerekmiyordu, bu işe yeni biri daha karışmamalıydı. En azından gerçekler ortaya çıkana kadar.

"Dünyayı birbirine katan H2M1 salgını yıllarında mı söz ediliyor o dediğin virüsten? Neydi adı?"

"3 M virüsü..."

Gülümsedi. "Üç maymun mu yani?"

"Evet, sanırım öyle. Duymadım, görmedim, konuşmadım... Özeti: Bilmiyorum, hatırlamıyorum... Amnezi demiştim hani. İnsanları üç maymuna benzeten bir bilmeme, görmeme, konuşmama, yani unutma hali."

Yine güldü. "Böyle bir salgın varsa, galiba kuşaklar boyunca hepimizi etkilemiş bir ölçüde. Şaka bir yana, bir zamanların en ölümcül, en ürkütücü H2M1 virüsünün aşısı, belki inanmayacaksın, büyük depremden bir süre önce eski şehirdeki bir laboratuvarda keşfedildi. Senin kızda denediğim ilaç o virüse karşı geliştirilen aşının daha sonraki bir antidotla farklılaştırılmış şekli. Merak etme anti-mmm formülünün 3M'le, üç maymunla alakası yok; içindeki elementlere gönderme yapan, bizim arkadaşlarla verdiğimiz bir kod."

Az kaldı bir çığlık atacaktım, kendimi tuttum. "Bir kadın mikrobiyolog mu bulmuş aşıyı?" diye sordum.

"Hayır, genç bir mikrobiyoloji veya genetik uzmanı; erkek. H2M1 virüsüne karşı aşı geliştirmeye çalışırlarken, yapısı biraz farklı olsa da aynı aileden bir başka virüse rastlamışlar okuduğum makaleye göre. Deney hayvanlarında geçici hafıza kaybına yol açtığını saptamışlar. Sen 3M deyince çağrışım yaptım. Ama o virüsün kodu tabii ki 3M değil: H2M3."

Aman Allahım! Böyle bir rastlantı, rastlantıdan ibaret olamaz. Roman taslağının o bölümünü bir kez daha dikkatle okumaya karar verdim. Mikrobiyolog bilim kadını bölümünde, kadının çok güvendiği yardımcısı erkek değil miydi? Peki aşıyı o bulduğuna göre, kadın işin peşini bırakmıştı demek. Ya da... Olamaz! O dönemin gazete haberlerinde, 'Bilim kadınının acı sonu' diye bir haber başlığına rastlamamış mıydım?

Arkadaşıma heyecanımı belli etmemeye çalışarak laf olsun diye sordum:

"Merkez Etik Kurulu'nun henüz çalışmadığı, tam yetkili genetik denetim birimlerinin kurulmamış olduğu bir çağda bu türden virüslerin üretilmesinin ne kadar tehlikeli olabileceğini hiç düşündün mü?"

"Evet, düşündüm tabii. Çok tehlikeli sonuçlar yaratabilir, birilerinin bütün toplumu, bütün dünyayı istediği gibi yönlendirmesine olanak tanır. Unutturmak istenenler unutturulur; bütün topluma ya da belli gruplara. Tabii korkunç, ama geçmişte böyle bir şey olduğunu yine de sanmıyorum. Olsa olsa korku filmlerinde işlenmiştir böyle bir konu. O dönemlerde bu ülkede bile belli kaygılar ve belli bir denetim vardı bu konularda."

"Düşüncesi bile korkunç!" dedim, "Bazen eleştiriyoruz, ama iyi ki günümüzde her türlü denetim merkezileşti. Ne yapacağı bilinmez kişilerin değil, kendi seçtiğimiz Merkez'in sorumluluğunda bu işler, hem de çok sıkı tutuluyor."

"Ya Merkez'in kendisi, yani denetleyecek olanlar da işin içindeyse?" diye sordu arkadaşım.

Böyle bir soruyu bizim Jeolog'dan, Gazeteci'den beklerdim de, bu işinde gücünde, siyasetle ilgisi olmayan, tam Merkez'in istediği örnek yurttaş havasındaki arkadaşımdan beklemezdim. Yoksa herkes aynı kuşkuları besliyor, içten içe aynı soruları soruyor da rahatı kaçmasın diye kuşkularını, sorularını kendine mi saklıyordu? Bir ben miydim böyle... böyle 'saf' kalmış olan?

Arkadaşıma baktım: Yüzü ciddi, düşünceliydi. "3M virüsü," diye söylendi kendi kendine, "neyse ki, şimdi daha donanımlıyız, salgınlar eskisi kadar ölümcül olmuyor, aşıyı çabuk geliştirebiliyoruz. Ama eskiden, virüsler sürekli değişim geçirip mütantları daha da etkili hale geldikçe gerçekten de çaresiz kalınırmış. Bir ara merak sarmıştım, konuyla ilgili bütün eski filmleri indirip seyrettim. Virüs salgınlarının insanlığı nasıl bitirdiği, kötü adamların ürettikleri virüsleri nasıl silah olarak kullandıkları, bir avuç kahramanın bu şer merkezlerine karşı nasıl savaştığı konusunda yüzlerce film yapılmış. Bilimsel olarak çok ilkel filmler, ama seyretmeye değer; çağlar boyunca değişmeyen insan zaaflarını, iktidar tutkusunu yansıtıyorlar."

Arkadaşıma teşekkür ettim, çok yardımcı olduğunu, H2M3 virüsünü araştıracağımı söyledim. Onun da, eğer fırsat bulursa, konuyla ilgili ulaşacağı verileri benimle paylaşmasını rica ettim.

Benim açımdan H2M3 virüsüne karşı aşıyı roman taslağındaki kadın mikrobiyoloğun değil, erkek asistanının geliştirmiş olmasında şaşılacak birşey yoktu. Şaşırmaktan da öte ürkütücü olan, romanla gerçeğin bu kadar içiçe geçmesiydi. Yazar, bölümün sonuna koyduğu notta, mikrobiyolog kahramanının sonuna tam karar verememiş; virüs kapan bilim kadınının bellek yitimine uğramasının, inandırıcılık açısından yok edilmesinden daha uygun olacağını düşünmüştü. Benim eski gazete arşivlerini karıştırırken okuduğum haber başlığında 'Mikrobiyolog kadının acı sonu' deniyordu. Haberin ayrıntılarını okumamıştım, acı sonun ne olduğunu bilmiyordum, büyük olasılıkla bellek yitiminden daha kötü bir şeydi. Yazar bir kere daha haklı çıkıyordu; hayatın gerçekleri roman kurgularından daha acımasızdı çoğunlukla.

Yalnız kalınca, arkadaşımın verdiği adrese girip H2M3 virüsü hakkındaki bütün bilgileri çağırdım. Virüsün ekrana çıkan renkli sureti beni hiç şaşırtmadı. H2M1 virüsüne çok benzeyen bir yapı. İkisini biraraya getirip inceleyince DNA'larındaki farkı açıkça görmek mümkündü. H2M1 virüsü ile oynanmış, bilerek bilmeyerek H2M3 mütantı yaratılmıştı.

* * *

Çözüme yakın olduğumu seziyordum. O'nun yolumu aydınlatması için elime verdiği, bana bahşettiği roman taslağı adımlarımı hızlandırıyordu. Artık cesaretimi toplayıp son bir hamle yapmalıydım; oraya bir daha gitmeli, ne pahasına olursa olsun tepedeki gölgeye, O'na ulaşmalıydım. Bana sır kapısının anahtarını vermişti, ama kilit ondaydı; o esrarengiz topraklarda, o tepenin ardındaydı.

Üzerime ağır bir yorgunluk çöktü. Hani çocukluk kâbuslarında, elinizde bir topluiğne ya da bir kibrit çöpüyle sonsuz bir duvarın tuğlalarını ya da uçsuz bucaksız bir sahildeki bütün çakıltaşlarını tek tek kaldırmak zorundasınızdır da, koyu yapışkan bir karanlıkta nefessiz kalır, boğulursunuz. Küçükken yüksek ateşle dalgın yatarken hep bu kâbusu görür, kan ter içinde ağlayarak uyanırdım. İşte öyle bir çaresizlik duygusuydu ruhumu kuşatan.

Sonsuz tuğlaları, bitimsiz çakıltaşlarını topluiğne başıyla tek başıma kaldırabilecek halim yoktu. Sırrımı kendime saklamak, bir şey olmamış gibi davranmak, daha önce danıştığım, bana inanıp oraya benimle gitmeyi göze alan arkadaşlarıma da saygısızlık olacaktı. Çöplüğün Generali'ni onlarla paylaşmalıydım, adımları birlikte atmalıydık. Onlara ihtiyacım vardı.

İki arkadaşımı arayıp acil görüşmemiz gerektiğini söyledim. Benden haber çıkmadığı, arayıp sormadığım için sanki biraz alınmışlar ya da konudan uzaklaşmışlar gibi geldi; belki de benim kuruntumdu. Yine de nazlanmadılar; ertesi gün iş saatinden sonra, en sakin yer olan klinikteki muayene odamda buluştuk. Çantamda Çöplüğün Generali vardı. Metnin kâğıda basılmış orjinal halini gösterip ilgi duyarlarsa alıcılarına göndermeyi düşünüyordum.

Romana, daha doğrusu taslağın kimi bölümlerine nasıl ulaştığımı kısaca anlattım. Özür dileme ihtiyacıyla, "Oraya size haber vermeden gittim, çünkü kendi takıntım uğruna sizi tehlikeye atmak istemiyordum," dedim. Uzaktaki tepenin üstünde beliren gölgeden yine söz etmedim.

"Anlattığından çıkan şu ki, biri, belki de birileri, bu metnin bilinmesini istiyor. Orayı keşfettiğimizi fark eden biri var; döneceğimizi tahmin eden biri. Daha önce birlikte gittiğimizde etrafta uçuşan sentetik torbalar, kâğıt parçaları, çaputlar falan, belki de bizi denemek için, burada biri var, sizi gözetliyor demek için konulmuştu."

"O kimse, nasıl bir yaratıksa, dışardaki dünyaya bir ileti göndermek istemiş olmalı, belki de bir imdat çığlığı..."

"Ya da bir uyarı."

"Evet, bir uyarı. Ama neyin uyarısı?"

Bir süre sustuk, düşüncelerimizi ve sözü toparlamak için sessizliğimize gömüldük. Sessizliği ilk bozan Jeolog oldu.

"Bu arada ben üzerime düşeni yaptım," dedi. "Sen aramasaydın unutup gitmeyi yeğleyecektim. Evet; bilerek, isteyerek unutacaktım. Sence bu mümkün mü doktor?"

"Evet, tabii mümkün. Son zamanlarda tam da bu konu üzerinde çalışıyorum."

"Unutacaktım, çünkü ağır geliyordu, uğraşmaya niyetim yoktu. Tembellikten mi, korkudan mı, bezginlikten mi bilmiyorum, ama öğrendiğimi unutmak istiyordum."

"Hayır," diye bağırdım. "Hayır unutmamalısın, virüs yeniden aktifleşmiş olabilir, sakın unutmaya çalışma!"

Neden bu kadar bağırdığıma, başta kendim hepimiz şaşırdık.

"Özür dilerim," dedim. "Bu da konuşmamız gereken bir başka konu: 3 M virüsü. Bazı yeni bilgilere ulaştım da... Her neyse... Sonraya kalsın. Sen anlat lütfen."

"En sonda söylemem gerekeni baştan söylersem, şehri yerle bir eden 7 üstü şiddette bir deprem bu bölgede hiç olmadı. Bunu bir tahmin olarak söylemiştim sana laf arasında, ama o zaman üzerinde durmamıştık. Şimdi artık tahminin ötesinde, neredeyse kesin diyebileceğim bir güvenle söyleyebiliyorum."

"Peki, deprem değilse neydi? Yoksa..."

"Evet; hesaplanamayacak şiddette ve yaygınlıkta bir patlama olasılığı çok güçlü görünüyor. Araştırdım, açık gizli bütün bilgilere girmeyi göze aldım. Deprem uluslararası sismolojik kayıtlarda yok, sadece yerel kayıtlarda var. Eski şehrin bulunduğu söylenen bölgeden bir fay hattının geçtiğine dair veri de yok. Çok daha önce, bu bölgeden epeyce uzakta 7.2 şiddetinde bir deprem olmuş, ama şehri yerle bir eden o deprem değil. Uluslararası Sismoloji Merkezi'nin tarih arşivine girdim. Deprem orada kayıtlı değil. Sözde deprem, ya da her neyse, o olay sırasında şehre bütün giriş ve çıkışların yasaklandığına, bu yüzden dışardan yardım getirilemediğine ilişkin bir kayıt var. Bu yüzden ülke uluslararası işbirliğinden kaçınanların sokulduğu kara listeye alınmış bir dönem."

"Bu bilgiler büyük patlamanın doğal bir deprem olmadığını açıkça gösteriyor."

"Peki, ne o zaman? Nükleer patlama değil herhalde."

"Nükleer olsa bilinirdi. Ayrıca bundan altmış-yetmiş yıl önce ülkenin teknolojik donanımı bu çapta bir nükleer kazaya yol açabilecek düzeyde değildi."

"Geriye sadece çöp kuyuları varsayımı kalıyor! Hani eskiden çöpler ilkel şekilde toplanırken ikide birde patladığı anlatılan şehir çöplükleri..."

"Saçma; hiçbir çöp kuyusu patlaması bir kenti bütünüyle yok edecek şiddette olamaz. Ayrıca eski şehrin tamamı çöplük değildi ya!"

"Benim pek de derinleştiremediğim üstünkörü

araştırmalarıma, eski belgeleri, metinleri karıştırırken gözüme ilişenlere göre o dönemlerde 'çöp', 'çöplük', 'çöp çocukları', belki de zorunluluktan, mesela baskılar yüzünden kullanılmış metaforlar olabilir. Romanın adı da bu çağrışımı yapıyor zaten," dedi Gazeteci.

"Belki de haklısın, roman boyunca çöp ve çöplük her bölümde tekrarlanan bir anahtar kavram sanki. Siz daha okumadınız, okuyunca göreceksiniz. Çöp metaforu yanında, hatta daha belirgin olarak topraklara, tarlalara, denizlere, sulara gömülmüş patlayıcılar ve cesetler de var."

"Büyük patlama... Anneannem hep öyle derdi, her dakika konuşulan bir konu değildi ama, geçmişi anlatırken büyük patlamayı bir milat gibi kullanırdı. Tabii büyük patlama onun için de şiddetli bir depremdi. Şimdi düşünüyorum da, o kadar da küçük olmaması, gençkızlık çağında olması gerekiyor o yıllarda, ama hiçbir şey hatırlamıyordu, hatırlayanı da tanımıyordu."

"Bana gelen yaşlı hastaların durumu da aynı. Tam bu noktada, bellekleri bir dönem için etkileyen bir virüs salgını ihtimalini ciddiye almak, en azından araştırmak gerekiyor."

"Uzman olarak ne diyorsun? Unutmanın virüsü olabilir mi gerçekten? Ya da başka türlü sorayım; bir dış etken, diyelim ki bir virüs, insanların her şeyi değil de belli bir olayı ve belli bir dönemi unutmalarına yol açabilir mi?"

"Uzmanlığım bu konuda değil. Kesin konuşmak güç. Bugün vardığımız noktada, bugünkü bilgilerimiz ve olanaklarımızla pekâlâ mümkün. Benzer deneyler, benzer uygulamalar yapılıyor; tabii sıkı etik kurallara bağlı kalarak. Beynin ilgili bölgesinde o olayla ilgili hücreler tesbit edilip sadece o hücreleri etkileyecek bir... bir ne diyeyim, bir dış etken kullanılarak böyle bir sonuç alınabilir, tabii teorik olarak. Zaten bildiğiniz gibi virütik manipülasyon konusunda çok sıkı yasaklar ve denetimler var. Beni asıl düşündüren, altmış-yetmiş yıl önce bu türden yasakların olmayabileceği."

"3M virüsü sadece bir metafor, bir siyasal eleştiri eğretilemesi olsaydı, yaşlılar arasında büyük patlamanın ne olduğunu, nasıl gerçekleştiğini, hemen öncesini ve sonrasını hatırlayan birileri mutlaka bulunurdu. Sen kendin de söylüyorsun işte; yaşlı kuşak hastalar arasında, olanları hatırlayan, bilen tek bir kişi bile yok."

"Bir bilen var," dedim fısıltıyla. "Tel örgülerin ardındaki tepenin üstünde gördüğüm gölge biliyor. Belki bir tek o hatırlıyor. Belki de son günlerinin yaklaştığını hissettiğinden bildiği sırrı birileriyle paylaşmak istiyor."

"Hangi gölge?" sorusu iki arkadaşımın ağzından aynı anda çıktı.

"Emin olmadığım için sizinle paylaşmadım. Hayal gördüğümü, sanrılara kapıldığımı düşünürsünüz diye korktum. Oraya birlikte gittiğimizde, hani o çok eskiden kalma sentetik torbaların, çöplerin etrafta uçuştuğu gün, tepenin üstünden bir gölge geçmişti. Başıboş bir hayvan olabilir diye düşünmüştüm. Son defasında, yalnız gittiğimde onu daha net gördüm. Bir insan siluetiydi gördüğüm. Çok uzaktan iyi seçemedim, sanki üstünde yerlere kadar uzanan bir pelerin vardı, veya buna benzer birşeylere sarınmıştı."

Yine uzunca bir sessizlik oldu. Sanırım hepimiz o andan itibaren ne yapacağımızı, önümüzdeki adımın ne olacağını düşünüyorduk.

"Ya o adımı atacağız ya da 3M virüsüne biz de yenileceğiz," dedi Gazeteci.

"Eğer şimdiye kadar virüsü çoktan kapmamışsak, ya da o virüs her an aktifleşebilecek gizli gücüyle zaten içimizde değilse... " dedi Jeolog.

Bir zamandır kendime bile itiraf etmekten çekindiğim olasılığı söze dökmüştü, ürperdim. "Şakanın sırası değil," dedim.

"Şaka değildi. Bu maceranın başından beri ne düşünüyorum, biliyor musunuz? Nasıl bu kadar meraksız, ilgisiz, sorgusuz olabildiğimizi. Nasıl olup da, kuşaklar boyunca –en azından üç kuşak– acaba neler olmuştu diye sormadan, kendimizden memnun, miskin bir tevekkülle, bir razı olma rehaveti içinde kalabildiğimizi."

"Eğer o gün sersemlik edip yolumu şaşırmasaydım, soru sormadan, bilmeden, düşünmeden öylece sürecekti hayat."

"Ve sen çaresiz kalıp, yine bir tesadüfle gelip bizden yardım istemeseydin, sussaydın, anlatmasaydın, bizim için de hayat aynen sürecekti: içinde nice yaratığın, nice bilinmezin kaynaştığı sakin bir göl gibi."

"Mutlu ve güvenli yeni hayatın bedeli: Öğrenirsen, bilirsen sorular sormaya başlarsın, sorgulama süreci bir kez başladı mı, huzurun bozulur. Hatırlarsan araştırırsın, araştırırsan güvenliğin tehlikeye girer, en azından huzurun kaçar."

Sustuk. Üçümüz de, o andan itibaren başladığımız noktada olmadığımızı, artık istesek de olamayacağımızı fark etmiştik. Heyecanlı bir oyun, çocukça bir serüven arayışı, yeni hayat toplumunun sakin, kolay ama bir o kadar da sıkıcı akışına karşı bir kaçış denemesi olan bu maceranın sonuna yaklaşıyorduk. Sanırım biraz korkuyorduk; başımıza neler geleceğinden değil de öğreneceklerimizden ve hatırlayacaklarımızdan.

"Ben sonuna kadar gideceğim," dedim tartışmaya olanak tanımayan bir ses tonuyla. "Orada ne var, O kim, ne istiyor, öğreneceğim. Yalnız gideceğim."

"Orada gerçekte ne olduğunu bilmiyoruz. Gördüğün gölgenin kimliği hakkında; insan mı, hayvan mı, sözgelimi canavar mı nedir, en ufak fikrimiz yok. Bilmediğimiz birilerinin, belki de Merkez'in gözetimi altında olabilir orası; bence mutlaka öyledir. Görülmesi bilinmesi istenmeyeni öğrenmeye çalışmak Merkez gizliliğine tecavüz sayılır, yurttaşlık suçuna girer. Yalnız gidemezsin, buna izin veremeyiz."

"Kalabalık olursak O'nu ürkütürüz, ortaya çıkmayabilir, bir daha hiç görünmeyebilir. Ayrıca sizleri bu işe ben bulaştırdım, daha fazla tehlikeye girmenize izin veremem. Yalnız gideceğim."

Bunları söylerken teatral bir edam olduğunun, insanlık ve toplum adına kendini feda eden kahramanı oynadığımın farkındaydım. Çoktan unutulmuş bir roldü bu. Yeni hayat toplumunun çağdaş eğitim kurumlarında, açık eğitim sitelerinde öğretilmeyen, adı bile anılmayan sanat-edebiyat ürünlerindeki kahramanların rolü. Çocukluğumda, tarihe ve eski çağların kahramanlık hikâyelerine meraklı, biraz garip bir öğretmenimiz vardı. Onun, derslerinde yücelterek anlattığı unutulmuş kahramanları anımsatıyordu şu halim. Ve tabii biraz komikti.

"Kahramanı oynamaya gerek yok, ortasını bulalım," dedi Jeolog. "Birlikte gideriz. Biz tel örgülerin dışında kalırız. Yolun bittiği uçurumun başladığı noktaya görece uzak, anayola yakın bir yerden, bir yolunu bulur içeri sokarız seni. Hatırladığım kadarıyla tel örgüler dededen kalma yöntemle elektrik yüklüydü. Manyetik perde, alarm falan yoktu. Elektriği kesmek kolay. Biz seni dışardan izleriz, tepeye sen yalnız gidersin. Acil bir durum, umulmadık birşey olursa yardıma geliriz."

"Makul görünüyor. Öyle yapalım. Ayrıca da galiba işi büyütüyoruz, aktörleri olacağımız heyecanlı bir senaryo yazıyoruz. Belki de herşey çok basittir, hayal kırıklığına bile uğrayabiliriz."

"Daha da ileri gideyim, belki orayı bir daha bulamayız, belki zaten yoktu öyle bir yer; biz yaratmıştık."

Planımızı en kısa zamanda uygulamaya karar verdik. Önümüzdeki pazar günü hepimiz için uygundu. Artık ertelemek istemiyorduk. Ne olacaksa olsun, ne göreceksek görelim...

* * *

Hafta içinde planımızı etkileyen, hatta ertelememiz gerektiren iki gelişme oldu: Birincisi, roman taslağını bir kez daha dikkatle, altını çizerek okurken, toparlamaya çalıştığım dağınık sayfalar arasında küçük bir kâğıt parçası, daha doğrusu bir defter yaprağı buldum. Kâğıt tomarını defalarca elden geçirdiğim, o kadar dikkatle incelediğim halde gözümden nasıl kaçmış, anlamadım. Sayfanın üstünde elyazısıyla notlar vardı. Eskilerin kurşunkalem dediği bu türden kalemler artık kullanılmıyor. Bende de babamdan, ona da babasından kalmış birkaç kurşunkalem var; eski eşyaya meraklı olduğum için saklıyorum.

Defter yaprağının üstündeki yazılar solmuş, silinmişti. Yine de ışığa tutunca okunabiliyordu. Bir de en altında, belli belirsiz 'Moleskine' filigranı görülüyordu.

İkinci gelişme biraz can sıkıcıydı: Hastalandım. Üniversitedeki dersimin tam ortasında başıma dayanılmaz bir ağrı yapıştı. Dersler kural olarak internet ortamında interaktif şekilde yapılır; ama bizim bölümde ayda bir defa, sanal ortamda değil öğrencilerle yüzyüze ders geleneğini yerleştirmeye çalışıyoruz. Diğer bölümler de bizden örnek almaya başladılar. Öğrencinin öğretmenle, alıcının vericiyle aracısız buluşması, insanın insana değmesi bambaşka bir duygu; dersin verimini artırıyor, bilgi ulaşımının kalitesini yükseltiyor, yaratıcı düşünceyi kışkırtıyor. Eskiden kalma bir yöntem, kabul. Ama insanın ruhsal ve etik gelişmesinin bilimsel-teknolojik gelişmenin gerisinde kaldığının gitgide daha iyi fark edilmesi ve biraz da korku yaratması bazı konularda eskiye dönüş eğilimlerini güçlendirmeye başladı. Tıpkı doğaya, doğal yaşama dönüş özlemlerinin de, özellikle aydın kesimler arasında hızla yaygınlaşması gibi.

Her neyse... Başımın ağrısından derse devam edemedim, öğrencilerden özür dileyip dersi arkadaşıma devrettim. Eve döndüğümde ateşimin çıktığını fark edip hızlı ama bünyeye zarar vermeden ateş düşüren yeni geliştirilmiş ilacı aldım. Çocukluğumdan beri ateşlenmemiştim. Tuhaf bir duyguydu, başım ağrımasa yüksek ateşin hoş bir mahmurluk verdiğini bile söyleyebilirdim. Çalışma odamdaki divana uzanırken, kısa süre önce kızımın da benzer bir rahatsızlık geçirdiğini hatırladım. Herhalde virüsü ondan kapmıştım. Doktorun çocuğa verdiği anti-mmm damlasını kullanmamda bir sakınca olamazdı. Önlem olarak burnuma, ağzıma ve kulağıma ikişer damla damlattım, sonra uykuya daldım.

Karım çocuğu yuvadan alıp eve geldiğinde yeni uyanmıştım. Kendimi daha iyi hissediyordum. Başımın ağrısı hafiflemiş, ateşim de biraz düşmüştü.

"Virütik bir etki herhalde," dedim karıma. "Çocuğu yanıma pek yaklaştırma, sen de dikkat et. İkiniz de koruyucu ilaçlardan alın."

"Şu virüslerden kurtulamadı dünya; her şeye çare bulunuyor, yapay canlı bile üretiliyor, genlerle istendiği gibi oynanıyor, ama virüs salgını olunca insanlık çaresiz kalıyor," diye hayıflandı.

"Virüs denilen o musibetlerde gizil bir güç var da ondan; antidotlara karşı bağışıklık kazanma ve kendini yenileme gücü. Sanırım insanlara da aynı gücü kazandırmak için çok ciddi araştırmalar yapılıyor dünyanın gelişmiş yarıküresinde."

"Bana sorarsan, dünyanın geleceğini virüsler belirleyecek, bir de o virüslere hükmedenler."

Ne söylemek istediğini sormama fırsat vermeden odadan çıktı, hem kendisi hem de çocuk için korunma önlemi almakta acele ediyordu. Tabii ki haklıydı.

Yalnız kalınca, meraktan öldüğüm halde, defter yaprağındaki elyazılarını okumaya çalışmak yerine önce internete girip 'Moleskine' sözcüğünün anlamını aradım. Tahmin ettiğim gibi, bir markaydı; bir defter markası. Kalem gibi defter de elektronik ekranlara yazan, elektronik kitaplar okuyan yeni kuşakların kullanmadığı, alışık olmadığı bir yazı nesnesi. Şu elime nasılsa geçen defter yaprağı da besbelli eskiden kalmış.

Kendimi halsiz hissediyordum, ekran başına kadar gitmek yerine sistemi 'sözlü'ye geçirdim, istediğim dile ayarladım. Yattığım yerden dinlemeye başladım: "Moleskin: Elli yıl öncesine kadar meraklıları tarafından kullanılan çeşitli kalınlık ve tasarımdaki defterler. 19. ve 20. yüzyıllarda Avrupa'nın ünlü düşünür, sanatçı ve aydınlarının efsanevi notdefteriydi. Bellek defteri, hatırlatma defteri olarak da anılırdı. Cepte veya küçük bir çantada taşınabilecek boyutlarda ve hafif olmaları, ayrıca süssüz, yalın görünüşleri tercih nedeniydi. Dönemin ünlü ressamları Van Gogh ve Picasso'dan yazar Hemingay'e kadar pek çok sanatçının, yazarın vazgeçilmeziydi. Fransa'da küçük kâğıtçılık atölyelerinde üretilen bu defterler, 20. yüzyılın son çeyreğinde artık üretilmez oldu. Bu defterleri üreten ve satanların küçük dükkânlarının camlarına 'Gerçek Moleskine ne yazık ki artık yok' yazıları yapıştırdıkları, meraklılarının ise üreticilerin elinde ne kadar defter kalmışsa satın almaya çalıştıkları biliniyor. 1998'de Milanolu bir yayıncının nostaljik fantezisiyle, ünlü defter yeniden üretilmeye başlandıysa da, kâğıt kullanımının giderek azalması ve yeni yazı teknolojilerinin rekabetine, özellikle de notdefterleri yerine elektronik çipler kullanılmaya başlanmasına dayanamayarak yüzyılımızın otuzlu yıllarına doğru piyasadan çekildi. Halen sadece antika değeri taşıyor, koleksiyoncularda ve müzelerde bulunuyor."

'Bellek defteri' sözü dikkatimi çekti. Roman taslağı olduğunu varsaydığım kâğıt tomarının içinden çıkan 21x13 boyutundaki yaprak, büyük olasılıkla Yazar'ın akıl defterinden kopmuştu. Kâğıdı ışığa tutarak, yattığım yerden kalkmadan üzerindeki silik yazıları okumaya çalıştım. Bir tarih vardı ama sayfanın üst köşesi ıslandığı veya başka bir nedenle yıprandığı için okunmuyordu. Hemen altındaki satırı sökebildim: *"Bugün cesaretimi topladım, çöp insanlarının yaşadığı tecrit bölgesine gittim. Tecrit, diyorum, çünkü buraya ne belediye ne bir resmi kuruluş ne de yabancılar girebiliyor. Ama göze alıp da girdiniz mi, kimse sizinle ilgilenmiyor, o kadar hummalı bir çalışma, daha doğrusu eşelenme içindeler ki belki fark etmiyorlar bile. Kendilerine dayanılmaz leş kokusundan koruyucu bir duvar örmüşler sanki. Burası cehennemin ta kendisi. Tek bacaklı sağır-dilsiz çocuğu çöplerin arasındaki bombaları ayıklarken gördüm. İnanılır gibi değil. Bunlar bir başka dünyanın insanları, bildiğimiz insanlardan farklı yaratıklar. Yanı başımızdalar ve bizim dünyamızla hiçbir ilişkileri yok. Bu kadar çöpün, leşin, pisliğin arasında yaşayabildiklerine göre olağanüstü bir bağışıklık sistemleri olmalı. Ne virüslerin ne de kurşunların işleyebileceği zırh gibi bir bağışıklık sistemi... Romanımın, şehir çöplüğüne giden Muhabir'le Şair bölümünü yeniden, hem daha gerçekçi, hem daha çarpıcı yazmalıyım."*

Aşağıda, yine güç okunan, zorlayarak anlamlandırmaya çalıştığım birkaç satır vardı: *"Son bölüme....... vermeliyim.* (Karar vermeliyim mi acaba, yoksa yayıncıya vermeliyim mi?) .... ('herşey' olabilir, okunmuyor) *patlayacak. Bahçelerde, tarlalarda, sokaklarda, arsalarda kurşun, tüfek, bomba, vb. çiçekleri açıyor.*

*Ekilen tohumlar...... Çöplükler de patlayabilir. Bunu
da düşün... Şöyle olabilir mi? 'Bahar geldi. Tarlalar,
kırlar mermi çiçekleri açtı.Bomba ağaçları çiçeğe dur-
du. Toprak patladı patlayacak......'''*
En alttaki satır okunaklı: *"Eve girmişler, eski bilgi-
sayarı hard diskini çıkartma zahmetine katlanmadan,
olduğu gibi götürmüşler. Yenisi hemen orada dururken
hırsız neden onu götürsün? Bunda bir bit yeniği var."*
(Ne varmış anlamadım, 'bit' teknik bir terim mi?) *"İyi
ki bellek çubuğuna kaydetmişim yazdıklarımı. Üşen-
meyip hepsini basmalı, bilgisayar çıktısını hemen al-
malıyım."*
*"Karakola gidip hırsızlık ihbarı yaptım. Bu günler-
de hırsızlık çoğalmış, polisler hangi birini takip edelim,
yetişemiyoruz, dediler."*
Sayfanın arka tarafında sadece birkaç sözcüğünü
okuyabildiğim notlar vardı. *Asker kaputu.....çocuk.....*
Okunamayan birkaç rakam. Dört yıldız işareti... *'12
Nisan tarihli gazete'* notu.
Bir de bazı çizgiler, belki de bir kroki; ama neresi,
neyin krokisi belli değildi, iyice silinmiş soluklaşmış-
tı. İlle de benzetmek gerekirse kaplumbağa gibi bir
figürdü.
Biraz hayal kırıklığına uğramıştım. Bulduğum bu
kâğıt parçasına gereğinden fazla sevindiğimi düşü-
nüyordum. Bildiklerime yeni bir şey katmıyordu, ne
yazarın ne de romanın sonuna ilişkin bir ışık vardı. Bu
satırlar karalandığı sırada romanın sonu, hani Yazar'ın
gerçekleşmesinden korktuğu son, henüz yazılmamıştı
anladığım kadarıyla. Yazar da henüz ortadan kaybol-
mamıştı bu notları aldığına göre. Yorgundum; birden
yükselip birden düşen ateş bedenimi iyice hırpalamış-
tı, üstelik hafif de olsa başağrısı yeniden başlıyordu. Ne
durumda olduğuma bakmak için odama gelen karıma,
"Pek iyi değilim, biraz daha dinleneyim; sen de çocuğu
uzak tut, istersen onu da alıp annenlere git," dedim.

İtiraz etmedi; hastalıktan, virüs salgınlarından hele de çocuğun hastalık kapmasından oldum bittim korkardı. "Bana ihtiyacın olmadığından emin misin?" diye sordu şefkatle. "Eminim," dedim, "ihtiyaç duyarsam çağırırım seni, uzak bir yer değil. Antivirütik dezenfektanla ellerinizi, ağzınızı falan yıkamayı unutmayın."

"Merak etme, bu konuda ne kadar hassas olduğumu bilirsin. Ama sen önce şuna bak!" dedi neşeli kılmaya çalıştığı bir sesle. "Bak kızımız yaşına göre ne kadar güzel resimler çiziyor."

Elindeki küçük yansıtma aletinin tuşuna bastı, kızımızın elektronik resim defterine parmağıyla çizdiği desen odanın projeksiyon duvarına büyük ölçekte yansıdı: dev bir kaplumbağa, üzerinde de ata binmiş gibi oturan bir çocuk!

"Nereden aklına gelmiş bunu çizmek!" diye hayretle fısıldadım.

"Yuvada kaplumbağaları, kurbağaları öğreniyorlarmış. Sana buranın iyi bir yuva olduğunu söylemiştim. Çocuklara nesilleri tükenmiş ya da tükenmekte olan hayvanları bile tanıtıyorlar, yeni kuşaklarda doğanın ölümüne karşı farkındalık yaratmaya çabalıyorlar."

"İnşallah geç kalmamışlardır. Kaplumbağanın üstündeki çocuk kim peki?"

"O bir masal prensiymiş, öyle dedi bana."

Ya da bir general, diye geçirdim içimden: Çöplüğün Generali. O anda Yazar'ın notdefterinden kopmuş sayfadaki kaplumbağa deseni, kızımın çizdiği kaplumbağa ve... ve tel örgülerin ardında uzaktan görülen tepenin silueti kafamda üstüste binip örtüştü. Üzerinde pelerinli yaratığın gölgesini gördüğüm tepe sanki hemen karşımdaymış gibi gözümün önüne geldi; tam da kaplumbağaya benziyordu. Yazar, esrarlı bölgenin ortasındaki tepenin krokisini çizmişti. Orayı büyük depremden önce görüp çizdiğine göre, demek deprem,

–ya da patlama, her neyse– o bölgeyi etkilememişti, tepe aynen yazarın çizdiği gibi duruyordu. Şehir yerle bir olurken, esrarengiz bir güç orayı korumuştu.

Bunları düşünürken kendimde bir gariplik hissettim. Başağrısı değildi, alnımın sağ tarafında bir karıncalanma, o noktadan başlayıp tüm bedenime yayılan bir uyuşukluk, son zamanlarda herkesin almaya başladığı huzur ve mutluluk verici hapların yarattığı duyguya benzer bir gevşeme.

Sonra... telefona sarıldığımı, gazeteci arkadaşımı aradığımı hatırlıyorum.

"Galiba virüsü kaptım, hastalanıyorum. Emin değilim ama kendimi tuhaf hissediyorum. Sizde de başlayabilir; bütün bildiklerinizi hemen, hiç vakit geçirmeden yazıya dökün. Becerebilirsem ben de yazar ekrana okuyacağım."

"Neden söz ediyorsun? Yardıma gelmemi ister misin?"

"Hayır, hayır! Sakın gelme, vakit kaybetme. Lütfen bugüne kadar olanları, benim anlattıklarımı, senin düşüncelerini, bütün bildiklerini yaz. Jeolog'a da hemen bildir, o da yazsın. Sonra anlatırım. Her şey yazılı olsun, yazılı kalsın. Sadece yazı kalıyor, yazı direniyor. Sonra anlatırım. Virüs... 3 M virüsü."

"Tamam, sakin ol, bir şey anlamadım ama becerebildiğimce yazarım. Sen hemen kliniğe git ya da dur gitme, bir sağlık görevlisi çağır. Meraklanma, son günlerde yeni bir grip salgını var, çevremde bir dolu insan hasta. Bir-iki gün sürüyor, sonra geçiyor."

Normal olmadığımı, normal görünmediğimi, saçmaladığımı biliyordum, ama umurumda bile değildi. "Önce yazı," diye tekrarladım sayıklar gibi. "Yazı çok önemli, yazı kalıyor, kaynaktaki yazıyı kimse değiştiremiyor, çarpıtamıyor. Romanın basılı nüshası benim çalışma odamda, masamın üstünde. Ben unutursam, ya da bana birşey olursa olabildiğince fazla nüsha ba-

sın romandan; tek sözcüğünü değiştirmeden, ölduğı,
gibi. Bir de benim yazar ekrana okuduklarımın çıktı-
sını alın, bellek çipine almakla yetinmeyin, kâğıda
basın."

"Tamam, tamam. Merak etme anladım. Ama sen
iyi değilsin, son günlerin olayları sinirlerini iyice boz-
muş..."

"Yaz lütfen," dedim bu defa sakin bir sesle, "he-
men yazmaya başla. Öteki arkadaşa da söyle, ne kadar
acil olduğunu anlat. Lütfen... Ne dediğimi biliyorum
ben. Görüşünce ayrıntıları anlatacağım, anlayacaksı-
nız. Bir de... dinle beni, bu çok önemli; arkadaşça bir
rica: Yazar'ın roman taslağının, benim anlattıklarımın,
sizin yazdıklarınızın hepsini, beni anlıyorsun ya, bütün
bilgileri hem kâğıt üzerinde bilgisayar çıktısı olarak,
hem de bellek çip'inde toplayın. Büyüyünce kızıma
vermesi için karıma teslim edin."

"Ne bu böyle vasiyetini bırakır gibi! N'oluyoruz,
niyetin ne?"

Şimdi telefonda bağıran oydu: "Neler oluyor? Seni
birileri bir yere mi götürüyor?"

Kendimi toparlamaya, soğukkanlı olmaya çalış-
tım: "Hayır, kimse yok, evde yalnızım. Biraz hastayım,
telaşlanma. Sadece bir önlem, ne olur ne olmaz önlemi,
3M virüsüne karşı."

Telefonu kapadım, yattığım yerden mikrofona ko-
nuşmaya başladım. Anlattıklarım bilgisayar ekranında
yazıya döküldükçe içimin ferahladığını, paniğimin
dağıldığını, telaşımın azaldığını fark ettim. Belki de
abartmıştım gerçekten, belki arkadaşımın dediği gibi
sinirlerim bozulmuştu.

Bilinmesi, hatırlanması gereken her şeyi, kısa
ama özlü şekilde aktardığıma inanınca, derin bir nefes
aldım. Bu iş birkaç saat sürmüştü. Kendimi çok güçsüz
hissediyordum, içim geçiyordu, bayılacak gibiydim;
yine de bilgisayar başına geçtim. Okuduklarımı, anlat-

tıklarımı kâğıda basmalıydım. Artık sadece kâğıdın belleğine, kâğıt üzerindeki yazıya güveniyordum. Kâğıt ve yazı gözümde kutsallık kazanmıştı; özgür, bağımsız, dokunulmazdı. Bir merkezden istediğiniz gibi çarpıtamazdınız, istediğiniz gibi değiştiremezdiniz. Olsa olsa bütünüyle yok edebilirdiniz, ama Yazar'ın roman taslağı gibi hiç umulmadık bir zamanda, umulmadık bir yerden çıkar, unutmak-unutturulmak istenenleri hatırlatırdı.

Aksi şeytan! Çok az kâğıdım kalmıştı. Kâğıt üzerine basma, kâğıda yazma alışkanlığımızı yitirmiştik. Karımın çalışma odasında eskiden kalma bir tomar kâğıt buldum, yazdıklarımı özenle bastım, bir dosyaya yerleştirdim, Yazar'ın metninin yanına koydum. Ancak o zaman rahatladım.

Kızım ateşlendiğinde götürdüğüm doktor arkadaşımı ararken sakinleşmiştim.

"Bende bir tuhaflık var, hastalanıyorum galiba, belki benim kızdan kaptım," dedim.

"Bu aylarda salgınlar artıyor, telaşlanma, acil sağlık ekibini hemen yollarım."

"Lütfen kendin gel, sıradan bir grip virüsü olmayabilir. Bellek merkezimde bir buğulanma varmış duygusuna kapıldım. Belki fazla kuşkucuyum, ama yine de seni görmem gerek."

"İşimi bitirir bitirmez gelirim," dedi sakin bir sesle.

Aslında eve gelmesini istememin tek nedeni vardı: Ona da anlatacaktım. Saçma da görünse bütün bildiklerimi ve sezdiklerimi ne kadar fazla kişiye ne kadar ayrıntılı anlatabilirsem, sözüm ne kadar uzaklara yayılırsa, unutmak ve unutturmak o kadar güçleşecekti. Artık biliyordum.

* * *

Şimdi, yeşil ot bile bitmemiş bu sarı boz toprakta, yer yer göze çarpan cılız mor dikenlerden başka bitkiye rastlanmayan bu uçsuz bucaksız taşlı tarlada yürüyorum. Dikenli telin bu yanına geçtiğim andan itibaren heyecanım duruldu, içime tuhaf bir dinginlik yayıldı. Ay yüzeyinde, uzak yıldızlarda ilk adımlarını atan eski çağların uzay fatihleri de benzer duygular hissetmiş olmalılar. Heyecan ilk adımı atana kadardır, sonrasında atılan adımın yarattığı tatmin ve güven duygusu dinginleştirir insanı.

Tel örgüleri aşmak pek kolay olmadı. Çıt çok yüksekti, teller bildiğimiz gibi elektrik yüklüydü. Bu çağda çok daha güçlü ve kaynaktan kontrollü engelleme yöntemleri varken tellere elektrik verilmiş olmasını daha önce de garipsemiştik. Yine de geçişi engelleyen manyetik bir duvar olmaması işimizi kolaylaştırdı. Jeolog arkadaşımız bu gibi konularda bizden çok daha deneyimliydi. Tel örgülerdeki akımı bütünüyle durdurmamak, eğer bir alarm sistemi varsa harekete geçirmemek için gerekli araç gereci yanında getirmişti. Pek anlamadığım, doğrusunu isterseniz fazla da ilgilenmediğim bazı ayrıntıları anlatıp duruyordu. Hakkını yememeliyim, işi başardı. Alarm çalmadan, çıt bile çıkmadan tellerin arasından benim geçebileceğim kadar bir koridor açtı. İşin bu kadar kolay hallolmasına hem sevindik, hem de hayret ettik. Günümüz teknolojisinde aşılmaz engeller koymanın bunca gelişkin yolu yöntemi varken bu kadar ilkel bir önlem düşündürücüydü. Belki de çit çok eskiden, eski kent zamanında yapılmış, sonra da unutulmuş, kimse ilgilenmemişti. Peki ya jeneratör? O zamandan beri kesintisiz işlemesi nasıl sağlanmıştı? Neyse, bunları aklımıza takmanın zamanı değildi. Önemli olan tel örgülerin öte yanına geçebilmiş olmamdı.

Şimdi uzakta belirmeye başlayan tepeciğe doğru yürürken, karımla birlikte yaptığımız uzak gezilerden birinde gördüğüm taş çöllerini hatırlıyorum. Yine de burası çöl değil; bastığım toprak, altı kuru ot, saman, çerçöp döşeliymişçesine yumuşak, kaygan, her an çökecekmiş gibi bir duygu veriyor. Bu yüzden hızlı ilerleyemiyorum.

Çevrede kimse yok, kaplumbağa biçimindeki tepenin üzerinde de kimse görünmüyor. Artık dönüşsüz yoldayım. Yolumu şaşırıp bu 'yok bölge'ye düştüğüm günden beri, ne pahasına olursa olsun yolun sonuna kadar gideceğimi, kaderimin burada, bu kaplumbağa tepesinin ardında beni beklediğini hissediyordum. Tepeye doğru ağır ağır yürüyorum; telaşlı, kaygılı değilim, artık acelem de yok. Orada ne bulacağımı, O'nun bana ne anlatacağını tahminin ötesinde, neredeyse biliyorum. Yapbozun parçalarını kafamda özenle topladım: çöp tepeleri, çöp insanları, sulara topraklara gömülü patlayıcılar, büyük patlama ve bütün topluma yayılan bellek kaybı, kodunu bir türlü aklımda tutamadığım, mütantları hâlâ etkili olan o lanet virüs... Tek kayıp parça, çözemediğim cevapsız soru: O'nun virüs salgınından nasıl kurtulduğu ve Yazar'ın roman taslağına nasıl ulaştığı. Bir de yazdığım hikâyeyi ya da unutulmuş gerçeği doğrulamasını, onaylamasını istiyorum.

Çocukken sevdiğim bir oyuncağı veya herhangi bir eşyamı kaybettiğim zaman, ne aradığını biliyorsan mutlaka bulursun, üzülme, derdi anneannem. Ne aradığımı biliyorum, daha da önemlisi aradığımın nerede, kimde olduğunu da biliyorum artık.

Yazarın roman taslağının satır aralarını defalarca dikkatle okuduktan sonra kaplumbağa tepesinin krokisini de görünce, O'nun Çöplüğün Generali olduğundan kuşkum kalmadı. Uzaktan gördüğüm gölgenin üzerindeki pelerine benzer örtü romandaki asker kaputuydu. Çöpler ülkesinin General lakaplı sağır-dilsiz çocuğu çok yaşlanmış olmalıydı. Evet, çözülmeden kalan son bilmeceyi çözmeme O yardım edecekti. O gün orada ne olduğunu anlatacak ve daha önemlisi unutma virüsünden kurtuluşun sırrını verecekti. Sağır-dilsiz de olsa anlaşabilecektik, romanda dudak okumasıyla anladığı ve meramını sanki konuşurcasına anlatabildiği yazıyordu.

Eski kentin çöplüklerini örtmüş kıraç toprak üzerinde, çöp tepesine doğru yürüyorum. O'nun beni çoktan gördüğünü, kabuğunun içine saklanıp beklediğini biliyorum. O: romanda, Doktor Hanım'ı duygulandıran küçük hasta, çöpleri karıştırırken bidondaki bomba patlayınca çelimsiz bedeninin ve yüzünün yarısı yanan, karlı dağlarına, gür ormanlarına dönmeyi özleyen çocuk. O: Yazar'ın eski kentin çöplüklerinde dolaşırken gördüğü bir bacağı kesik çöp çocuğu, 'General lakaplı çöp çocuğu yine kaçtı' haberinin kahramanı. Unutmayan, unutmaya direnen; tarihin kesintisizliğini ve toplumsal belleğin yeniden kazanılabilmesini sağlayacak son tanık.

Ben yürüdükçe dev kaplumbağa uzaklaşıyor sanki. Belki artık bir an önce ulaşmak istediğim için bana öyle geliyor. Şu anda tek korkum, orada hiç kimseyi bulamamak, bütün maceranın bir sanrı, kötü bir düş olması. Ama elimde roman taslağı var, hem de artık sadece bende değil, arkadaşlarımda da, karımda ve gelecek kuşakların bilmesi için kızımda da bir nüshası var romanın. Kızım romanın dilini anlamakta güçlük çekecektir. Artık hiç kullanmadığımız, unuttuğumuz o kadar çok sözcük, anlamlandıramadığımız o kadar çok kavram var mı metinde, ben bile zorlandım. Ama giderek değişen, pek çok sözcüğü bilgisayar diline yenilip unutulan, kullanılmaz olan dilimizi kızımıza aktarmak için karım da ben de çabalayacağız, tıpkı bizim analarımızın babalarımızın bize aktardıkları gibi.

Yazarın tamamlanmamış eserinin şehrin, ülkenin sınırlarını aşarak bütün dünyaya yayılmasının önüne kimse geçemez artık. Benim ve bu büyük macerada birlikte yürüdüğümüz arkadaşlarımın tanıklıklarının da... Yeni bir virüs salgını yaratılsa bile, yıllar sonra, yüzyıllar sonra roman ve tanıklıklarımız en umulmadık yerde, en umulmadık şekilde ortaya çıkıp karartılmış bellekleri aydınlatacak, yok edilmiş tarih kesitini geri getirip olması gereken zamana yerleştirecek.

Hafif bir meyille yükselen tepenin eteğine vardığımda, birden O'nu görüyorum. Tepenin üstünde, sırtında yerleri süpüren solmuş, lime lime olmuş haki renkli asker ceketi ya da kaputuyla kıpırdamadan duruyor. Tırmanmayı sürdürüyorum, artık çok yakınındayım. Yüzünün sağ yanındaki derin yanık izini, yere sürünen yırtık pırtık kaputun altından görünen kesik bacağını, yaşlı çocuk suratını çevreleyen uzun bembeyaz saçlarını, bir de ceketin ya da kaputun omuzlarındaki iğreti apoletlerin üzerindeki yıldızları seçebiliyorum. O koskoca, ağır, partal asker paltosunun içinde o kadar ufak tefek, o kadar çelimsiz görünüyor ki, bembeyaz saçları olmasa hiç büyümemiş, hiç yaşlanmamış, romanda nasılsa, kaç yaşındaysa öyle kalmış diyeceğim. Yedi uyuyanlar efsanesindeki gibi, onyıllar önce saklandığı çöpten mağarasından insanların dünyasına, yıllar yıllar önce nasılsa, kaç yaşındaysa öyle döndüğüne inanacağım.

Onu bambaşka hayal etmiştim: insanüstü bir yaratık, bir masal kahramanı, çöplüklerden çıkmış bir haberci peygamber... Oysa o bir çocuk: Bakışlarıyla, üstündeki komik giysiyle, çelimsiz bedeniyle, duruşuyla ak saçlı bir çocuk. Ona sarılmak, onu korumak istiyorum. Kızım geliyor aklıma; kızıma duyduğum şefkati, sevgiyi, acımayı, koruma güdüsünü Çöplüğün Generali'ne karşı duyuyorum.

"Selam General!" diyorum tam karşısında durup. Sesimde, büyük insanların küçük bir çocukla konuşurkenki sıcak, sevecen, biraz da üstten bakan tınısı var.

Yaralı, buruşuk yüzü aydınlanıyor, çocuk bakışlı gözleri parlıyor. Dudaklarında sol yanağına doğru bir kasılma. Gülümsediğini, 'selam' dediğini hissediyorum; bakışları öyle söylüyor.

"İşte geldim General," diyorum, "beni çağırmıştın."

Başını evet anlamında sallıyor. Dudaktan okuyabiliyor, gözleriyle, elleriyle, mimikleriyle anlatabiliyor; Yazar'ın romanındaki doktor hanım da fark etmişti bunu, hatırlıyorum.

"Romanın sonunu öğrenmeye geldim, Yazar'ın gerçekleşmesinden korktuğu son nasıldı? Dikenli tellere taktığın sayfaların arasında son bölüm yok."

Kollarını bütün dünyayı kucaklamak ister gibi iki yana açıyor. Apoletlerinin üzerinde, herbiri başka yerlerden toplanıp iliştirilmiş dörder yıldız olan kocaman kaputun, bir kaftanın yenleri gibi açılan kollarından sıska bileklerini, incecik parmaklı buruşuk ellerini görüyorum. Dört bir yanı işaret ediyor kollarını sallayarak. Sonra avuçlarını yukarı, havaya açıp birşeyler kaynıyormuş, birşeyler topraktan pıtrak gibi bitiyormuşu çağrıştıran hareketler... sonra bir başka işaret: bir patlama...

İşaret ve göz dilini okuyorum: "Her yer birden patlamıştı, bütün kent... Dört bir yana patlayıcılar, silahlar, bombalar gömülmüştü; tohumlar baharda nasıl patlayıp filizlenir, tarlalar, kırlar nasıl çiçek açarsa öyle fışkırdılar topraktan..."

Yazar'ın not defterinden kopmuş yapraktaki elyazısıyla yazılmış satırları hatırlıyorum. Çöplüğün Generali o satırları işaret diliyle okuyor şimdi sessizliğin ortasında, kendi sessizliğine meydan okuyarak.

"Peki romanın sonu? O sende değil miydi General? Yazar'ın gerçekleşmesinden kaygı duyduğu son."

Ne evet ne hayır. İfadesiz bakışlarını uzaklara dikmiş, öylece kalıyor. Bu defa sorumu anlayamadığını

247

düşünüyorum. Dudaklarımdan okuyabilmesi için tane tane tekrarlıyorum: Ro-ma-nın so-nu ne-re-de?

Yine öylece duruyor, kararsız, kuşkulu.

"Romanın sonunu bulamazsam, gerçeğin bir parçası hep karanlıkta kalacak General. İnsanlar o sonu bilmeli, öğrenmeli."

Grotesk bir heykel gibi ya da işin gerçeği, artık hiçbir çocuğun okumadığı eski resimli masal kitaplarındaki korkuluklar gibi kıpırdamadan duruyor.

Son bir kez deniyorum: "Yardım et General, hatırlamamıza yardım et. Gerçekleri öğrenmemize yardım et. Yar-dım-et."

Birden gözden kayboluyor. Sanki yer yarılıyor da içine giriyor. Kendime, kafamı yumruklayacak kadar kızıyorum, sövüp saymaya başlıyorum. Tam O'nu bulmuşken, gerçeğe bu kadar yaklaşmışken sersemce bir inatla korkutup kaçırdım General'i. Üstelememden kuşkulandı, amacımı kavrayamadı; yazık, çok yazık... Olduğum yere çöküyorum, başımı kollarımın arasına alıp yüzümü dizlerime gömüyorum.

Omzumda hissettiğim kuş kanadı hafifliğinde bir dokunuşla kendime geliyorum. General önümde duruyor. Elinde küçük kâğıtlar var. Bunların Moleskine defterlerinden kopmuş sayfalar olduğunu görür görmez anlıyorum. Demek ki elindekilerin hepsini vermemiş bana. El yazılı sayfalara kıyamamış, kutsal bir emanet gibi saklamış. Yazar'ın el yazısıyla yazılmış notların olduğu tek sayfa romanın bölümleri arasına yanlışlıkla karışmıştı belki de. Kalkıp ona sarılmak istiyorum; romanın sonunu okutmayı kabul ettiği için, ama asıl bana güvendiği için. Cesaret edemiyorum, onu yeniden kaçırmaktan korkuyorum. Sadece omzuma dokunan elini iki avucumun içinde sıkmakla yetiniyorum.

Göz ve beden diliyle konuşuyor. Anlayabilmem için birkaç kez, farklı anlatımlarla tekrarlıyor: Bana verilenlerin hepsi artık sende, sana emanet.

"Bu sayfaları nasıl ele geçirdin, kim verdi sana General?"

İki elinin baş ve işaretparmaklarını birleştirerek havaya bir 'O' harfi çiziyor.

"O kim?"

Yazar, Yazar'ın kendisi. Götürülmeden önce...

Doğru anlayıp anlamadığımı denetlemek için ağız hareketlerimi abartarak tek tek heceliyorum: "O yazıları sana Yazar verdi. Sonra da birileri onu götürdü."

Evet, evet, evet... Gözleri sevinçle parlıyor, anladığıma sevinerek tekrarlıyor: Evet, evet... Bir şey daha anlatmak istiyor, işaretler yapıyor, sesler çıkarıyor. Sessiz bir tiyatroda, bir pantomim gösterisinde gibiyim. Yardımcı olmaya çalışıyorum:

"Sen çöp bidonunu karıştırıyorsun..."

Evet, evet...

"Silahlı adamlar kapıdalar. Yazar evde. Kapıyı açmıyor, arka pencereyi açıyor, çöp bidonunun yanında seni görüyor."

Evet, evet...

"Sana el sallıyor, sonra pencereden aşağı içi kâğıtlarla dolu bir torba atıyor."

Evet...

"Bana verdiğin kâğıtlar o torbanın içinde miydi?"

Evet... evet...

Başka birşeyler daha anlatıyor, çözmeye çalışıyorum.

"Bir de düdüğe benzer bir şey mi vardı torbanın içinde?"

Evet, evet, işaretparmağı boyunda bir çubuk.

Bellek çubuğu olmalı, romanı oraya da kaydetmişti Yazar.

General memnun, dans eder gibi sıçrayarak belli ediyor memnuniyetini. Olmayan bir torbayı sıkı sıkıya kucaklayarak kollarını göğsünde çaprazlıyor, anladım mı diye yüzüme bakıyor.

"Bunları sakla mı demek istemişti Yazar? O mu istemişti saklamanı?"

Bu defa hafif bir baş eğmesiyle, sakin bir evet.

"Sonra General? Yazar'a ne oldu sonra?"

Soruyu sormamın bile gereksiz olduğunu biliyorum. Generalin el kol hareketlerini, gözlerindeki bakışı okuyorum.

"Götürdüler, kapının önündeki bir otomobile bindirdiler. Kimse konuşmadı, çöp bidonunun yanından geçerken Yazar el sallayarak sana veda etti. Bir de ne?.. Bunu anlayamadım, bir daha dene."

Deniyor, çırpınıyor, anlatma isteği o kadar güçlü ki neredeyse konuşacak. Birden anlıyorum.

"Yazar o adamların arasında çöp bidonunun yanından geçerken seni uyarmak istedi... tehlike... patlama... Her yer patlayacak, patlatacaklar... Bunları mı işaret etti sana?"

Evet, evet... Yere çömelmiş, avuçları havaya dönük, yerden yukarı doğru sallıyor ellerini.

"Yazar'a ne yaptı o adamlar?"

Başına vurdular... düştü... arabaya taşıdılar... kimse görmedi. Elinde içinde kâğıtların olduğu torbayla kaçtın, kaçtın, kaçtın... Nereye?.. Buraya mı?..

Evet, evet...

"Burası neresi General?"

Kollarıyla geniş bir daire çiziyor. Sonra aşağıları, uçurumu, derin yar'ı işaret ediyor. Buralar, bu geniş, sonsuz topraklar... buralar eski kentin çöplükleri, çöp insanlarının ülkesi.

Bütün bildiklerimi, öğrendiklerimi, okuduklarımı, hissettiklerimi, sezgilerimi, beynimi, yüreğimi ve General'in şimdi anlattıklarını biraraya topluyorum: Eski kent patlayıp havaya uçarken patlamadan etkilenmeyen tek bölge çöplüklerdi. Çöp insanları buldukları bütün patlayıcıları toplamışlar, belki bir somun ekmek, belki bir defter, bir kalem, bir paket kötü çikolata, şeker, bir kutucuk ilaç ya da benzer bir şey karşılığında ölüm tacirlerine satmışlardı. Temiz kalmış tek yerdi çöplükler.

Kafamda sorular, sorular... General'in anlattıkları yeni soruları davet ediyor. Elinde sıkı sıkı tuttuğu defter sayfalarına uzanıyorum. Gecikmeden hemen okumak istiyorum. Direnmiyor, sayfaları veriyor.

Yazar'ın artık tanıdığım el yazısıyla, diğerleri gibi kurşunkalemle yazılmış, yılların eskitmesiyle silikleşmiş notlar bunlar. Bakar bakmaz romanın sonunun, en azından yazarın tasarladığı –ve korktuğu– sona ait notların elimde olduğunu anlıyorum.

"İlkbaharın son günlerinde bir sabah vakti, şehrin sakinleri tuhaf seslerle uyandılar. Zengin ve seçkin semtlerde, lüks sitelerde, yoksul mahallelerinde, tarihi mekânlarda, gecekondu bölgelerinde, deniz kıyılarında, banliyölerde, mesirelerde, parklarda, boş arsalarda, şehri kuşatan koruluklarda, tarlalarda; otlar çiçekler bahar yağmurlarıyla sulanmış topraktan başlarını çıkarıp nasıl fışkırırlarsa, ölüm çiçekleri de öyle fışkırmaya başladı. Şehrin birbirinden uçurumlarla ayrılmışçasına uzak, farklı, yabancı ve düşman bölgelerinde yaşayanlar hayatlarında ilk kez aynı sesleri, aynı mahşer marşını, aynı ağıtı duydular, aynı korkuyla sarsıldılar. Zamanı gelmiş, ekilen tohumlar olgunlaşmış, toprağı yarıp başlarını güneşe uzatmışlardı. Bombaların, mermilerin, tüfeklerin, patlayıcıların tomurcukları çatlarken çıkan ses şehri sarmaladı. Birkaç saat içinde bütün şehir bomba, mermi, silah, patlayıcı tarlasına dönüştü. Kötülük çiçekleri evlerin, gökdelenlerin, iş merkezlerinin, banka kulelerinin, görkemli resmi binaların, anıtların, bütün yapıların boyunu aşıp göğe yükseldi. Şehrin sakinleri kadar tohumları ekenler de çaresiz seyrettiler ölümcül hasatlarını. Sonra bir patlama oldu. İnsan kulağının algılayabileceği seslerin o kadar ötesindeydi ki kimse duymadı.

Şehir, içi oyulmuş yaşlı bir ağaç nasıl çökerse öyle ağır ağır çöktü, toprağa ve tarihe gömüldü."

Bu bölümden sonra yazar küçük bir not daha düşmüş defterine:

"Patlamadan kurtulanların olup biteni unutmalarını sağlamak için geliştirilmiş 3 Maymun Virüsü'nden söz etmeli mi sonuç bölümünde? Bence bu, son bölümün şiirli anlatımını zedeler. En iyisi hiç değinmemek, metin içindeki ipuçlarıyla yetinmek. Alegorik bir metinde bu kadar gerçekçi olmak zorunda değilim."

Aklım ve yüreğim okuduğum satırlarda kalmış; kendi kendime mırıldanır gibi, "Böyle mi oldu General?" diye soruyorum, "Yazar'ın anlattığı gibi mi oldu?"

Evet, diyor başını hüzünle sallayarak.

"Bir tek buralar, çöp tepeleri, çöp insanlarının yaşadığı yerler mi sağlam kaldı?"

Evet, çünkü bütün patlayıcıları toplamıştık.

"Peki patlamadan kurtulan, Yeni Kent'e göçen insanlar? Bildiğim kadarıyla felaketten epeyce kurtulan olmuş. Onlar neden anlatmadı olanları, neden sustular?"

Esrarın çözülmesi; o gün orada ne olduğunun, olanların bunca zaman nasıl unutulduğunun, nasıl karartıldığının açıkça anlaşılması için tek bir sorunun cevabına ihtiyacım var artık. Bir an, o soruyu sormayayım, yaşananlar bir masal olsun, efsane kuşaktan kuşağa aktarılsın, gerçek duyulmasın, bilinmesin diye düşünüyorum. Sonra korkuyla ürperiyorum: Virüs etkisini göstermeye başladı mı yoksa? Ben de mi unutmaktan yanayım? Virüsü etkisizleştirmenin tek yolu öğrenmek, bilmek, hatırlamak değil miydi?

"Söyle bana General: Büyük patlamadan sağ kalanların tümü nasıl unutabildi olanları ve sen nasıl hatırlayabiliyorsun? Unutma virüsüne karşı nasıl bağışıklık kazandın? Nasıl oldu da kurtuldun salgından?"

Sorumu ne kadar anladığını bilmiyorum. Bir kez daha tekrarlıyorum; "Herkes mi unuttu olanları?"

Birtakım işaretler yapıyor, havaya parmaklarıyla birşeyler çiziyor. Virüsten etkilenen herkes unuttu, demek istiyor anladığım kadarıyla.

"Etkilenmeyen var mıydı?"

İki elinin, bir deri bir kemik kalmış baş ve ortaparmaklarını birleştirerek bir daire çiziyor, sonra burnuyla dairenin tam ortasını işaretliyor.

"Merkez mi demek istiyorsun?" diye bağırıyorum heyecanla.

Gözlerinden ışıklar geçiyor: Evet, evet, evet... Sonra sağ elini göğsüne vuruyor defalarca. Çözmeye çalışıyorum:

"Bir Merkez'dekiler, bir de sen mi kaldın unutmayan? Bunu mu söylemek istiyorsun?"

Elini göğsüne vurmayı sürdürürken öteki koluyla çevreyi işaret ediyor. Galiba şifreyi çözüyorum:

"Yalnız değildim mi demek istiyorsun? Unutmayan sadece ben değil bizlerdik mi demek istiyorsun?"

Başını sallıyor, gözleri parlıyor: Evet, evet, evet...

"Peki nasıl General, nasıl? Bunu da anlat, anlat ki unutmaya direnmenin sırrını öğrenelim. Na-sıl? Ba-na an-lat..."

O anlatmak, ben anlamak için çırpınıyoruz, ama anlayamıyorum. Her türlü mikrobun, hastalığın cirit attığı çöp mahallelerinde bütün virüslere karşı bağışıklık kazanmış olabilirler; bu bir olasılık. Ya da virüsü geliştirip yayan Merkez onların varlığını unutmuştu, ilgilenmemişti; bu da bir başka olasılık.

Ben bunları düşünürken, General gürül gürül akan bir suyu anlatmaya çalışıyor. O suya yerden aldığı tozları atar gibi yapıyor, sonra su dört bir yana dağılıyor. Anlıyorum galiba: Virüs şehrin su şebekesiyle yaygınlaştırılmış olmalı. Oysa şehrin varoşlarında, çöp tepelerinde yaşayan insanlar o sudan hiç yararlanmamışlardı ki...

İçimi hüzün kaplıyor. Eğer böyle olmuşsa yoksulluktan, yoksunluktan, mağduriyetten kaynaklanan bir kurtuluş bu. Üstelik neye yaradığı da belirsiz bir kurtuluş. Konuyu değiştirmek istiyorum: "Ya burayı çevreleyen dikenli teller? Kimler çevirdi o telleri, kim elektrik verdi tellere?"

Sağ eliyle göğsüne dokunarak iftiharla, gururla, "Ben," diyor, sonra dudak işaretiyle 'ben'leri çoğaltıyor: "Biz yaptık."

Şaşırıyorum, Merkez'in burayı tecrit etmek, unutmak ve unutturmak istediğini sanmıştık hep. Oysa General, biz yaptık, diyor.

Havaalanına giderken yolumu şaşırdığım gün saptığım toprak yolu açanın, sonraki gelişlerimizde çöpten molozdan setlerle kapayanın, dikenli tellere elektrik verenin, istediğinde akımı durduranın da O ya da onlar olduğunu anlıyorum.

Çok yorulmuş, tükenmiş gibi toprağa çöküyor. Başını delik deşik kaputunun geniş yakasına saklıyor. Apoletlerinin sarı yıldızları güneşte parlıyor. Yanına oturuyorum, derisi kemiğine yapışmış elini tutuyorum. Hasta, küçük bir çocuk gibi kucaklamak istiyorum onu; saçlarını okşamak, kulakları duymasa da yüreğiyle duyacağı sevgi sözcükleri fısıldamak istiyorum.

"Hepsi geçti artık. Geçti, bitti General, artık saklanacak, çekinecek bir şey yok."

Söylediklerime ne o inanıyor ne de ben. Onu biraz daha yormayı, acıtmayı göze alıp sorumu tekrarlıyorum: "Bunca yıl unutmamak için ne yaptın?"

Bir kaplumbağa gibi, başını kaplumbağa rengi kaputunun yakasından dışarı çıkarıyor. Yüzüme bakıyor uzun uzun. Sanki anlayıp anlayamayacağımı tartıyor. Hâlâ avucumun içinde duran elini çekiyor, kalbinin üstüne koyuyor. Sonra iki elinin yumruklarını sıkıp havaya kaldırarak güç ve zafer çağrıştıran bir hareket yapıyor.

"Virüslere karşı bağışıklık mı kazanmıştınız, bütün virüslere karşı?"

Anladığım için sevinçli: Evet, evet, evet....

Varsayımım doğruydu demek! Onca çöpün, mikrobun içinde, ölenler ölüp kalanlar kaldıktan sonra kazanılan bağışıklık; doğal ayıklanma... Bir üstün ırk: Geleceğe hükmedecek bir üstün ırk... Virüslere, mikroplara, teknolojinin saldırısına, o zamanki Merkez'in –bir Merkez her zaman vardır– afyonlu şarabına, bilgi akışının hain denetimine, mutlu, güvenli, huzurlu rıza toplumumuzun miskin düzenine karşı bağışıklık kazanmış çöp insanları ırkı...

Birden ona kızıyorum nedense; ne hakkı vardı, ne hakları vardı böyle bir ayrıcalığa? Mağduriyet unutmama hakkı doğurur mu? Üç maymun olmama hakkı doğurur mu yoksulluk, yoksunluk, sefalet?

"İşe yaramaz General," diyorum hain ve kötücül bir ruh haliyle. "Artık senin insanların yok, 'biz' yok, yapayalnızsın, yaşlısın, virüsü kapmamış tek ve son insansın. Aktarabileceğin bir şey yok gelecek kuşaklara."

Teksin, yalnızsın diye hem işaretle hem de abartık dudak hareketleriyle tekrarlıyorum. Onu acıtmak, sahip olduğu hatırlama ayrıcalığının bedelini ödetmek istiyorum. Kötüyüm.

Ayağa kalkıp elimden tutuyor. Uzaktan bakılsa, babasının elini tutmuş özürlü bir çocuk sanır insan. Elimi bırakmadan, tek bacağı üzerinde sekerek bayır aşağı sürüklüyor beni. Göstermek istediği bir şey var, anlıyorum, direnmiyorum. Tatlı meyilli kaplumbağa tepeciğini el ele iniyoruz. Ne demek istediğini anlayamadığım heyecanlı sesler çıkarıyor. Bana bir şey göstermek istiyor. Uçurumun kenarına, yar'a doğru yaklaşıyoruz.

"Hatırlaman neye yarar?" diye yineliyorum kızgınlıkla. Kızmakta haksız olduğumu biliyorum. Sorumlu olan o değildi, o da kurbandı herkes gibi. Biliyorum ama hırslanmaktan da kendimi alamıyorum, çünkü çaresizim.

"Hatırlamak, başkalarına hatırlatmaya, başkalarını uyarmaya, direnmeye yarar," diyor fısıltıyla.

Durup şaşkınlıkla yüzüne bakıyorum. "Konuştun!" diye bağırıyorum. "Konuştun, dilsiz değilsin sen!"

Öylece, anlamadan bakıyor, susuyor, garip sesler çıkarıyor. Hayır, konuşan o değildi, bir an öyle gelmişti bana, ama o değildi.

Bilmek, hatırlamak başkalarına hatırlatmaya, uyarmaya, direnmeye yarar, diye tekrarlıyorum. Yok yerlerin, yok zamanların farkında olan birilerinin yaşaması iyidir. Farkındalık bir ilk adımdır belki.

Uçuruma sadece birkaç adım var, yar'ın kenarındayız. Yüzünde mutlu bir ifadeyle, sevinçli işaretler yaparak "Gel, bak," diyor, "buradalar."

Elime dokunuyor yavaşça. İki adım daha atıyorum, işaret ettiği yere, uçurumdan aşağı bakıyorum, onları görüyorum. Evet, oradalar, çoluk çocuk, genç ihtiyar, kalabalıklar. Uzaktan ne olduğunu tam göremediğim, anlayamadığım işler yapıyorlar. Yıllardır orada olduklarına, orada yaşamlarını sürdürebildiklerine göre, uçurumun dibinde bir başka hayat var: onlarca yıldır kendini sürdürebilmiş, unutma vebasına direnebilmiş bir hayat, günü gelince uçurumu aşıp Yeni Kent'e yayılacak bir umut...

"Yalnız değilsin General!" diye bağırıyorum hayret ve sevinçle. Sesimin uçurumu çevreleyen kayalara vurup yankılandığını duyuyorum: "Yalnız değilsin.... yalnız değilsin... Unutmamış olanlar var orada, yalnız değiliz!" Sesimin yankısının tel örgülerin dışında beni merakla bekleyen iki arkadaşıma kadar ulaştığını umut ediyorum

Coşku ve mutlulukla, orada, derinlerde süren yaşamı, unutmaya bağışıklık kazanmış o insanları daha iyi görebilmek için, sarkıp aşağı bakıyorum.

Başım dönüyor: vertigo.

Ve...

OYA BAYDAR
Erguvan Kapısı

Erguvan Kapısı muhkem bir roman. Belli ki çok düşünülmüş, ince ince hesap edilmiş, hiçbir eksiği, hiçbir fazlası olmamasına özen gösterilmiş, "klasik" tanımını hak eden bir roman bu.

FÜSUN AKATLI

Kahramanlarını yapılandırmada olağanüstü başarılı Oya Baydar. Öyle yerleştiriliyor ki romana bu kişiler, onlar olmadan yapıtın kotarılamayacağını seziyorsunuz irkilerek.

M. SADIK ASLANKARA

Oya Baydar'ın anlatımı çok akıcı, bir sonraki bölümde ne olacağı merakı okuru hiç sıkmadan sürüklüyor.

ASUMAN KAFAOĞLU-BÜKE

Erguvan Kapısı, oldukça kalın bir roman; ama bir başladınız mı elinizden bırakamıyorsunuz. Okurken bir yandan anlatım güzellikleri, öte yandan da anlatılanların acılığıyla ürpertiyor okurunu.

TURGAY FİŞEKÇİ

OYA BAYDAR
Kayıp Söz

Artık yazamaz olmuş, sözü yitirmiş bir yazar. Tutkulu bir bilim kadını olan karısı ve kendisine dayatılan başarı ölçütlerini reddedip, dünyayı saran şiddetten kaçmak için uzak adalara sığınan oğulları. Destanların çağrısı ve ezilmişliğin isyanıyla çıktığı dağların şiddetinden kaçan bir Kürt genci. Töreden kaçan gencecik bir kız. Bir itirafçı. İstanbul'da, bir canlı bombanın kör saldırısında parçaları dört bir yana dağılan bir yabancı. Güneydoğu'da bir şehir, özel bir kadın, özel bir yaşam. Norveç'te küçücük bir ada, hiç gelmeyecek masal prensesi annesini bekleyen bir çocuk.

Şiddet nerede başlar? Laboratuvarda deney hayvanlarını keserken mi, savaşta ölürken, öldürürken mi? Çocuğuna kendi değerlerini dayatırken mi, insanın acısının fotoğrafını çekerken mi? Töreyi uygularken mi, sevişirken mi, yoksa yabancıyı ötekileştirirken mi?

OYA BAYDAR
Hiçbiryer'e Dönüş

OYA BAYDAR
HİÇBİRYER'E
DÖNÜŞ

Yıl 1989. Berlin Duvarı yıkılır. Önce şaşkınlık, sonra kuşku, sonra korku, sonra çözülme, dağılma ve çökme. Artık hiçbir şey eskisi gibi olmayacaktır. Yıllardır Türkiye'den uzakta, sürgünde yaşayan bir devrimcinin gözüyle, sosyalist blokun çöküş öncesi umutları ve çöküşten sonra sürgünden Türkiye'ye dönüşte yaşadığı şaşkınlıklar, acılar, hüzünler. Aşktan ve devrimden konuşulan, uğruna her şeyin göze alındığı dönem çöküp yok olmuştur. Artık hiçbir şeye, hiçbir yere geri dönülemeyecektir. Bu dünyayı değiştirip bir yeryüzü cenneti kurmayı hayal edenler, yenilmiş orduların yenik askerleri gibidirler. Oysa yıllar öncesinde '68 kuşağı olarak gençtiler, haklıydılar, umutluydular, âşıktılar. Henüz kuşku, ihanet, korku, dağlara, yaylalara çıkmamıştı. Devrim türküleri, fabrikalar, grevler, bildiriler, haklılığa ve zafere olan inanç doruklardaydı. Oya Baydar, bu romanında, aşktan ve devrimden konuşuyor. Yıkılış öncesi umut ve aşk dolu gencecik insanların yıkılış sonrası çektiği acıları dile getiriyor. Bu roman, Oya Baydar'ın doruğa ulaştığı bir kitap.

OYA BAYDAR
Kedi Mektupları

Oya Baydar, bu kez kedilerle çıkıyor karşımıza: *Kedi Mektupları*'yla... *Kedi Mektupları*'nda, kediler ve insanlar bir sorunun yanıtını arıyorlar. O soruyu soran insan, bir daha huzur bulabilir mi? O soruyu soran kedi, artık kedi olarak kalabilir mi? İçinde yaşadığımız bu büyük kasırganın ve tarihsel dönemecin ortasında, köklerinden kopup dağılmış bir avuç insanın ve onların kedilerinin korkuları, kederleri, sevinçleri, kaderleri çağımızın düşünen insanının aynası mı yoksa?.. *Kedi Mektupları*'nı okuyan hiçbir insan artık kedilere eski gözleriyle bakmayacak; *Kedi Mektupları*'nı okuyan hiçbir kedi artık insanları eskisi gibi görmeyecek.

OYA BAYDAR
Sıcak Külleri Kaldı

Sıcak Külleri Kaldı, "siyasal roman" tartışmalarının orta yerine düşen ve noktayı koyan bir roman. Polisiye roman sürükleyiciliğinde, belgesel ilginçliğinde, şiir tadında, gerçek bir roman. Dünyanın ve Türkiye'nin son kırk yılının fonunda; İstanbul'dan Moskova'ya, Paris'ten Ankara'ya, Anadolu'dan dünyaya açılan bir coğrafyada; elçilik rezidanslarından işkence odalarına, morglardan eski bahçelere, üzüm bağlarına, üniversitelerden fabrikalara, gecekondulardan konaklara, yalılara uzanan bir ortamda; devletin üst kademelerinden, siyasetçilerden, diplomatlardan, sermaye kesiminden, gizli servislerden, işçilerden, sendıkacılardan, örgüt liderlerinden, gazetecilerden, militan gençlerden kahramanlarıyla Oya Baydar, bu çok boyutlu romanında tutkuyu, aşkı, gücü ve güçsüzlüğü, devleti ve iktidarı tartışıyor. Yakın tarihimizin en sıcak yıllarının ekseninde, gerçek olayları, yaşanmış acıları, kayıpları, daha belleklerde tazeyken, izleri silinmemişken, derine inerek, ustalıklı anlatımıyla kurgusuna katıyor, paylaşıyor.

OYA BAYDAR
Elveda Alyoşa

Elveda Alyoşa "1989 Sonbaharı"nda doruğuna çıkan siyasal çalkantıların dolaysız yaşanması sırasında edinilmiş izlenim ve gözlemlerden yola çıkararak yazılmış öyküler. Yaşamının çok uzun bir diliminde kapitalizmden sosyalizme nasıl geçileceği sorusuna yazılarıyla ve eylemiyle yanıt aramış bir aydının, Doğu Avrupa'da "sosyalizmden kapitalizme geçiş ya da dönüş" gerçeğini dolaysız yaşarken, keder, öfke, inanç ve umutlardan örülmüş bu öyküleriyle, sorunun salt politik boyutlardan oluşmadığını da kanıtlıyor gibidir...

Tüm kitaplarımızla ilgili
ayrıntılı bilgi için:
www.canyayinlari.com